从荀卿赋到股赋

中华古典理赋的创体与再造

~ 吴伟凡 著 ~

一则为文之道，亦情亦理；再则为人之性，可情可理；又则“赋分在人，如物有常”也。赋之源头在文在诗（辞），荀卿长于理，宋玉长于情，而亦以理表达事功。

首都经济贸易大学出版社
Capital University of Economics and Business Press
·北京·

图书在版编目（CIP）数据

从荀卿赋到股赋：中华古典理赋的创体与再造 / 吴伟凡著.
-- 北京：首都经济贸易大学出版社，2020.11
ISBN 978 -7 -5638 -3099 -2

Ⅰ.①从… Ⅱ.①吴… Ⅲ.①赋—文学研究—中国—古代
Ⅳ.①I207.224

中国版本图书馆 CIP 数据核字（2020）第 197002 号

从荀卿赋到股赋——中华古典理赋的创体与再造
CONGXUNQINGFU DAO GUFU——ZHONGHUA GUDIAN LIFU DE CHUANGTI YU ZAIZAO
吴伟凡 著

责任编辑 晓 地
封面设计 风得信·阿东 FondesyDesign
出版发行 首都经济贸易大学出版社
地　　址 北京市朝阳区红庙（邮编 100026）
电　　话 （010）65976483 65065761 65071505（传真）
网　　址 http://www.sjmcb.com
E-mail publish@cueb.edu.cn
经　　销 全国新华书店
照　　排 北京砚祥志远激光照排技术有限公司
印　　刷 北京九州迅驰传媒文化有限公司
成品尺寸 170 毫米×240 毫米 1/16
字　　数 255 千字
印　　张 14.25
版　　次 2020 年 11 月第 1 版 2020 年 11 月第 1 次印刷
书　　号 ISBN 978 -7 -5638 -3099 -2
定　　价 58.00 元

序言

在中外文化视野里，说到文体，我们中国人最引为自豪的富有民族特色的文体是传统韵文。如果说，最古典中国的诗歌体是唐诗、宋词和元（散）曲，那么，最古典中国的文体则是诗与文携手结合所形成的赋体。

什么是赋？历史上的答案纷纭。撇开“不歌而诵谓之赋”，或“赋者，铺采摛文，体物写志”不说，《西京杂记》所载司马相如答盛览问赋之语，谓：“合纂组以成文，列锦绣而为质，一经一纬，一宫一商，此赋之迹也。赋家之心，苞括宇宙，总览人物，斯乃得之于内，不可得而传。”在古人那里，只有“文”而没有现在的“文学”的概念，只有语言的特征、题材的特征、情理包孕的特征，也就是作者心灵扩大的特征。赋恐怕是最难找到统一特征的文体了。因为它从诞生起就一直存在，而且一直处于被发挥和发展的状态。你可以说汉赋是一代之文学，是赋体成熟和独立的代表，但当它一走进六朝，就与汉赋的特征不一样了。唐赋、宋赋和以后的赋也是如此。

刘歆在我国最早的官修目录和第一部目录学著作《七略》中，将所有的典籍分为七大类：辑略、六艺略、诸子略、诗赋略、兵书略、术数略和方技略，并进一步将诗赋略细分为：屈原赋、陆贾赋、荀卿赋、杂赋和歌诗五类，这种分法很显然已将赋与诗两种不同的文体区分开来。此种分类看似将文学与其他典籍或文章加以区别，实际则是与当时人们对文体认识与理解水平相匹配的，也是对“文”的有局限的分类。萧统《文选》则将赋文分为京都、郊祀、耕藉等共十五类，这不过是按题材的分类法。当然，在其赋的分类中有一类名曰“论文”，以往学人对之多有忽略或微辞，觉得赋类中析出“论文”类难以理解，而这正是开启笔者思路的地方之一。

其实，从赋体文在时代变迁中不断发展与变体的实情出发，能直觉到赋在形式上有越来越多的分支。从历史的尽头回望过去，有几类赋成为形式上有比较严格区别的赋：骚体赋、文体赋、骈体赋、律体赋，或简称骚赋、文赋、骈赋和律赋。它们的特征比较鲜明：骚赋常用“兮”字，且声情辞情俱重，咏物抒情多源从屈原，擅表哀怨之思；文体赋则借鉴先秦散文为多，常使用对话结构，语句除对偶特征鲜明外，相对更自由多变地驾驭叙事、描写和说明、议论等手法，且深受“破体为文”的影响。还有一个思路可以考察赋体的发展与流变，就是从内容属性出发来分类，也就是情与理的分类，这或是《文选》“论文”类的道理。在传统情赋的大量作品对面，尚有不少的理赋作品存在。好的情赋继续着声情和辞情并重的创作传统，理赋则向着重辞情而废情重理的方向发展。好在赋的体量较大，可以承载继续而多样的变革。随着声律理论的建立与完善而发展起来的骈赋与律赋则是重辞情、重技巧的产物，个别作品能够声辞并重者，成为千古名篇。但它们的特征依旧十分鲜明：骈赋的特点是通篇讲究对仗，相关相邻两句成联，多用虚词且句式灵活，音韵自然，以句尾叶韵而别于四六骈文；律赋则在骈赋的基础上因讲究四声八病而更注重声律的严谨与对仗的工稳，并对全篇字数、句数与韵式做了严格限制，终于被唐代的科举所用。

笔者感兴趣的对象则是赋体中的理赋。从骚体到文体，到骈体再到律体，都有理赋属性的作品。但无疑，文体赋中存在的理赋是有量的积累和重大作品成果的。从荀卿赋开始，赋的语言特征就十分明显，即用韵、对仗；思维特征也明显，即二元、正反、辩证、发散。内容特征则呈现着两个端倪：讽寓与体物。讽喻是文人“指摘时事”的政治意志（旁及学术文化意志）的产物，其主要特征是文体赋向着理的底蕴层递层深；体物是文人“润色鸿业”的时代意志（旁及人格文化意志）的产物，其主要特征则使文体赋向着情的内核蹈厉向前。

当然，理赋之理涉及既广且深，从讽喻政治漫及世间一切之至理，所谓“体察物情，而铺陈事理，以务为有用”（《历代赋汇》前言）。可见，从扬雄称赋“童子雕虫篆刻”，“壮夫不为”，到清代的推崇“赋功”，这期间走过漫长的赋路，而“赋功”的实现非由情赋而来，乃由理赋而得。

历史文献与文化事实就在那里。从长远而非一时的视野观察，理赋虽不占据文坛的中心地位，但一个朝代又一个朝代，无论世事变迁，万象浮沉，无论理念抑扬，人心缓急，它就在那里。有时小火微温，有时横溢杰出，陪伴着中国文人的认知世界与襟抱理想，读旧了山川故踪、风花雪月的故事，读老了文人骚客、莘莘士子的眼睛。

若问理赋之何为有也哉？

简单言之，一则为文之道，亦情亦理；再则为人之性，可情可理；又则“赋分在人，如物有常”也。（元好问《行斋赋》）当然，更是由于中国古典的“文”的概念乃指泛文而非纯文学，中国古典文人又皆文官或准文官，不以整日纯抒情状物的文人作为自我标榜或自我束缚，在作为参政者的或显或隐的眼神与心态里，其所见所感或以形象出之，或以抽象达之，不过是随物赋行，自然而然。

最后，笔者还想有所强调：

第一，对偶、排比的汉语形式不仅是一种言语修辞，更是一种思维方式——纵横两向的深细化思维与一点开花式的发散思维和正反比较式的对比思维是其独特的中国式特征。它不仅开发着人的大脑的右半球，以描绘和铺陈为特征与特长，也无不开掘着人的大脑的左半球——深细的分析与说明。因为在叙事与描写表达的另一面，抽掉事物与对象那些鲜活具体的性征，则正是事物与对象的抽象的部分。有时，甚至两者还是互相为用，难解难分的。故曰：可以赋情，亦可以赋理，甚至情理互赋。成公绥《天地赋序》说：“赋者，贵能分赋物理。”（参见许结《中国辞赋理论通史》）。赋实在为一种无所不能的文体，其阐发理论的确有宏整细密的特性。

第二，赋之源头在文在诗（辞），荀卿长于理，宋玉长于情，而亦以理表达事功。理赋一经创体，即成为一种具有独特人文空间的文体赋样式，或曰边缘文学样式，成为我国经久不衰的重要文体之一。其盛衰流变既由其自身发展的规律支配，也无不受到时代大环境、文化精神以及其他文学样式的影响。汉代散体大赋使赋成为“一代有一代文学”的历史长链中最典型的文学样态，且流芳千古。其实，从东汉至魏晋六朝，进而到唐宋、元明清，赋一直处于发展演变的过程之中，从来没有在“文”的舞台上消失，各个时期都有继承传统的优秀作品，也有开出新意的果实，与汉赋不能互相替代，它们各具特色，各有成就。

第三，曹植说“辞赋小道”，扬雄说“壮夫不为”，实在是针对情赋而发的“弘论”。如果他们一直用其慧眼去聚焦赋体的流变与发展历程，也许，他们会慨然兴叹文体赋，尤其是理赋的成长与壮大，竟也有裨于“经济学问”及“格物穷理”者。

诚然，情与理，在文学中似是悖谬与矛盾的存在。文学之主情虽不是无理的主情，但却是不能以理相夺的面貌。然在古人那里，形者文之体，体者人之用。文化是人类生生不息的创造，文体亦然，理赋亦然。何况，从荀子那里，他们得到的不只是文体之名，还有理赋的方向！再何况，今人正以搞混搭与重边缘的研究路数为新时尚。何其聪明的古人！

目录

第一章　创体探索时期：先秦理赋

第一节　赋体基因与赋从“百家”说

一、文献中的赋体基因

我国是文学与辞章的泱泱大国。若从有分量的文的历史说起，文的源头在“六经”。细分而言，辞章或文章的源头在《尚书》《礼》《乐》《易》《春秋》，文学的源头在“诗三百”。其实，《诗经》之所以被称为经，并非是从文学角度而言说的。和其并称的“六经”皆是一种泛文的面貌，《论语·学而》中孔子教导弟子说“行有余力，则以学文”，这里的“文”即古代文献的统称。

在先人最初的思维及声音与语言的组织中，随着文明的发展，思想的丰富，表达要求的不断提升，汉语用词与用语的修饰美化途径已然被不断发现并普遍利用，其中最突出的饰文技术就是对偶、排比及铺陈。对偶是利用汉语方块字形音义的特点做对称的文词组合，或正对或反对或流水对。排比是将意义相关或相近、结构相同或相似的词组，或句子并排，不断重复三次或三次以上，以达到强化语势的效果。相关的排偶既是对偶的巨量化，也是排比中最小成分向句子和段落发展的结果。而铺陈则是陈述的时候借用对偶、排比或排偶的修辞方式进行写作的手法。这些都是只有汉语才能够施展的民族特色与言语音乐美、建筑美和语义对称美的技巧，此外还有使声韵抑扬顿挫、高低和谐的技巧等。这些都是韵文用语的基础与核心技术，也是赋文在表达书写上的民族语言基因。

这种趋势在文献上最初的表现如何呢？试看下例：

《尚书·大禹谟》：“罪疑惟轻，功疑惟重。”“满招损，谦受益。”

《易经·乾卦》：“水流湿，火就燥，云从龙，风从虎。”《易经·系辞下》：“日往则月来，月往则日来，日月相推而明生焉；寒往则暑来，暑往则寒来，寒暑相推而岁成焉。”

《诗经·氓》："桑之未落，其叶沃若……桑之落矣，其黄而陨。"《诗经·采薇》："昔我往矣，杨柳依依；今我来思，雨雪霏霏。"

《楚辞·国殇》："操吴戈兮披犀甲，车错毂兮短兵接。""带长剑兮挟秦弓，首虽离兮心不惩。"前者已是比较工整的对仗，后者则酷似严格的对偶（兮字的前后三字句）。

再看其前后的诸子文与历史文：

《老子》："大器晚成，大音希声。""祸兮福之所倚，福兮祸之所伏。"

《庄子·逍遥游》："鷦鷯巢于深林，不过一枝；偃鼠饮河，不过满腹。"

《论语·里仁》："富与贵，是人之所欲也；不以其道得之，不处也。贫与贱，是人之所恶也；不以其道得之，不去也。"

滔滔不绝的例子，不一而足。历史文献中我们也越来越多地看到，像《左传》中季札对周乐的评论文字，《国语》对勾践栖于会稽时施政的铺陈等，都运用了极其精彩的对偶手法，不论是三字句、四字句的对偶，还是排比着的对偶，都被运用得频繁、熟练，巧妙并广泛。尤其在《战国策》中，作者已经成规模地使用这些手法了：

"臣闻昔汤、武以百里昌，桀、纣以天下亡。今楚国虽小，绝长续短，犹以数千里，岂特百里哉！王独不见夫蜻蛉乎？六足四翼，飞翔于天地之间，俯啄蚊虻而食之，仰承甘露而饮之，自以为无患，与人无争也。不知夫五尺童子，方将调饴胶丝，加己乎四仞之上，而下为蝼蚁食也。蜻蛉其小者也，黄雀因是以……夫黄雀其小者也，黄鹄因事以。……夫黄鹄其小者也，蔡圣侯之事因是以。……蔡圣侯之事其小者也，君王之事因是以。……"（《战国策·楚策四》）

这些为人们所熟悉的先秦典籍中的语言，最容易出彩的，也给人印象最深的，说来基本都是或对偶、或排比、或铺陈。虽然早期没有统一的官方要求和句法标准，但作者们都有明显的视觉和听觉形式的趋同倾向。不仅如此，在文意上也明显表现出对称倾向。毫无疑问，这都是一种对对称和骈偶方式的无特定程式的、无文体自觉的自然追求。特别应当引起注意的是，这种自然追求都是在韵文之外的文献中被运用和拓展着的，而且从来都没有停止过。应当说，赋的因子悄然而来，后成铺天盖地之势，是从"泛文"中孕育的。韵文领域，无论诗体的或文体的，也将从这样的挖掘与塑形中脱颖而出。

对偶和铺排作为赋最重要的语言与文体特性，也是文字与辞章审美观里一个普遍现象，虽然它绝非中国文化所独有，比如，希腊和拉丁古典作品中就不乏这样的例子，但在中国被使用得更深更广，这却是不争的事实。关于对偶的地位，刘勰就曾暗示："造化赋形，支体必双；神理为用，事不孤立。夫心生文辞，运裁百虑，高下相须。自然成对……若夫事或孤立，莫与相偶，是夔之一足，趻踔而行也。"（《文心雕龙·丽辞》）意思是说自然赋予我们的形体也好，肢体也罢，都是成双成对的，这叫造化之功，说明了自然世界本身的对称与和谐，万事万物不是孤立的存在。人要表达思想，也要得到自然的启迪，不能孤立地思考事物，写作时需要思考周细，需要高低上下的配合。刘勰还说："日月叠璧，以垂丽天之象；山川焕绮，以铺理地之形。此盖道之文也。"《文心雕龙·原道》意思是说日月就像重叠的璧玉，来令人仰慕上天的形象；山川犹如灿烂的锦绣，以铺展大地富有纹理的形貌。这是刘勰最早也最理性地反思并总结汉语丽辞的特征，归纳汉语极具工整之美的道理。

若进一步理性地展开对中国语言文字特点的分析，可以先拿汉字与其他民族的文字相比，汉字无疑具有视觉、听觉和意义单位三位一体，寓独立于统一的特点，也就是说，就汉字在特定语言环境中的交际功能而言，一个汉字既是一个独立的构形单位（方块形体）和语音单位（音节），又是一个独立的意义单位。不同的汉字在具体交际场合只有单一音节的同时又有独立意义，这构成了其内容的均衡统一。与字义相对，字形与字音则是汉字意义内容的传载形式，而这一形式的两个方面在具体交际环境中也总是均衡统一的：不同的汉字尽管有笔画繁简的不同，其所占面积却基本相同，真是可利用它作为积木式的"游戏"。而不同汉字的语音单位则毫无例外都是单一音节（以下简称"单音"），而且有所谓四声，也有所谓平仄，因为单音的缘故，所以骈体组成的语句视觉整齐，语音和谐，语义上也容易引起联想和美感，同时还适于记诵，易于记忆，难于增改。可见，汉字个体的各个要素之间都具有统一均衡的特点，特别是单音的要求，自然容易引致文学语言形式的工整骈偶对称趋势。如果不利用这个特点去表现中国语言的美，就文学形式而言，中国文学又将怎样表现其传统智慧和民族性？所以，在中国，凡是古来的名言佳句，一定是以骈偶居多。制艺的高度排偶形式当然也是中国优秀传统艺术结出的果实，显然不是明清时期统治阶级的主观臆造。

除了语言方面的原因，还可以补充其他文化方面的原因。其一，对偶是汉字文化塑造对偶思维习惯的结果。汉字是我们民族语言的基本元素，由于文学与语言的联系密切，所以很容易启动汉字在文学领域中的文化塑造功能。文化塑造的内容可谓林林总总，有虚有实，我们所要关注的是汉字构形给予对偶的影响。汉字的造字法是所谓的“六书”，而构形造字的一个结构原则就是讲究平衡对称。合体字是如此，独体字也不例外。在文化的起源时期，先民就自觉或不自觉地形成了这种经验或超验的审美意识，在汉字体系加入社会交际领域以后，这种审美意识不能不积淀成华夏子孙的集体无意识而在许多具体文化现象中施以影响，文学门类首当其冲。当然，这种影响不是简单的因果关系，但却是最原始的，故而也是极其重要的。还有一点必须予以强调，就是中国传统的对称思维或叫二元思维方式（思维与语言的关系是里与表的关系，虽然从线性系列的角度而言其因果顺序难以逻辑化，但两者之间的渗透与互动一定是存在的）有利于对偶美学观念的形成。这种因果关系由于来自汉民族的深层哲学理念，其原型（比如，阴阳互补等）对文学领域的渗透力更强，故而中国文学最明显的特色之一是迟早要表现出对偶结构的趋势。

要之，辞章是积字累句而成的，即所谓“积句以成章”；辞章还是思维与文化的果实。从古到今，中国人的语言表达一直在追寻着民族性的特色方式，思维与文化也一直包含着对立、发散与对称的内容，这成为中国语言文字的表达特色。正是这样的语言与思维文化基因，繁衍出华夏血脉中随不同时代凝聚特色与发展特色的生生不息的韵文文体。而其中的赋体是雅文化层面最具华夏气质、最绚丽夺目的文体，它一经产生就以蓬勃之势和发展之姿一直在中华文坛上跃动流转，是古典韵文文体中历时最久、变体姿态最多、最有跨代能力、最有超题材能力和吸收其他体裁能力的顶级文化存在。以往因它的形式主义追求而常被人们轻视和批评，今天，从学术的视角去研究它，当是对中华民族文化与文体遗产的尊重。

二、赋从“百家”说

历来论及赋的源起，虽有如《毛诗传》所说“登高能赋，可以为大夫”及郑庄公之赋“大隧之中，其乐也融融”语和晋国大夫士蔿赋“狐裘尨茸”，却皆赋源之枝节，而以“源于诗骚”说最为流行，并以班固“赋者，古诗之流”及刘勰“受命于诗人，拓宇于楚辞”论为宗义。在普通人的认识视野里，赋乃最充分而典范的文学体裁。其实，此一认识仅为其主流维度。作为体大思精的文体，赋之体裁属性尚有人们不太关注的维度。

清人章学诚是较早把先秦赋的源头归结为多源的，他在《校雠通义》中把先秦赋的属性和特征分别与《庄子》《列子》的寓言、纵横家说辞等建立对应关系。他具体指出："京都诸赋，苏、张纵横六国，侈陈形势之遗也；《上林》《羽猎》，安阳之从田、龙阳之同钓也。《客难》《解嘲》，屈原之《渔父》《卜居》，庄周之惠施问难也 。……孟子问齐王之大欲，历举轻暖肥甘，声音色采，《七林》之所启也，而或以为创之枚乘，忘其祖矣。"（《文史通义·卷一内篇·诗教上》）说赋的形式、题材、问难和铺排等都从诸子而来。他又说："古之赋家者流，原本诗、骚，出入战国诸子。假设问对，《庄》《列》寓言之遗也。恢廓声势，苏、张纵横之体也；排比谐隐，韩非《储说》之属也；征材聚事，《吕览》类辑之义也。"（《校雠通义·汉志诗赋第十五》）章氏还具体说明了有关赋体特色与缘起的四种情形：其一是赋用假托问答，源出于《庄子》等用寓言假托的人物对话；其二是赋体语言用铺张和夸张来造势，其情势如同苏秦、张仪用如簧口舌游说各国，夸张陈说，也像韩非子《说难》文风的铺张辨丽，纵横捭阖；其三是赋体常融入一些相关故事，增强可读性和趣味性，是仿《韩非子》使用历史故事说明用意那样；其四是赋常历举各种事例，层层深入地说理，俨然《吕氏春秋》的文字。章学诚的分析是有理有据且蹊径独辟的。

其后，刘师培先生的《论文杂记》也奋勇跟进，并对这种观点加以提纯。他把宋玉赋归入写怀系列，把荀子赋归入阐理系列，并小结说"写怀之赋，其源出于《诗经》"，"阐理之赋，其源出于儒道两家"①。他是对赋做分性分体研究的重要学者。

章刘二先生秉持同样的思维方式，提出赋源多极的观点，的确是中肯而实在的，只不过并未引起人们的太多重视，因为在以后的古典文学研究中，对文学的理解是特定的，是西化因而窄化的。其实，赋的起源多元导致的应是两种体性方向：诗骚为源一，就是赋主情的方向；另一个方向的源头即先秦诸子文，就是导引赋的主理的方向。关于这一点，刘勰也早有察觉，他在《文心雕龙·时序》中言及《楚辞》时曾说："观其艳说，则笼罩雅颂，故知

---

① 刘师培：《中国中古文学史·论文杂记》，人民文学出版社，1959 年版。

炜烨之奇意，出乎纵横之诡俗也。”以为赋体的绚丽和奇绝是从纵横家的讲说与造语习俗而来。由于刘勰未把同样的观点在《诠赋》中强调，后人对此多有忽视。由是可知，论赋的源起时一味溯及诗骚，而于先秦诸子不置一词，实在是中国文学以西方文学观念为圭臬，废中国固有泛“文”理念而在古典文学分类与观念上的大遗憾。为此，刘大杰先生曾发有简洁之见，说赋的形态是糅合了《楚辞》的辞藻、荀赋的形体以及纵横家的辞令而成的，这样总结同样十分精辟。而在笔者看来，还应更加深入地对赋体源头与赋体发展进行认识和梳理，即赋以集腋成裘的方式生成，拥有多种源头，却终于导向两种体性，一个成为文学，即情赋，一个成为辞章，即理赋（若还有一个，就是介于这两者之间的情理赋）。

第二节　理赋多源与理赋之名

一、理赋多源

诚如章学诚先生所言，赋之源头出自先秦诗骚与诸子百家。刘师培先生则说阐理之赋源于诸子，此为理赋的精英源头。其实，在情赋对面的理赋，也是有多个源头的。除了有诸子文献作为其精英源头，还有先秦各种文献记载的多元俗众源头。细解其创体来源，主要有三：

其一，源于民间。

赋中有俗赋一类。俗赋最早记载于典籍也在先秦时期。据《国语·周语》载：“公卿至于列士献诗，瞽献曲，史献书，师箴，瞍赋，矇诵。”其中的瞽、瞍、矇都是各类盲人，他们废弃眼力后，凭自己天赋的听觉能力，擅长操持的应都是与文字远而与音乐或咏诵近的短小的文字样式。箴、赋、诵应是非常相似的文类。其内容并非讲故事、抒感情，而是讲道理和相辩难等，使用的是对话体及韵语和散语交杂的形式，属于民间讲诵俗赋。《逸周书》卷九有“太子晋”一段文，如下：

晋平公使叔誉于周，见太子晋而与之言。五称而三穷，逡巡而退，其言不遂。归告公曰：“太子晋行年十五，而臣弗能与言。君请归声就、复与田。若不反，及有天下，将以为诛。”平公将归之，师旷不可，曰：“请使瞑臣往与之言，若能幪予，反而复之。”

师旷见太子，称曰：“吾闻王子之语高于泰山，夜寝不寐，昼居不安，不远长道，而求一言。”王子应之曰：“吾闻太师将来，甚喜而又惧。吾年甚少，见子而慑，尽忘吾度。”师旷曰：“吾闻王子，古之君子，甚成不骄。自晋始如周，行不知劳。”王子应之曰：“古之君子，其行至慎；委积施关，道路无限。百姓悦之，相将而远；远人来欢，视道如尺。”

师旷告善。又称曰：“古之君子，其行可则。由舜而下，其孰有广德？”

王子应之曰：“如舜者天。舜居其所，以利天下，奉翼远人，皆得己仁，此之谓天。如禹者圣，劳而不居，以利天下，好与不好，取必度其正，是谓之圣。如文王者，其大道仁，其小道惠。三分天下而有其二，敬人无方，服事于商。既有其众，而返失其身，此之谓仁。如武王者义。杀一人而以利天下，异姓同姓，各得其所，是之谓仪。”

师旷告善。又称曰：“宣辨名命，异姓恶之。王侯君公，何以为尊，何以为上？”

王子应之曰：“人生而重丈夫，谓之胄子。胄子成人，能治上官，谓之士。士率众时作，谓之曰伯。伯能移善于众，与百姓同，谓之公。公能树名生物，与天道俱，谓之侯。侯能成群，谓之君。君有广德，分任诸侯而敦信，曰予一人。善至于四海，曰天子。达于四荒，曰天王。四荒至，莫有怨訾，乃登为帝。”

师旷罄然。又称曰：“温恭敦敏，方德不改，闻物□□，下学以起，尚登帝臣，乃参天子，自古谁？”

王子应之曰：“穆穆虞舜，明明赫赫，立义治律，万物皆作，分均天财，万物熙熙，非舜而谁能？”

师旷东躅其足曰：“善哉，善哉！”……①

再看《说苑·建本篇》“师况论学”一文：

晋平公问于师旷曰：“吾年七十，欲学，恐已暮矣。”

师旷曰：“何不秉烛乎？”

平公曰：“安有为人臣而戏其君乎？”

师旷曰：“盲臣安敢戏其君乎！臣闻之，少而好学，如日出之阳；壮而好学，如日中之光；老而好学，如秉烛之明。秉烛之明，孰与昧行乎？”

平公曰：“善哉！”②

① 张闻玉：《逸周书全译》，贵州人民出版社，2003 年版，第 307 – 308 页。
② 刘向：《说苑》，向宗鲁，校证，中华书局，1987 年版，第 69 页。

上述两篇，前篇相传为孔子所删百篇之余，故而不入“六经”。后代学者考证其为先秦古籍。后篇虽出自汉代之文，略为刘向编订，但所用的材料却是先秦事迹。两篇文章不仅还原了师箴、瞍赋和矇诵的原貌，而且令我们仿佛领略太子晋与师旷的神思和讲诵的丰采，且文字并不属于文学类，而是对话讲理的内容。

其二，源于俗吏。

秦简是中国战国后期遗留下来的宝贵文献，记录了战国及秦朝时期重要的历史、法律和算术等相关文件。其中有《为吏之道》一文，呈现了秦国长期以来发达而又成熟的吏治传统，记录了战国后期特殊的用韵现象。其综合为治的思想与书写形式颇受学者关注。文如下：

……

吏有五善：一曰中（忠）信敬上，二曰精（清）廉毋谤，三曰举事审当，四曰喜为善行，五曰龚（恭）敬多让。五者毕至，必有大赏。

吏有五失：一曰夸以泄，二曰贵以大（泰），三曰擅裚割，四曰犯上弗智（知）害，五曰贱士而贵货贝。一曰见民（倨）敖（傲），二曰不安其（朝），三曰居官善取，四曰受令不偻，五曰安家室忘官府。一曰不察所亲，不察所亲则怨数至；二曰不智（知）所使，不智（知）所使则以权衡求利；三曰兴事不当，兴事不当则民指；四曰善言隋（惰）行，则士毋所比；五曰非上，身及于死。

戒之戒之，材（财）不可归；谨之谨之，谋不可遗；慎之慎之，言不可追；綦之綦之，食不可赏（偿）。术（怵）狄（惕）之心，不可不长。以此为人君则鬼，为人臣则忠；为人父则兹（慈），为人子则孝；能审行此，无官不治，无志不彻，为人上则明，为人下则圣。君鬼臣忠，父兹（慈）子孝，政之本（也）；志彻官治，上明下圣，治之纪（也）……

直观此文，虽文中有不少假借字、遗漏字，但仍是十分鲜明的韵文面貌，表达了为官作吏的许多思考，且作辞者不见得属于知识精英，多是聪明善思的基层官吏。最重要的是，有学人在研究其形式后指出，《为吏之道》为韵文文体，“全篇939字，其中含有194个韵脚字”①，属于交替用韵的关系；声调方面也“反映出平上去入四声已基本具备”②。

---

① 王相帅：《睡虎地秦简〈为吏之道〉用韵现象探析》，《殷都学刊》，2015年第5期，第115页。

② 王相帅：《睡虎地秦简〈为吏之道〉用韵现象探析》，《殷都学刊》，2015年第5期，第115页。

其三，源于俳优。

俳优作为专以言语滑稽侍奉君王的艺人，他们从民间来到宫廷，是类特殊人群。说他们特殊，首先是因为他们身份特殊，即他们侍奉在君主周围，如若受到君主的亲近和宠爱，就可以非正常地跨越卑微地位而有自由说话的权利。《国语·晋语》里记录了优施的话："我优也，言无邮。"即"我是优伶，说话自由"，"邮"为尤的假借字。因为这六个字，俳优得以在漫长的历史舞台上生存延续，一些特殊的俳优还在许多历史的转折点上通过思想、人格和口才发挥或正或反的重要作用，甚至让一向看不起他们的读书人和士大夫都自愧不如。如《谷梁传·定公十年》记载了春秋时"齐人使优施舞于鲁君之幕下"的事迹，《国语·晋语》也有优施干政的详细记载。他们的言谈与戏谑的方式也与赋的产生有密切关系，这也是学者指出过的。俳优在先秦各国普遍存在，其主要职守就是以滑稽和诙谐的话语娱乐君主，就此逐渐形成了倡优娱乐的特定话语体系①。

关于先秦优人的事迹，也记载于司马迁《史记·滑稽列传》中。滑稽者，"转随俗已"。（王逸语）传主为三个著名优人：淳于髡、优孟、优旃。他们皆出身微贱，却有不俗的人格和操守。他们机智聪敏，能言多辩，善于缘理察情，取譬托讽，司马迁评价他们为微言中有大义的底层智者："孔子曰：'六艺于治一也。……'太史公曰：'天道恢恢，岂不大哉！谈言微中，亦可以解纷。'"微言中藏大道理，既是俗赋，也是理赋的本质。

我们且看其中所记"贱人贵马"的故事：楚庄王爱马死，王欲以棺椁大夫礼葬之。左右以为不可。王下令曰："有敢以马谏者，罪至死。"优孟听后入殿门，仰天大哭不止。王惊问其故。下面是优孟与王的对话：

优孟曰："马者，王之所爱也，以楚国堂堂之大，何求不得，而以大夫礼葬之，薄，请以人君礼葬之。"王曰："何如？"对曰："臣请以彫玉为棺，文梓为椁，楩枫豫章为题凑，发甲卒为穿圹，老弱负土，齐赵陪位于前，韩魏翼卫其后，庙食太牢，奉以万户之邑。诸侯闻之，皆知大王贱人而贵马也。"王曰："寡人之过一至此乎！为之奈何？"优孟曰："请为大王六畜葬之。以垅灶为椁，铜历为棺，赍以姜枣，荐以木兰，祭以粳稻，衣以火光，葬之于人

---

① 赵辉：《宋玉赋与倡优话语体系及赋的创始》，《中南民族大学学报（人文社会科学版）》2015年第1期。

腹肠。”于是王乃使以马属太官，无令天下久闻也①。

这里，优孟机智地用上了谏语，采用的是民间韵语或弹词押韵的形式，既耐听好记，又符合俳优的身份。对话中的马、下，古韵为鱼部；丧、葬，古韵为阳部；哭、故，古韵为鱼部；凑、后，古韵为侯部；棺、兰，古韵为元部；光、肠，古韵为阳部。通看是散文、韵语交融的文阵，且用韵可以转韵，对话铺张也有了一定规模，成为当时散文、韵语交杂的典型语料。作为史笔，或有些许文笔创制，但一定显示了比较普遍的文体现象。

《史记·滑稽列传》还有“淳于髡献鹄”篇，讲淳于髡出使楚国献鸿鹄的故事，其文字也有同样的特点：

昔者，齐王使淳于髡献鹄于楚。出邑门，道飞其鹄，徒揭空笼，造诈成辞，往见楚王曰：“齐王使臣来献鹄，过于水上，不忍鹄之渴，出而饮之，去而飞亡。吾欲刺腹绞颈而死，恐人之议吾王以鸟兽之故令士自伤也。鹄，毛物，多相类者，吾欲买而代之，是不信而欺吾王也。欲赴它国奔亡，痛吾两主使不通。故来服过。叩头受罪大王。”楚王曰：“善，齐王有信士若此哉！”厚赐之，财倍鹄在也②。

淳于髡是战国时齐国黄县人，虽身长不满七尺，但学识渊博，巧言能辩，尤其喜欢在与人辩论时运用“隐语”。先秦至汉代使用隐语者，多为宫廷中的俳优，因其地位卑微，用隐语表达比较委婉。淳于髡以博学多才、善于辩论成为稷下学宫中最具有影响力的学者之一，齐威王招他为赘婿并拜为政卿大夫。文中淳于髡不慎弄丢了作为贵重礼物往见客人的鸿鹄，若换作他人，不但使命无法完成，甚至连性命都难以保住，可淳于髡凭着自己的心智应变与编构言语的本领，不仅赢得了楚王的好感和信任，还得到了双倍的赏赐。其中某些意蕴氤氲的语句可能使用了当地流行的民谣、谚语或弹唱。比如，“过于水上，不忍鹄之渴，出而饮之，去而飞亡”。这里，上和亡是叶韵。的确，不仅地位低的人喜欢在讲对中使用隐语、故事，地位不低的人也情愿放弃直接陈说的刻板方式，因为他们面对的是君主制度下脾气暴躁、喜怒无常且说一不二的君王。将故事、隐语和讽喻等手法拿来，为自己说理增加效果，何乐而不为呢？

还有史料记载，优孟在楚王面前且说且笑，穿孙叔敖衣冠扮演孙叔敖

① 司马迁：《史记》，中华书局，1959 年版，第 3888－3889 页。
② 司马迁：《史记》，中华书局，1959 年版，第 3898 页。

（详见《有学集补·题柳敬亭册子》），这些史料被后世学者比作弹词之类；宋人洪适在《隶释》三中也提到汉桓帝延熹三年（160 年）所立的《楚相孙叔敖碑》，其中记录了优孟为孙叔敖鸣不平的一段歌谣或诵词：

贪吏而可为，而不可为；廉吏而可为，而不可为。贪吏而不可为者，当时有污名；而可为者，子孙以家成。廉吏而可为者，当时有清名；而不可为者，子孙困穷披褐而卖薪。贪吏常苦富，廉吏常贫。独不见楚相孙叔敖，廉洁不受钱①。

孙叔敖的故事见于《列子》《淮南子》《新序》等，因此这段诵词应是流传很久的。尽管因时间久远，这些民间或官方的记载文字较少，但因其以韵散相间的样式传述道理，仍被特殊关注。《汉书·艺文志》中也有杂赋的分类，概指滑稽多智、诙谐取乐的俗赋文类。这些文字段落虽然短小，却禀赋大用，刘勰所谓“辞虽倾回，意归义正”，即它们非为抒情性的文学文，乃是艺术性说理的文字。

二、理赋之名

从上述章学诚与刘师培对中国古典赋体的认识中，我们已经得到了理赋的概念。其实，陆机在《文赋》中也早有所言，所谓“妙解情理，心识文体”。理赋之有，简单而言，一则为文之道，亦情亦理；再则为人之性，可情可理；又则赋分在人，如物有常（元好问语）。赋之分有理赋类，从文体学的角度而言，是题材分类，即赋之内容以言说阐发万事万物的道理为主，更是体性分类。在刘勰看来，体性是风格的意思，《文心雕龙·体性》专论体性，所谓“情动而言形，理发而文见”，仍然是情理并称探索为文之道。刘勰所意，在说明人即是一种拥有情理思维的存在物，所以按其文的特点，可以概括在八种风格之中，即典雅、远奥、精约、显附、繁缛、壮丽、新奇和轻靡。而这里所说的体性分类不是从风格的分类，而是从思维对文章结构与文体属性的影响而言的分类②，既有使用抽象思维以说明使人有所知和证明使人有所信的文类，也有使用形象思维以叙述、描写使人有所感的文类，两种文类既相对立又相统一，结构不同体性不同即功能不同。理赋可以是说赋，也可以是论赋，是与情赋，也就是文学赋对照的一种赋类，其与情赋——文学赋，

---

① 王伟萍：《中古墓碑文的文学化进程》，《辽宁师范大学学报（社会科学版）》，2006 年第 9 期，第 100 页。

② 吴应天：《文章结构学》，中国人民大学出版社，1989 年版，第 5 页。

同为一体（体格形态特征相同），只是内容属性不同而已。它不是按题材对象进行的分类，也不是按文体形式、历史时期或雅俗趣尚进行的分类，而是按与内容相关的体性（辞章内容之功能与属性）进行的分类。

理赋的分类如何能够成立？

理由之一是中国古典时期的泛“文”观念使然。什么是文学？《论语》中说“文学：子游子夏”，指的是广义的文献。清代陈元龙主持编写《历代赋汇》时，承继历代类书编纂体例，在《正集》卷第六十中，将文学与天象、岁时、地理等类目赫然并列，其中所选作品基本是与书、读书、藏书、五经、六艺、六义以及文字、笔墨纸砚等内容相关的，完全与今之“文学”殊道两意。可见，当时文学与其他学术的区分并不清晰。再从现代学理上反思，先秦散文的系统理应是学术的系统，却因其有较强的文学性而被归入中国文学史。《隋书·经籍志·集部·总集序》称：“总集者，以建安之后，辞赋转繁，众家之集，日以滋广，晋代挚虞，苦览者之劳倦，于是采摘孔翠，芟剪繁芜，自诗赋下各为条贯，合而编之，谓为《流别》……”① 晋代挚虞著有《文章流别集》，依时代为序，以文集、文论和文志三条结构纂辑全书，而以“文章”笼括众家，不论文学与非文学。此为中国古典“文”视域中的一大特色，既有接近西学的现代意义，也有出自本土的古典文献、文章或学问的意义。此为其学术与论述的一个前提。

理由之二是在历史上，作为赋的源头的典范特征并不鲜明，且有无限的开放性和构建空间。既有以荀卿为圣哲的身份而非文学家的身份为主体书写特征的源头，也有以宋玉为文学家和文学弄臣的身份为主体书写特征的源头。

理由之三是从“文选”赋体辑类始，就设立了“论文”一类。

理由之四是赋体文的“大观”特征，即博杂与博通的题材特征。世界之大观，无不通过赋来表现与表达。

最后是作为“小道”的文学赋，其形制特征可以比诗词宽大，可以放入有规模的思想，使之超越“小道”而务为有用于世，此为古典文士“修齐治平”的使命。

其实，用作品事实去看待文学史上重要的赋体作品极其多样的存在，

---

① 魏征：《隋书·经籍志》，中华书局，1973 年版，第 1089 - 1090 页。

才是最重要的。如果历史地看待文体赋这种拥有千年开创与承传过程的最富中国特色的文体，理赋就一直在那里。从荀卿赋开始，它就站出了一种特殊的文的姿势。它与情赋一明一暗，一潮涌，一潜流，并行书写着中国人的人文怀抱，但它却因为古人和今人的为文理念不同而多被今人忽视或绕过。

要之，从赋体的语言与文化基因，到赋体的诸多源头，最终锁定理赋之名，探寻之路才刚刚开始。若做进一步分体分性的梳理，就必须有原则和坚持：首先应以中国式的文学，也即“泛文”为视野，以文本文献（赋作、辞章）为本位。中国古代有各种体类的“泛文”样式，宏观而言，被分为文与笔，而不是纯文学与非纯文学。它们彼此之间的差异，主要体现于文本形态和语言特征上，而不是体现在思想内容或题材上。其次，要认同赋体包括理赋集腋成裘式的形成或发展方式，若以绝对对应的方式去探究其源头应是徒劳无功的。再次，聚焦文本的构成要素，并以历史的前后发展顺序梳理和分析赋体文的形成与走向，不能以后例前，或断章取义。最后，还要在特殊与普遍、个别与一般的关系分析中依据文本文献进行梳理和归纳。

第三节　荀卿赋的理赋导向

一、荀卿的贤者人生

荀卿生活在战国中后期。作为稷下学宫最著名的校长、学者，他还是第一位以赋名篇的人，是公认的赋体的开创者。以往人们关注的是他如何运用创新思维，融汇法、道诸家发展儒家学派，却并不过多关注他同样使用创新思维吸纳民间讲诵精要，以赋体创作，发微儒学精义的事实。作为创体文赋，他的赋引领的当是理赋的方向。

作为天下贤者，荀卿的人生跌宕又精彩，且与政治密不可分。班固在《汉书·艺文志》中这样阐释儒家：“儒家者流，盖出于司徒之官，助人君，顺阴阳，明教化者也。游文于六经之中，留意于仁义之际，祖述尧、舜，宪章文、武，宗师仲尼，以重其言，于道最为高。”①相比孟子被尊为“亚圣”，荀卿在

① 班固：《汉书》，中华书局，1962年版，第1728页。

后世的名声没有孟子那么大，他甚至还遭到宋儒朱熹的批评。但是他以对儒家思想的创新性深刻发展为特征，以人性本恶为哲学基础，与法家思想进行深层关联，主张“隆礼重法”，礼法并用和“法后王”，倡导社会变革，成为当之无愧的后儒领袖和儒家学说的集大成者。在中国思想向意识形态转化与定型的过程中，荀卿对中国政治、文化以及教育等诸多方面产生了广泛影响。

考荀卿一生行迹可知，他居于赵国，主要游学于齐、楚之地，或为政一方，践而行道，或授徒讲学，坐而论道，以弘扬与发展儒家思想、重振礼乐文明为使命，既哲学又文学，既讲道理又善用方法地思考与著述。其人生经历中有几大亮点令我们关注：其一，齐国稷下学宫时期是他思想跃动和人际活跃的特殊时期，他不仅结识了大批学者与精英人物，如邹衍、慎到及上面提及的淳于髡等，还际会到老年的孟子，并作为稷下学宫的祭酒，内心运筹帷幄，口中吞吐风云，有着至高的思想境界与政治智慧。其二，他在中晚年时因战乱与遭谗等原因曾几次在齐、楚和齐、赵间游历、游学，接触和观察到民间疾苦与基层文化，并与上层人物多有书信沟通，阐发其为人理政之大义。他在给抛弃他的春申君的一次回信中这样写道：“宝珍隋珠，不知佩兮；杂布与锦，不知异兮。闾姝子奢，莫知媒兮。嫫母求之，又甚喜兮。以瞽为明，以聋为聪。以是为非，以凶为吉。呜呼上天，曷惟其同！《诗》曰：‘上天甚神，无自瘵也’。”① 这是一篇小小的赋文，中有兮字，四字铿锵，运用类比展开文理攻势，直陈儒家和自己的做人态度，批评春申君的做法，表达自己的愤怒。其三，他在晚年讲学授徒，著书立说，以文卒岁。流传至今的《荀子》一书，古又称《孙荀子》或《荀卿子》，是荀子主笔，后学传习并补充而成的儒家元典，汉代曾有三百余篇，后经刘向等人整理为三十二篇，篇章始于《劝学》，终于《尧问》，近八万字。通篇围绕“儒术诚行，则天下大而富”的政治理想，从不同角度展开论述，从理言事，论证透辟，体大思精，主旨明确，反映了荀卿在哲学、政治、伦理和教育等诸多根本问题上的通达认识与深邃思考，这些成为我们了解其人其学的主要依据，也成为研究其文其体的重要材料。

---

① 佚名，《战国策·楚策四》，缪文远、缪伟、罗永莲，译注，中华书局，2012 年版，第 472 页。

二、荀卿之赋作

1.《赋篇》[①]

在《荀子》三十二篇之外，就有最早以“赋”命名之文，《汉书·艺文志》将“赋”类细分为屈赋、陆贾赋、荀赋与杂赋即由于此。其著录荀卿赋共十篇，以“赋”名篇的代表作为《礼》《知》《云》《蚕》《箴》。荀卿开启了一种介乎诗歌与散文的长于用韵的为文新样式：语言整散相间，整句像诗一样讲究押韵，能“不歌而诵”（不配乐歌唱而朗诵），格局短小，没有固定的格式和字数限定。

以下为荀卿五篇赋的原文：

《礼》

爰有大物，非丝非帛，文理成章。非日非月，为天下明。生者以寿，死者以葬。城郭以固，三军以强。粹而王，驳而伯，无一焉而亡。臣愚不识，敢请之王。王曰：此夫文而不采者与？简然易知，而致有理者与？君子所敬，而小人所不者与？性不得则若禽兽，性得之则甚雅似者与？匹夫隆之则为圣人，诸侯隆之则一四海者与？致明而约，甚顺而体，请归之礼。

《知》

皇天隆物，以施下民，或厚或薄，常不齐均。桀、纣以乱，汤、武以贤。涽涽淑淑，皇皇穆穆。周流四海，曾不崇日。君子以修，跖以穿室。大参乎天，精微而无形，行义以正，事业以成。可以禁暴足穷，百姓待之而后泰宁。臣愚不识，愿问其名。曰：此夫安宽平而危险隘者邪？修洁之为亲而杂污之为狄者邪？甚深藏而外胜敌者邪？法禹、舜而能弇迹者邪？行为动静待之而后适者邪？血气之精也，志意之荣也。百姓待之而后宁也，天下待之而后平也，明达纯粹而无疵，夫是之谓君子之知。

《云》

有物于此，居则周静致下，动则綦高以钜。圆者中规，方者中矩。大参天地，德厚尧、禹。精微乎毫毛，而大盈乎大寓。忽兮其极之远也，攭兮其相逐而反也，卬卬兮天下之咸蹇也。德厚而不捐，五采备而成文，往来惛惫，通于大神，出入甚极，莫知其门。天下失之则灭，得之则存。弟子不敏，此之愿陈。君子设辞，请测意之。曰：此夫大而不塞者与？充盈大宇而不窕，

① 赵逵夫：《历代赋鉴赏辞典》，上海辞书出版社，2017 年版，第 46 页。

入郄穴而不逼者与？行远疾速而不可托讯者与？往来惛惫而不可为固塞者与？暴至杀伤而不亿忌者与？功被天下而不私置者与？托地而游宇，友风而子雨。冬日作寒，夏日作暑，广大精神，请归之云。

《蚕》

有物于此，(儳儳）兮其状，屡化如神，功被天下，为万世文。礼乐以成，贵贱以分，养老长幼，待之而后存。名号不美，与暴为邻。功立而身废，事成而家败。弃其耆老，收其后世。人属所利，飞鸟所害。臣愚而不识，请占之五泰。五泰占之曰：此夫身女好而头马首者与？屡化而不寿者与？善壮而拙老者与？有父母而无牝牡者与？冬伏而夏游？食桑而吐丝，前乱而后治。夏生而恶暑，喜湿而恶雨。蛹以为母，蛾以为父，三俯三起，事乃大已。夫是之谓蚕理。

《箴》

有物于此，生于山阜，处于室堂。无知无巧，善治衣裳。不盗不窃，穿窬而行。日夜合离，以成文章。以能合从，又善连衡。下覆百姓，上饰帝王。功业甚博，不见贤良。时用则存，不用则亡。臣愚不识，敢请之王。王曰：此夫始生巨其成功小者邪？长其尾而锐其剽者邪？头铦达而尾赵缭者邪？一往一来，结尾以为事。无羽无翼，反覆甚极。尾生而事起，尾邅而事已。簪以为父，管以为母。既以缝表，又以连里。夫是之谓箴理。

荀卿的《赋篇》，其格局面貌与后世之骚赋、大赋、骈赋、律赋和文赋等相比，直观面貌上就非常不同。作为最早以“赋”名篇之赋，其在微观语言、语音与结构和手法等方面也表现出与后世赋文的诸多不同。荀子之赋属四言兼散言，前半为四言韵语，后半多用“对曰”方式以散言展开并收结。他广泛吸收《周易》《老子》的用韵特点，也应采纳了民间艺人的韵诵方式，不仅自担传诗使命，也被楚地时俗熏染，操持特定形式，即诗文之间的形式，有儒者教育“民人”、传播“仁义”思想之心意。从语音上看，讲求叶韵，节节换韵，字数省简，字调铿锵。《礼》赋韵脚为章、明、葬、强、亡、王，在阳部；采、理、不、似、海，在之部；体、礼，在脂部。《知》赋韵脚为民、均、贤，在真部；淑、穆，在觉部；日、室，在质部；形、成、宁、名，在耕部；隘、狄、敌、迹、适，在锡部；精、荣、宁、平，属耕部；疵、知，属支部。《云》赋韵脚为神、文、分、存、邻，真文旁转（“神”“邻”属真部，其余属文部）；废、败、世、害、泰，属月部；首、寿、老、牡、游，属幽部；

治，属之部；暑、雨、父，属鱼部；起、已、理，属之部。以下从略。再从结构看，以臣与王或五泰（虚拟的人名）等的一回合对话勾连完成。五段均为短制，前半是隐语，后半是猜测或回答之辞，所谓末尾点出谜底。

从内容上看，《赋篇》中的五段赋文，每首均针对一件事物，或抽象或具体，且都具有假物寓意的特色，宗旨在理而不在物。前两赋对“礼”“知”的引出并铺陈，明显是在宣扬荀卿的政治主张。比如：《礼》赋说，礼为君子所敬，为小人所不敬，人之本性通过升华得到礼的规约则成为儒雅的人，得不到则与禽兽无异。普通人尊崇它能够成为圣人，诸侯王尊崇它则能够统一天下。礼就像日月能照亮大地，它有规有章，能给天下带来文明之光。在《知》赋中（知即智），智与礼一样是儒家伦理思想的核心范畴。孔子在《论语》中曾极力倡导仁义礼乐的儒家思想及仁、智和勇的君子之道，孟子则隆重推出“四端”之说，将智的理念推上儒家思想的重要位置。荀卿也很重视儒家智的理念，并继续发展了儒家智的学说。荀卿以为，智不仅可以使人知识广博，以已知推未知，成为智者，而且可以使人从愚向智转变。而智性为人所共有，只是觉悟的程度不同，表现也各有差异而已。在赋中，荀卿以自然界的精微深广与辉光博大来形容人类社会中儒家推崇的抽象又具体的礼和智，将人文思考具象化、浅近化，给人以深刻而特别的印象。在对“云”“蚕”“箴”的诵咏中，针对具象进行别有蕴奥的描画与陈说，比如，写云“德厚而不捐”“功被天下而不私置”，写蚕“养老长幼”“功立而身废，事成而家败”，写箴（针）“下覆百姓，上饰帝王”，等等。

显然，荀子的《礼》与《知》篇直接将儒家理念创设成迷，它无处不在，影响深远，却多被人民所不知，请与猜谜。而他的《云》、《蚕》和《箴》篇也不为单纯赞美作为自然之物的云、蚕和作为社会之物的箴，而是将这些具体之物拟人化、政治化，借物阐理，赋予它们以人文品性和儒家价值，通过对云、蚕和箴的品格与作用的描述和揭示，表达一已之儒家思想与志向、抱负，也无不是在向基层人民宣传与弘扬他的儒家主张。

五篇小赋的创作时间不可考，有研究者指出：“它们是一组相互联系的作品。有用兮字，也有不用，是荀子公元前 255 年离齐后写成的。”① 然而，关于荀卿赋的文体归类却成难题。班固说：“大儒孙卿及楚臣屈原，罹谗忧国，

---

① 廖名春：《荀子新探》，中国人民大学出版社，2014 年版。

皆作赋以风，咸有恻隐古诗之义。”余嘉锡曾说：“是为……孙卿之赋，皆以发明其儒家之学，故编入所著书中。”① 金开诚进一步以为“赋属于文的范畴，而辞属于抒情诗的范畴”②。笔者深以为然，并提出更直接的意见，即以荀卿之赋为理赋，在文的范畴，并别于后世宋玉骚体赋领起之情赋。

要之，荀卿五篇赋作在文体发轫、发展和壮大与变异过程中有重要意义，不仅在于其作品时间早于宋玉赋而具有创体性，也在于其作对后世赋作的形式，尤其是体性、体貌产生了深刻影响，并拥有引领方向的作用。而其赋篇的性质当为阐理赋，属于开文赋先河的非抒情性，也即非纯文学的泛“文”作品，是荀卿居兰陵后尝试用新的文体样式表达己意，传播其儒家思想的新创文字。而其作于其他时期的非哲学性小品“遗春申君赋”，即《孙卿赋》、《成相篇》三章和《佹诗》二章虽未以赋名篇，也均属于此等特殊文类。

2.《成相篇》及《佹诗》

《成相篇》约写于公元前238年之后。“成相”一词语义解释多歧，杨倞注：“以初发语名篇，杂论君臣治乱之事，以自见其意，故下云‘托于成相以喻意’。”③《礼记》又有‘治乱以相’之说，相乃古代一种类似于乐器之物，有的说是‘舂牍’，应是俗物，用以民间发动音节，助力诵咏。

《成相篇》原文如下：

请成相，世之殃，愚暗愚暗堕贤良。人主无贤，如瞽无相何伥伥！请布基，慎圣人，愚而自专事不治。主忌苟胜，群臣莫谏必逢灾。论臣过，反其施，尊主安国尚贤义。拒谏饰非，愚而上同国必祸。曷谓罢？国多私，比周还主党与施。远贤近谗，忠臣蔽塞主势移。曷谓贤？明君臣，上能尊主爱下民。主诚听之，天下为一海内宾。主之孽，谗人达，贤能遁逃国乃蹶。愚以重愚，暗以重暗成为桀。世之灾，妒贤能，飞廉知政任恶来。卑其志意，大其园囿高其台。武王怒，师牧野，纣卒易乡启乃下。武王善之，封之于宋立其祖。世之衰，谗人归，比干见刳箕子累。武王诛之，吕尚招麾殷民怀。世之祸，恶贤士，子胥见杀百里徙。穆公任之，强配五伯六卿施。世之愚，恶大儒，逆斥不通孔子拘。展禽三绌，春申道缀基毕输。请牧基，贤者思，尧

① 余嘉锡：《古书同例》，上海古籍出版社，1985年版。

② 金开诚：《屈原辞研究》，江苏古籍出版社，1992年版。

③ 荀子：《荀子》，杨倞，注，东方朔，导读，王鹏，整理，上海古籍出版社，2010年版，第291页。

在万世如见之。谗人罔极，险陂倾侧此之疑。基必施，辨贤罢，文武之道同伏戏。由之者治，不由者乱何疑为？

凡成相，辨法方，至治之极复后王。复慎、墨、季、惠，百家之说诚不详。治复一，修之吉，君子执之心如结。众人贰之，谗夫弃之形是诘。水至平，端不倾，心术如此象圣人。而有埶，直而用抴必参天。世无王，穷贤良，暴人刍豢仁人糟糠。礼乐灭息，圣人隐伏墨术行。治之经，礼与刑，君子以修百姓宁。明德慎罚，国家既治四海平。治之志，后埶富，君子诚之好以待。处之敦固，有深藏之能远思。思乃精，志之荣，好而壹之神以成。精神相反，一而不贰为圣人。治之道，美不老，君子由之佼以好，下以教诲子弟，上以事祖考。成相竭，辞不蹶，君子道之顺以达，宗其贤良，辨其殃孽。

请成相，道圣王，尧舜尚贤身辞让。许由、善卷，重义轻利行显明。尧让贤，以为民，泛利兼爱德施均。辨治上下，贵贱有等明君臣。尧授能，舜遇时，尚贤推德天下治。虽有贤圣，适不遇世孰知之？尧不德，舜不辞，妻以二女任以事。大人哉舜！南面而立万物备。舜授禹，以天下，尚得推贤不失序。外不避仇，内不阿亲贤者予。禹劳心力尧有德，干戈不用三苗服。举舜圳亩，任之天下身休息。得后稷，五谷殖，夔为乐正鸟兽服。契为司徒，民知孝弟尊有德。禹有功，抑下鸿，辟除民害逐共工。北决九河，通十二渚疏三江。禹傅土，平天下，躬亲为民行劳苦。得益、皋陶、横革、直成为辅。契玄王，生昭明，居于砥石迁于商。十有四世，乃有天乙是成汤。天乙汤，论举当，身让卞随举牟光。道古贤圣基必张。

愿陈辞，世乱恶善不此治。隐讳疾贤，良由奸诈鲜无灾。患难哉！阪为先，圣知不用愚者谋。前车已覆，后未知更何觉时！不觉悟，不知苦，迷惑失指易上下。中不上达，蒙揜耳目塞门户。门户塞，大迷惑，悖乱昏莫不终极。是非反易，比周欺上恶正直。正直恶，心无度，邪枉辟回失道途。已无邮人，我独自美岂独无故。不知戒，后必有，恨后遂过不肯悔。谗夫多进，反覆言语生诈态。人之态，不如备，争宠嫉贤利恶忌。妒功毁贤，下敛党与上蔽匿。上壅蔽，失辅埶，任用谗夫不能制。孰公、长父之难，厉王流于彘。周幽、厉，所以败，不听规谏忠是害。嗟我何人，独不遇时当乱世！欲衷对，言不从，恐为子胥身离凶。进谏不听，刭而独鹿弃之江。观往事，以自戒，治乱是非亦可识。托于成相以喻意。

请成相，言治方，君论有五约以明。君谨守之，下皆平正国乃昌。臣下职，莫游食，务本节用财无极。事业听上，莫得相使一民力。守其职，足衣食，厚薄有等明爵服。利往卬上，莫得擅与孰私得？君法明，论有常，表仪既设民知方。进退有律，莫得贵贱孰私王？君法仪，禁不为，莫不说教名不移。修之者荣，离之者辱孰它师？刑称陈，守其银，下不得轻私门。罪祸有律，莫得轻重威不分。请牧祺，明有基，主好论议必善谋。五听修领，莫不理续主执持。听之经，明其请，参伍明谨施赏刑。显者必得，隐者复显民反诚。言有节，稽其实，信诞以分赏罚必。下不欺上，皆以情言明若日。上通利，隐远至，观法不法见不视。耳目既显，吏敬法令莫敢恣。君教出，行有律，吏谨将之无铍滑。下不私请，各以宜舍巧拙。臣谨修，君制变，公察善思论不乱。以治天下，后世法之成律贯①。

《成相篇》全篇共三章，有相对恢宏却并不整饬的篇幅，每章均以"请成相"或"凡成相"起句，为三四言与杂言交织的格局，通篇有韵，尤其是齐整语言或偶对的部位极易记忆或数板诵咏。比如，"请成相，言治方，君论有五约以明""请布基，慎圣人，愚而自专事不治"等，以往学者多以每段开头都有"请成相""凡成相"等套语（程式），类似于后世之弹词，而认为此篇属于民歌性质（杨荫浏在《中国古代音乐史稿》中曾论证《成相篇》是分为三大段的相当长篇的说唱本子）。其实，从全篇内容的政治与历史属性，用意的深奥复杂性和整体的理性境界而言，此类篇章是不好歌唱的，却与瞽史诵咏之辞十分类似。篇中多运用历史人物、典故与事实来论理言政，如"世之衰，谗人归，比干见刳箕子累。武王诛之，吕尚招麾殷民怀。世之祸，恶贤士，子胥见杀百里徙。穆公任之，强配五伯六卿施"等。再如"欲对衷，言不从，恐为子胥身离凶。进谏不听，刭而独鹿弃之江。观往事，以自戒，治乱是非亦可识"，等等。以君臣是非成败之事言说政治兴衰和历史教训，同时也流露出比干、子胥和屈原式政治家一捧用世苦心，却忠贤被弃、仁人见谗的幽怨与哀世多艰，期盼治政的心态，很像当年老子西出函谷关，留下五千言治世哲语的心迹。因《尧问》篇中其弟子曾记载"孙卿迫于乱世，鰌于严刑，上无贤主，下遇暴秦，礼义不行，教化不成……怀将圣之心，蒙佯狂之色，视天下以愚"，这就是荀卿书写此篇的历史背景与政治际遇。可见，《成相篇》是荀卿自觉有为的创意性的书写，采用的形式是瞽史说唱，因先秦时

① 王先谦：《荀子集解》，中华书局，1988 年版，第 455 – 472 页。

期《国语》《周礼》等历史文献均记载了瞽、矇、瞍、史等特殊人才作为重要的文化传承载体，通过自身拥有的超强记忆力和特殊的音乐创造力，职掌训导教诲之职，完成政治教训和历史经验记忆等文化使命的事实，他们是俗赋的源头开创者之一。而古代瞽者必有相，荀子《成相篇》不是无本之木，应是他将自身经历背景化，将儒家思想浅俗化，将历史教训诵咏化的创意性实践。

作为后儒领袖，荀卿不仅完成了发展儒家，集儒家之大成的使命，还成为独具一格的辞赋创体者和赋体大家。荀赋是南北文化、士人文化、高层文化与基层文化互相激荡融合的产物，他依恃自身丰厚渊深的儒家思想和百家思想，探索驾驭民间形式，以传播儒家思想为使命，从不同角度为君主大王献言开智，为历史提供镜鉴，为社会提供方向，开创的是与诗骚同文异路的理赋的方向，不仅反映了泛“文学”时期赋体在战国末期创体时期的特点，也客观反映出当时哲学和史学向文学渗透、转变，或以传统的文学方式阐述道理的事实。以往关于荀卿赋，论者多从隐喻角度分析，沿用古赋辨体作者的说明，即“描形写影，名状形容，尽其工巧”，但并不注意作者其后的说明和强调。言及荀卿之赋，祝尧《古赋辨体》说：“然其辞既不先本于情之所发，又不尽本于理之所存，若视风、骚所赋，则有间矣吁。此楚骚所以为百代词赋之祖也欤!”他因荀卿赋的非情本性而不以为荀卿赋为赋之文祖，而认骚为赋之源头。这恰好是理赋存在的一种反证，因为荀卿赋的确是一种非情赋性的存在，正是荀卿赋与宋玉赋不一样的文体面貌，注入了后代赋体体性的动荡因子与多变体格。作为创体时期的理赋，荀卿赋对后世秦汉赋乃至千百年后的赋作都或隐或显地具有一种垂范作用，它也提供了一种永远动态的观照系统，谁都可以依据他的范文及其中的不同特色去延续赋的创作。

再看荀卿之《佹诗》。

佹诗者，非标赋名，但其为文却与赋相关。春秋时期，士大夫多有赋诗言志之习俗与能力，能言的根本主要在《诗三百》。此外，还有一种民间隐语或谜语性的表达样式，用以表达自己的意见并测试对方的智力，战国时的荀卿将其称为佹诗。佹诗之佹音、意皆如诡谲、诡异之诡，欲以激切诡谲之辞警示天下不安不治之意也。

《佹诗》原文如下：

天下不治，请陈佹诗：天地易位，四时易乡。列星殒坠，旦暮晦盲。幽暗登昭，日月下藏。公正无私，反见从横。志爱公利，重楼疏堂，无私罪人，憼革贰兵。道德纯备，谗口将将。仁人绌约，敖暴擅强。天下幽险，恐失世英。螭龙为蝘蜓，鸱枭为凤皇。比干见刳，孔子拘匡。昭昭乎其知之明也，郁郁乎其遇时之不祥也。拂乎其欲礼义之大行也，暗乎天下之晦盲也。皓天不复，忧无疆也。千岁必反，古之常也。弟子勉学，天不忘也。圣人共手，时几将矣。与愚以疑，愿闻反辞。

其小歌曰：念彼远方，何其塞矣！仁人绌约，暴人衍矣。忠臣危殆，谗人服矣。琁玉瑶珠，不知佩也。襍布与帛，不知异也。闾娵、子奢，莫之媒也。嫫母、力父，是之喜也。以盲为明，以聋为聪，以危为安，以吉为凶。呜呼上天！曷维其同①。

此篇以四言为主，间有杂言，用韵无规律，名为诗，内容却非诗性，特点在所言之事皆为人之常见，却为统治者所忽略或故意视而不见，采用谜语的方式陈说，与《礼》《知》《云》《蚕》《箴》五个赋篇手法有一致性，既有揭露世间乱象，表达愤慨之意，又汲取通俗文化养料，隐化表达，曲折大意，既能达到委婉教育统治者的目的，也能将思想浅俗化。这样的为文为诗面貌，令我们联想起的既有《诗经》，也有《老子》，不只是《诗经》，也不只是《老子》。也许，这就是情赋和理赋之间的样式，我们姑且尊重作者，将之称为政治诗。

第四节　宋玉赋的情理分野

一、宋玉的赋作特色

宋玉的事迹，文献记载很少，司马迁在《史记·屈原贾生列传》中简约记之说："屈原死后，楚有宋玉、唐勒、景差之徒者，皆好辞而以赋见称。"所谓屈原既逝，楚有宋玉、唐勒、景差诸生崛起，皆以赋称，而以宋玉最为著名，后人常将他与屈原并称。王逸《九辩》序中称"宋玉者，屈原弟子也"。后人总结研究说宋玉"为人长于言谈，善为文而通音律。生于南楚，长于南楚，深受楚文化熏染，尤其受前辈诗人屈原的影响，爱好楚辞创作，尤以擅长赋体而闻名于世。通过友人的引荐得以入仕襄王之朝。襄王爱其才艺，

① 王先谦：《荀子集解》，中华书局，1988年版，第480－484页。

常使他伴随左右，以供娱乐，并没有重用他……到考烈王之时，因失职而远走他乡，成了一个流浪者。大致卒于考烈王晚年，葬于湖南临澧。”（参见金荣权《屈宋论考》）宋玉作为中国第一个职业作家，《汉书·艺文志·诗赋略》收载宋玉赋16篇，这成为记载宋玉赋作的核心文献。在以后的相关典籍中，以“宋玉”署名的作品共17篇，其中东汉王逸注《楚辞章句》收录《九辩》《招魂》2篇，南朝梁萧统编《文选》收录《风赋》《高唐赋》《神女赋》《登徒子好色赋》《对楚王问》等5篇，唐人所编《古文苑》收《笛赋》《大言赋》《小言赋》《讽赋》《钓赋》《舞赋》等6篇，南宋陈仁子《文选补遗》收《微咏赋》1篇，明人所辑《宋玉集》增收《高唐对》《郢中对》2篇，梅鼎祚《文纪》又收录《报友人书》1篇，后3篇则为不标“赋”名之赋作。

今人对宋玉其人其作多有质疑，但从刘勰《文心雕龙》看，他肯定宋玉的《风赋》《钓赋》《对楚王问》《登徒子好色赋》等赋作的真实性及其文学地位，这可视为文学史的主流发声。这些作品也被《隋书》《唐书》《新唐书》录入《宋玉集》。可见，由汉代至于南宋，人们对宋玉作品的真伪问题并不在意，且他的作品的确为文人所喜爱而影响巨大。经过近百年的不断争论与探讨，关于宋玉作品真实性的问题取得了突破性的进展，被学术界大多数学者所认可的宋玉作品有《九辨》《风赋》《高唐赋》《神女赋》《登徒子好色赋》《对楚王问》《大言赋》《小言赋》《讽赋》《钓赋》10篇。

由此观之，宋玉是以赋为主要创作对象的第一位中国作家，并与屈原同为“中国文学之祖”。宋玉最重大的独创抒情长诗《九辩》，开了中国长篇写景文学的先河，他的赋作则结合自己所处的时代现实，继承先师传统，勇于继往开来，推陈出新，具有多方面的开创意义。首先是他创立了楚赋的类型，完成了楚辞向楚赋的转型；其次是成就了楚赋的多元特色。

宋玉楚赋的特色集中表现在以下几个方面。

其一，开拓了赋的书写题材。宋玉的所谓楚赋，涉及的题材包括悲秋感伤题材、山水题材、艳情题材、女性美人题材和政治微讽题材等。具体而言，他的《高唐赋》《神女赋》等，是开启悲秋、梦幻和女性题材的作品；其《登徒子好色赋》《讽赋》等是开启艳情和微讽题材的作品；其《高唐赋》则是开启中国山水题材的作品。除此之外，他的作品还涉及游戏题材和歌舞题材等方面。

其二，将楚赋的书写主体成功前置化。屈原的楚辞，尤其是《离骚》，拥有十分独立且个性鲜明的抒情主人翁，其第一人称的抒情方式成就着他作为史诗性抒情诗人的生命境界与超逸人格，也成就了他作为第一个个体创作的中国文学家之地位。楚赋作为新的文体，如何处理主体与内容之关系，则不仅是一个创作视角的问题。从今天的文学观念看，真实还是虚构是写实性文学和非写实性文学的核心本质区别。而古典散文却不能仅以此为衡量。在宋玉的赋作中，多有一种情形，就是宋玉作为赋中人物而出现，即作者以第三者口吻写之。而这也成为前人怀疑宋玉赋非宋玉所作的证据之一。在笔者看来，这正是宋玉在楚赋中创立的发展古赋对话体的一种方式。在中国古典文献中，用对话体的方式记载语录或发微思想者比比皆是。从记言的古史《战国策》到记事的史书中对人物对话的记录，再到传播思想的子学著作《论语》等，记载对话的文本文献无处不在，对话的内容日益丰富并向个性人格、文化深层和鸿篇巨制发展，呈现着最朴素、最直观的人的生存现实与越来越重要的交际价值、思想价值。这样的对话体基本是由第三者记录的。到了《庄子》，情况有了变化。《庄子》中记录或设计了很多以庄子为主人翁的故事或寓言。如庄子与惠子，庄子与楚王，庄子与楚臣，庄子与骷髅等的对话与故事，还有庄子妻死，他箕踞鼓盆而歌的故事等，不仅把《庄子》的本体哲学著作提高到人生哲学和美哲学的境界，也给庄子的诸子哲学著作赋予了强大的文学品格，使之成为古典中国最有民族特色的哲学—文学明珠。宋玉在其赋作中直接用宋玉作为人物，应也是或自觉或必然地对此种方式的传承和发展，这既增强了赋体文的真实性，也丰富着赋体文的文学色彩。

其三，宋玉赋开创了赋体文学中情赋的类型。宋玉的赋作与他的辞作一样，多“书楚语、作楚声、记楚地、名楚物”，以抒情瑰丽为长，多以咏物和叙事为内容。其所叙环境是具楚地之风姿神韵的环境，所咏美人是具楚地之审美情调的美人，所咏乐曲亦是《阳春》《白雪》《下里》《巴人》等楚地之歌。而在手法上运用铺排，则造成了瑰美宏丽的风格，直接影响了汉大赋的创作。

其四，赋在结构上开创了问答和问对的稳态方式。宋玉之《风赋》《高唐赋》《神女赋》《登徒子好色赋》等篇一直享有盛誉，其或不足信的大言、小言、钓、笛、讽、舞、微咏均以“赋”为名，《对楚王问》未标“赋”名，实际也是赋体作品。它们都对后世赋之体格产生了广泛的影响。宋玉的赋作从形式上可分两类，一类主要用问对形式，这是先秦时期最重要的为文构段形式。有两人之对（高唐与神女），有三人之对（登徒子与楚王和宋玉），甚至有四人之对（《大言赋》）。从简单的问对回合到相对复杂的问对回合，君王为问之主体，臣子为答之主体，以依次为对的方式，以答之主体为主，铺陈思路，发挥创思，展开赋文。一类为非问对体，即正文加“乱曰”的变向骚体（扬雄之《甘泉赋》，张衡之《温泉赋》踪之）。微咏赋也属此类。在配合此种格局的同时，又逐渐形成了以散句开篇，以韵语铺陈，以散句收结的赋体格局常态（后世之文赋体制直至八股制艺作为理赋性的股赋体制皆依此承续）。宋玉与屈原生活于同一个时代和同一个文化背景之下，他的形象虽不如屈原那样伟岸高大，但是一个有鲜明个性的文人，他的思维方式与人生追求自然会对后代的文人与作品产生较大的影响。他对赋体文学的多重开创之功，历史不会忘记。

二、宋玉的情赋

1. 情赋的本质

中国古代赋类作品生成于先秦时期，荀卿、宋玉作为先秦赋的特定书写主体，从刘勰开始，就被公认为赋体奠基人。《文心雕龙·诠赋》在谈到赋体文学形成的历史时说：“于是荀况礼智，宋玉风钓，爰锡名号，与诗画境，六义附庸，蔚成大国，述客主以首引，极声貌以穷文，斯盖别诗之原始，命赋之厥初也。”① 在这里，刘勰将荀卿赋与宋玉赋前后排列，且将两人同尊为赋体的开辟之祖，他的这一评价一直成为赋学史上的共识。

历代学者对荀卿和宋玉作为赋体开山之祖的地位皆无异议，但对二人赋作的开山面貌、格局、语言及用韵等的不同及作用却众说纷纭。由于在古远的先秦时期，关于作者的材料与文献材料都相对匮乏，这让深入研究和比较变得十分困难，更多的时候只能针对作品进行研究，但愿这个内容不至成为千古诉讼或赋体研究的瓶颈之一。依笔者看来，两者并非同途共轨、联辔前行的关系。虽然他们依托的人文土壤类同，也都以“赋”标名，却是同中有异，异中又有同。因为时代久远，对于二人的文体关联和文体承传关系，除了进行内容与形式的外在比较，还要进行内里上的或衔接或背离的梳理，而后者确是难题。但从作品我们看到，宋玉赋作的最大成就是将感

① 刘勰：《文心雕龙》，王志彬，译，中华书局，2018 年版，第 38 页。

性式的铺陈和对偶发挥到了极致而开拓了情赋的面貌，因此而与荀卿理赋大为不同。

赋体作为文学体裁，本应是拒绝理性介入的，或者要精心权衡理性内容的介入深度、介入程度。一般而言，作为思想之理，只应是背景式地参与构思，警句式地进入内容，点拨式地帮助读者照亮主题的光芒……这是以现代文学观念反思古典文学的思路。我们早习惯于以当下的文学理念反思和梳理古典文学的存在事实，而这恰恰忽视了中国古典文学的背景和特殊的文体观念。比如，古典文学最典型的文体分类观念是文与笔的分类，而没有纯文学与非纯文学的分类。再比如，古典时期最经典的文体分类是经史子集。其中的哲学、史学和文学等皆属于“泛文”或杂文学的范畴。但这并不是说不重视古典时期赋体文学作为一种主流文体的地位，我们只是借此对文学进行反思：什么是文学？什么是纯文学？以此来进一步分析宋玉情赋与理赋的分野。

强调文学的独立价值和体系，不再将其混融于经、史、杂中的理念自觉应从王国维开始。他在《论哲学家与美术家之天职》中指出：

故我国无纯粹之哲学，其最完备者，唯道德哲学与政治哲学耳。至于周、秦、两宋间之形而上学，不过欲固道德哲学之根柢，其对形而上学非有固有之兴味也。其于形而上学且然，况乎美学、名学、知识论等冷淡不急之问题哉！更转而观诗歌之方面，则咏史、怀古、感事、赠人之题目，弥漫充塞于诗界，而抒情、叙事之作，什佰不能得一。其有美术上之价值者，仅其写自然之美之一方面耳。甚至戏曲、小说之纯文学亦往往以惩劝为旨。其有纯粹美术上之目的者，世非惟不知贵，且加贬焉，于哲学则如彼，于美术则如此，岂独世人不具眼之罪哉，抑亦哲学家、美术家自忘其神圣之位置与独立之价值，而葸然以听命于众故也①。

诚然如是，现当代建立起来的文学体系相当于将文学全面归结为一种诉诸文字形象的艺术品，不直接掺杂道德哲学和政治哲学或其他学术。反思古典时代的泛文学，我们没有理由非要从形象或抒情与否入手，而不从理性或道理的角度去分析。再者，纯文学作为一种存在，是现代文明的产物，它不仅指代以文字的技巧性和表现的形象性来完成创作的作品，更多是指以形象

① 王国维：《王国维遗书》：第5卷，上海书店出版社，2011年版。

思维虚构而出的作品，更是与不纯的文学相向提出的概念。随着商业时代的到来，作家又有以媚俗化的心态和商业化的目标，来进行大量技术化和套路化的操作的新情况。现代意义上的纯文学已经离古典时期的“文”“文辞”“文章”的概念越来越远。但概念上的纯文学依然那么浪漫而美好地在人们心中招摇着，召唤着。它不只是远离心灵谎言的文学，不只是为美唾丑的文学，不只是拒绝功利的文学，更多的是执着于最初一念之本心，为着人性（首先是自我）的完善默默努力的，自觉保持文学的精神独立性和追求理想的审美个性的文学。纯或不纯都依据当代文学理论共识来达成。当下的纯文学观念还用于区分科学性、应用性或时效性等工具性体裁。例如，论文类、公文类、新闻类、日常交际与管理类等文章，此类文字的价值在于内容所传达的务实信息和特定效能。它们不以文学美感为务，不锁定生活中寓普遍于特殊之中的人性存在，也不寓美丑善恶于形象的表达，更不在技巧和手法、主题的显隐及主体的风格等方面做艺术性的不懈探求。作为现当代使用的概念，“纯文学”似乎不适宜于送给传统的赋体文学，也不适用于中国古典时期文的传统与文的系统。再结合前文针对荀卿赋的具体分析，以理赋称谓荀卿赋应在情理之中。

情赋者，文学之赋也。今人看来，文学的本质应是什么？焦点式地说，应是文学的形象和为了把握形象，输出感情的形象的语言，所谓文学是语言的艺术。可是，就语言说，不光文学文本由语言构成，非文学文本也由语言构成。语言对外部世界的指向既可以是抽象的，也可以是形象的，还有语境的问题和目的的问题等搅扰。有时形象地表达是为着抽象的目的，有时概略地描写等于抽象地说明。也就是说，表达上的情况千差万别，这些情况在古典文学中交织在一起，令我们对文学分体时常常感到困扰，或者对其视而不见。当然，文学是复杂的符号存在物，任何复杂的事物其本质都不会是单一的，更何况它要与人的心灵情感世界息息相通。文学作品创作乃至整个文学活动从头至尾都是一个具体、复杂和系统的情感活动过程，是否属于文学，归根到底由作品的本质决定。因此，从作品切入，是把握文学本质和特征的最好的途径。宋玉作品的情赋属性从以下几个方面表现出来。其一，他使用的文学语言的构象性。其赋作的用语所呈现的世界并不是客观的世界，或如荀卿般的观念的世界，其语言不是纯思辨的产物，而是语言自己构建的有着南楚文化味道的特殊世界。其二，他用语言描写的世界是作家想象的结果，是虚构与夸张的结果，是现实生活中并不存在的。如巫山之仙女、高唐之神女、登徒子之好色，等等。作者在虚构的前提下感受或编织了事件的外貌，用叙述与描写的语言创造了一种幻象，一种纯粹的幻象，仿佛是转瞬即逝的，也仿佛是扑朔迷离的……一个个虚幻生活的片段，一种纯粹而完全经验的或超经验的现实。当然，虽然作者的虚构和想象即使再怪诞也离不开生活所提供的素材，但毕竟它在指向意义世界的同时，是通过特殊的形象的手段达成的。其三，作者的文学语言所表现的除了感性具体外，更有个性特征与特殊文采。文学与科学所要反映的都是生活，但两者又有明显不同。科学从生活或自然现象出发，目的却是运用定义、公式、概念、判断和推理等抓住隐藏在这背后的本质和规律，其用语的个性特征被抽象的语言系统抑制在很低的程度，而文学却始终离不开现象的具体可感性。它虽然也要表现本质与规律，但却是通过对这些感性具体的生活的细腻描写，将本质与规律间接地暗示出来，而不是用抽象的形式，将它们直接地表述出来。在感性表达的同时，一定会从言语、修辞、构段和风格等方面打上作者的烙印，这一点，古今理念应是贯通的。

2. 宋玉的情赋作品

宋玉的赋作载于《汉书·艺文志》的共16篇，一般认可的仅10篇，其中一些作品在情赋系列，一些作品则站在情赋的边缘，成为早期理赋的作品。宋玉赋的用语风格是细密绵长、温婉雅丽的，透现出宋玉作为倜傥才子的风流飘逸之气与失意文人的郁结不平之慨。而其华彩的语言则成为后世赋体的重要特征。只有在情赋的系统里，他的华彩和铺陈才最有用武之地。宋玉赋开了传统咏物赋的先河，这主要是针对《风赋》《笛赋》等而言的。如果说比较公认的他的赋作是《风赋》《高唐赋》《神女赋》《登徒子好色赋》《对楚王问》《大言赋》《小言赋》《讽赋》《钓赋》，那么属于其情赋的代表性作品主要有三篇，即《高唐赋》、《神女赋》和《风赋》，而以《高唐赋》和《神女赋》最具代表性。

《高唐赋》并序

昔者楚襄王与宋玉游于云梦之台，望高唐之观。其上独有云气，崪兮直上，忽兮改容，须臾之间，变化无穷。王问玉曰："此何气也？"玉对曰："所谓朝云者也。"王曰："何谓朝云？"玉曰："昔者先王尝游高唐，怠而昼寝，梦见一妇人曰：'妾巫山之女也，为高唐之客。闻君游高唐，愿荐枕席。'王因幸之。去而辞曰：‘妾在巫山之阳，高丘之阻。旦为朝云，暮为行雨。朝朝暮暮，阳台之下。’旦朝视之，如言。故为立庙，号曰‘朝云’。”王曰：“朝云始出，状若何也？”玉对曰：“其始出也，㬳兮若松榯。其少进也，晣兮若姣姬。扬袂鄣日，而望所思。忽兮改容，偈兮若驾驷马，建羽旗。湫兮如风，凄兮如雨。风止雨霁，云无所处。”王曰：“寡人方今可以游乎？”玉曰：“可。”王曰：“其何如矣？”玉曰：“高矣显矣，临望远矣；广矣普矣，万物祖矣。上属于天，下见于渊。珍怪奇伟，不可称论。”王曰：“试为寡人赋之。”玉曰：“唯唯！”

惟高唐之大体兮，殊无物类之可仪比。巫山赫其无畴兮，道互折而曾累。登巉岩而下望兮，临大阺之稸水。遇天雨之新霁兮，观百谷之俱集。濞汹汹其无声兮，溃淡淡而并入。滂洋洋而四施兮，蓊湛湛而弗止。长风至而波起兮，若丽山之孤亩。势薄岸而相击兮，隘交引而却会。崪中怒而特高兮，若浮海而望碣。石砾磥磥而相摩兮，巆震天之磕磕。巨石溺溺之瀺灂兮，沫潼潼而高厉。水澹澹而盘纡兮，洪波淫淫之溶瀹。奔扬踊而相击兮，云兴声之霈霈。猛兽惊而跳骇兮，妄奔走而驰迈。虎豹豺兕，失气恐喙。雕鹗鹰鹞，飞扬伏窜，股战胁息，安敢妄挚。于是水虫尽暴，乘渚之阳。鼋鼍鳣鲔，交积纵横。振鳞奋翼，蜲蜲蜿蜿。

中阪遥望，玄木冬荣。煌煌荧荧，夺人目精。烂兮若列星，曾不可殚形。榛林郁盛，葩华覆盖。双椅垂房，纠枝还会。徙靡澹淡，随波暗蔼。东西施翼，猗狔丰沛。绿叶紫裹，丹茎白蒂。纤条悲鸣，声似竽籁。清浊相和，五变四会。感心动耳，回肠伤气。孤子寡妇，寒心酸鼻。长吏隳官，贤士失志。愁思无已，叹息垂泪。

登高远望，使人心瘁。盘岸巑岏，裖陈硙硙。磐石险峻，倾崎崖隤。岩岖参差，从横相追。陬互横啎，背穴偃跖。交加累积，重迭增益。状若砥柱，在巫山下。

仰视山巅，肃何千千，炫耀虹蜺。俯视崝嵘，窐寥窈冥。不见其底，虚闻松声。倾岸洋洋，立而熊经。久而不去，足尽汗出。悠悠忽忽，怊怅自失。使人心动，无故自恐。贲育之断，不能为勇。卒愕异物，不知所出。纵纵莘莘，若生于鬼，若出于神。状似走兽，或象飞禽。谲诡奇伟，不可究陈。

上至观侧，地盖底平。箕踵漫衍，芳草罗生。秋兰茝蕙，江离载菁。青荃射干，揭车苞并。薄草靡靡，联延夭夭。越香掩掩，众雀嗷嗷。雌雄相失，哀鸣相号。王雎鹂黄，正冥楚鸠。姊归思妇，垂鸡高巢。其鸣喈喈，当年遨游。更唱迭和，赴曲随流。

有方之士，羡门高谿。上成郁林，公乐聚谷。进纯牺，祷琁室。醮诸神，礼太一。传祝已具，言辞已毕。王乃乘玉舆，驷仓螭。垂旒旌，旆合谐。紬大弦而雅声流，冽风过而增悲哀。于是调讴，令人惏悷憯凄，胁息增欷。于是乃纵猎者，基趾如星。传言羽猎，衔枚无声。弓弩不发，罘罕不倾。涉漭漭，驰苹苹。飞鸟未及起，走兽未及发。何节奄忽，啼足洒血。举功先得，获车已实。

王将欲往见，必先斋戒，差时择日。简舆玄服。建云旆，蜺为旌，翠为盖。风起雨止，千里而逝。盖发蒙，往自会。思万方，忧国害。开贤圣，辅不逮。九窍通郁精神察，延年益寿千万岁①。

《神女赋》并序

楚襄王与宋玉游于云梦之浦，使玉赋高唐之事。其夜玉寝，果梦与神女遇，其状甚丽。玉异之。明日，以白王。王曰："其梦若何？"玉对曰："晡夕之后，精神恍忽，若有所喜。纷纷扰扰，未知何意。目色仿佛，乍若有记。见一妇人，状甚奇异。寐而梦之，寤不自识。罔兮不乐，怅然失志。于是抚心定气，复见所梦。"王曰："状何如也？"玉曰："茂矣美矣，诸好备矣。盛矣丽矣，难测究矣！上古既无，世所未见，瑰姿玮态，不可胜赞。其始来也，耀乎若白日初出照屋梁。其少进也，皎若明月舒其光。须臾之间，美貌横生。晔兮如华，温乎如莹。五色并驰，不可殚形。详而视之，夺人目精。其盛饰也，则罗纨绮缋盛文章，极服妙采照万方。振绣衣，被袿裳。襛不短，纤不长。步裔裔兮曜殿堂。忽兮改容，婉若游龙乘云翔。嫷披服，侻薄装。沐兰泽，含若芳。性和适，宜侍旁。顺序卑，调心肠。"王曰："若此盛矣！试为寡人赋之。"玉曰："唯唯。"

夫何神女之姣丽兮，含阴阳之渥饰。披华藻之可好兮，若翡翠之奋翼。其象无双，其美无极。毛嫱鄣袂，不足程式。西施掩面，比之无色。近之既妖，远之有望。骨法多奇，应君之相。视之盈目，孰者克尚。私心独悦，乐之无量。交希恩疏，不可尽畅。他人莫睹，王览其状。其状峨峨，何可极言。貌丰盈以庄姝兮，苞温润之玉颜。眸子炯其精朗兮，瞭多美而可视。眉联娟

① 赵逵夫：《历代赋鉴赏辞典》，上海辞书出版社，2017年版，第64－66页。

以蛾扬兮，朱唇的其若丹。素质干之醲实兮，志解泰而体闲。既姽婳于幽静兮，又婆娑乎人间。宜高殿以广意兮，翼放纵而绰宽。动雾縠以徐步兮，拂墀声之珊珊。

望余帷而延视兮，若流波之将澜。奋长袖以正衽兮，立踯躅而不安。澹清静其愔嫕兮，性沈详而不烦。时容与以微动兮，志未可乎得原。意似近而既远兮，若将来而复旋。褰余帱而请御兮，愿尽心之惓惓。怀贞亮之洁清兮，卒与我兮相难。陈嘉辞而云对兮，吐芬芳其若兰。精交接以来往兮，心凯康以乐欢。神独亨而未结兮，魂茕茕以无端。含然诺其不分兮，喟扬音而哀叹。頩薄怒以自持兮，曾不可乎犯干。

于是摇佩饰，鸣玉鸾。整衣服，敛容颜。顾女师，命太傅。欢情未接，将辞而去。迁延引身，不可亲附。似逝未行，中若相首。目略微眄，精彩相授。志态横出，不可胜记。意离未绝，神心怖覆；礼不遑讫，辞不及究。愿假须臾，神女称遽。徊肠伤气，颠倒失据。暗然而瞑，忽不知处。情独私怀，谁者可语。惆怅垂涕，求之至曙①。

以上《高唐赋》和《神女赋》的面貌极其相似，前有序言，叙述赋的创作情景与缘由，赋的正文是骚体，高唐为写景，神女为写人。神女与高唐联袂而来。《高唐赋》先用缥缈迷离之笔，铺写奇幻浩渺的高唐美景，巫山之潭水，高崖之峭壁，近观远望，虎豹豺兕，春秋代谢，草木葱茏。无尽的美景似乎都在引发楚襄王对其中的想象和对巫山神女的幻恋。在《神女赋》中，这位藏身云烟雾海中令人心驰神往的美丽女神才终于在作者笔下翩然露出惊鸿一瞥。但作者却并未使她与楚襄王相遇，而是让神女悠然地走进了侍臣宋玉的“梦”中。宋玉笔下的景是感性之景，是个性之景，是宋玉视野下的大美之景；笔下之人是神话中人，是幻化之人，是用夸饰与铺陈的语言塑造的供人幻想的绝美之人。其文辞或散句，用之序言；或骚体，用之赋文；或四言，相当于乱语。描写之动人，刻画之入神，气象之浩渺，意境之达远，是为文学的极致表达。再比如，对神女的描摹，先用铺陈总描，聚焦描写了神女的美貌与风姿，她是那样的富有灵异和神采，带给人的不仅是视觉的撞击，还有摄人魂魄的魅力；再细描她的装束与身段，“其盛饰也，则罗纨绮缋盛文章，极服妙采照万方。振绣衣，被袿裳，襛不短，纤不长。步裔裔兮曜殿堂。

① 赵逵夫：《历代赋鉴赏辞典》，上海辞书出版社，2017年版，第69－71页。

忽兮改容，婉若游龙乘云翔。”楚文学的语言发挥了自己最曼妙绝伦的特质，不仅令我们呼吸着楚文化的气息，想象着文字中绝妙无比的对象美，而且其句法错落有致，音韵高低浏亮，不仅构筑了语言的建筑美，也令我们感受到语言的音乐美。其中描写美人的语句如“白日初出照屋梁”“皎若明月舒其光”“罗纨绮缋盛文章”“极服妙采照万方”等被人称为“后来七言之祖”。描写美人心理的语句如“含然诸其不分兮，喟扬音而哀叹。頩薄怒以自持兮，曾不可乎犯干”也堪称细致而灵动。数百年后，曹植作为“建安之杰”，禀赋卓艺之才，身沐特殊体验，被宋玉的此赋深刻激发，创造出同样绝美的女神形象——洛神，并享誉千古。全篇描写人性之情之爱，对此，刘勰在《文心雕龙·诠赋》中说：“宋发巧谈，实始淫丽”，似乎略带贬义，但这是与屈原作品的功利主义相对而言的。若从文学审美的角度看，则其内容与形式正是情赋不可或缺，而与荀卿赋的内容属性迥异的。

从宋玉开始，赋的铺陈手法便被极致地使用，直至汉赋。所以刘勰在《文心雕龙》中说“赋者，铺也，铺采摛文，体物写志也”，铺叙骋辞是写作视角的转换与全方位思维导致的语言使用上崇尚具体与文采的特征，体物写志是题材内容上的特征。在宋玉全方位的铺陈中，侧重的是事物对象的细腻而感性的方面，形象而有声色的质地方面，而不是事理抽象的层面。对话加上细腻而华美的语言配合，使对答类赋成为类似今天虚构体小说性质的情赋作品，或不类今日散文以第一人称叙写，作者主体隐而藏之，对答的人物一般为真实人物，或为虚构人物，以对答人物为形象。在一段对话的描写中，虽然对话的内容实有思致与意理，但因被对话的框架吸收，故而将其归为情赋而非理赋。这就是情赋的本质。

3. 宋玉的理赋作品

从文献资料看到，从汉书开始，历代已经把荀、宋两人的代表作品先分在不同类目，之后再进入赋体大类。《汉书·艺文志·诗赋略》“杂赋类”著录有“《成相杂辞》十一篇”，至于杂赋是什么却没有明言。后嗣刘勰在《文心雕龙》中也有述及，说“秦人不文，颇有《杂赋》”，意思是秦代不重视文章，只有一些《杂赋》流传于世。汉人以荀、宋赋为分体，这早已是事实。虽然赋体的分类历来是个相对涣散的系统，比如，将传统汉赋分为三体，即骚体、散体大赋和抒情小赋，分类就不甚统一。或据语言形式，或依格局篇幅，或以抒情、叙述，或用咏怀和讽谏等几相交叉。而若从语言形式分类，则骚体和散体为统一；若从内容属性分类，则理赋和情赋为统一。

虽然多以荀、宋为赋之两源或两家，重视其分者看到一个用四言，一个用骚体；主体身份与人格学养也不同，一个是贤者和哲学家，一个是侍臣和文学（楚辞）家。再者，他们操持语言进行写作的目的不同。荀卿意在社会和君王，宋玉意在自我和君王。最后，他们的写作心态和思维方式不同，一个用形象为抽象概念的传播服务，一个用形象为主观和逞才服务。虽然也以君王为意，但是有以君王为形象间接传达自我之意味。但从主体与目的及内容特色来分析荀、宋赋作，二者也有相合相类的方面，使用韵语、使用铺陈和体物成为同是赋作的基础，宋玉作为以赋为主要创作者的身份，因有更多的赋作创作实践而可能在更多的方面发展了赋作的题材和表现手法。其情赋作品则是他对赋最大的发展。可是不能忘记，他还有其他重要赋作，属于与荀卿赋一类的理赋或接近理赋的作品。

若说宋玉只是文学弄臣，只会在更高品位上娱乐君王，这是对宋玉的小看，他也是有志向抱负的文士，我们读他的《九辨》，不仅能体会到其深沉的悲秋之苦，更能感受其才智不为世用，无路请缨，救国无门之痛，所以杜甫说“摇落深知宋玉之悲”。宋玉不似屈原以长篇抒情诗歌的形式诚恳而激情四溢地表达他的抱负，他也没有像荀卿那样采用隐语的方式哲学地加以表达，他的政治现实是严酷的，文化身份是卑微的，与先秦君主身边之优伶很相似，但他的才华却像燃烧的火焰般遮掩不住，他只能采取他以为可用的方式去参与政治。“纯文学”式的写作对他而言是遥远的。他的情赋作品形象背后其实都深藏着讽喻动机，但他先天被楚国文化的浪漫气息所滋养，后天被屈原楚辞的恢弘美艳所陶冶，他自然而然地将楚辞之风之韵化入赋作，更积极地调动与构建着文之绚丽形象，终于使其形象的构架大于或超越了理性的动机，形象与想象的铺陈越来越发挥了作用，对象越来越具有了极致的感性品格与撼动心灵的生动力量。更由于感性的具体占据了更大的篇幅，情的格局和面貌终于笼罩了理的动机，使赋文理的动机被背景化了，经过铺陈放大了并更加具体化了的形象则作为主体而前景化了，这使宋玉在赋体探索时期的情赋与理赋终于有了区别。他发展和夸张了赋的文学属性，致使赋作为主情的文学越来越被情之光辉照耀而发扬光大，终于成为华夏文化中主流的文学体裁之一。

在探索时期，宋玉的其他作品仍然属于以理性品格为主的品类，仍然使用惯用的赋的对话方式，但却更多地吸取先秦俳优讲故事的说理方式，也吸收了庄子善用的比喻和对照等手法，在叙述与对话中曲折地表达与完成的不是情的归旨，而是理的目的。也就是说，他用文学的手法完成了道理的表达。这就是宋玉理赋的特色。除了《高唐赋》《神女赋》《风赋》，宋玉的其他几篇代表性作品皆属于此类，虽非纯粹的说理赋，但是类似于今日之杂文属性，这是理赋创作在探索时期相对不很成熟的面貌。

《讽赋》

楚襄王时，宋玉休归。唐勒谗之于王曰："玉为人身体容冶，口多微辞；出爱主人之女，入事大王；愿王疏之！"玉休还，王谓玉："为人身体容冶，口多微辞；出爱主人之女，入事寡人；不亦薄乎？"

玉曰："臣身体容冶，受之二亲；口多微辞，闻之圣人。臣尝出行，仆饥马疲，正值主人门开，主人翁出，妪又到市，独有主人女在。女欲置臣堂上，太高；堂下，太卑；乃更于兰房之室，止臣其中。中有鸣琴焉，臣援而鼓之，为《幽兰》《白雪》之曲。主人之女，翳承日之华，披翠云之裘，更被白縠之单衫，垂珠步摇，来排臣户，曰：'上客，日高，无乃饥乎？'为臣炊雕胡之饭，烹露葵之羹，来劝臣食。以其翡翠之钗，挂臣冠缨，臣不忍仰视。为臣歌曰：'岁将暮兮日已寒，中心乱兮勿多言！'臣复援琴而鼓之，为《秋竹》《积雪》之曲。主人之女又为臣歌曰：'内怵惕兮徂玉床，横自陈兮君之傍。君不御兮妾谁怨，日将至兮下黄泉！'"玉曰：'吾宁杀人之父，孤人之子，诚不忍爱主人之女。'"

王曰："止！止！寡人于此时，亦何能已也！"①

《讽赋》为一短制，却写得别致而有匠心。全篇虽然也纵线叙述横线对话，却与写景写人之作风格迥异。从题目开始，作品就表现出了与情赋作品不同的特点。不用所咏对象为题，也不像《登徒子好色赋》那样以事件为题，而是直接用"讽"，即目的为赋作命题。讽者，讽谏也。宋代章樵于《古文苑》题解中言："楚襄王好女色，宋玉以此赋之，之词丽以淫，谓之劝可也。"是为劝文而非情文。这就是古典时期中国特色的理文，不是以概念、判断和推理的逻辑体系来阐发、说服，而是以故事来说明道理。而全文的结构与故事的组织，丽辞的强调也都是为实现此目的而展开的。比如，先设计唐勒的进谗，楚王的怀疑与质问，再用宋玉的对答（实是辩词）来推进故事。宋玉

① 选自《古文苑》卷二，《四库全书》集部。

的辩词是通过与主人之女三次情感交锋的小情节来完成的。故事从相见始而决绝终，情节本身不是目的，以己警人、寄寓讽谏，最终使楚王反思自身才是目的。宋玉的辩词才是全文的内核，辩词中的多种情况，不过是宋玉欲说服楚王而预设的各种难以洁身戒色的特殊条件和诱惑情景。比如，对宋玉身体容冶，口多微辞，即对有相貌又有口才足以吸引女性的强调，对女性主动投怀送抱情形的强调，对男女深处真空环境最易失去把握的情形的强调等，尤其在其间写到宋玉为《幽兰》《白雪》之楚曲，表达一己的芬芳与高洁之思，都在层层阐明宋玉在极致的诱惑面前无心于艳情，无意近女色，唯愿洁身自好，坚定自律的情操，实际是在以自己之意志和操守去宣扬一种为臣为君的品质，去触动楚王。全文关于宋玉守节操的故事是真是假都显得不重要了，重要的是，宋玉以寻常小事去警戒君王大义，终于使楚王言“止”。此是人之能，更是理之巧。

《钓赋》

宋玉与登徒子偕受钓于玄渊，止而并见于楚襄王，登徒子曰：“夫玄渊，天下之善钓者也，愿王观焉。”王曰：“其善奈何?”登徒子对曰：“夫玄渊钓也，以三寻之竿，八丝之纶，饵若蛆螾，钓如细针，以出三赤之鱼于数仞之水中，岂可谓无术乎？夫玄渊芳水饵，挂缴钩，其意不可得，退而牵行，下触清泥，上则波飏，玄渊因水势而施之：颉之颃之，委纵收敛，与鱼沉浮。及其解弛，因而获之。”襄王曰：“善。”

宋玉进曰：“今察玄渊之钓，未可谓能持竿也，又乌足为大王言乎?”王曰：“子之所谓善钓者何?”玉曰：“臣所谓善钓者，其竿非竹，其纶非丝，其钩非针，其饵非螾也。”王曰：“愿遂闻之。”宋玉对曰：“昔尧舜禹汤之钓也，以贤圣为竿，道德为纶，仁义为钩，禄利为饵，四海为池，万民为鱼。钓道微矣，非圣人其孰能察之?”王曰：“迂哉说乎！其钓不可见也。”

宋玉对曰：“其钓易见，王不可察尔。昔殷汤以七十里、周文以百里，兴利除害，天下归之，其饵可谓芳矣；南面而掌天下，历载数百，到今不废，其纶可谓纫矣；群生寖其泽，民氓畏其罚，其钩可谓拘矣；功成而不隳，名立而不改，其竿可谓强矣。若夫竿折纶绝，饵坠钩决，波涌鱼失，是则夏桀、商纣不通夫钓术也。今察玄渊之钓也，左挟鱼罶，右执槁竿，立乎潢汙之涯，倚乎杨柳之间，精不离乎鱼喙，思不出乎鲋鳊，形容枯槁，神色憔悴，乐不役勤，获不当费，斯乃水滨之役夫也已，君王又何称焉？王若见尧舜之洪竿，摅禹汤之修纶，投之于渎，沉之于海，漫漫群生，孰非吾有？其为大王之钓，不亦乐乎？”①

宋玉的《钓赋》与《讽赋》同载于南宋《古文苑》。《钓赋》所写内容也是纯为说理而为，其中人物皆借真人，故事却是作者自为。这是宋玉的一贯写法，其意不在故事，亦不在故事中的人物，而在借故事与人物预设自己阐发道理的情境，进而去阐发道理。全文叙述登徒子和宋玉一起向元洲学习垂钓之法，后谒见楚王。在楚王面前宋玉的对话成为核心段落，他借钓鱼为论，也为比喻，表达了自己对治国理政的意见：所谓善钓者，是指“以贤圣为竿、道德为纶、仁义为钩、禄利为饵、四海为池、万民为鱼”的政治家，这样的人是意在得天下的人。古代的夏桀、商纣就不是这样的人，而尧、舜、禹、汤正是理想的君王和理想政治的开拓者。他希望楚王从中做出明智的选择，终使“天下归之”。其中关于为政治道的精彩比喻和对比手法的运用，都是后世议论说理文的常用之法。要之，《讽赋》与《钓赋》属于同类，似今天之所谓杂文者，其属性应是理赋而非情赋。

《大言赋》

楚襄王与唐勒、景差、宋玉游于阳云之台。王曰：“能为寡人大言者上座。”

王因唏曰：“操是太阿剥一世，流血冲天，车不可以厉。”至唐勒，曰：“壮士愤兮绝天维，北斗戾兮太山夷。”至景差，曰：“校士猛毅皋陶嘻，大笑至兮摧覆思。锯牙云晞甚大，吐舌万里唾一世。”至宋玉，曰：“方地为车，圆天为盖，长剑耿耿倚天外。”王曰：“未可也。”玉曰：“并吞四夷，饮枯河海，跋越九州，无所容止；身大四塞，愁不可长。据地盼天，迫不得仰。②”

《小言赋》

楚襄王既登阳云之台，令诸大夫景差、唐勒、宋玉等并造《大言赋》，赋毕而宋玉受赏。王曰：“此赋之迂诞，则极巨伟矣。抑未备也。且一阴一阳，道之所贵；小往大来，剥复之类也。是故卑高相配而天地位；三光并照则大小备。能高而不下，非兼通也；能粗而不能细，非妙工也。然则上坐者未足明赏，贤人有能为《小言赋》者，赐之云梦之田。”景差曰：“载氛埃兮乘剽尘，体轻蚊翼，形微蚤鳞，聿遑浮踊，凌云纵身。经由针孔，出入罗巾，飘

① 赵逵夫：《历代赋鉴赏辞典》，上海辞书出版社，2017年版，第78－79页。

② 选自《古文苑》卷二，《四库全书》集部。

妙翩绵，乍见乍泯。”唐勒曰：“析飞糠以为舆，剖粃糟以为舟，泛然投乎杯水中，淡若巨海之洪流。巢蚋皆以顾盼，附蟣蠓而遨游。宁隐微以无准，原存亡而不忧。”又曰：“馆于蝇须，宴于毫端；烹虱胫，切虮肝，会九族而同哜，犹委余而不殚。”宋玉曰：“无内之中，微物潜生，比之无象，言之无名。蒙蒙灭景，昧昧遗形。超于大虚之域，出于未兆之庭。纤于毳末之微蔑，陋于茸毛之方生。视之则渺渺，望之则冥冥。离朱为之叹闷，神明不能察其情。二子之言，磊磊皆不小，何如此之为精?”王曰：“善。”赐以云梦之田①。

上述两赋均是早期散体赋在探索和嬗变中的作品，仍用对话体，语言上则更多承续哲学散文质实与厚重的风格，或三言或四言直至九言，或散或整，成熟使用铺陈手法与四言、六言至于七言韵语，铺陈的目的不在形象之具体而在证据或陈说之延伸，又融入了些许民间俗文学的气息，整体上削弱了“故事形象+政治娱乐”的写法，而突出了有长度的对话内容的哲学品性，以与情赋相区别。

宋玉和荀卿虽都以赋名篇，但二者的赋从使用方法、用语用韵、风格，到聚焦内容都有很大不同。荀卿赋内容以体物为主，其格局结构也用问答形式但回合相对更加简单，语言以四言为主，韵散相间的体制比较自觉，而其隐语的内容与卒章显义的表意方式是荀卿理赋的重要特点。明代陈第《屈宋古音义》则针对宋玉《登徒子好色赋》也表达了这样的意义挖掘，他说：“愚读宋玉登徒子好色赋曰……及至卒章，以微词相感动，精神相依凭，目欲其颜，心顾其义，扬诗守礼，终不过差，则作而叹曰：美哉，得其本乎！是不可以枝叶而弃其灵根也。”② 指出了宋玉作品之灵根不在枝节，而在卒章透露的意思。所谓卒章见义，即在结尾处点明创作主旨，宋玉的赋作多是此类。故而陈东家之子的美貌虽然被赋体的语言铺陈到美的极致，但这属于文之枝节，不能因此而丢失文之本义。可见，著名的《登徒子好色赋》也并非情赋作品，而是早期理赋的作品，或即在情理之间者，宜比之于今日之杂文。

要之，与荀子理赋相比，宋玉的理赋更有文学性，对话结构的时间和空间感更强、更具体，对话的对象从模糊泛化而成为具体真人秀，且对话的层次与回合越来越深、越来越多，但基本围绕自己的政治生活设置，即在楚王

① 选自《古文苑》卷二，《四库全书》集部。

② 陈第：《屈宋古音义》，吴平、回达强，主编：《楚辞文献集成》第19册，广陵书社，2008年版，第13777页。

和文学侍从如宋玉、唐勒、景差或登徒子等间完成，对话也有鲜明的政治针对性，是所谓“微讽”式的理赋，也是与情赋创作互相影响的理赋作品，呈现出理赋在创体探索时期的特点。

第二章　继承发展时期：两汉理赋

第一节　骚体时期的理赋

一、汉初赋体兴盛的原因

风云动荡、战火连天的先秦时代被崭新的汉帝国所终结。在中国历史上，汉朝的武功从来都是人们议论的焦点。但是在武功后面，文明的提升和文辞的昌盛，刺激和渲染着整个时代的精神。崇尚文治，止息尚武，师法黄老，一张一弛的平衡之道，逐渐成为政治思想的主流，使汉朝成了中国历史上少有的健硕之朝。这个拥有无比新气象的王朝借助荆楚文化和荀、宋开拓的赋体，找到了最适合自己王朝土壤生长的，也最善于为自己王朝代言的文体——汉赋。汉初情理赋在对先秦荀、宋赋的继承与发展中走向兴旺，并逐渐形成以情赋为主流，理赋为支脉的赋体存在格局，情赋的成长与壮大，终于使其占据了汉朝代表性文学的中心位置。而其对面的理赋则逐渐背景化，但也不是寂寞存在，一些作品被当作情赋而享有盛名。汉初赋体的兴盛，除了对荀、宋赋体的有为继承外，离不开汉初经济、政治与文化底蕴的深厚滋养。

首先，经济上"使民休息"，使文人士子拥有安稳的生活环境和颂美政治的基本心态。经过秦末汉初连年的战乱与风烟，帝国初期呈现的是一派残破的景象：经济萧条、人口减少、粮食奇缺、土地缺耕。这种局面必须改变，只有恢复生产和发展经济才能使国家振起与兴旺，这成为护佑新王朝的必由之路。汉高祖初登大宝，拥有雄心壮志和深谋远虑，注意吸取秦朝灭亡的教训，注重研究如何避免重蹈覆辙，能够纳进忠言。大臣陆贾根据刘邦的要求，连上奏章 12 篇，提出了行仁义、重教化、轻徭赋和缓苛刑的宽舒政策，汉高祖陆续将这些政策一一落地，使士兵解甲归田，劝流民还乡种田，释奴为民和实行十五税一等。文帝二年（公元前 178 年）和十二年（公元前 168 年），还两次"除田租税之半"，即租率减为三十税一，在文帝十三年（公元前 167 年），还将田租全部免去。自后，三十税一遂成为汉代租税定制。文帝还下诏

"弛山泽之禁"，即将国家所有的山林湖泽向全民开放，百姓可以靠山吃山，靠湖吃湖，大大提高了农民从事副业生产和与国计民生有重大关系的盐铁事业的发展。为了促进商品流通和各地区间的经济联系，文帝十二年（公元前168年）又废除了过关用传制度。这一系列休养生息和发展经济的政策一方面全面收拢了人心，稳定了社会秩序；另一方面也使百姓安居乐业，农民乐于生产，文人乐于写作。"文景之治"的到来即是太平盛世的降临。

其次，政治上中央集权化，使文人士子对大一统帝国有更强的敬重感和依附感。汉代实行中央集权统治的背景是汉朝初期广泛存在的分封制和诸侯国。楚汉战争中，刘邦为了取得胜利，曾先后分封异姓功臣七人为王。刘邦称帝后，为巩固王位，消除异己，又开始清除异姓王，分封同姓王。汉帝国的版图形成了以朝廷直辖15郡为中心，边境为林立之诸侯国的格局，造成了国家权力结构的复杂化。汉初，为了加强中央集权，朝廷采取了一系列改造分封制和削弱诸侯王权力的措施，其中就有"众建诸侯而少其力"等政策，使某些封国的地域、兵力和民力等遭到削弱，但直至吴楚"七国之乱"以后至汉武帝前期，诸侯王国还是一种有自治意义的政治实体。汉武帝后期以后，诸侯王国终于完全失去了行政权。"诸侯王"之号除了表示特殊的政治身份和获取某些特殊的经济利益外，已不再具有其他政治意义。一旦诸侯王国的政治自治色彩消失，汉朝的大一统政治就登上了全新的制度台阶，中央与地方的关系性质完全改变，封国成为地方政治制度的一个空壳，单一制的中央集权终于形成。封建王朝稳定的政治制度基础就此被筑牢。

再次，在思想上尊崇黄老，广开言路，使文人士子的个性精神得以张扬，可以较为自由地发表意见。秦王朝宗商鞅变法的思想励精图治，彼时推行法家路线，使秦国政治干练，军事和文化力量凝聚，国力强大。但实行思想专制，大搞严刑酷法，至秦二世终致覆亡。有汉一代在战争的废墟上建立，这决定了其不可能按照法家的政治思想来治理国家。而黄老之学最初是作为战国诸子中的一个哲学和政治思想学派而存在的，因以黄帝和老子为创始人而得名，它以道家思想为核心并采纳了儒、法、墨和阴阳等学派的一些重要观点。而在社会政治领域，黄老之学认为君主应"无为而治"，"无为"不是什么都不做，而是顺应规律地作为，通过"无为"而达到"有为"，即要"省苛事，薄赋敛，毋夺民时"，要"公正无私""恭俭朴素"，要"贵柔守雌""至虚守静"。上述思想正好应和了汉初政治集团的需要，刘邦和他身边的政治家和军事家大多来自社会下层，“方其鼓刀屠狗卖缯之时，岂自知附骥之尾，垂名汉廷，德流子孙哉?”（《史记·樊郦滕灌列传》）他们对儒家治国的高深理论没有浓厚的兴趣，对儒生信而好古、脱离现实的清高也无法喜欢，唯有主张清静无为、刑德相辅的黄老之术能够切近政治集团的需要，成为最有效的统治手段和制定政策的理论依据。文帝即位不久，不仅废止了诽谤妖言之罪，十三年（公元前167年）还下诏废除了所谓“秘祝”之官，并声明百官的错误和罪过由皇帝负责；十四年（公元前166年），又禁止祠官为自己祝福。文帝还特别提倡节俭，国家财政开支有所节制，贵族官僚也不敢奢侈浪费，这也是崇尚黄老的结果。开明的皇帝励精图治，清明的政治氛围与思想风气使文人因思想的自由和生命的保障而能够畅所欲言，不被禁忌和束缚。

最后，学术的复苏与多元文化的繁盛使文人士子能够广收博采，汲取精华，在研究、交流与批判中促成文化事业的创新。汉初政治上的“无为而治”在学术上产生了直接影响，即自由和宽松的学术氛围的形成。汉朝建立之初，尚有秦之“挟书令”，惠帝四年（公元前191年）废弃之。文帝时期，不仅继续前朝广开献书之路，而且设置博士官，包括诸子博士、《诗》博士等，诸子的著作在几代人的努力下得以重见天日，各家各派的学术都得到了长足的发展，形成了战国时期百家争鸣之后以黄老之学为中心，各家各派相互交融的文化新局面。不仅道家、名家和法家在思想上达到了很深程度的融合，而且能够为统治阶级不分流派地落实在政治原则中。淮南王刘安等诸王身边也形成了著书立说的学术中心，出产了重要的学术或文学作品。正是典籍的研究与整理，学术的兴盛及百家学说的发展，使得东汉班固在《汉书·艺文志》中能够反思历史，记载和梳理这些成就，并有了对学术文化的总结成果。根据班固统计，仅“六艺”之学就有130家，3 123篇；诸子则记载了189家，4 324篇；其他还有如天文、历谱、神仙、方技等。学术流派的繁多和学术文化的繁盛呈蔚为壮观的局面，直到汉武帝罢黜百家、独尊儒术，对各家各派的尊崇才有所收敛，但各家学术也并没有全部湮没无闻。

二、贾谊的骚赋

1. 贾谊与荆楚文化

西汉之初名家辈出，名作数不胜数。在灿若星辰的作家群体中，贾谊堪为赋家代表，也是最初继承荀、宋赋传统并创写理赋的代表人物。贾谊（公元前200年—公元前168年），洛阳（今河南省洛阳市东）人。作为西汉初年著名的政论家、文学家，他18岁即享誉郡里，因学问渊深、才气横溢，由河南郡守吴公推荐，20余岁即被文帝召为博士，因政见与文帝十分相合又被破格提为太中大夫。后受大臣周勃和灌婴等排挤，23岁时被贬为长沙王太傅，因而与湖湘文化结缘。三年后贾谊被召回长安，又做了梁怀王太傅。梁怀王因偶然坠马而死，贾谊既惊惧又内疚，胸怀远志而命运多舛的他终于深陷此意外悲剧而忧郁至死。他短暂的33年的人生却留下了重要的著作，主要是政论散文和辞赋作品。其政论散文有《过秦论》《论积贮疏》《陈政事疏》等，辞赋作品以《吊屈原赋》《鹏鸟赋》最为著名。

贾谊的大有作为，是深受荆楚文化滋润与影响的结果。作为湖湘文化的思想渊源之一，荆楚文化是周代至春秋战国时期兴起的，属于中华地域性文化，屈原正是荆楚文化的代表性人物。不仅屈原的思想对湖湘文化的起源与发展影响巨大，如他的“美政”“美人”思想，他的“哀民生之多艰”“先天下之忧而忧”和“上下求索”的精神，他的楚辞作品的形式美，都对湖湘文化有着无尽的浸润与哺育。屈原在楚国衰落的时候仍然保持着对理想的追求，结合自身的遭际而把诗性文明拓展到蛮荒的湖湘之地。屈原的楚辞从内容到形式熔铸了一种精神境界上的大美，是一种悲壮感的文化存在物。贾谊也深刻继承了这样的精神去用世，去创作。透过贾谊的赋作，我们看到一种洋溢于荆棘丛生的处女地上的激情，一种继承的自豪与开拓物质文明和精神文明新空间的创新精神。故而他的作品里无处不有深沉的情思、深刻的理思与绚丽语词的交织与融汇，即便是他的政论文，都写得辉光耀眼，气势非凡。他的政论文代表作《过秦论》，通篇闪烁着赋体的身影，并披着楚骚诗人与哲人的双重风采，被鲁迅称为“西汉鸿文”：

秦孝公据殽函之固，拥雍州之地，君臣固守，而窥周室，有席卷天下、包举宇内、囊括四海之意，并吞八荒之心。当是时，商君佐之，内立法度，务耕织，修守战之备；外连衡而斗诸侯。于是秦人拱手而取西河之外。

孝公既没，惠文、武王蒙故业，因遗册，南兼汉中，西举巴蜀，东据膏腴之地，收要害之郡。诸侯恐惧，会盟而谋弱秦，不爱珍器重宝肥美之地，以致天下之士，合从缔交，相与为一。当是时，齐有孟尝，赵有平原，楚有春申，魏有信陵。此四君者，皆明知而忠信，宽厚而爱人，尊贤而重士，约从离横，并韩、魏、燕、楚、齐、赵、宋、卫中山之众。于是六国之士，有宁越、徐尚、苏秦、杜赫之属为之谋，齐明、周最、陈轸、召滑、楼缓、翟景、苏厉、乐毅之徒通其意，吴起、孙膑、带佗、倪良、王廖、田忌、廉颇、赵奢之朋制其兵。常以十倍之地，百万之众，叩关而攻秦。秦人开关而延敌，九国之师逡巡遁逃而不敢进。秦无亡矢遗镞之费，而天下诸侯已困矣。于是从散约解，争割地而奉秦。秦有余力而制其敝，追亡逐北，伏尸百万，流血漂橹。因利乘便，宰割天下，分裂河山。强国请服，弱国入朝。

延及孝文王、庄襄王，享国日浅，国家无事。及至秦王，续六世之余烈，振长策而御宇内，吞二周而亡诸侯，履至尊而制六合，执棰拊以鞭笞天下，威震四海。南取百越之地，以为桂林、象郡。百越之君，俯首系颈，委命下吏。乃使蒙恬北筑长城，而守藩篱，却匈奴七百余里。胡人不敢南下而牧马，士不敢弯弓而报怨。

于是废先王之道，焚百家之言，以愚黔首。堕名城，杀豪俊，收天下之兵聚之咸阳，销锋铸鐻，以为金人十二，以弱黔首之民。然后斩华为城，因河为津，据亿丈之城，临不测之溪以为固。良将劲弩，守要害之处；信臣精卒，陈利兵而谁何！天下已定，秦王之心，自以为关中之固，金城千里，子孙帝王万世之业也。

秦王既没，余威振于殊俗。然而，陈涉，瓮牖绳枢之子，氓隶之人，而迁徙之徒，才能不及中人，非有仲尼、墨翟之贤，陶朱、猗顿之富。蹑足行伍之间，而倔起什伯之中，率疲弊之卒，将数百之众，而转攻秦，斩木为兵，揭竿为旗，天下云集响应，赢粮而景从，山东豪俊遂并起而亡秦族矣。

且夫天下非小弱也。雍州之地，殽函之固，自若也。陈涉之位，非尊于齐、楚、燕、赵、韩、魏、宋、卫、中山之君；锄耰棘矜，非铦于句戟长铩也；谪戍之众，非抗于九国之师；深谋远虑行军用兵之道，非及乡时之士也。然而成败异变，功业相反也。试使山东之国与陈涉度长絜大，比权量力，则不可同年而语矣。然秦以区区之地，千乘之权，招八州而朝同列，百有余年矣。然后以六合为家，殽函为宫。一夫作难而七庙堕，身死人手，为天下笑者，何也？仁义不施，而攻守之势异也①。

他的政论文之所以有鸿达气势，除了其中纵横捭阖的议论说理，如若不借赋体铺陈蹈厉的语言和铿锵抑扬的音韵，如何能达到这样的效果。

另外，在荆楚文化的圈子里，宋玉也是重要的源头人物。贾谊与宋玉虽

---

① 司马迁：《史记》，中华书局，1982 年版，第 279 – 282 页。

也有多处相同，但更多是文化身份的不同。宋玉主要作为御用文人而有深沉的政治悲怀，贾谊则在早年成政治大势，位列太中大夫，此为秦设官职，秩比千石，掌管论议，汉以后各代多沿置，相当于四品上下。这个职位和身份使他以指点江山和激扬文字为己任，对国朝各个方面能够积极有为地发表意见，而不用“微讽”以示。这样的文化身份与地位使贾谊放弃了宋玉赋建筑起来的体用格局，更多吸收屈原《楚辞》的营养。后世学者多以为贾谊不同于先秦与汉代众多文人者，他的一生将学术与谋略做了完美的结合。其实，他还将政治与文学，文学中的情与理也做了完美的结合。他的政论散文是他积极投身政治实践，参与思考社会变革的产物，他的赋体文则在情与理的交织中呈现了以文入体、以理入世的特点。他为湖湘文化输入了知识分子“经世致用”的实践意义与人格榜样，他的赋体探索与创新也为后世赋体的发展做出了突出的贡献。

2. 贾谊《吊屈原赋》（并序）

谊既以谪去，意不自得，及度湘水，为赋以吊屈原。屈原，楚贤臣也。被谗放逐，作《离骚赋》。其终篇曰：“已矣！国亡人，莫我知也。”遂自投江而死。谊追伤之，因以自喻。其辞曰：

恭承嘉惠兮，竢罪长沙；仄闻屈原兮，自沉汨罗。造讬湘流兮，敬吊先生。遭世罔极兮，乃陨厥身。呜呼哀哉兮，逢时不祥！鸾凤伏窜兮，鸱鸮翱翔。阘茸尊显兮，谗谀得志；贤圣逆曳兮，方正倒植。世谓随、夷为溷兮，谓跖、跻为廉；莫邪为钝兮，铅刀为铦。于嗟默默，生之亡故兮！斡弃周鼎，宝康瓠兮。腾驾罢牛，骖蹇驴兮；骥垂两耳，服盐车兮。章甫荐履，渐不可久兮；嗟苦先生，独离此咎兮！

讯曰：已矣！国其莫我知兮，子独壹郁其谁语？凤缥缥其高逝兮，夫固自引而远去。袭九渊之神龙兮，沕渊潜以自珍。偭蟂獭以隐处兮，夫岂从虾与蛭螾？所贵圣之神德兮，远浊世而自藏。使麒麟可系而羁兮，岂云异夫犬羊？般纷纷其离此郵兮，亦夫子之故也！历九州而相其君兮，何必怀此都也？凤皇翔于千仞兮，览德辉而下之；见细德之险征兮，遥增击而去之。彼寻常之汙渎兮，岂容吞舟之鱼！横江湖之鳣鲸兮，固将制于蝼蚁[①]。

此赋是贾谊欲往长沙，途经湘江时写下的。屈原与贾谊两人相隔百余年，

---

① 班固：《汉书》，中华书局，1962年版，第2222－2225页。

却因贬谪之缘产生了精神上的共鸣。贾谊因《吊屈原赋》“挖掘”出了屈原的伟大和伟大的屈原，使屈原从“披萝带荔”的湖泽民间真正进入了主流文化的视野。此后司马迁著《史记》，也将这两位相隔百年的人物以合传记之，即《屈原贾生列传》，皆视为千古之俊杰。刘勰在《文心雕龙·哀吊》中评价道：“贾谊浮湘，发愤吊屈，体同而事核，辞清而理哀，盖首出之作也。”

从刘勰之论观之，贾谊的《吊屈原赋》创新性很突出。主要是所谓“辞赋”同体与出于事实，即在辞与赋的结合上，在情与理的结合上，也在真实性上显示了鲜明特色。

从真实动机与真在时空出发，我们看到作者以自己真实的文官身份和真实的主体事件为写作导因展开内容。首先用题目点醒了文体和目的——以赋之体制和形式完成应用文之任务，这实在是贾谊的一种体用创新。古人文体分类意识并不鲜明自觉，尤其在汉代，属于封建社会早期，仍是泛“文”系统的时期，这使文人有更多的空间去纵横联系，为文创新。汉代的箴言、铭文、吊文和赋文也时有混用①。比如，扬雄的《酒赋》又名《酒箴》、《巾几之赋》又名《巾几之铭》。早期作者也经常针对一个物品或对象使用几类文种书写，从不同角度和侧面因物联想或托物寄理，不怕内容与语言的交叉或重叠，欲体现从内容到语言淋漓尽致的意义与情感挖掘的深广，各种文体之间也不见得有多么自觉的分类意识，这使得各种文体加强了联系并有了共同发展的基础。贾谊此赋也是这类作品，其写作目的是凭吊屈原，而借用了赋的体裁和手法。

由于目的在于凭吊，故而一切虚拟的人物和环境都成为悖谬的手段。全文不设置虚拟对话人物，在写法上奋力摆脱先秦最重大的赋体格局——问答或对话体。整篇由小序、赋正文和讯辞构成。序文表达书写的缘由，赋的正文则叙写了屈原所处的黑白颠倒、善恶不分的社会环境，揭示出造成屈原悲剧命运的社会原因。结尾是赋的“讯辞”，即结语，分析了屈原悲剧命运的自身原因。尤其在赋之正文部分，在写作技术上主要采用了铺叙与议论并用的手法，修辞上以铺排、比喻和象征手法来表现种种被颠倒了的社会现象，并有针对性地发出感叹和议论；“讯辞”部分则以议论为主，也运用了对比手法使善恶颠倒的社会现象更加鲜明地凸显并被人厌恶，进而抱怨屈原不能远离浊世

① 刘勰：《文心雕龙注·箴言》，范文澜，注，人民文学出版社，1958 年版。

以自保。赋通篇除了叙述、铺叙，就是议论。虽然此赋继承了楚辞的比兴传统，语词缤纷而艳丽，手法多样而丰富，熔铸了作者强烈的激愤情感，但作者实以凭吊为本，自喻为枝，其文有情是凭吊之情，其文见理是对不公社会数点评议的激愤之议，两相交汇，情深理彻，而以价值和是非议论为主。以往此赋皆以文学性和骚体为名，宜为有文学性（骚体）的应用理赋。

3.《鹏鸟赋》

谊为长沙王傅三年，有鹏飞入谊舍。鹏似鸮，不祥鸟也。谊即以谪居长沙，长沙卑湿，谊自伤悼，以为寿不得长，乃为赋以自广也。其辞曰：

单阏之岁兮，四月孟夏，庚子日斜兮，鹏集予舍。止于坐隅兮，貌甚闲暇。异物来萃兮，私怪其故。发书占之兮，谶言其度，曰："野鸟入室兮，主人将去。"请问于鹏兮："予去何之？吉乎告我，凶言其灾。淹速之度兮，语予其期。"鹏乃叹息，举首奋翼；口不能言，请对以臆：

万物变化兮，固无休息。斡流而迁兮，或推而还。形气转续兮，变化而嬗。沕穆无穷兮，胡可胜言！祸兮福所倚，福兮祸所伏；忧喜聚门兮，吉凶同域。彼吴强大兮，夫差以败；越棲会稽兮，勾践霸世。斯游遂成兮，卒被五刑；傅说胥靡兮，乃相武丁。夫祸之与福兮，何异纠纆；命不可说兮，孰知其极！水激则旱兮，矢激则远；万物回薄兮，振荡相转。云蒸雨降兮，纠错相纷。大钧播物兮，坱圠无垠。天不可预虑兮，道不可预谋；迟速有命兮，焉识其时？

且夫天地为炉兮，造化为工；阴阳为炭兮，万物为铜。合散消息兮，安有常则？千变万化兮，未始有极！忽然为人兮，何足控抟；化为异物兮，又何足患！小智自私兮，贱彼贵我；达人大观兮，物无不可。贪夫徇财兮，烈士殉名。夸者死权兮，品庶每生。怵迫之徒兮，或趋西东；大人不曲兮，意变齐同。愚士系俗兮，窘若囚拘；至人遗物兮，独与道俱。众人惑惑兮，好恶积亿；真人恬漠兮，独与道息。释智遗形兮，超然自丧；寥廓忽荒兮，与道翱翔。乘流则逝兮，得坻则止；纵躯委命兮，不私与己。其生兮若浮，其死兮若休；澹乎若深渊止之静，泛乎若不系之舟。不以生故自宝兮，养空而浮；德人无累兮，知命不忧。细故蒂芥兮，何足以疑[①]。

《鹏鸟赋》是贾谊谪居长沙，任长沙王太傅时所作。一日，一只鹏鸟飞进他的住所。鹏鸟形貌类似猫头鹰，属于不祥鸟类。贾谊被贬至长沙，当地气

① 费振刚、胡双宝、宗明华，辑校：《全汉赋》，北京大学出版社，1993年版，第2－3页。

候潮湿，容易使人心情凝滞，情绪低沉。贾谊因鹏鸟而得灵感，并在赋序言里对写作动机与缘由做了交代。正文中，他假设鹏鸟能思善对，而敷衍出一篇哲理文字。这篇赋通篇论述“等生死，齐祸福”，由国家到个人，由君王到凡人，通过对大人、至人、真人和凡人人生追求的对比，阐明自己的人生态度，表达了对天道沧桑、人事变化规律的思考和难以参透的困惑。作者企图以道家生死齐一、祸福相依、纵躯委命和随顺达观的态度，来消解生命的短长感，排遣人生的苦闷感，以获得精神上的平衡和解脱。此赋已是更加成熟而有巨制感的赋体文，全赋构思奇巧，运思幻森，韵奥深沉，笔力敏健。作者因物兴感，连类至己，是由感思理，由理见深之作。针对赋的特点和创意，需要强调的几点是：

首先，在结构上，《鹏鸟赋》的形式承续了先秦赋主客问答的形式，却仍以序言开篇。赋正文以整齐的四言句为主，也有散文化的倾向。而其奇特创意处在于，它不是以人与人对话的方式展开的，而是以人与鸟对话的虚拟比喻方式展开的。其中的虚拟之用十分不同。文学的虚拟用以构塑形象，这里的虚拟用于寓言，是为有一个对手进行思想的交锋，敞开内心世界，打开一个逻辑空间。注意，不是形象空间，而是逻辑空间，这是情赋与理赋的区别要义之一。对话阐理体的虚拟与文学体的虚拟本质上不同。这种形式显然受到先秦赋文与庄子、韩非子寓言的双重影响，因而使赋文有了奇幻性和文学性。

其次，《鹏鸟赋》最突出的特点不是抒情，而是议论。虽然人与鸟对话是总的框架，增强了作品的可读性和形象态，但以老庄道家思想作为内容的思想主旨，使对话的形式眼看着成为内容的附庸。正文以老庄道家思想支撑与思考生命的存在，表达了生于忧患的哲理，阐发着诸多对人生的思考。如篇中有“夫祸之与福兮，何异纠缠；命不可说兮，孰知其极！水激则旱兮，矢激则远；万物回薄兮，振荡相转。云蒸雨降兮，纠错相纷。大钧播物兮，坱扎无垠。天不可预虑兮，道不可预谋；迟速有命兮，焉识其时?”的句子，意思是：祸福总是互相依存又互相转换的，如同绳索互相绞结和纠缠。天命不可解，谁人知它的尽头为何！水流失即干旱，矢射出则飞远，都为外力所激，或猛或远，非由自身决定。万物总在不断变化，相互激荡，互相影响，也互相转化。水受热上蒸为云，云因遇冷而下降为雨。阴阳互相作用，就像大轮运转，推动万物运行，天不可测，无边无际！天理深远难知，不可谋虑，人之死生迟速有命，怎能预知长短期限？作者接着指出“小智自私”“达人大观”，人生在世贵在乐天知命，不要为欲所累。要作一个真正的人，即“真人”，并用人之生命仿佛河中行舟作比，“其生兮若浮，其死兮若休”，只有“德人无累，知命不忧”，推崇与天地合德的伟人，内在告诫自己以伟人为楷模，就不会为鹏鸟闯入宅中这等芥蒂小事而疑虑重重。本文是用老庄哲学思想针对自己的内心与所处的社会现实抒发的有针对性的议论。

再次，贾谊的赋作语言形式都还距楚骚不远，使用“兮”字，增强了赋文的悲剧抒情色彩。这是在诗文联姻的体制之内，以挥洒细敏的铺陈发散思想展开议论，显示了赋在理性思辨上据理力争，层层深入的特点。这是贾谊的出新之处。同时，作者议论中也常运用一些贴切的比喻，以增强形象性，不仅表现了贾谊超凡的语言才能和深厚的文化底蕴，也充分显示着其思想的厚度、思考的深度以及其赋文绵渺的层次与泓深的气势相融相和的特点。

由此，汉代史学家、文学家司马迁云：“读《鹏鸟赋》，同死生，轻去就，又爽然自失矣!”（《史记·屈原贾生列传》），刘勰《诠赋》也称贾谊《鹏鸟赋》，“致辨于情理”，近代文学家闻一多称誉此赋为“哲学之诗”，现代学者马积高称此赋为“赋史上第一篇成熟的哲理赋”①。的确，《鹏鸟赋》应是一篇著名的有文学性的理赋，它亦诗亦文，亦情亦理，而终以理胜情的面貌脱颖而出。在赋体文多方向转戾的过程中，贾谊作为博学而多才智的文人思想者，在对赋体初期的继承与探索中，依赤子之心迈出了具有跨越式发展成果的脚步，捧出了具有新境界和新特色的赋文的艳丽果实，令后世万代敬仰。

第二节 “七体”时期的理赋

一、赋之名与实

从先秦时起，荀卿、宋玉这些有影响的作家巨子用“赋”为他们的辞章作了当然的标题，由是人们认识了赋这种新文体。也是从他们开始，一些同样特征的辞章虽未标“赋”名，如荀卿的《成相篇》，如宋玉的《对楚王问》，却仍被认为是赋体作品。赋体大发展的汉代，枚乘创作了《七发》，题目显然也未标“赋”名，却被认为是“汉赋正式形成的第一篇作品”，因产生巨大的影响又被称为“七体”。由是赋的名实问题引起后人不少思考，甚至

---

① 马积高：《赋史》，上海古籍出版社，1987年版，第648页。

在当代，仍有学人以为以“赋”名篇者才可算是赋。一时间，赋的名实问题诉讼纷纭。为什么赋体会产生此类的诉讼？原因较多，除了古人早期文体意识相对薄弱，文体的归纳分类相对粗疏模糊，或文体称呼并不统一，各有角度外，还有其他原因。主要原因有三：

其一，与“赋”这个汉字的本体义项有关。比如，比较重要的义项有：赋从贝从武，以征而收；还有指田地税；指念诗或作诗；指铺陈、分布，古同“敷”；等等。这些本义与后来的文体连在一起，一般被理解为文体的两个特征，一个是铺陈，以武力征收要摆出，要排列；征收田税亦然；诵咏则是另外的意义指向；前者是语言特征，后者是语言兼声音（押韵）的特征。当作为文体有这样两种主要特征时，人们就认为它是赋。

其二，与先人对《诗经》写作手法的总结有关。《周礼·大师》曰：“《诗》有六义，一曰风，二曰赋，三曰比，四曰兴，五曰雅，六曰颂。”一般认为，“风”“雅”“颂”是三种诗体，“赋”“比”“兴”是三种写作表现手法。战国时期，“赋”一直是《诗经》中古诗的一种表现手法。“赋”与“比”“兴”的比喻象征和托物起兴不同，“赋”是“铺陈其事而直言之”，是一种比较具体而直白的叙述手法。刘勰则指出：“然赋也者，受命于诗人，拓宇于楚辞也。”认为赋是《诗》与《楚辞》演变而来的，《诗经》是赋的远源，《楚辞》是赋的近源。他认为诗歌与赋的关系是源与流的关系，赋已然不仅是一种写作手法了。更有学者以为赋早先也是一种诗体，如章太炎先生在《国学演讲录·经学略说》中提出：“六诗者，一曰风、二曰赋、三曰比、四曰兴、五曰雅、六曰颂。今《诗》但存风、雅、颂，而无赋、比、兴。”不论赋与诗或辞有怎样的关系，赋后来终于成了一种文体，或者说是兼具诗或辞特点的亦诗亦文的文体，并在汉代独领风骚。因此后人以为只要有“铺陈其事”手法的，又兼有诗歌特点的，比如，文字整齐有文采，声调和谐易诵咏的文字，即赋。

其三，承接上述原因，后世辞赋连体现象使赋体名实复杂化。在汉代典籍中，“辞”与“赋”或是单独称，或是连体，并无“体”的严格区分，且经常处于一种被混称的状态。比如，在司马迁《史记·太史公自序》中有单称楚辞为辞者，所谓“作辞以讽谏，连类以争义，《离骚》有之”，也有连类而称的情形，所谓“买臣以楚辞与助俱幸”（《史记·酷吏列传》）；有单称赋的情况，所谓“（屈原）乃作《怀沙》之赋”“贾谊为赋以吊屈原”（《史记·

屈原贾生列传》）；也有辞赋并称或连称的情况，所谓“借好辞而以赋见称”，此为连称，“陆机之辞赋，先陈世德”（庾信《哀江南赋·序》），此为并称；还有互指的情形，如“赋莫深于《离骚》”“辞莫丽于相如”（《汉书·扬雄传》）；等等。这里当然并不意味着相如作辞，屈原为赋。尤其是辞赋同体的情形更多，所以刘勰在《文心雕龙·哀吊》中评价贾谊之赋道：“贾谊浮湘，发愤吊屈，体同而事核……”意思是贾谊赋与屈原楚辞题材相同。直到清代，仍有人以为《离骚》是赋体。

如果再深入一层分析，还与古代多样纷呈、不一而足的赋的观念有关。每篇赋作，大家都有对赋体的认识，每个重要的文论家，也都有自己对赋体特征与来龙去脉的理论总结。认真反思这些理论与观念，真的各有侧重，十分不同。所以今有学人甚至认为赋的文体特征是无规范性的。其实，或者可以这样说，赋体是所有韵文文体中属性最开放、特征最鲜明的文体，在开放的属性与特征之间，大家能达成共识并有所锁定的即是语言与声韵上表现出来的特征。在限制与反限制的为文追求中，在不同时代语言与声韵上呈现变化特征的赋体变革中，赋体的名与实都有稳定与相对比较松弛的方面，从其特征而非赋名着眼成为认识赋体的一般习惯，也即主要着眼于特征之实，而不是题目之名。枚乘的《七发》也是开这样先河的赋作精品。

二、枚乘《七发》

枚乘，字叔，淮阴人，为吴王濞郎中。生卒年没有确切记载，但可以明确的是，他主要生活于汉文帝、景帝时期，死于武帝初年。《汉书》有《枚乘传》，言武帝即位时，枚乘已然年老。《汉书·艺文志》记枚乘有赋9篇。但现在只有3篇存世，即《七发》《梁玉菟园赋》《忘忧馆柳赋》，后两篇的真伪问题尚无定论，它们被保存在《西京杂记》《文选》《古文苑》《艺文类聚》里。枚乘的代表作是《七发》。

《七发》

楚太子有疾，而吴客往问之，曰：“伏闻太子玉体不安，亦少间乎？”太子曰：“惫谨谢客。”客因称曰：“今时天下安宁，四宇和平，太子方富于年。意者久耽安乐，日夜无极；邪气袭逆，中若结轖。纷屯澹淡，嘘唏烦酲，惕惕怵怵，卧不得瞑。虚中重听，恶闻人声；精神越渫，百病咸生。聪明眩曜，悦怒不平。久执不废，大命乃倾。太子岂有是乎？”太子曰：“谨谢客。赖君之力，时时有之，然未至于是也。”

客曰："今夫贵人之子必宫居而闺处，内有保母，外有傅父，欲交无所。饮食则温淳甘膬，脭醲肥厚，衣裳则杂遝曼煖，燂烁热暑。虽有金石之坚，犹将销铄而挺解也，况其在筋骨之间乎哉？故曰：纵耳目之欲，恣支体之安者，伤血脉之和。且夫出舆入辇，命曰蹶痿之机；洞房清宫，命曰寒热之媒；皓齿蛾眉，命曰伐性之斧；甘脆肥脓，命曰腐肠之药。今太子肤色靡曼，四支委随，筋骨挺解，血脉淫濯，手足堕窳；越女侍前，齐姬奉后；往来游醼，纵恣于曲房隐间之中。此甘餐毒药，戏猛兽之爪牙也。所从来者至深远，淹滞永久而不废，虽令扁鹊治内，巫咸治外，尚何及哉！今如太子之病者，独宜世之君子，博见强识，承间语事，变度易意，常无离侧，以为羽翼。淹沈之乐，浩唐之心，遁佚之志，其奚由至哉！"太子曰："诺。病已，请事此言。"客曰："今太子之病，可无药石针刺灸疗而已，可以要言妙道说而去也。不欲闻之乎？"太子曰："仆愿闻之。"

客曰："龙门之桐，高百尺而无枝；中郁结之轮菌，根扶疏以分离。上有千仞之峰，下临百丈之溪。湍流遡波，又澹淡之。其根半死半生。冬则烈风漂霰、飞雪之所激也，夏则雷霆、霹雳之所感也。朝则鹂黄鳱鴠鸣焉，暮则羁雌、迷鸟宿焉。独鹄晨号乎其上，鹍鸡哀鸣，翔乎其下。于是背秋涉冬，使琴挚斫斩以为琴，野茧之丝以为弦，孤子之钩以为隐，九寡之珥以为约。使师堂操《畅》，伯子牙为之歌。歌曰：'麦秀蔪兮雉朝飞，向虚壑兮背槁槐，依绝区兮临回溪。'飞鸟闻之，翕翼而不能去；野兽闻之，垂耳而不能行；蚑蟜蝼蚁闻之，拄喙而不能前。此亦天下之至悲也，太子能强起听之乎？"太子曰："仆病，未能也。"

客曰："犓牛之腴，菜以笋蒲；肥狗之和，冒以山肤。楚苗之食，安胡之飰，抟之不解，一啜而散。于是使伊尹煎熬，易牙调和。熊蹯之臑，勺药之酱。薄耆之炙，鲜鲤之鲙，秋黄之苏，白露之茹；兰英之酒，酌以涤口。山梁之餐，豢豹之胎。小飰大歠，如汤沃雪。此亦天下之至美也，太子能强起尝之乎？"太子曰："仆病，未能也。"

客曰："钟岱之牡，齿至之车；前似飞鸟，后类距虚。穱麦服处，躁中烦外，羁坚辔，附易路。于是伯乐相其前后，王良、造父为之御，秦缺、楼季为之右。此两人者，马佚能止之，车覆能起之。于是使射千镒之重，争千里之逐。此亦天下之至骏也。太子能强起乘之乎？"太子曰："仆病，未能也。"

客曰："既登景夷之台，南望荆山，北望汝海，左江右湖，其乐无有。于是使博辩之士，原本山川，极命草木；比物属事，离辞连类。浮游览观，乃下置酒于虞杯之宫。连廊四注；台城层构，纷纭立；辇道邪交，黄池纡曲。溷章白鹭，孔鸟、鹍鹄，鹓鸰鸡鹳，翠鬣紫缨。螭龙、德牧，邕邕群鸣。阳鱼腾跃，奋翼振鳞。漃漻薵蓼，蔓草芳苓。女桑河柳，素叶紫茎。苗松豫章，条上造天。梧桐并闾，极望成林。众芳芬郁，乱于五风。从容猗靡，消息阳阴。列坐纵酒，荡乐娱心。景春佐酒，杜连理音。滋味杂陈，肴糅错该。练色娱目，流声悦耳。于是乃发《激楚》之结风，扬郑卫之皓乐。使先施、征舒、阳文、段干、吴娃、闾娵、傅予之徒，杂裾垂髾，目窕心与；揄流波蘋，杂杜若，蒙清尘，被兰泽，嬿服而御。此亦天下之靡丽皓侈广博之乐也。太子能强起游乎？”太子曰：“仆病，未能也。”

客曰：“将为太子驯骐骥之马，驾飞軨之舆，乘牡骏之乘。右夏服之劲箭，左乌号之雕弓。游涉乎云林，周驰乎兰泽，弭节乎江浔。掩青蘋，游清风，陶阳气，荡春心。逐狡兽，集轻禽。于是极犬马之才，困野兽之足，穷相御之智巧，恐虎豹，慴鸷鸟。逐马鸣镳，鱼跨麋角。履游麋兔，蹈践麖鹿，汗流沫坠，冤伏陵窘。无创而死者，固足充后乘矣。此校猎之至壮也。太子能强起游乎？”太子曰：“卜病，未能也。”然阳气见于眉宇之间，侵淫而上，几满大宅。

客见太子有悦色，遂推而进之曰：“冥火薄天，兵车雷运，旍旗偃蹇，羽毛肃纷。驰骋角逐，慕味争先。徼墨广博，观望之有圻。纯粹全牺，献之公门。太子曰：“善！愿复闻之。”客曰：“未既。于是榛林深泽，烟云暗莫，兕虎并作。毅武孔猛，袒裼身薄。白刃磑磑，矛戟交错。收获掌功，赏赐金帛。掩蘋肆若，为牧人席。旨酒嘉肴，羞炰脍炙，以御宾客。涌觞并起，动心惊耳。诚不必悔，决绝以诺；贞信之色，形于金石。高歌陈唱，万岁无斁。此真太子之所喜也，能强起而游乎？”太子曰：“仆甚愿从，直恐为诸大夫累耳。”然而有起色矣。

客曰：“将以八月之望，与诸侯远方交游兄弟，并往观涛乎广陵之曲江。至则未见涛之形也，徒观水力之所到，则恤然足以骇矣。观其所驾轶者，所擢拔者，所扬汩者，所温汾者，所涤汔者，虽有心略辞给，固未能缕形其所由然也。怳兮忽兮，聊兮慄兮，混汩汩兮，忽兮慌兮，俶兮傥兮，浩瀇瀁兮，慌旷旷兮。秉意乎南山，通望乎东海；虹洞兮苍天，极虑乎崖涘。流揽无穷，归神日母。汩乘流而下降兮，或不知其所止。或纷纭其流折兮，忽缪往而不来。临朱汜而远逝兮，中虚烦而益怠。莫离散而发曙兮，内存心而自持。于是澡概胸中，洒练五藏，澹澉手足，頮濯发齿。揄弃恬怠，输写淟浊，分决狐疑，发皇耳目。当是之时，虽有淹病滞疾，犹将伸伛起躄，发瞽披聋而观望之也。况直眇小烦懑，酲醲病酒之徒哉！故曰：发蒙解惑，不足以言也。”太子曰：“善！然则涛何气哉？”

客曰：“不记也。然闻于师曰，似神而非者三：疾雷闻百里；江水逆流，海水上潮；山出内云，日夜不止。衍溢漂疾，波涌而涛起。其始起也，洪淋淋焉，若白鹭之下翔。其少进也，浩浩溰溰，如素车白马帷盖之张。其波涌而云乱，扰扰焉如三军之腾装。其旁作而奔起也，飘飘焉如轻车之勒兵。六驾蛟龙，附从太白。纯驰浩蜺，前后骆驿。颙颙卬卬，椐椐强强，莘莘将将。壁垒重坚，沓杂似军行。訇隐匈礚，轧盘涌裔，原不可当。观其两旁，则滂渤怫郁，暗漠感突，上击下律，有似勇壮之卒，突怒而无畏；蹈壁冲津，穷曲随隈，逾岸出追。遇者死，当者坏。初发乎或围之津涯，荄轸谷分。回翔青篾，衔枚檀桓。弭节伍子之山，通厉胥母之场，凌赤岸，篲扶桑，横奔似雷行，诚奋厥武，如振如怒，沌沌浑浑，状如奔马。混混庉庉，声如雷鼓。发怒庢沓，清升踰跇，侯波奋振，合战于藉藉之口。鸟不及飞，鱼不及回，兽不及走。纷纷翼翼，波涌云乱，荡取南山，背击北岸。覆亏丘陵，平夷西畔。险险戏戏，崩坏陂池，决胜乃罢。瀄汩潺湲，披扬流洒。横暴之极，鱼鳖失势，颠倒偃侧，沋沋湲湲，蒲伏连延。神物怪疑，不可胜言。直使人踣焉，洄暗悽怆焉。此天下怪异诡观也，太子能强起观之乎？”太子曰：“仆病，未能也。”

客曰：“将为太子奏方术之士有资略者，若庄周、魏牟、杨朱、墨翟、便蜎、詹何之伦，使之论天下之释微，理万物之是非。孔、老览观，孟子持筹而算之，万不失一。此亦天下要言妙道也，太子岂欲闻之乎？”于是太子据几而起，曰：“涣乎若一听圣人辩士之言。”涊然汗出，霍然病已[①]。

《七发》是一篇恢宏的赋文。全文从楚太子有病，一吴客前去问候写起。首起段是以客人问太子答，一问一答，共四个回合作为全篇的序言。客人先问太子是否得病，又问是不是病得“大命乃倾”，再问是不是因为久居宫中因随时有人伺候，饮食随口味调换，衣裳随季节更替，因无所事事而生病，再

① 费振刚、胡双宝、宗明华，辑校：《全汉赋》，北京大学出版社，1993 年版，第 16－20 页。

言身体即便有金石之坚，也会出现各种各样的病况。这些病况无药石针灸可以治疗，却有妙言道理可以治好。接下来分七大段文字，每段皆以“客曰”起句，以太子作答收束，从幽妙的音乐、甘美的饮食、名贵的车马、逸乐的漫游、豪健的田猎、壮丽的观涛和深奥的论道七个方面一一铺陈发问，表面是发问太子在这些方面能否有所享受，实际是展示与揭露了只有贵族统治阶级才能拥有的对文化与生活的享乐。当然，他们的享受也只能在表面，而没有能力深入到精神生活的内部，指出贵族子弟的这种身体痼疾，根源于统治阶级的腐朽生活与精神空虚。只有力戒淫奢，改变腐朽堕落的生活方式，注重精神的追求，上层贵族集团才能拥有好的身体、好的未来。最后以散句写太子听后汗颜，却因出汗而病好作结。

通篇追踪荀、宋赋，仍是在主客问答的框架中，前后以散文形式书写，中间以典型的赋的铺陈排比句式和富丽的辞藻书写，偶然杂有楚辞式的诗句，这也是楚文化影响的结果，进而因铺陈的层次深入多样而形成宏阔的结构。刘勰称“枚乘摛艳，首制《七发》，腴辞云构，夸丽风骇”（《文心雕龙·杂文》）。此篇成为继承汉初骚体又开启司马相如和扬雄等人的汉大赋的重要作品。

理解《七发》本旨与成就的焦点在其主客问答体的创设和在其框架中的鸿篇内容是依据虚构还是依据真实。此前赋体已然形成问答或对话的基本格局，宋玉赋以君臣对话结构为多，且是人物为真，情境为假。这里，枚乘延用主客问答并以新模式出之——楚太子和吴客。历来多以楚太子与吴客为假立或虚构，李善《文选注》即有此论，今有学人以为“楚太子有疾，而吴客往问之”，就事件而言并非虚构①。如果是虚设，则与宋玉构思等同，如果是写实，则与贾谊手法相同，笔者认同后者。为什么枚乘以如此诚恳之真心去书写此巨丽弘文呢？是因事件与内容关乎家国大事。吴王濞为高祖刘邦兄之子，高祖十二年（公元前195年）被封为吴王，景帝三年（公元前154年）因谋反而被诛杀。此前因其太子与皇太子（即后景帝刘启）饮博争道被砸而死，从此与朝廷结下怨恨。此类朝廷内部统治阶级的矛盾由来已久，皇亲国戚间骄奢淫逸的生活作风也时刻给统治阶级带来动摇皇权的隐忧。枚乘曾为吴王濞郎中，即侍从官，有接触吴王濞太子与楚元王太子的机会，对贵族子弟

① 赵逵夫：《读赋献芹》，中华书局，2014年版，第93页。

的政治素养与生活作风眼观耳闻。枚乘为淮阴人，淮阴其地属吴，他自称吴客，是为实写。以吴客往见楚太子之事陈说太子一党的骄奢淫逸，不堪大任，进而劝导吴王亦应以此为警戒，自是枚乘以一介书生担当文官责任，挥斥方遒，替家国分忧，也是他以特殊方式向吴王进谏。作者并非借对答而抒情、写景、描物，理解作者的创作目的才可以真正理解《七发》的本旨与艺术。

依据主客问答从真实说，即能得到枚乘以此文进谏的目的。清代梁章距《文选旁证》引朱受说，也提出了《七发》乃“谏止吴王谋反”之旨意。可见《七发》表层是对楚太子疾病的治疗，深层是对楚太子代表的统治阶级集团腐朽生活方式与虚弱精神世界和政治缺氧的治疗。在妙言精语深处，以宣传黄老政治智慧和态度为内核。故此，全文不属于情赋而仍在理赋的行列。

《七发》在文学性上也有突出的成就。作为赋体的大转折，在体格上趋于巨制化，在风格上逆转了骚体的悲怨之气，上扬为反讽与雄健，在手法与态度上通过七个大段子的铺陈事实而不是铺陈想象或形象，强调太子党生活和作风的豪奢，内容的篇幅和涉及现实的性质早已超过了宋玉式“微讽”的姿势。至于摹写上层声色情态毕现，描摹贵族百态细腻精致，并大量使用对偶和排比句式，极尽夸张渲染之能事，则是借赋的手段强化对象的特征，同时吸引王者注意。而将赋体体大辞丽特征发挥到极致，则是枚乘出于真诚与天才的创造。其中的语言形式也是吸收和综合的结果，一方面吸收了楚辞的句式和标志性用字“兮”，一方面也大量使用散文句式。散体成分的增加，基本摆脱了骚体，使其赋成为韵文与散文相结合的典范，也因其典范性而被后世以“七体”称并竞相模仿。

第三节　散体时期的理赋

一、东方朔的理赋

1.《答客难》

东方朔（公元前 154 年—公元前 93 年），本姓张，字曼倩，西汉平原郡厌次县（今山东省德州市陵城区）人，西汉武帝时期著名滑稽家、政治家、文学家。汉武帝即位时曾征四方士人，东方朔上书自荐，诏拜为郎。后任常侍郎和太中大夫等职。他为人言词敏捷，滑稽多智，却深怀政治抱负和经济韬略，常言数政治得失，陈述强国之计，但武帝只以俳优看待他，对他不委以重用。故东方朔一生发愤著述，《答客难》《非有先生论》是其中名篇，均非为抒情体物，而为阐发思想，是为理赋作品。

《答客难》

客难东方朔曰："苏秦、张仪一当万乘之主，而都卿相之位，泽及后世。今子大夫修先王之术，慕圣人之义，讽诵《诗》、《书》、百家之言，不可胜数，著于竹帛，唇腐齿落，服膺而不释，好学乐道之效，明白甚矣；自以智能海内无双，则可谓博闻辩智矣。然悉力尽忠以事圣帝，旷日持久，官不过侍郎，位不过执戟。意者尚有遗行邪？同胞之徒，无所容居，其故何也？"

东方先生喟然长息，仰而应之曰："是故非子之所能备。彼一时也，此一时也，岂可同哉？夫苏秦、张仪之时，周室大坏，诸侯不朝，力政争权，相禽以兵，并为十二国，未有雌雄，得士者强，失士者亡，故谈说行焉。身处尊位，珍宝充内，外有廪仓，泽及后世，子孙长享。今则不然。圣帝德流，天下震慑，诸侯宾服，连四海之外以为带，安于覆盂，动犹运之掌，贤不肖，何以异哉？遵天之道，顺地之理，物无不得其所；故绥之则安，动之则苦，尊之则为将，卑之则为虏：抗之则在青云之上，抑之则在深泉之下；用之则为虎，不用则为鼠；虽欲尽节效情，安知前后？夫天地之大，士民之众，竭精谈说，并进辐凑者不可胜数，悉力慕之，困于衣食，或失门户。使苏秦、张仪与仆并生于今之也，曾不得掌故，安敢望常侍郎乎！故曰时异事异。"

"虽然，安可以不务修身乎哉！《诗》云：'鼓钟于宫，声闻于外。''鹤鸣于九皋，声闻于天。'苟能修身，何患不荣！太公体行仁义，七十有二，乃设用于文、武，得信厥说。封于齐，七百岁而不绝。此士所以日夜孳孳，敏行而不敢怠也。辟若鹡鸰，飞且鸣矣。传曰：'天不为人之恶寒而辍其冬，地不为人之恶险而辍其广，君子不为小人之匈匈而易其行。''天有常度，地有常形，君子有常行；君子道其常，小人计其功。'诗云：'礼义之不愆，何恤人之言？'故曰：'水至清则无鱼，人至察则无徒，冕而前旒，所以蔽明；黈纩充耳，所以塞聪。'明有所不见，聪有所不闻，举大德，赦小过，无求备于一人之义也。枉而直之，使自得之；优而柔之，使自求之；揆而度之，使自索之。盖圣人教化如此，欲自得之；自得之，则敏且广矣。

"今世之处士，魁然无徒，廓然独居，上观许由，下察接舆，计同范蠡，忠合子胥，天下和平，与义相扶，寡耦少徒，固其宜也。子何疑于我哉？若大燕之用乐毅，秦之任李斯，郦食其之下齐，说行如流，曲从如环，所欲必得，功若丘山，海内定，国家安，是遇其时者也，子又何怪之邪！语曰：‘以筦窥天，以蠡测海，以莛撞钟。’岂能通其条贯，考其文理，发其音声哉！繇是观之，譬犹鼱鼩之袭狗，孤豚之咋虎，至则靡耳，何功之有？今以下愚而非处士，虽欲勿困，固不得已，此适足以明其不知权变而终惑于大道也。”①

《答客难》延用对话体，以客与东方先生两人辩难问答为文。实是以一人分饰两角色的方式，剖解与思辨关于政治与人才的关系问题。作者以东方先生从现实发论，说生在有汉大一统的时代，人人都以为得遇其时，其实，“贤不肖”没有区别，才智之士仍然无从施展，统治者“用之则为虎，不用则为鼠”，一切以君主的意志为意，对人才可以随意抑扬。作者深为自己与才智之士的处境鸣不平，并对现实政治有所批判。刘勰称其“托古慰志，疏而有辨”（《文心雕龙·杂文》）。

2. 《非有先生论》

《非有先生论》是东方朔晚年的赋，写于大汉国事日非，渐入衰微之时，没有了洋洋自得的盛世骄傲与充满自信的歌功颂德，而是针对现实，思虑幽深并苦思解决之法。赋仍用问答体，并虚构出非有先生，与吴王展开对话。全文思路恣意，运笔纵横，引经据典，借古讽今，目的是表达其施政方略和太平盛世的政治理想。题目不标“赋”名，单为突出一个“论”字，这是作者有意用赋体作论的尝试与创新，但通篇仍用对话问答体。

《非有先生论》

非有先生仕于吴，进不称往古以厉主意，退不能扬君美以显其功，默然无言者三年矣。吴王怪而问之，曰：“寡人获先人之功，寄于众贤之上，夙兴夜寐，未尝敢怠也。今先生率然高举，远集吴地，将以辅治寡人，诚窃嘉之，体不安席，食不甘味，目不视靡曼之色，耳不听钟鼓之音，虚心定志，欲闻流议者，三年于兹矣。今先生进无以辅治，退不扬主誉，窃不为先生取之也。盖怀能而不见，是不忠也。见而不行，主不明也。意者寡人殆不明乎？”非有先生伏而唯唯。吴王曰：“可以谈矣，寡人将竦意而览焉。”先生曰：“於戏，可乎哉？可乎哉？谈何容易，夫谈有悖于目拂于耳，谬于心而便于身者，或有说于目顺于耳快于心而毁于行者，非有明王圣主，孰能听之？”吴王曰：“何为其然也？‘中人以上，可以语上也。’先生试言，寡人将听焉。”

① 费振刚、胡双宝、宗明华，辑校：《全汉赋》，北京大学出版社，1993 年版，第 135－137 页。

先生对曰："昔者关龙逢深谏于桀，而王子比干直言于纣，此二臣者，皆极虑尽忠，闵王泽不下流，而万民骚动，故直言其失，切谏其邪者，将以为君之荣，除主之祸也。今则不然，反以为诽谤君之行，无人臣之礼，果纷然伤于身，蒙不辜之名，戮及先人，为天下笑。故曰谈何容易！是以辅弼之臣瓦解，而邪谄之人并进，遂及蜚廉、恶来革等。二人皆诈伪，巧言利口以进其身，阴奉雕瑑，刻镂之好，以纳其心。务快耳目之欲，以苟容为度。遂往不戒，身没被戮，宗庙崩阤，国家为虚，放戮圣贤，亲近谗夫。诗不云乎'谗人罔极，交乱四国'，此之谓也。故卑身贱体，说色微辞，愉愉呴呴，终无益于主上之治，则志士仁人不忍为也。将俨然作矜严之色，深言直谏，上以拂人主之邪，下以损百姓之害，则忤于邪主之心，历于衰世之法。故养寿命之士，莫肯进也，遂居深山之间，积土为室，编蓬为户，弹琴其中，以咏先王之风，亦可以乐而忘死矣。是以伯夷、叔齐避周，饿于首阳之下，后世称其仁。如是，邪主之行，固足畏也，故曰谈何容易！"

于是吴王惧然易容，捐荐去几，危坐而听。先生曰："接舆避世，箕子被发阳狂。此二人者，皆避浊世以全其身者也。使遇明王圣主，得清燕之闲，宽和之色，发愤毕诚，图画安危，揆度得失，上以安主体，下以便万民，则五帝三王之道，可几而见也，故伊尹蒙耻辱，负鼎俎，和五味以干汤，太公钓于渭之阳，以见文王。心合意同，谋无不成，计无不从，诚得其君也。深念远虑，引义以正其身，推恩以广其下，本仁祖义。褒有德，禄贤能，诛恶乱，总远方，一统类，美风俗，此帝王所由昌也。上不变天性，下不夺人伦，则天地和洽，远方怀之，故号圣王。臣子之职既加矣，于是裂地定封，爵为公侯，传国子孙，名显后世，民到于今称之，以遇汤与文王也。太公、伊尹以如此，龙逢、比干独如彼，岂不哀哉！故曰谈何容易！"

于是吴王穆然，俯而深惟，仰而泣下交颐，曰："嗟呼！余国之不亡也，绵绵连连，殆哉，世之不绝也！"于是正明堂之朝，齐君臣之位。举贤材，布德惠，施仁义，赏有功；躬节俭，减后宫之费，捐车马之用，放郑声，远佞人，省庖厨，去侈靡；卑宫馆，坏苑囿，填池堑。以予贫民无产业者，开内藏，振贫穷，存耆老，恤孤独；薄赋敛，省刑辟。行此三年，海内晏然，天下大治，阴阳和调，万物咸得其宜；国无灾害之变，民无饥寒之色，家给人足，畜积有馀。囹圄空虚；凤皇来集，麒麟在郊，甘露既降，朱草萌芽；远方异俗之人，乡风慕义，各奉其职而来朝贺。故治乱之道，存亡之端，若此易见，而君人者莫肯为也，臣愚窃以为过。故《诗》云："王国克生，惟周之桢。济济多士，文王以宁。"此之谓也①。

开场的叙述简单而短暂，主要为议论话题创设情境，文中之"非有先生"正如其名字所指，是莫须有之人，只是作者的一种思想设定。在对话体的古典格局中，作者的对话预设越来越多样化。作者接着假设出一种情境，作为展开对立思想的平台，即为铺展说明圣王应有的道德人格和治国理政的重要道理。赋文先写非有先生在吴王手下做官，"默然无言者三年"，这使吴王不满并有所责备。非有先生认为自己要说的话属于忠言逆耳，只有明王圣主才可能听取并采纳。于是他先发制人，说一位明君圣王必须有虚心纳谏的胸襟，才能得到臣下的直谏。接着又以古代人物如关龙逢、比干等忠臣直言进谏而惨遭厄运的例子，加上伯夷和叔齐不遇明主而退隐世间的例子，说明国王君主身逢乱世而不采言纳谏，最终会引来身死国灭的严重后果。这严肃的话题、有针对性的内容，使吴王不得不危坐而倾听。

随后主体的议论与思想的交锋才告开始：作者先通过非有先生强调良好的君臣关系对营建一个长盛王朝、一个理想盛世的重要性，并以商代的伊尹和西周的吕望为例，证说所谓君贤臣良和君臣遇合的难得，所谓伊尹之于商汤，吕望之于周文王，"心合意同，谋无不成，计无不从"，帝业由是而昌。与伊尹和吕望构成鲜明对比的是，关龙逢和比干的下场却如此悲哀，夏商二王朝的结果也可想而知。究竟以怎样的态度去处理君臣关系，其重要性就显而易见了。当然，作者深知其难，屡次使用"谈何容易"抒发感慨。最后，赋文以设定的历史内容辅助说理的力量，阐述吴王正是因为真正听取了非有先生的谏言，才开始发愤图强，励精图治，在各方面树贤君之德，行明主之行，于人才，则远佞人，施仁义，赏有功；于生活，则尚节俭，放郑声，开内藏；于政事，则振贫穷，恤孤独，薄赋敛。然后三年，海内晏然，天下大治，社会和谐，民生安定，国朝威名得以远播。借此，作者重在阐述王朝治乱之道、天下存亡之端与人才得失之关系。本篇以大量历史人事为例，道理浅俗、见解质朴，语言丽散结合，是对话框架下的说理赋。其素朴美好的政治理想是先秦儒家与战国士文化的重响，其赋作内容与形式也引发了后世无数的模拟之作，尤其是《答客难》，被后

① 费振刚、胡双宝、宗明华，辑校：《全汉赋》，北京大学出版社，1993年版，第128－130页。

人称为“难体”，享誉赋坛。

二、扬雄的理赋

1. 玄理赋

扬雄（公元前53年—18年），字子云，蜀郡成都人。少而好学，博览群书，有深沉之思。曾为郎官，生活在成、哀、平帝年间。早年曾崇拜并模仿武帝时司马相如的《子虚赋》《上林赋》，作《甘泉赋》《羽猎赋》《长杨赋》，认为自己的赋作和司马相如的赋一样，都是“似讽而实劝”，为走向衰途的汉王朝提供讽谏和劝说。由于创作作品的积累、经验的丰富，晚年，他更有能力去反思赋体的特征与价值，思考更有深度，笔力也更加劲健。他不仅首倡“诗人之赋丽以则，辞人之赋丽以淫”的观点，将赋家主体分别对待，还批评了辞人之赋“虚辞烂说，劝百讽一”的弊端，并将之视为“雕虫小技”，言“壮夫不宜为之”，并转而研究哲学。他自甘淡泊，潜心著述。不仅仿照《论语》著《法言》，还仿照《易经》著《太玄》，在这两本书里，扬雄融会儒和道两家思想，提出了自己对世界的看法，构造了一个精细宏大的哲学体系。扬雄《太玄赋》应是他修习和研究所得的另一成果与杰作。

《太玄赋》

观大易之损益兮，览老氏之倚伏。省忧喜之共门兮，察吉凶之同域。皦皦著乎日月兮，何俗圣之暗烛。岂愒宠以冒灾兮，将噬脐之不及。若飘风不终朝兮，骤雨不终日。雷隆隆而辄息兮，火熠炽而速灭。自夫物有盛衰兮，况人事之所极。奚贪婪于富贵兮，迄丧躬而危族。丰盈祸所棲兮，名誉怨所集。薰以芳而致烧兮，膏含肥而见焫。翠羽媺而殃身兮，蚌含珠而擘裂。圣作典以济时兮，驱蒸民而入甲。张仁义以为纲兮，怀忠贞以矫俗。指尊选以诱世兮，疾身殁而名灭。岂若师由聃兮，执玄静于中谷。纳偶禄于江淮兮，揖松乔于华岳。升昆仑以散发兮，踞弱水而濯足。朝发轫于流沙兮，夕翱翔乎碣石。忽万里而一顿兮，过列仙以托宿。役青要以承戈兮，舞冯夷以作乐。听素女之清声兮，观宓妃之妙曲。茹芝英以御饿兮，饮玉醴以解渴。排阊阖以窥天庭兮，骑骍騩以踟蹰。载羡门与俪游兮，永览周乎八极。乱曰：甘饵含毒难数尝兮。麟而可羁，近犬羊兮。鸾凤高翔，戾青云兮。不挂网罗，固足珍兮。斯错位极，离大戮兮。屈子慕清，葬鱼腹兮。伯姬曜名，焚厥身兮。孤竹二子，饿首山兮。断迹属娄，何足称兮。辟斯数子，智若渊兮。我异于此，执太玄兮。荡然肆志，不拘挛兮①。

统观《太玄赋》，是散体与骚体融合的面貌，从题目看，亦言玄理，亦有超逸之情，文不为抒情而以偏重议理为主。通过老庄“损益”之说反思贪恋富贵将导致丧身危族，敛财逐名将引来祸患怨怼，并以鸟孅殃身和蚌珠遭擘为喻，阐发执玄纳静、逍遥散发、歌舞作乐和神游八极之人生观。而后借结尾“乱曰”以屈原投河、伯姬焚身和孤竹二子饿死首阳山等典故强调自己以《太玄》为人生观之执念。全赋以屈原的幽愤之心写一己之超脱避世的道家思想，也隐带着些许儒者气质，可以说是扬雄阳道阴儒思想的表达。

2. 论理赋

《汉志·诗赋略》把赋分为四类，其中第四类是“杂赋”。“杂赋”共12家，其中有“客主赋”十八篇。论赋，即客主设论赋。“设论”即围绕一个问题，假设二人对话。从荀、宋到贾谊，再到枚乘的赋作，其实都在这个框架里，只是人设有时是模糊的，有时是具体真实的，有时还是人与动物间的。由于在初期，内容成分深受楚辞抒情性的影响，论的框架和篇幅也都处在探索之中。《七发》将对话和答问开拓成客主的模式，得到更多模仿。在《文选》中共选三篇：东方朔《答客难》、扬雄《解嘲》、班固《答宾戏》。学界出于对赋的文学属性的固守，多以为这些赋属于怀才不遇之作。中国的理赋从说理内容的层面看，的确与西式的说理文不同。西式的论事说理，基于概念、判断和推理的层层深入与事实、常理和真理的相递推导，其逻辑的关系与推导的过程非常严谨与严密。而中国古典时期的说事阐理则不同，先秦诸子的导引作用非常深重。《论语》的论理以对话的方式展开，《老子》的论理以韵文的方式展开，《庄子》的论理有诗性融入，《韩非子》的论理有寓言帮忙……无论形式如何，手段如何，其主旨和目的在理而不在情。而真正以叙事和描写为主，以说理为辅的抒情文则见诸诗歌与史传作品。小说的雏形从《世说新语》打开，聚焦真人真事，也是从历史性人物、事件开始，唐传奇作品才有源于想象和虚构的内容。戏剧的近源从讲唱文学迈步，故而中国的散文类作品一直不是以纯文学的面貌而是“泛文”的面貌出现的。散文者，散笔无韵之文也。或言理，或抒情，从小我（感性之我）视角更有情或更容易抒情，比如《登楼赋》。而古代士人更多以大我（理性之我），也就是儒家之

① 费振刚、胡双宝、宗明华，辑校：《全汉赋》，北京大学出版社，1993年版，第209页。

我或道家之我看待世界、议论社会，故而多理而少情。从赋文结构看，古代之问答结构有拟真问答，有创设情景的虚构问答。而设论问答旨在创设一个与自己思想不同的对立面，在展开的论辩中彰显自己的思想意见，而不是抒发自己的好恶情感。

《解嘲》

哀帝时丁、傅、董贤用事，诸附离之者，或起家至二千石。时雄方草创《太玄》，有以自守，泊如也。或嘲雄以玄之尚白，而雄解之，号曰《解嘲》。其辞曰：

客嘲扬子曰："吾闻上世之士，人纲人纪，不生则已，生则上尊人君，下荣父母。析人之圭，儋人之爵，怀人之符，分人之禄，纡青拖紫，朱丹其毂。今子幸得遭明盛之世，处不讳之朝，与群贤同行，历金门上玉堂有日矣。曾不能画一奇，出一策；上说人主，下谈公卿。目如耀星，舌如电光，壹从壹横，论者莫当，顾而作《太玄》五千文，支叶扶疏，独说数十余万言，深者入黄泉，高者出苍天，大者含元气，织者入无伦。然而位不过侍郎，擢才给事黄门。意者玄得毋尚白乎？何为官之拓落也?"

扬子笑而应之曰："客徒欲朱丹吾毂，不知一跌将赤吾之族也！往者周罔解结，群鹿争逸，离为十二，合为六七，四分五剖，并为战国。士无常君，国亡定臣，得士者富，失士者贫，矫翼厉翮，恣意所存，故士或自盛以橐，或凿坏以遁。是故驺衍以颉亢而取世资，孟轲虽连蹇，犹为万乘师。

"今大汉左东海，右渠搜，前番禺，后陶涂，东南一尉，西北一候。徽以纠墨，制以质鈇，散以礼乐；风以《诗》《书》，旷以岁月，结以倚庐。天下之士，雷动云合，鱼鳞杂袭，咸营于八区。家家自以为稷契，人人自以为咎繇。戴縰垂缨而谈者，皆拟于阿衡，五尺童子，羞比晏婴与夷吾。当涂者入青云，失路者委沟渠。旦握权则为卿相，夕失势则为匹夫。譬若江湖之雀，勃解之鸟，乘雁集不为之多，双凫飞不为之少。昔三仁去而殷虚，二老归而周炽；子胥死而吴亡，种、蠡存而粤伯，五羖入而秦喜，乐毅出而燕惧；范雎以折摺而危穰侯，蔡泽虽噤吟而笑唐举。故当其有事也，非萧、曹、子房、平、勃、樊、霍则不能安；当其亡事也，章句之徒，相与坐而守之，亦亡所患。故世乱则圣哲驰骛而不足，世治则庸夫高枕而有馀。

"夫上世之士，或解缚而相，或释褐而傅；或倚夷门而笑，或横江潭而渔；或七十说而不遇，或立谈间而封侯；或枉千乘于陋巷，或拥帚彗而先驱。

是以士颇得信其舌而奋其笔，窒隙蹈瑕而无所诎也。当今县令不请士，郡守不迎师，群卿不揖客，将相不俯眉。言奇者见疑，行殊者得辟。是以欲谈者宛舌而固声，欲行者拟足而投迹。乡使上世之士处乎今，策非甲科，行非孝廉，举非方正，独可抗疏，时道是非，高得待诏，下触闻罢，又安得青紫？

“且吾闻之，炎炎者灭，隆隆者绝。观雷观火，为盈为实，天收其声，地藏其热。高明之家，鬼瞰其室。攫拏者亡，默默者存；位极者宗危，自守者身全。是故知玄知默，守道之极；爰清爰静，游神之廷；惟寂惟寞，守德之宅。世异事变，人道不殊，彼我易时，未知何如。今子乃以鸱枭而笑凤皇，执蝘蜓而嘲龟龙，不亦病乎！子徒笑我玄之尚白，吾亦笑子之病甚，不遇臾跗、扁鹊，悲夫！”

客曰：“然则靡《玄》无所成名乎？范、蔡以下何必《玄》哉？”扬子曰：“范雎，魏之亡命也，折胁拉髂，免于徽索，翕肩蹈背，扶服入橐，激卬万乘之主，界泾阳抵穰侯而代之，当也。蔡泽，山东之匹夫也，颔颐折頞，涕涶流沫，西揖强秦之相，搤其咽，炕其气，附其背而夺其位，时也。天下已定，金革已平，都于洛阳，娄敬委辂脱輓，掉三寸之舌，建不拔之策，举中国徙之长安，适也。五帝垂典，三王传礼，百世不易，叔孙通起于枹鼓之间，解甲投戈，遂作君臣之仪，得也。《甫刑》靡敝，秦法酷烈，圣汉权制，而萧何造律，宜也。故有造萧何律于唐虞之世，则谬矣；有作叔孙通仪于夏殷之时，则惑矣；有建娄敬之策于成周之世，则缪矣；有谈范、蔡之说于金、张、许、史之间，则狂矣。夫萧规曹随，留侯画策，陈平出奇，功若泰山，响若阺隤，唯其人之赡知哉，亦会其时之可为也。故为可为于可为之时，则从；为不可为于不可为之时，则凶。夫蔺先生收功于章台，四皓采荣于南山，公孙创业于金马，票骑发迹于祁连，司马长卿窃訾于卓氏，东方朔割炙于细君。仆诚不能与此数公者，故默然独守吾《太玄》。”①

《解嘲》写于西汉末年（公元 5 年），在序言中扬雄说自己正默作《太玄》五千言，内心有淡泊之志，却被人讥嘲官位太低，无所作为。于是他借此无标“赋”名之赋联系自身，反思历史，通过对对立面的嘲讽或曰自我的解嘲，有针对性地指摘时事，批评现实。无数历史事件或历史人物被他作为

① 费振刚、胡双宝、宗明华，辑校：《全汉赋》，北京大学出版社，1993 年版，第 219 - 221 页。

语料和依据，他用赋的铺排方式展开纵横捭阖有气势、有力度的评说。比如，说到前代周王朝时期，“诸侯争雄，分天下为十二国，兼并后还有六、七国，四分五裂，成为战国。士人没有固定的君主，国家没有固定的臣属，得到士人的就富强，失去士人的就贫弱，展翅奋翼，恣意存留，所以士人有的藏身避祸以干进，有的凿壁辞官以逃逸。因此驺衍以迂阔而获取世间资材，孟轲虽遭艰难，尚且成为帝王的老师”。他以才智之士在不同时代环境中的不同命运来表达反对压抑人才，主张重用贤能的进步思想。再如赋中关注当朝社会和人才实情，所谓“天下的士人，如雷动云合，如鱼鳞杂袭，都在八方经营，家家自认为是后稷和契，人人自认为是咎繇（皋陶），成年男子一开口都把自己比作伊尹，五尺童子也羞于与晏婴、管仲相提并论。当权的青云直上，落拓的委弃沟渠。早上掌权就能成为卿相，晚上失势就变成匹夫”。仿佛人才济济，却为当权者委弃。得势与失势就在一时之间。而人才对国家兴旺的意义却少有人知。“从前三位仁人离开殷朝，殷都就成为废墟；两位老人归来，周朝就兴旺发达；伍子胥一死吴国就灭亡了；文种范蠡在越国就诸侯称霸；百里奚赴秦，秦国就高兴；乐毅出走燕国就恐惧；范雎曾被打得肋折齿断，但到了秦国就使穰侯魏冉岌岌可危；蔡泽虽然面颊歪斜却笑辞算命先生唐举。所以当国家有事之时，没有萧何、曹参、张良、陈平、周勃、樊哙、霍光则不能安定；当国家无事之时，务虚的儒生坐在一起也无可忧虑。世道混乱时圣人哲人再多再忙也不够，社会太平时庸夫俗子高枕而有馀。”《解嘲》就是这样，通过对历史事实和历史人物的铺排，通过对现实人事的勾勒和对照，对汉代封建制度的部分弊端和当时社会人才现象的某些实情发表了批评和议论。

《解嘲》的成就离不开对东方朔《答客难》的学习。两者内容结构及驾驭语言的态度与范式十分相像。作者都创设了主客两方，分别代表两种不同的价值取向。而《答客难》与《解嘲》两者的重要区别在于立意不同，《答客难》表达的是一种追求功名利禄的立功人生，《解嘲》则追求的是一种沉于文章著述的立言人生。这些赋作无不让我们看到传统文化中文人于立德、立功与立言中不同的人生与价值选择。其文体实质是主客双方互相辩难的理赋，而且，它带动了一些同类作品的出现。比如，东汉班固的《答宾戏》，且被刘勰评价为最高。

第四节　东汉时期的理赋

东汉时期，大汉帝国的政治经济日渐衰落，以颂美功德和铺陈夸饰为主的汉大赋逐渐失去了存在的基础，蒐狩、宫殿、室宇、饮食和仙释等状物写景题材与讽谏辩难等议论说理题材都有不同程度的转移，代之而起的是天象、都邑、性道和文学等大题材和格式各样的小题材，比如有情赋领域中状物写景的抒情小赋和理赋领域中说明事物性能等的器物赋、继承前代的辩难体论赋等。情赋的代表性作品都以叙述与描写为主要表达方式，在内容、形式及其结合上都更有深度或更有新意。比如，大型叙述性情赋作品有蔡邕的《述行赋》、大型托物言志和咏物抒情赋有祢衡的《鹦鹉赋》，更有诗意浓郁的状物写怀之作如张衡的《归田赋》和后期诗性与对社会现实的描述紧密结合的抒情小赋精品《登楼赋》等。这些作品进一步把作者自身的心境和情绪融合到环境、景物的描写之中，物我融汇，浑然一体，形成了意与境的结合，那是充满诗意并有时代特征的意境。东汉时期的赋作篇制或更扩大，或更短小，书写个体心之所及，或情或理，更加真挚深切，鲜明深刻。汉代大赋终于洗尽铅华，向前发展。

经过西汉前期的赋体创作实践与理性积累，赋体在理论上的讨论逐渐有所成果，尤其在赋用观上，一些名家的阐述开始产生影响。不仅有司马迁的“发愤著书说”“讽谏说”，还有司马相如的“赋心”说“赋迹”说。他指出：“合纂组以成文，列锦绣而为质，一经一纬，一宫一商，此赋之迹也。赋家之心，苞括宇宙，总览人物，斯乃得之于内，不可得而传。”[①] 其中之“赋迹”即是赋创作的方法与特征。其中说到赋家之心要总览宇宙万物，于人于物不可偏废。也就是指赋体对象的丰富博广，题材的无所不包，以及赋家之思维的周至，认知的均衡与思考才力的全面。

以往的赋家以儒道精神为武装，赋家之心主要关注君王及君王周围的社会活动及对国事的处理应对方法，关注才智之士的思智与得失，题解百家主要是儒道思想，这是赋家创作的主流。从情怀、情感到思想道义，“赋迹”还需有一个思路与方法层面作为补充，只有这样我们才能真正感受到赋家之心

① 葛洪：《西京杂记》，中华书局，1985 年版，第 12 页。

的源深细密，体察万物和无所不包。如果说情赋是赋家的怀抱之心和审美之心作用下的产物，那么与之相对，理赋则可以称为是非之心和知用之心作用下的作品。不仅有道理赋，也有物理赋等作品。

作为早期追求诗骚之情之性与追求荀、宋赋之功之用的赋体，在探索之路上脚步更加紧凑。在情赋的对面，理赋或议论，或阐说，表达着赋作与新的社会现实间更直接的关系，产生了新的成果。

一、张衡的理赋

张衡（78—139 年），字平子，汉族，南阳西鄂（今河南南阳市石桥镇）人。生活在章帝、顺帝时代，这是东汉社会的衰落时期。据《后汉书》载，张衡“少善属文，游于三辅，因入京师，观太学，遂通“五经”，贯六艺。虽才高于世，而无骄尚之情”。从青年时起，他就纵横百家六艺之学，积累起丰厚的学养，树立了坚定的儒家信念。他性格内向，“常从容淡静，不好交接俗人”，又淡泊功名，曾多次不应外戚大将军邓骘之请，显示了耿介不阿的品格。后两次担任太史令一职，共计十三年，饱览史籍，参验现世。晚年为尚书，为河间相。张衡一生功勋显赫，是我国东汉时期伟大的百科全书式的人物。他拥有的名号有天文学家、数学家、发明家、地理学家、制图学家、文学家、政治家和学者等。他不仅为我国天文学、地震学、机械技术等科学与技术领域的发展做出了不可磨灭的贡献，他的学术和文学成就也堪与大家巨匠相匹配。在汉赋发展史上，他既是“大赋之极轨”即《二京赋》的创作者，也是抒情小赋即《归田赋》的开拓者，又是哲理赋即《骷髅赋》的创写者，而创作于顺帝阳嘉四年（135 年）的《思玄赋》，则是以骚体借用大量史事来讽刺现实的重要作品。张衡是一个在赋史上具有继往开来重大意义和巨大影响的作者。

《髑髅赋》

张平子将游目于九野，观化乎八方。星回日运，凤举龙骧。南游赤野，北泏幽乡，西经昧谷，东极浮桑。于是季秋之辰，微风起凉。聊回轩驾，左翔右昂。步马于畴皋，逍遥乎陵冈。顾见髑髅，委于路旁。下居淤壤，上有玄霜。张平子怅然而问之曰：“子将并粮推命以夭逝乎？本丧此土，流迁来乎？为是上智，为是下愚？为是女子，为是丈夫？”于是肃然有灵，但闻神响，不见其形。答曰：“吾宋人也。姓庄名周，游心方外，不能自修。寿命终极，来而玄幽。公子何以问之？”对曰：“我欲告之于五岳，祷之于神祇。起子素骨，反子四支，取耳北坎，求目南离；使东震献足，西坤授腹；五内皆还，六神皆复；子欲之不乎？”髑髅曰：“公子言之殊难也。死为休息，生为役劳。冬冰之凝，何如春冰之消？荣位在身，不亦轻于尘毛？飞锋曜景，秉尺持刀。巢、许所耻，伯成所逃。况我已化，与道逍遥。离朱不能见，子野不能听。尧舜不能赏，桀纣不能刑。虎豹不能害，剑戟不能伤。与阴阳同其流，与元气合其朴。以造化为父母，以天地为床蓐。以雷电为鼓扇，以日月为灯烛。以云汉为川池，以星宿为珠玉。合体自然，无情无欲。澄之不清，混之不浊。不行而至，不疾而速。”于是言卒响绝，神光除灭。顾时发轸，乃命仆夫，假之以缟巾，衾之以玄尘，为之伤涕，酬于路滨。

飞锋曜景，秉尺持刀①。

全赋属于四百余字的短制，约作于汉顺帝永和二年（137 年）秋末。据《后汉书·张衡传》记载，当时张衡任河间相。此时的东汉王朝被宦官和外戚把持，早已没有了西汉时期励精图治和发奋有为的大帝国气象，在一片烟柳夕阳景中人人有生命之虞。张衡虽尽忠职守，全力补缀，但势单力薄，无力回天，且为宦官认为是大患而共谗害之。张衡于是常思生死之事以为抉择，而借助庄子思想思考此问题当在情理之中。

《髑髅赋》取材于《庄子》，以张衡路遇髑髅并与之对话展开全篇。此间髑髅不是别人，正是化名先秦庄周的对话者。张衡肃敬之余欲为其求回生之法，髑髅则先言难为，后示以生死的观点。在《庄子·至乐》篇中也有关于“死”之说：夜半，髑髅见梦曰：“子之谈者似辩士。视子所言，皆生人之累也。死则无此矣。子欲闻死之说乎？”庄子曰：“然。”髑髅曰：“死，无君于上，无臣于下；亦无四时之事，从然以天地为春秋，虽南面王乐，不能过也。”……髑髅深矉蹙頞曰：“吾安能弃南面王乐而复为人间之劳乎！”②其中庄子以为生乃劳役，死乃休息，是回归一气，无须悲苦，故有庄子妻死，庄子箕踞鼓盆而歌，表达庄子的死亡观与哲学思想，而张衡《髑髅赋》也说：“死为休息，生为役劳……荣位在身，不亦轻于尘毛。”即是从《庄子·至乐》篇中获得的灵感与思想，又与自身现实环境与苦闷心情相关联，于是发出对生之恶与生之苦的大段铺陈，所谓要超越这些生命逼仄，以至于“桀纣不能刑，虎豹不能害，剑戟不能伤”，这才是张衡面对的大问题。作者以髑髅

① 费振刚、胡双宝、宗明华，辑校：《全汉赋》，北京大学出版社，1993 年版，第 472－473 页。

② 陈鼓应，译注：《庄子今注今译》，中华书局，2009 年版，第 488 页。

发论，自为心灵解脱之语，即要顺应自然变化，“与道逍遥”，就能情怀心智与外物合宜相称，不知荣辱，不知冬夏，不知生死。作者对那个没有刀光剑影和风雪相逼的清静世界心向往之，庄子思想正是作者面对如此逼迫的死亡威胁而生存下去的武器和力量。全文仍以简单对话的框架完成，其间隐藏着对生命的隐忧，对社会黑暗的批判与对理想世界的向往，而以死亡乃至乐世界的哲语作为议论和思考的结论，语言铺张瑰奇，颇得庄子寓言之风。

二、赵壹的理赋

赵壹（本名懿，后因避司马懿名讳而作“壹”），字元叔，汉阳郡西县（今甘肃省天水市西南）人。生活于汉桓、灵帝时，即168年至189年前后。《后汉书·文苑列传》载，他体貌魁伟，美须髯，恃才傲物，耿介不阿。在桓灵之世，屡屡得罪权贵，几致于死，经友人搭救而生还，即为友人作《穷鸟赋》以答相助。又直接以最暴露批判性的题目作《刺世疾邪赋》。另有《解摈》，不以“赋”名，实亦赋类作品。一生以《刺世疾邪赋》最为著名，其他如颂、箴、诔、书、论及杂文等共16篇，今存5篇。作品被后人结集为《赵壹集》。

《刺世疾邪赋》

伊五帝之不同礼，三王亦又不同乐。数极自然变化，非是故相反驳。德政不能救世溷乱，赏罚岂足惩时清浊？春秋时祸败之始，战国愈增其荼毒。秦汉无以相逾越，乃更加其怨酷。宁计生民之命，为利己而自足。于兹迄今，情伪万方。佞谄日炽，刚克消亡。舐痔结驷，正色徒行。妪媾名势，抚拍豪强。偃蹇反俗，立致咎殃。捷慑逐物，日富月昌。浑然同惑，孰温孰凉？邪夫显进，直士幽藏！

原斯瘼之攸兴，寔执政之匪贤：女谒掩其视听兮，近习秉其威权。所好则钻皮出其毛羽，所恶则洗垢求其瘢痕。虽欲竭诚而尽忠，路绝崄而靡缘。九重既不可启，又群吠之狺狺。安危亡于旦夕，肆嗜欲于目前。奚异涉海之失柂，积薪而待燃。荣纳由于闪榆，孰知辨其蚩妍！故法禁屈挠于势族，恩泽不逮于单门。宁饥寒于尧舜之荒岁兮，不饱暖于当今之丰年。乘理虽死而非亡，违义虽生而匪存。

有秦客者，乃为诗曰：“河清不可俟，人命不可延。顺风激靡草，富贵者称贤。文籍虽满腹，不如一囊钱。伊优北堂上，抗脏倚门边。”

鲁生闻此辞，系而作歌曰：“势家多所宜，咳唾自成珠。被褐怀金玉，兰蕙化为刍。贤者虽独悟，所困在群愚。且各守尔分，勿复空驰驱。哀哉复哀哉，此是命矣夫!”①

多有论者以赵壹《刺世疾邪赋》为抒情小赋的代表作。其实它是明显的理赋作品。其理赋属性表现在：其一，从标题开始就显示出鲜明的批判精神。其二，不再采用婉转回环的、艺术化的讽喻方式，而是淡化对话方式。其三，内容表现出鲜明地对社会与丑恶人性的无情揭露，揭露批判时政的深度和力度是空前的。其批判精神之强烈，是前此汉代辞赋中未曾出现过的。其四，此赋风格一改堂皇典雅而为疏朗明快，既是作者舒荡磊落、桀骜不驯个性的直接体现，也与内容的批判精神相得益彰，互为表里，的确应认同它是一部开引新风的理赋作品。其五，用直接激切的言词议论抨击社会现实，表达对当时社会丑恶现象的强烈不满，如“宁饥寒于尧舜之荒岁兮，不饱暖于当今之丰年”，如“舐痔结驷，正色徒行”“邪夫显进，直士幽藏”等，大胆揭露了东汉末年贤者失路、奸佞当道的黑暗现实，甚至敢于把批评的矛头直接指向“执政”的最高统治者：“原斯瘼之攸兴，寔执政之匪贤。”虽然作者对社会历史以及人生命运的看法有其局限性，但我们仍然看到了他对丑陋社会现状的直接讽刺，揭露与痛恨“宁计生民之命，唯利己而自足”的恶劣人性，措辞激烈，情感愤激到无以复加的程度，其中也无不继承着《庄子》的辛辣与讽刺的传统。最后的结尾处用秦客和鲁生的五言歌诗相对应答作结，一则将个体之志寄寓于往人，以往人之志表达同这黑暗的世道彻底决绝的态度；二则此结尾的部分属于革传统之命，有未革命干净的痕迹，却不妨碍其主体部分以“我”发议论，表达对世情与邪恶的激愤立场。同时，本文也是在情赋与理赋夹缝中努力挣脱传统导向理赋的尝试。其他如对比写法贯穿全篇，语言或四言，或六七言，或散言，在排偶的文阵中综合各种语言句式，并善于使用比喻、借代，变汉赋的绮丽为晓畅，板滞为疏荡，典雅为通俗，堂皇为质朴，为汉赋的发展转变做出了贡献。

三、杜笃的理赋

杜笃（？—78 年），东汉文学家，一生经历传奇，《后汉书·文苑列传》载：“杜笃字季雅，京兆杜陵人也。高祖延年，宣帝时为御史大夫。笃少博学，不修小节，不为乡人所礼。居美阳，与美阳令游，数从请托，不谐，颇相恨。令怒，收笃送京师。会大司马吴汉薨，光武诏诸儒诔之，笃于狱中为

---

① 费振刚、胡双宝、宋明华，辑校：《主汉赋》，北京大学出版社，1993 年版，第 555 页。

诔，辞最高，帝美之，赐帛免刑。”《论都赋》为其恢宏巨制的赋作代表。

《论都赋》并奏及序

臣闻知而复知，是为重知。臣所欲言，陛下已知，故略其梗概，不敢具陈。昔般庚去奢，行俭于亳，成周之隆，乃即中洛。遭时制都，不常厥邑。贤圣之虑，盖有优劣；霸王之姿，明知相绝。守国之执，同归异术：或弃去阻阸，务处平易；或据山带河，并吞六国；或富贵思归，不顾见袭；或掩空击虚，自蜀汉出；即日车驾，策由一卒；或知而不从，久都墝埆。臣不敢有所据。窃见司马相如、扬子云作辞赋以讽主上，臣诚慕之，伏作书一篇，名曰《论都》，谨并封奏如左。

皇帝以建武十八年二月甲辰，升舆洛邑，巡于西岳。推天时，顺斗极，排阊阖，入函谷，观阸于崤、黾，图险于陇、蜀。其三月丁酉，行至长安，经营宫室，伤愍旧京，即诏京兆，乃命扶风，齐肃致敬，告覲园陵。悽然有怀祖之思，喟乎以思诸夏之隆。遂天旋云游，造舟于渭，北斻泾流。千乘方毂，万骑骈罗，衍陈于岐、梁，东横乎大河。瘗后土，礼邠郊。其岁四月，反于洛都。明年，有诏复函谷关，作大驾宫、六王邸、高车厩于长安，修理东都城门，桥泾、渭。往往缮离观，东临霸、浐，西望昆明，北登长平，规龙首，抚未央，覛平乐，仪建章。

是时山东翕然狐疑，意圣朝之西都，惧关门之反拒也。客有为笃言：“彼埳井之潢汙，固不容夫吞舟；且洛邑之渟瀯，曷足以居乎万乘哉？咸阳守国利器，不可久虚，以示奸萌。”笃未甚然其言也，故因为述大汉之崇，世据廱州之利，而今国家未暇之故，以喻客意。曰：

昔在强秦，爰初开畔，霸自岐、廱，国富人衍，卒以并兼，桀虐作乱。天命有圣，托之大汉。大汉开基，高祖有勋，斩白蛇，屯黑云，聚五星于东井，提干将而呵暴秦。蹈沧海，跨昆仑，奋彗光，埽项军，遂济人难，荡涤于泗、沂。刘敬建策，初都长安。太宗承流，守之以文。躬履节俭，侧身行仁，食不二味，衣无异采。赈人以农桑，率下以约己，曼丽之容不悦于目，郑卫之声不过于耳，佞邪之臣不列于朝，巧伪之物不鬻于市，故能理升平而刑几措。富衍于孝景，功传于后嗣。

是时孝武因其余财府帑之蓄，始有钩深图远之意，探冒顿之罪，校平城之雠。遂命票骑，勤任卫青，勇惟鹰扬，军如流星，深入匈奴，割裂王庭，席卷漠北，叩勒祁连，横分单于，屠裂百蛮。烧罽帐，系阏氏，燔康居，灰珍奇，椎鸣镝，钉鹿蠡，驰坑岸，获昆弥，虏僬佽，驱骡驴，驭宛马，鞭駃騠。拓地万里，威震八荒。肇置四郡，据守敦煌。并域属国，一郡领方。立候隅北，建护西羌。捶驱氐、僰，寥狼邛莋。东攡乌桓，蹂辚濊貊。南羁钩町，水剑强越。残夷文身，海波沫血。郡县日南，漂概朱崖。部尉东南，兼有黄支。连缓耳，琐雕题，摧天督，牵象犀，椎蚌蛤，碎琉璃，甲瑇瑁，戕觜觿。于是同穴裘褐之域，共川鼻饮之国，莫不袒跣稽颡，失气虏伏。非夫大汉之世盛，世藉廱土之饶，得御外理内之术，孰能致功若斯！故创业于高祖，嗣传于孝惠，德隆于太宗，财衍于孝景，威盛于圣武，政行于宣、元，侈极于成、哀，祚缺于孝平。传世十一，历载三百，德衰而复盈，道微而复章，皆莫能迁于廱州，而背于咸阳。宫室寝庙，山陵相望，高显弘丽，可思可荣，羲、农已来，无兹著明。

夫廱州本帝皇所以育业，霸王所以衍功，战士角难之场也。《禹贡》所载，厥田惟上。沃野千里，原隰弥望。保殖五谷，桑麻条畅。滨据南山，带以泾、渭。号曰陆海，蠢生万类。楩枏檀柘，蔬果成实。畎渎润淤，水泉灌溉，渐泽成川，粳稻陶遂。厥土之膏，亩价一金。田田相如，鐇镬株林。火耕流种，功浅得深。既有蓄积，阸塞四临：四被陇、蜀，南通汉中，北据谷口，东阻嵚岩。关函守峣，山东道穷，置列汧、陇，廱偃西戎；拒守褒斜，岭南不通；杜口绝津，朔方无从。鸿、渭之流，径入于河；大船万艘，转漕相过；东综沧海，西纲流沙；朔南暨声，诸夏是和。城池百尺，阸塞要害。关梁之险，多所衿带。一卒举礧，千夫沉滞；一人奋戟，三军沮败。地埶便利，介胄剽悍，可与守近，利以攻远。士卒易保，人不肉袒。肇十有二，是为赡腴。用霸则兼并，先据则功殊；修文则财衍，行武则士要；为政则化上，篡逆则难诛；进攻则百克，退守则有余：斯固帝王之渊囿，而守国之利器也。

逮及亡新，时汉之衰，偷忍渊囿，篡器慢违，徒以埶便，莫能卒危。假之十八，诛自京师。天畀更始，不能引维，慢藏招寇，复致赤眉。海内云扰，诸夏灭微；群龙并战，未知是非。于时圣帝，赫然申威。荷天人之符，兼不世之姿。受命于皇上，获功于灵祇。立号高邑，搴旗四麾。首策之臣，运筹出奇；虓怒之旅，如虎如螭。师之攸向，无不靡披。盖夫燔鱼剸蛇，莫之方斯。大呼山东，响动流沙。要龙渊，首镆铘，命腾太白，亲发狼、弧。南禽公孙，北背强胡，西平陇、冀，东据洛都。乃廓平帝宇，济蒸人于涂炭，成兆庶之亹亹，遂兴复乎大汉。

今天下新定，矢石之勤始瘳，而主上方以边垂为忧，忿葭萌之不柔，未遑于论都而遗思雝州也。方躬劳圣思，以率海内，厉抚名将，略地疆外，信威于征伐，展武乎荒裔。若夫文身鼻饮缓耳之主，椎结左衽𨬍鍝之君，东南殊俗不羁之国，西北绝域难制之邻，靡不重译纳贡，请为藩臣。上犹谦让而不伐勤。意以为获无用之虏，不如安有益之民；略荒裔之地，不如保殖五谷之渊；远救于已亡，不若近而存存也。今国家躬修道德，吐惠含仁，湛恩沾洽，时风显宣。徒垂意于持平守实，务在爱育元元，苟有便于王政者，圣主纳焉。何则？物罔挹而不损，道无隆而不移，阳盛则运，阴满则亏，故存不忘亡，安不讳危，虽有仁义，犹设城池也。

客以利器不可久虚，而国家亦不忘乎西都，何必去洛邑之渟潛与？①

全篇形式奇特，以赋的形式代书表奏章表达政见，并以客主问答形式为之。整篇文章实为政治谋略而不在都邑描摹，与西汉京都大赋在艺术上风格迥异。杜笃以东汉政局稳定之后，光武帝行幸长安，经营宫室，伤悯旧京……有怀祖之思，于是写此赋，阐明关中表里山河，是先帝旧京，不宜改建洛邑，并上奏皇上。开篇以散文为序，本体以韵文展开说理，语善铺排，辩辞富赡，描绘了西京（长安）的险要地势，但重在说明理应定都长安的原因。这不仅打破了以往文学之士献赋颂圣，供主娱悦的老例，还以赋作奏谏国事，通篇议政内容不仅提高了赋文体的政治品位，也发展了赋文的理性品格。同时，此赋因创意之新、运体之新、创思之深、论理之深而影响深远，成为作者的代表作。

四、其他理赋

1. 乐器赋（原理赋）

乐器是古代重要的音乐工具，对乐器的关注是对儒家礼乐文化重要性的折射。从汉代，尤其是东汉开始，表现音乐舞蹈的作品越来越多，不仅有傅毅的《舞赋》《琴赋》，还有蔡邕的《琴赋》等。费振刚曾针对全汉赋进行考查，其中以乐器名篇的汉赋有十篇。如《笙赋》《琴赋》《长笛赋》《筝赋》等。这些作品的内容与创作思路基本是：第一部分介绍乐器原材料生长情况及乐曲制作，第二部分描述演奏乐器的情况，第三部分陈述乐器的社会作用。可见其写作手法已然脱离了汉大赋体物写志的框架，进入到认识事物、说明

① 费振刚、胡双宝、宗明华，辑校：《全汉赋》，北京大学出版社，1993 年版，第 266－269 页。

事物机理的层面。虽然赋家对乐器的关注植根于儒家思想文化的土壤之中，也无不体现着儒家的礼乐与人才思想，但毕竟在发而为文的过程中，作者用赋体语言铺写和说明的是对乐器作为特殊器物的客观观察与其中义理的揭示，已然脱离了主观主体的感性抒情，是聚焦于客观规律层面的表述。虽然其中有一些关于乐器材料生长环境的细腻铺陈，还有如对乐器材料百般挑选的铺陈内容，皆使赋文因拥有较细腻的环境或景物描写而具有文学性，但这是汉代大赋体物的惯性使然。随着赋文的展开，对乐曲制作要求的解释，对乐器演奏及器乐的社会效用的揭示等内容则逐渐成为内容主体，有时还有具体说明儒家礼乐制度和诗教思想在乐器方面的体现等乐教内容。作者对乐器的关注已然不是移情属性下对个体生命和情感的关注，也不是为了审美感动的展示，而是把乐器当作一个客观之物，进行近似科学现象和事实作用的解说。此为咏物情赋与阐释事物机理和原理的理赋的分野。仅以王褒《洞箫赋》为例。

《洞箫赋》

原夫箫干之所生兮，于江南之丘墟。洞条畅而罕节兮，标敷纷以扶疏。徒观其旁山侧兮，则岖嵚岿崎，倚巇迤𡾊，诚可悲乎，其不安也。弥望傥莽，联延旷旷，又足乐乎，其敞闲也。托身躯于后土兮，经万载而不迁。吸至精之滋熙兮，禀苍色之润坚。感阴阳之变化兮，附性命乎皇天。翔风萧萧而径其末兮，回江流川而溉其山。扬素波而挥连珠兮，声礚礚而澍渊。朝露清冷而陨其侧兮，玉液浸润而承其根。孤雌寡鹤，娱优乎其下兮，春禽群嬉，翱翔乎其颠。秋蜩不食，抱朴而长吟兮，玄猨悲啸，搜索乎其间。处幽隐而奥屛兮，密漠泊以獭猭。惟详察其素体兮，宜清静而弗谊。幸得谥为洞箫兮，蒙圣主之渥恩。可谓惠而不费兮，因天性之自然。于是般匠施巧，夔妃准法。带以象牙，掍其会合；锼镂离洒，绛唇错杂，邻菌缭纠，罗鳞捷猎，膠致理比，挹抐擫擶。

于是乃使夫性昧之宕冥，生不睹天地之体势，暗于白黑之貌形，愤伊郁而酷䎳，愍眸子之丧精。寡所舒其思虑兮，专发愤乎音声。故吻吮值夫宫商兮，和纷离其匹溢。形旖旎以顺吹兮，瞋㖕㖃以纡郁。气旁迕以飞射兮，驰散涣以逫律。趣从容其勿述兮，惊合遝以诡谲。或浑沌而潺湲兮，猎若枚折。或漫衍而骆驿兮，沛焉竞溢。惏慄密率，掩以绝灭；呫霵跸踕，跳然复出。

若乃徐听其曲度兮，廉察其赋歌。啾咇而将吟兮，行锴铋以和啰。风鸿洞而不绝兮，优娆娆以婆娑。翩绵连以牢落兮，漂乍弃而为他。要复遮其蹊径兮，与讴谣乎相和。故听其巨音，则周流泛滥，并包吐含，若慈父之畜子也。其妙声则清静厌瘱，顺叙卑达，若孝子之事父也。科条譬类，诚应义理，澎濞慷慨，一何壮士！优柔温润，又似君子。故其武声则若雷霆輘輷，佚豫以沸㥜。其仁声则若飖风纷披，容与而施惠。或离还以聚敛兮，或拔摋以奋弃。悲怆怳以恻惐兮，时恬淡以绥肆。被淋洒其靡靡兮，时横溃以阳遂。哀悁悁之可怀兮，良醰醰而有味。

故贪饕者听之而廉隅兮，狼戾者闻之而不怼。刚毅强虣反仁恩兮，啴唌逸豫戒其失。钟期牙旷怅然而愕兮，杞梁之妻不能为其气。师襄严春不敢窜其巧兮，浸淫叔子远其类。嚚顽朱均惕复惠兮，桀跖鬻博儡以顿悴。吹参差而入道德兮，故永御而可贵。时奏狡弄，则彷徨翱翔；或留而不行，或行而不留。愺恅澜漫，亡耦失畴，薄索合沓，罔象相求。故知音者，乐而悲之；不知音者，怪而伟之。故闻其悲声，则莫不怆然累欷，擎涕抆泪；其奏欢娱，则莫不惮漫衍凯，阿那腲腇者已。是以蟋蟀蚸蠖，蚑行喘息。蝼蚁蝘蜓，蝇蝇翊翊。迁延徙迤，鱼瞰鸡睨，垂喙蜿转，瞪瞢忘食。况感阴阳之和，而化风俗之伦哉！乱曰：状若捷武，超腾逾曳，迅漂巧兮；又似流波，泡溲泛㴋，趋巇道兮；哮呷呟唤，跻踬连绝，淈殄沌兮；搅搜㶉捎，逍遥踊跃，若坏颓兮；优游流离，踌躇稽诣，亦足耽兮。颓唐遂往，长辞远逝，漂不还兮。赖蒙圣化，从容中道，乐不淫兮。条畅洞达，中节操兮；终诗卒曲，尚馀音兮；吟气遗响，联绵漂撇，生微风兮；连延骆驿，变无穷兮①。

此文使用骚体，或四言，或杂言，最后保留着骚体“乱曰”的结构。作者系统书写了洞箫的生材、制器、发声、声之性和声之感等，并用华丽的语言予以表现。之所以如此细腻，层层深入地书写洞箫的各个侧面，是因为音乐在人们生活中有着重要意义，而其在儒士的生命中更为重要。因为，它是陶冶性情、愉悦视听的享受，也是关乎心灵，提升精神修养的重要方式；同时，更是儒家推行礼仁教化的特殊工具。孔子即是音乐爱好者，也有深刻的音乐修为，儒家知识分子也以喜好音乐，有高深的音乐造诣为标榜。此赋表现出作者对音乐与乐器的修养，所谓得之于心，应之与手。王褒已不满足于针对器物做对象描摹式的吟咏抒情，而已经把对音乐的爱好与深刻理解引入

① 费振刚、胡双宝、宗明华，辑校：《全汉赋》，北京大学出版社，1993年版，第143－145页。

文中。首先表达了对音乐教化功能的重视和认同。儒家以为，“兴于诗，立于礼，成于乐”。一个人只有通过学习并有能力感受音乐才能真正提高自身的精神高度，成为一个身心成熟、有时间维度和心灵视野的所谓精神上的成人。从春秋季札观乐到孔子的音乐观念，都在将“乐”视为“天地之命，中和之纪，人情之所不能免也”的神器，并与礼衔接，同为统摄人们日常行为的儒家重要伦理范畴。故而王褒说洞箫有“感阴阳之和，化风俗之轮”的功效。其次，肯定了音乐的娱乐功能。这从赋文中吹奏洞箫时铺陈的欢乐场面可以看到。再次，说明了音乐的认识价值与社会作用。最后，介绍人们较为喜爱的音乐风格与审美取向。他指出，人们一般喜欢欣赏悲伤的声音，即所谓悲音，就此提出了音乐欣赏中审美风尚与趣味的问题，还提出了知音的重要意义：“故知音者乐而悲之，不知音者怪而伟之。”其后钱锺书《管锥编》则进一步指出：“奏乐以生悲为善音，听乐以能悲为知音，汉魏六朝，风尚如斯。”① 作者通过乐器赋，表达了对多样的音乐欣赏与其他理论问题的思考与探讨。同时，通过对“悲音”的关注，表达了时代多悲音的见解，人们处于这样的时代则容易对之产生共鸣，也由于人们的鉴赏和感知能力越来越强，所以能够感受深细微妙的音乐内涵，尤其是悲音的内涵，就此体现出自然—乐器—社会—人心的关联与关系。

2. 器物赋（道理赋）

汉代是器物赋的初兴阶段。廖国栋以为汉代“专咏器物之作勃然兴盛于咏物赋中，凡二十四篇，高居汉代咏物赋之首，不仅由陪衬之地位跃居主位，具有凌驾草木鸟兽之势也”②。有学人研究指出，有汉四百余年创作器物赋共36篇。再从《全上古三代秦汉三国六朝文》《先唐赋辑补考》等文献梳理，此类赋文确实积累了一定数量和篇幅。

把器物作为赋的题材，自《汉书·艺文志》开始，并被列入杂赋十二家，即“杂器械草木赋”，其他如《初学记》也有器物部，含漏刻、帷幕、屏风和舟车等。器物赋属于小题材赋，与汉代大赋书写角度与格局不同，不过从中能体现出赋体题材无所不包的特点。所谓“赋也者，所以因物造端，敷弘

---

① 吴功正：《六朝美学史》，江苏美术出版社，1994 年版，第 253 页。
② 廖国栋：《魏晋咏物赋研究》，台北文史哲出版社，1991 年版，第 299 页。

体理，欲人不能加也”[①]。什么题材都能进入赋的视野，所谓写物图貌是一则，写物图理也是一则。此时，所谓无所不包的赋，已然从天上到地下，从天文到人文，应有尽有，涵括天象、地理、动物、植物、器物、技艺（围棋、琴、书法、乐舞等）、笔墨纸砚、珍宝等。廖国栋的《魏晋咏物赋研究》把咏物赋分为八类：天象、地理、植物、动物、器物、建筑、饮食和其他类赋篇。他明确使用了器物类赋，器物基本可细分为宝物、日常物和乐器。另《艺文类聚》也有“杂器物部”，含鼎、铛、釜等古代生活生产用具，主要是室内静物。学界多以为器物赋乃咏物赋的一个分支。咏物抒情赋和器物道理赋的区别在于：物是否与我建立了情感关联。写物可以叙述可以抒情，可以说明可以议论，取决于书写主体的书写角度与目的。是情赋还是理赋，还需要考查其是说明还是描写，是叙述还是议论。描写与说明、叙述与议论皆是互相区别又互相联系的表达方式，描写是具体的说明，说明是抽象的描写；展开具体情感过程的是叙述、揭示事物进程或事实本质的则为论理（参见吴应天《文章结构学》）。写物旨在借物抒情还是旨在揭示物性规律，这是情赋理赋的分野。比如，赋体的第一篇即是荀卿的《箴》赋。主要对箴（针）的功能进行说明，对箴的形态进行描摹。与“铺采摛文，体物写志”有相通，但尚不能等同。首先，《箴》赋并非以物写已之志。其次，该赋乃是一个儒者以箴为论理的对象物，非以一个个体之我去借箴而咏之歌之，抒发一己之情。当然还要看作者如何描摹，说明物理与议论道理虽然不同，但同属于理赋。《箴》赋乃论理赋，而非物理赋。论理赋与物理赋的区别在于传达客观物之存在形貌与存在规律，而非以主观情眼观察物象，也非借之以言说道理。马积高先生也说到“在赋中以讲哲理为主，却是从荀况开始的”[②]。《箴》赋把箴的特点与人的人品德行联系起来，比如，“无知无巧”“不盗不窃”等，用以发挥其理想道德的内涵。汉代班昭《针缕赋》乃模仿荀卿赋而来，不仅有借物抒情，也有借物寓理。的确，器物不仅是物件，其形态其质性也成为惊醒世人、引发联想的衔接物，故而成为思想理念的载体。所以，一些咏物赋不以抒情为主，反而很容易带上警戒的意义或理性的意义。如东汉张纮的《瑰材枕赋》，也名《瑰材枕箴》。其赋曰：

① 皇甫谧：《左思三都赋序》，陈良运：《中国历代赋学曲学论著选》，百花洲文艺出版社，2002年版，第53页。

② 马积高：《赋史》，上海古籍出版社，1987年版，第51页。

彧彧其文，馥馥其芬。出自幽阻，升于毡茵。允竭允丽，惟淑惟珍。安安文枕，贰彼弁冠。冠御于昼，枕式于昏。代作充用，荣己宁身。兴寝有节，适性和神。（出自《艺文类聚》）

前写来源和形状，后点功效作用，最后两句收结其警戒的意味。

班固也有《竹扇赋》，其赋曰：

青青之竹形兆直，妙华长竿纷实翼。杳筱丛生于水泽，疾风时，纷纷萧飒。削为扇，翣成器，美托御君王。供时有度量，异好有圆方，来风避暑致清凉，安体定神达消息。百王传之赖功力，寿考康宁累万亿①。

此赋类似七言诗，因用韵与最后三句相对散出而为赋作。全文遣词造句质朴无华，内容浅显通俗，因深藏警示而不能只读表面文意。其表在叙述竹扇的制作过程及其形制，其实在警示帝王力戒奢靡。赋文背后有所缘故。葛洪《西京杂记》注曰："汉制，天子玉几夏设羽扇，冬设缯扇，至成帝时，昭阳殿中设九华扇、五明扇及孔雀翠羽诸名。其华饰侈丽不言可知。孟坚（班固之字）在肃宗（章帝刘炟）朝时以竹扇供御，盖中兴以来屏去奢靡，崇尚朴素所致，赋而美之，所以彰圣德养君心也。"虽然此类器物赋的理性程度不很鲜明，因其体制在诗文之间，且文句精警和韵奥在里，显得诗性充溢了。

3. 技艺赋（艺理、易理、兵理）

游艺活动也是生活中士人倾心投入的活动之一，它展现了士人多姿多彩的生活娱乐。棋艺是士人群体中最流行的活动之一。古代棋艺种类繁多，有围棋，有弹棋，有象棋，还有如四维戏等。以围棋为对象的赋作最多，作者往往将下棋与兵法、易理和阴阳五行等相联系，赋作实为议论阐发规律与属性的理赋。

马融《围棋赋》

略观围棋兮，法于用兵。三尺之局兮，为战斗场。陈聚士卒兮，两敌相当。拙者无功兮，弱者先亡。自有中和兮，请说其方。先据四道兮，保角依旁。缘边遮列兮，往往相望。离离马目兮，连连雁行。踔度间置兮，徘徊中央。违阁奋翼兮，左右翱翔。道狭敌众兮，情无远行。棋多无策兮，如聚群羊。骆驿自保兮，先后来迎。攻宽击虚兮，跄降内房。利则为时兮，便则为强。厌于食兮，坏决垣墙。堤溃不塞兮，泛滥远长。横行阵乱兮，敌心骇惶。

① 费振刚、胡双宝、宗明华，辑校：《全汉赋》，北京大学出版社，1993 年版，第 392 页。

迫兼棋雏兮，颇弃其装。已下险口兮，凿置清坑。穷其中罫兮，如鼠入囊。收取死卒兮，无使相迎。当食不食兮，反受其殃。胜负之㯕捞兮，于言如发。乍缓乍急兮，上且未别。白黑纷乱兮，于约如葛。杂乱交错兮，更相度越。守规不固兮，为所唐突。深入贪地兮，杀亡士卒。狂攘相救兮，先后并没。上下离遮兮，四面隔闭。围合罕散兮，所对哽咽。韩信将兵兮，难通易绝。自陷死地兮，设见欢谲。诱敌先行兮，往往一室。捐棋委食兮，遗三将七。迟逐爽问兮，转相伺密。商度地道兮，棋相连结。蔓延连阁兮，如火不灭。扶疏布散兮，左右流溢。浸淫不振兮，敌人惧慄。迫促踧踖兮，惆怅自失。计功相除兮，以时各讫。事留变生兮，拾棋欲疾。营惑窘乏兮，无令诈出。深念远虑兮，胜乃可必①。

还有他的《樗蒱赋》，比较具体地说明此种游戏的起源、构造与玩法。如樗蒱由枰、杯、矢、马和木构成。枰是棋盘，杯为投掷的容器，矢和马为旗帜，木则类似骰子，用以掷采。投得杂采不能过关，掷到贵采方能打马取胜。可知樗蒱属于较多靠运气而非智力的游艺活动，类似于今天的赌博，取胜时也非常有刺激性。文章中也写到人们过关得胜时欢呼雀跃，失败后沮丧落寞的情形。

在《围棋赋》与《樗蒱赋》中，由于下棋为双方的对阵游戏，多被作者向古代兵家征伐之术引申。刘向、马融和蔡洪等都有围棋赋传世，且往往多用骚体出之，实在是侧重理性智慧的赋文写法。

其他如边韶的《塞赋》，则将塞戏与易理相对应，用四言，从形制到规则均含有深刻的哲学意味。

四道交正，时之则也。棋有十二，律吕极也。人操厥半，六爻列也。赤白色者，分阴阳也。乍亡乍存，像日月也……迭往迭来，刚柔通也。周则复始，乾行健也。局平以正，坤德顺也。……②

这里，棋戏成了推演《周易》之理的载体。古人写赋越来越有横溢杰出的思维和笔力，越来越有匠心独具的运思和意旨。通过议论下棋，古人所要阐发的不在真正的下棋之技之艺及个体的修养心境，乃在于对天地日月之正、乾坤阴阳之法的理解，属于以由此及彼的方式对万物进行专门性或上升到哲学的思考。

---

① 费振刚、胡双宝、宗明华，辑校：《全汉赋》，北京大学出版社，1993 年版，第 504 – 505 页。

② 费振刚、胡双宝、宗明华，辑校：《全汉赋》，北京大学出版社，1993 年版，第 546 页。

第三章　发展转变时期：魏晋南北朝理赋

第一节　魏晋南北朝赋风与赋观

一、魏晋之赋风

魏晋南北朝时期是约四百年的战乱和分裂时代。社会动荡不宁，儒家的正统思想受到不断冲击而有所动摇，玄学与佛学思想开始在世间盛行，学术文化与文学正是在这样恶劣的政治环境却相对宽松的思想环境中生长和发展的。建安以来，中国“语”与“文”的历史进入了一个崭新的阶段，经晋、宋、齐和梁诸代文人的努力，语言的各种表现技巧和方法，比如，对仗、声律、练字和辞藻等，都在探索与精研中得到进一步提高，诗、文、赋各体也均向更深的层次发展并壮大。辞赋创作时代土壤改变，作家个体的生存环境改变，生命经历也随之改变，这使得魏晋赋风有所改变，有所发展，并有所前进。赋家不仅将眼光从政治讽喻和颂美歌德的题材与手法上移开，针对时代文化的新风尚和他们所在的不同现实，开始找寻新的题材。通过叙述成分、议理成分的融入，使赋体内容对生活本身切入的程度更深厚，对现实的认识更透辟。加上个体视角和个体经历的深度介入，使赋文有了感人心魄的力量。在整体力求贴近时代，张扬个体自由精神的基础上，改变了汉代大赋绮艳华美、浩荡夸饰的方向，显示出文人新的精神境界和对艺术美、艺术新风格的追求。魏晋赋的总体风貌则是朝着质朴征实、劲力创新的方向前行。其中的理赋继续被文人关注，一些作家继续秦汉文人理赋的写作题材与创写格局，并有着更多新题材和新形式可以实践。

魏晋与两汉迥异的赋风，主要导自汉魏文人与时代的关系及其赋学观的变化。汉末三国时期，连年征战，生灵涂炭，东汉帝国在兵燹的烈焰中一步步走向衰亡。在这个沉重的过程中，思想文化界开始剧烈动荡，人们在反思两汉经学的同时，登上了怀疑权威和怀疑儒家秩序的人生新高度，一种思想解放思潮悄然跃动。人性层面的觉醒，思想理性层面的觉醒，都使文学的自觉程度攀援到一个新高度。曹丕所谓“文章经国”说，是对中国古文作为“泛文”处于最高地位的反思和最高功用的概括。在文学自觉的思考中，当然也有对文学的文学性与体裁思考的自觉，正是在这样的为文思考中，新的创作风尚逐渐形成。

与汉人崇尚宏丽、注重讽喻的赋观相比，魏晋南北朝人的赋观实际还是有所延续并有新的发展和突破的。如曹丕“诗赋欲丽”的主张，陆机“诗缘情而绮靡，赋体物而浏亮”的观点等，不仅继续放大了诗赋在语言上的重要审美特征，而且文体分类的意识越来越鲜明。说它有所突破，主要是指魏晋人将作为经学附庸角色的文学朝着独立的新方向用力，文学作为特殊之文的独立价值与地位开始被确立，文学艺术美的形式及抒情功能已为人们所接受。诗、赋可以不必将讽喻和教化作为其根本的功能，语言的美和抒情性特质被不断聚焦和阐扬。这是魏晋赋观对汉代赋观的超越之处。当然，这并不意味着他们已经认为诗与赋两种体裁在抒情性上的等一。陆机所能认识到的诗的“缘情”和赋的“体物”也不见得是说两者处在“情”的一个和贴的平面。赋毕竟属于文的范畴，文学自觉时代到来，主要意味着文学的主体意识更自觉，抒情更自我，驾驭题材与体裁更自觉，思维更灵动，书写更畅达，也意味着文人驾驭情理思维进行的创意性操持更自觉，而不意味着文学与泛“文”的界限倏忽间被厘清。

进一步说，在曹丕“诗赋欲丽”观点提出的同时，曹植还在扬雄所谓“辞赋小道，壮夫不为”说后，进一步反其义强调了“辞赋小道”的可为之处，他说：“夫街谈巷说，必有可采；击辕之歌，有应风雅。匹夫之思，未易轻弃也。辞赋小道，固未足以揄扬大义，彰示来世也。昔扬子云，先朝执戟之臣耳，犹称壮夫不为；吾虽德薄，位为蕃侯，犹庶几勠力上国，流惠下民，建永世之业，流金石之功，岂徒以翰墨为勋绩，辞赋为君子哉?”（《与杨德祖书》）曹植否定了赋的讽喻教化作用，认为辞赋并非经书一类“揄扬大义，彰示来世”之作，其表现内容和范围应广阔得多，无论“街谈巷说”“闾里风谣”，还是“庶士匹夫之思”，均可成为表现对象。这不仅从题材和内容方面，也从文体性质方面为赋的发展开拓了未来道路的方向。“辞赋小道”的观点，是对两汉以来赋学观贵族化、宫廷化和政教化特征的否定和冲击，表现出的是魏晋新赋观平民化、通俗化和创新化的特点。正是“缘情”和“辞赋小道”等这些观点的结合，才形成了魏晋人具有大众化和多样化特征的赋学新观点。赋不再是一种政教工具，而是一种情感和思想的载体，它书写灵活轻便，贴近人生的各个方面。真正的情赋作品摆脱了经学和政教的束缚，实现了人性觉醒，文学自觉时期主体抒情意识的高涨和自我与社会人生真正的想象的和形象的贴近关系，表达了真实与深切的人生情怀，呈现出一派文学的新意与腾跃的生机。以曹植《洛神赋》为代表的魏晋情赋的创作成为情赋的最高也是最典型的代表。理赋则尝试涉猎更多新题材和新技法，在文人不断关注中也有了新的发展动向。

二、刘勰的赋观

作为南朝梁时期的大臣，刘勰具有杰出的理论才华和深厚的文学艺术修养。他对赋体文的体悟和把握是相当深入的，对于赋体文的艺术技巧、手法和风格等，也多有精辟独到的见解。刘勰认真考查并研究了汉魏以来大量的赋类作品，仔细分析其创作现象，并在零散和片段的赋论基础上，建立起属于自己的系统的赋学理论，这在《文心雕龙》诸章中多有体现。他还奉献了专门研究赋体文的成果——《诠赋》，对赋的发展与流变、往故时期创作的特点与得失，也对名家名作等进行了认真的梳理和总结。其赋观是其文观的直接反映。刘勰“文观”中的“通变观”可以说是他对中国文论最突出的贡献之一，用一句话囊括，即“文变染乎世情，兴废系乎时序”（《文心雕龙·时序》）。文学和辞章是一个时代精神风貌的引领者和表现者，文学和辞章可以随着时代的推演和世情的变化而在内容与形式上跟着发生变化，“变则其久，通则不乏”。反思赋体文从先秦至魏晋的发展，诚如刘勰所言。在“汇通适变”的视野里，刘勰表达了对赋体文学的特殊态度，主要体现在以下几个方面：

其一，重视有创新与开拓精神的赋文实践，推崇被称为“魏晋赋首”的作家和作品。先是推举出周秦至两汉十家“辞赋之英杰”作为前代赋家榜样，后是针对魏晋众赋家提出八人作为“魏晋之赋首”的名家，表明了自己对赋体作品和作家的立场。属于前朝的两汉十家为历史上公认的辞赋大家，刘勰不持异议，全面推崇。而说到魏晋之赋首的八家时，他说：“及仲宣靡密，发端必遒；伟长博通，时逢壮采；太冲安仁，策勋于鸿规；士衡子安，底绩于流制；景纯绮巧，缛理有余；彦伯梗概，情韵不匮：亦魏晋之赋首也。”刘勰标举的魏晋八位赋家是王粲、徐干、左思、潘岳、陆机、成公绥、郭璞、袁宏，推他们为魏晋赋家之首，并概括他们创作的长处及特点。他对八位赋首推崇与礼赞的用词十分讲究，力求概括精准。有针对内容与风格的，如评说王粲；有针对作家学识与文采的，如评说徐干；其中说到“太冲安仁”即左思和潘岳赋文的规模宏大；还说到“士衡子安”，即陆机和成公绥，说他们用赋体文在品评文章方面做出了成绩；最后单说景纯，即郭璞，乃两晋时期著名文学家、训诂学家和风水学者，刘勰用了“缛理有余”来评说他赋作的特点，把赋中入理现象作为特点而有所关注。刘勰以什么标准来衡量作家作品的高下呢？他在《知音》中提出了六观法：“是以将阅文情，先标六观：一观位体，二观置辞，三观通变，四观奇正，五观事义，六观宫商。斯术既形，则优劣见矣。”作为赋首行列者，每一位都在这些方面表现出色，却又结合时代与个人经历表现出各自的特点。而在历数和概括不同时期赋体风格时他指出：“今才颖之士，刻意学文，多略汉篇，师范宋集。”又说：“榷而论之，则黄唐淳而质，虞夏质而辨，商周丽而雅，楚汉侈而艳，魏晋浅而绮，宋初讹而新。从质及讹，弥近弥澹。”（《通变》）认为魏晋文因追逐纤巧细丽而文风浮浅，缺乏质实的内容，在为文的过程中呈现向下的走势。在刘勰看来，作为“赋首”的作家则是文风肤浅的反动者，而在评价宋初文时，用了“讹而新”三字，语义尚在褒贬之中，的确抓住了基本事实。在刘勰那里，勇于开拓与出新才能脱颖而出，这也是他们被推举的原因。正所谓“酌于新声”，乃“饮不竭之源”，“骋无穷之路”也。

其二，反对追逐单纯的形式之美，提出赋之质与本的问题。刘勰对魏晋时期赋体文在描绘的细腻、文字的对偶、遣词造句的细密以及其他形式上的追求而体现出的雕琢痕迹多有批评。其《指瑕》篇指出自晋宋以来，作品情感意旨模糊空虚，文风趋向空泛浮夸的弊端久延不改。为此强调赋文要有“丽词雅义，符采相胜”的追求，也即内容与形式要两相和谐，“文虽新而有质，色虽糅而有本，此立赋之大体也”，不单纯追求文新色糅。刘勰认为的赋之质与本究竟是什么？概括说是与文和色相对的内容，具体说是他认为赋乃是情本位的文体。从他对赋体源头的梳理即可了解，所谓“赋也者，受命于诗人，而拓宇于楚辞”（《文心雕龙·诠赋》），即倡导诗人之赋、辞家之赋，乃至于有“古诗之赋，以情义为主”之说，这也是对魏晋之初推重赋情的总结。刘勰对古之赋注重情本，今之赋则以“事形”为本的批评，并非说赋体必须固守古旧，而是针对今赋忽略情本的问题进行批评。“缛理有余”也不是对郭璞赋入理的批评，而是说内容与形式要相互匹配，不能以形式遮盖了或情或理的内质。

其三，在“明体”的基础上主张政教内容与文艺性两相融合。魏晋作为文学自觉的时代，也是文学辨体进入自觉的时代。刘勰在《文心雕龙·通变》中说：“夫设文之体有常，变文之数无方，何以明其然耶？凡诗赋书记，名理相因，此有常之体也。”指出诗赋和书记，所谓文学与非文学是连类相因的关系，都要运文以达意，内在上既互相关联，也各有固守规律和特征之“常”，所谓“同之与异，不屑古今”。故知常“明体”是赋体书写的前提。所以刘勰的《辨骚》，专门分辨诗、骚与赋之“常”体，而认为文辞风格则属于通变的部分。为文的要旨是“丽辞雅义”，并以“六经为本”，也就是说“综经征圣”是根本。“摛文必在纬军国，负重必在任栋梁。穷则独善以垂文，达则奉时以骋绩。”（《文心雕龙·程器》）儒家的思想及诗教观给予他深刻的影响。在他看来，文学与政教并非平行关系，文为政教服务，是他遵循的底线思维，他必须从根部强调“宗经征圣”，这也是中国传统知识分子修齐治平人生理想的最基本的体现。他十分希望寻找到一个内容与形式的最佳结合点，让那些具有艺术与政教内容合力的作品纷纭涌出，能够“矫讹翻浅，还宗经诰，斯斟酌乎质文之间，而隐括乎雅俗之际”，即出现所谓名实相符、情辞兼善之作。故而“折中”成为他解决矛盾经常采用的手段。再者，由于历史的局限，他还无法看清晋、宋、齐和梁诸代赋家，由于致力于语言审美及艺术技巧的探索，使民族语文和民族体裁之形式美得到了极致性的空前挖掘，大大推进了赋文形式腾跃式的演进，并给予其他文体以营养和影响。虽然这种影响从今天看不见得全是正面的，但却是顺应了时代的发展，因而也是有着深远意义的。

刘勰不愧是中国历史上的理论思维与理论成就夺人耳目的文论巨匠。

第二节　讽喻赋向理性的发展

一、讽谏赋

中国文学自诗、骚以来，一直都存在“尚用”的为文传统。过往历史中，经由儒家建立起的“比兴讽喻”的传统，在漫长的历史中一直作为文学与社会的纽带，跟随不断变化的时代被文人喜佣并延续。这既让书写者以文来干预生活、干预社会，甚至干预政治，也成为中国古典时代的文化精神。这是从司马迁那里就明确化了的，所谓“作辞以讽谏，连类以争义”。同时，社会还要体现一种“言之者无以罪，听之者足以戒”的政治原则，以保证文人在官或不在官都关注社会时局且无生命之忧虑，拥有特殊风度的名士也不能例外。由于君臣对话“语境”的消失，帝王之师理想的破灭，在赋中用以“劝百讽一而体国经野”的模式也势必弱化。

程章灿在《魏晋南北朝赋史》中提道：“两汉辞赋理论与辞赋批评，始终未能摆脱爱美与尚用的矛盾，无法超越讽谏说的拘牵……两汉辞赋理论与辞赋批评徘徊不前的局面，直到建安时代，才被打破。”① 魏晋士人以一种什么样的社会文化身份来彰显自己的存在感呢？除了对传统的标举与追求为文理性的自觉，就是积极进行赋体的多样化实践，以探索和追求赋体的“尚用”。

魏晋间的讽喻赋仍然很多。从题材意旨上可作细致的区分，且开始向讽谏和嘲戏类发展。此时的赋文已经用惯并对《诗经》类的比附美刺那样的简单手法有所超越，这并不是为了博得一种阅读效应，而是针对社会真的有话要讲，有声要发。讲话和发声的基础是作者凭借或老或庄或玄或儒的思想而进行的思考。讽喻与讽谏的内核有所不同，讽喻是手法，通常是用比喻和类比的方式委婉地表达、艺术地警示。班固《白虎通义》卷五《谏诤》云：“讽谏者，智也。知祸患之萌，深睹其事，未彰而讽告焉。此智之性也。”再则，“不敢正言谓之讽”，也就是不敢直言的意思。所谓智者，既要保存自己，也要体恤君上，更要讲究效果，所以讽喻赋深得文士之心。讽谏赋则属于内容上被加重了赋之功用，也就是理性程度更高，内容涉及政治更深的赋，相当于以赋的形式进谏。从东汉张衡的《应间》到蔡邕的《释诲》，越来越由讽喻而发展到讽谏。这种创写方法在魏晋被继续发扬光大，如陈琳的《应讥》、应玚的《释宾》、曹植的《辩问》、夏侯湛的《抵疑》、郭璞的《客傲》等作品皆是。

除了讽谏赋的发展，咏物类题材也增加了讽刺性内容。从荀卿至于贾谊，咏物赋的蔚为壮大一直被文人关注。然而，无论所咏之物为何，书写者都不会不受到儒家诗礼教化的影响。荀卿的咏物赋一开始就渗入着理性的内容，所咏之物是通俗而寻常的，但主旨却是严肃的，不啻担负着传播儒家思想的重担。贾谊《鹏鸟赋》则鸿篇巨制，名似咏物，志在借物寄情与阐理。究竟

① 程章灿：《魏晋南北朝史》，江苏古籍出版社，1992年版，第48页。

是抒情重于阐理还是阐理重于抒情，真的有点难解难分，这也成为读者之间见仁见智的问题。笔者以为，那实际是通过体道之理去节制和疏导了个体之情的作品，故而其是有浓重文学寓言性的理赋。魏晋时期咏物赋大量出现，以建安七子所作为例，现存建安七子赋篇约略七十篇，其中咏物赋多达三十篇，几乎占全部赋作的半数。这些赋作在魏晋风尚的影响下，多是通过对所咏事物铺陈式的描写来抒发主体情志，淡化了荀卿赋和贾谊赋的说理成分，真正具有了刘勰《文心雕龙·诠赋》中所说的“赋者，铺也；铺彩摛文，体物写志”的面貌。但是，其中也有异数坚持自己的个性和风格。祢衡就是这样特立独行的作家。他的《鹦鹉赋》便是在咏物中寄寓讽刺的作品。建安初年，祢衡先后得罪曹操、刘表，往江夏太守黄祖处，与黄祖的儿子黄射比较接近。一次黄射召开宴会，有人献上一只鹦鹉，黄射请祢衡即席作赋娱宾，祢衡文不加点，一挥而就写出了《鹦鹉赋》。敢于顶撞曹操的狂士祢衡在赋中把鹦鹉描写成拥有奇姿妙质、与众禽之平俗大为不同，却被网罗并幽禁于王公贵族之家的奇鸟。赋文不仅借此抒发了有志之士生逢乱世不得不委曲事人的苦闷，也借机讽刺了围绕在贵族周围的人的平庸和王公贵族的有眼无珠及凶残品性。该赋作在当时产生了轰动效应。建安文学的率性人物曹植也写了不少咏物赋，除少数属于逞才应酬之作外，多数是触及内心失意，表达或清高傲物，或忧谗畏讥，或孤独失群的多样感受的，很好地发挥了情赋文学的属性。而像他的《蝙蝠赋》则更多继承了祢衡《鹦鹉赋》的创作方法，通过对“形殊性诡”的蝙蝠的描写，抒发了作者嫉邪愤俗的感情，将赋文注入更多讽刺性。祢衡《鹦鹉赋》述鹦鹉被捕获后与雏鸟和雌鸟作绝云：“痛母子之永隔，哀伉俪之生离。匪余年之足惜，悯众雏之无知。”曹植《蝙蝠赋》则云：“身挂滞于重笼，孤雌鸣而独归。岂予身之足惜，怜众雏之未飞。”相比之下，曹植比祢衡更有拟物用情及语言用心之天分。

二、讽刺赋

讽刺赋是刺世更大胆、批判性更强的赋作。从技术上说，这类作品减少甚至放弃诗骚“比兴”手法，也逐渐弱化甚至放弃整篇结构上的对话体，而是直接抨击时世政治，完成赋文创写。魏晋士人在将情赋更加纯粹化、自觉文学化的同时，也找到了站在情赋对面的新的表达形式：理赋及其经典作品。理赋传统的自觉继承和不间断出产，是在不需要颂美的时代，在战争、兼并和倾轧的血色黄昏中，将荀、宋赋和屈、贾赋的讽喻传统进行深度延伸的果实，是现实逼迫的反映，也是魏晋文人理性自觉、为文自觉的重要表现。这些赋作堪比东汉末年赵壹的《刺世嫉邪赋》，甚至有很深刻、更直接的发挥。作家已经不用婉转的方式指摘时世了，而是激昂文字，从标题上就可见其强烈的批判态度。魏晋时期，时局纷乱，门阀士族擅政专权，百官苟且营私，社会黑暗到随时殃及人的生命的程度。士人在进与退、遇与不遇之间，只能更多倾向于借助庄学特有的调侃戏谑和嬉笑怒骂的方式与特殊语汇，从间接婉转地讽谏到主体直接表态，奋力改变赋作的浮靡与“壮夫不为”的书写思路，犀利痛快地批判时局，呈现自己面对社会政治时的特殊姿态。要言之，魏晋时期，汉朝的“讽谏”环境与方式已然变异，并失去了主导的势力。加上文化上的反思思潮，个性解放思潮的影响，那些更有个性特征、更有思想深度和批判力度的理赋作品终于洪波涌起，应时而出。这一时期的重要作品有鲁褒的《钱神论》、王沈的《释时论》、张敏的《头责子羽文》等，一般为不标“赋”名之赋作，且与同一时代的阮籍《大人先生传》、左思《白发赋》等表现了不同的主体和构文样态。后者一个是近似自序和传记类的赋作，一个是近似咏物感怀的赋作。从楚骚的“比谏”，到大人先生冷嘲热讽的笑傲姿态，都有一个具体的人的形象在，属于将思想内容寄寓于艺术形象与艺术框架中的作品。虽然说他们赋作的刺世讽时力度不见得比直接以更理性、更有逻辑力量的刺世作品弱小，只是书写主体使用的方式或擅长的方式，或选择的方式与后者不同而已。魏晋人已然不需要一味使用比兴和对话等手法来讽刺，他们在千锤百炼地使用赋体特征为文创赋的过程中，在思维的健全和纵横推移中，做了自然而然地转化与调整。他们放弃了对传统手法的认同和追随，某种程度上开始反其道而行之，以新的为文方式、新的章句结构和文理脉络创作出具有新的时代特征的作品。还需要强调的是，这些赋作在使用题目时也是用理性思维出之。文学作品可以无题，可以委婉，在它的对面，则题目即是焦点，题目即是观点，题目也即是理性旗帜的张扬。当然，讽刺不仅是一种批评态度，也是一种阅读效应。不同时期和不同类型的读者，其对意义的体会会出现差异，其中的具体问题还需要具体分析。且看鲁褒《钱神论》。

西晋文学家鲁褒，字元道。生卒年不详，南阳（今属河南省）人。其学问、品格从辞章见出，是所谓“好学多闻，以贫素自立”之人。史载他一生隐居不仕，人莫知所终。作为西晋著名文学家，他的《钱神论》最负盛名。

《晋书·隐逸传》称："元康之后，纲纪大坏，褒伤时之贪鄙，乃隐姓名，而著《钱神论》以刺之。"其中讥讽金钱崇拜，揭露其"无德而尊、无势而热"的丑恶现实，作者揶揄笑骂，愤世嫉俗达到了极致的程度。严可均《全晋文》收录的《钱神论》，乃据《晋书·鲁褒传》《艺文类聚》《初学记》中的内容合抄而拼成。世人多用的"孔方"一词，源出于此文。

《钱神论》

有司空公子，富贵不齿，盛服而游京邑。驻驾乎市里，顾见綦母先生，班白而徒行。公子曰："嘻！子年已长矣。徒行空手，将何之乎？"先生曰："欲之贵人。"公子曰："学《诗》乎？"曰："学矣。""学《礼》乎？"曰："学矣。""学《易》乎？"曰："学矣。"公子曰："《诗》不云乎：'币帛筐篚，以将其厚意！然后忠臣嘉宾，得尽其心。'《礼》不云乎：'男贽玉帛禽鸟，女贽榛栗枣修。'《易》不云乎：'随时之义大矣哉！'吾视子所以，观子所由，岂随世哉？虽曰已学，吾必谓之未也。"先生曰："吾将以清谈为筐篚，以机神为币帛，所谓'礼云礼云，玉帛云乎哉'者已。"公子拊髀大笑曰："固哉！子之云也。"既不知古，又不知今。当今之急，何用清谈！时易世变，古今异俗，富者荣贵，贫者贱辱。而子尚质，而子守实，无异于遗剑刻船，胶柱调瑟。贫不离于身，名誉不出乎家室，固其宜也。昔神农氏没，黄帝、尧舜教民农桑，以币帛为本。上智先觉变通之，乃掘铜山，俯视仰观，铸而为钱，故使内方象地，外员象天。大矣哉！钱之为体，有乾有坤。内则其方，外则其圆。其积如山，其流如川。动静有时，行藏有节。市井便易，不患耗折。难朽象寿，不匮象道，故能长久，为世神宝。亲爱如兄，字曰'孔方'。失之则贫弱，得之则富强。无翼而飞，无足而走。解严毅之颜，开难发之口。钱多者处前，钱少者居后。处前者为君长，在后者为臣仆。君长者丰衍而有余，臣仆者穷竭而不足。《诗》云：'哿矣富人，哀哉茕独。'岂是之谓乎？"

"钱之为言，泉也。百姓日用，其源不匮。无远不往，无深不至。京邑衣冠，疲劳讲肆。厌闻清谈，对之睡寐。见我家兄，莫不惊视。钱之所佑，吉无不利，何必读书，然后富贵！昔吕公欣悦于空版，汉祖克之于嬴二，文君解布裳而被锦绣，相如乘高盖而解犊鼻；官尊名显，皆钱所致。空版至虚，而况有实；嬴二虽少，以至亲密。由是论之，可谓神物。无位而尊，无势而热，排朱门，入紫闼。钱之所在，危可使安，死可使活。钱之所去，贵可使贱，生可使杀。是故忿诤辩讼，非钱不胜；孤弱幽滞，非钱不拔；怨仇嫌恨，非钱不解；令问笑谈，非钱不发。”

“洛中朱衣，当途之士，爱我家兄，皆无已已。执我之手，抱我终始，不计优劣，不论年纪。宾客辐辏，门常如市。谚云：‘钱无耳，可暗使。’岂虚也哉？”又曰：‘有钱可使鬼，而况于人乎？’子夏云：‘死生有命，富贵在天。’我以死生无命，富贵在钱。何以明之？钱能转祸为福，因败为成。危者得安，死者得生。性命长短，相禄贵贱，皆在乎钱。天何与焉？天有所短，钱有所长。四时行焉，百物生焉，钱不如天；达穷开塞，振贫济乏，天不如钱。若臧武仲之智，卞庄子之勇，冉求之艺，文之以礼乐，可以为成人矣。今之成人者何必然！唯孔方而已。夫钱，穷者能使通达，富者能使温暖，贫者能使勇悍。故曰：‘君无财则士不来，君无赏则士不往。’谚曰：‘官无中人，不如归田’，虽有中人，而无家兄，何异无足而欲行，无翼而欲翔？使才如颜子，容如子张，空手掉臂，何所希望？不如早归，广修农商。舟车上下，役使孔方，凡百君子，同尘和光，上交下接，名誉益彰。”①

此文虽名曰“论”，其实仍沿袭辞赋问难之体而来。作者自出机杼，以论为题，但仍用传统赋体。首先虚拟了司空公子与綦毋先生两个假设人物的问答，一个年轻而富有，一个年老而固执，二人在京城邂逅，以年轻人问年老人学《诗》学《礼》学《易》何为的问答起始。司空公子讪笑綦毋先生所学甚古，不知权变，对他追访贵人而不带礼物进行嘲讽，并由此将论钱的缘由和氛围准备充分；进而针对钱之妙用，以四言排比句式展开，于揶揄笑骂中对当时社会视钱为“神物”的风尚加以讽刺和揭露。

赋的主体部分在对金钱之体之形、之功之用的酣畅铺排中展开。先写钱币在世俗社会的来源、形体和功能。上智先觉者创造了它，其具有内方像地，外圆像天的形体，在流通中给世人带来诸多便利。作为商品流通的媒介，它成为至尊神宝，带给人们不同的地位和命运。接下来写金钱对社会各个领域的渗透，金钱万能成为社会的最高准则，金钱能改变一切，这就是社会各个角落每天都在发生的丑恶现实。最后，司空公子劝綦毋先生弃学经商，成为能“役使孔方”的有钱人。作者有感于世道人心的破败，金钱万能的价值，是非颠倒的社会，纲纪大坏的朝廷，贪鄙之风的盛行，以无比辛辣之赋笔铺陈历数，痛惜以往传统中美好的人格和美好的社会图景在金钱腐蚀下消失殆

① 严可均，辑：《全上古三代秦汉三国六朝文》，卷一百一十三。

尽。赋文借司空公子之口阐发钱神观点之时，是最宏肆的议论部分，也是最精彩而深刻的部分，其醒世讽时的主旨激动人心，精彩纷呈。多有论者称此文非为思辨与议论，乃为描摹人情世态，是审美寄情的文字。其实，从题目出发，赋文本就在论意说理，非为构建两个虚拟形象及描摹社会的形象画面，乃是将社会众人为金钱左右的世相抽象概括，归纳后加以批判，其主旨是在批评“钱能通神”的议论中实现的。

有学人指出，司空公子议论后应有先生的辩难对答，然文字亡佚。这也见出文章在流传过程中，人们对中间主体部分的重视，对框架虚设人物的轻视。赋体文从讽喻到直刺，其对话的框架的确越来越形同虚设，因为赋体的理性精神发展已至于此，不需要再构建讽刺平台了。

第三节　议论性理赋

一、陶渊明《感士不遇赋》

陶渊明作为魏晋时期顶级的文豪，不仅以诗歌成就着其隐逸诗人之宗的地位，他也染指赋文创作，并积极进行各种拓宽内容与开创新形式的尝试。其《归去来兮辞》《闲情赋》《感士不遇赋》，在赋坛上有着不可忽视的影响，也都有着某种程度的新创性特征。其中，《归去来兮辞》表达其与俗世决绝，归隐田园的愿望及在隐逸生活中怡然自得的心情。《闲情赋》似有类比和象征深意，不仅表达作者对爱情的神往与恋求，更表达着他对理想人格的追求之心与执着之意，颇得楚骚之神韵。而其《感士不遇赋》则有别于前两赋，更多结合自己的失志际遇，发指摘时政、揭露时弊之意，吐抱朴守真、呼唤真风之旨。

《感士不遇赋》

昔董仲舒作《士不遇赋》，司马子长又为之；余尝以三余之日，讲习之暇，读其文，慨然惆怅。夫履信思顺，生人之善行；抱朴守静，君子之笃素。自真风告逝，大伪斯兴，闾阎懈廉退之节，市朝驱易进之心。怀正志道之士，或潜玉于当年；洁己清操之人，或没世以徒勤。故夷皓有“安归”之叹，三闾发“已矣”之哀。悲夫！寓形百年，而瞬息已尽；立行之难，而一城莫赏；此古人所以染翰慷慨，屡伸而不能已者也。夫导达意气，其惟文乎！抚卷踌躇，遂感而赋之。

咨大块之受气，何斯人之独灵；禀神智以藏照，秉三五而垂名。或击壤以自欢，或大济于苍生。靡潜跃之非分，常傲然以称情。世流浪而遂徂，物群分以相形。密网裁而鱼骇，宏罗制而鸟惊；彼达人之善觉，乃逃禄而归耕。山嶷嶷而怀影，川汪汪而藏声；望轩唐而永叹，甘贫贱以辞荣。淳源汨以长分，美恶作以异途，原百行之攸贵，莫为善之可娱。奉上天之成命，师圣人之遗书；发忠孝于君亲，生信义于乡闾。推诚心而获显，不矫然而祈誉。嗟乎！雷同毁异，物恶其上，妙算者谓迷，直道者云妄。坦至公而无猜，卒蒙耻以受谤。虽怀琼而握兰，徒芳洁而谁亮。

哀哉！士之不遇，已不在炎帝帝魁之世。独祗修以自勤，岂三省或废；庶进德以及时，时既至而不惠。无爰生之晤言，念张季之终蔽。愍冯叟于郎署，赖魏守以纳计。虽仅然于必知，亦苦心而旷岁。审夫市之无虎，眩三夫之献说。悼贾傅之秀朗，纡远辔于促界；悲董相之渊致，屡乘危而幸济。感哲人之无偶，泪淋浪以洒袂。承前王之清诲，曰天道之无亲；澄得一以作鉴，恒辅善而佑仁。夷投老以长饥，回早夭而又贫；伤请车以备椁，悲茹薇而殒身。虽好学与行义，何死生之苦辛！疑报德之若兹，惧斯言之虚陈。何旷世之无才，罕无路之不涩。伊古人之慷慨，病奇名之不立。广结发以从政，不愧赏于万邑，屈雄志于戚竖，竟尺土之莫及！留诚信于身后，动众人之悲泣。商尽规以拯弊，言始顺而患入。奚良辰之易倾，胡害胜其乃急！

苍旻遐缅，人事无已；有感有昧，畴测其理。宁固穷以济意，不委曲而累己。既轩冕之非荣，岂缊袍之为耻。诚谬会以取拙，且欣然而归止；拥孤襟以毕岁，谢良价于朝市①。

《感士不遇赋》约作于晋宋易代之后，是陶渊明晚年作品。前为序言，说明作赋原因是有感于读古书，思古人，想古事，联系现世风尚所作。作者很有创新性地驾驭了这种半文半诗、讲究文采与韵节的体裁。其创新性即在于放弃了对话体的讽喻格局，通篇以古人古事联系现实，发表议论。赋的主旨乃是针对当时社会政治的腐朽与道德风尚的坏乱，无限压抑着正直善良的才志之士，他们原本有入世经国之才，大济苍生之志，却在虚伪和黑暗的社会环境中，被压抑，被陷害，被诬告，被损害。他们的才华不被重视，他们的人格遭到谗毁。在人生旋涡中，他们以悲凉和失败的结局走向人生的终点。

---

① 赵逵夫：《历代赋鉴赏辞典》，上海辞书出版社，2017 年版，第 383 – 384 页。

作者像屈原问天一样对天道是非质问怀疑，以满腔愤懑批评这个黑白颠倒、是非混淆、湮灭人才的世道。陶渊明以其积淀的渊深的文史学养，丰富的政治阅历与真切的人生及官场体验，对“真风告退，大伪斯兴”的世俗社会发表激进之论，表达了“宁固穷以济意，不委曲而累己”，决心保持人格高洁，远离世俗尘网的内心志向。他用赋体铺排历史人物的不平遭际和栋梁之材的备受打击，作为议论世道人心之恶的证据，这占了赋文的重要篇幅。以往以为此赋为抒幽愤之情，实是发不平之论，为理赋作品。

二、成公绥《天地赋》

成公绥（231—273 年），字子安，东郡白马人。比嵇康稍晚，《晋书·文苑列传》记载他“幼而聪敏，博涉经传，有俊才，辞赋甚丽”。为人至简，不营产业，家贫人卑，处之如常。其人其文为张华所欣赏，叹为绝伦。官职历秘书郎，转秘书丞，累至中书郎。生平有赋、诗、颂、铭、诔、箴等著述。其赋作共存 24 篇，题材丰富而广泛，有抒写个人情志的，有聚焦书画音乐的，还有反映宴饮集会的，而以描写景和物的赋作为多。由于才高思奇，他在题材上眼到笔随，多有出新。《啸赋》和《隶书体》将实体物变为虚体物，开物化之文化赋之先河。其他重要赋作有《乌赋》《云赋》《天地赋》。在《天地赋·序》中，他明确表达了自己与众不同的赋学观：“赋者，贵能分赋物理，敷演无方，天地之盛，可以致思矣。历观古人未之有赋，岂独以至丽无文，难以辞赞；不然，何其阙哉？”当其时，陆机的“赋体物浏亮”说尚未问世（“体物浏亮”即细致而明朗地描绘事物的外在表象或形象）。什么叫“分赋物理”？分乃条分缕析之分，理未尝不可以理解为事物和物体的道理。又说赋“敷演无方”，可包容万象，并“可以致思矣”。这里，体物和表情并不必须连在一起。说赋敷演无方，正接无所不至之意。语从《孔子家语·致思第八》而来：“孔子北游于农山，子路、子贡、颜渊侍侧。孔子四望，喟然而叹曰：‘于斯致思，无所不至矣。’”此处解释为：在这里集中心思思考。其作《天地赋》，正是此新赋观的体现：

《天地赋》

惟自然之初载兮，道虚无而玄清，太素纷以溷淆兮，始有物而混成。何元一之芒昧兮，廓开辟而著形。尔乃清浊剖兮，玄黄判离。太极既殊，是生两仪。星辰焕列，日月重规。天动以尊，地静以卑。昏明迭照，或盈或亏。阴阳协气而代谢，寒暑随时而推移。三才殊性，五行异位，千变万化，繁育庶类。授之以形，禀之以气。色表文采，声有音律。覆载无方，流形品物。鼓以雷霆，润以庆云。八风翱翔，六气氤氲。蚑行蠕动，方聚类分。鳞殊族别，羽毛异群。各含精而镕冶，咸受范于陶钧。何滋育之罔极兮，伟造化之至神。

若天悬象成文，列宿有章。三辰烛曜，五纬重光。河汉委蛇而带天，虹蜺偃蹇于昊苍。望舒弭节于九道，羲和正辔于中黄。众星回而环极，招摇运而指方；白虎峙据于参井，青龙垂尾于氐房，玄龟匿首于女虚，朱鸟奋翼于星张。帝皇正坐于紫宫，辅臣列位于文昌；垣屏骆驿而珠连，三台差池而雁行；轩辕华布而曲列，摄提鼎峙而相望。若乃征瑞表祥，灾变呈异。交会薄蚀，抱晕带珥；流逆犯历，谴悟象事。蓬容著而妖害生，老人形而主受喜。天矢黄而国吉祥，彗孛发而世所忌。

尔及旁观四极，俯察地理。川渎浩汗而分流，山岳磊落而罗峙。沧海沆漭而四周，悬圃隆崇而特起。昆吾嘉于南极，烛龙曜于北址。扶桑高于万仞，寻木长于千里。昆仑镇于阴隅，赤县据于辰巳。于是八十一域，区分方别；风乖俗异，险断阻绝。万国罗布，九州并列。青冀白壤，荆衡涂泥；海岱赤埴，华梁青黎；兖带河洛，扬有江淮。辨方正土，经略建邦。王圻九服，列国一同。连城比邑，深池高墉。康衢交路，四达五通。东至旸谷，西极泰蒙；南暨丹炮，北尽空同。遐方外区，绝域殊邻。人首蛇躯，鸟翼龙身；衣毛被羽，或介或鳞；栖林浮水，若兽若人；居于大荒之外，处于巨海之滨。

于是六合混一而同宅，宇宙结体而括囊。浑元运流而无穷，阴阳循度而率常。回动纠纷而乾乾，天道不息而自强。统群生而载育，人托命于所系。尊泰一于上皇，奉万神于五帝。故万物之所宗，必敬天而事地。

若乃共工赫怒，天柱摧折。东南倾其既倾，西北豁而中裂。断鳌足而续毁，炼玉石而补缺。岂斯事之有征，将言者之虚设？何阴阳之难测，伟二仪之奓阔。

坤德厚以载物，乾资始而至大。俯尽鉴于有形，仰蔽视于所盖，游万物而极思，故一言于天外①。

不用仔细翻译，直观便知，《天地赋》乃以作者为一个大我，立足老庄玄学思维，观天考地，体道参理之作。所谓天有日月星云风，地有川岳海圃沟。

① 赵逵夫：《历代赋鉴赏辞典》，上海辞书出版社，2017 年版，第 291－293 页。

它们各有其形，所谓三才五行，青龙白虎，皇帝臣子，各依其性，各有其位。天地万物浩然缥缈，乃阴阳二气不断推演而成，世间万象纷纭丛生，皆由道化育而成。全赋尝试用赋体观察宇宙万象，却不做形象感性之描摹，全然摆脱了对话体，旨在阐发老庄玄学思想，因有晦深弄玄之新体貌，不合魏晋人“写气图貌”“吟咏情志”之务，故古人对此赋评价不高，唯明代张溥在《成公子安集》中将《天地赋》置于首篇，以认同其独标一体的理赋价值。至于其作是否阐出玄学新思，则需要再行深入之研究。而此赋类之新格是开启唐宋巨量天象赋和性道赋等阐理赋先河的作品。当然，天象赋和性道赋等皆可情可理，具体作品需要具体分析。

三、陆机《文赋》

魏晋才子陆机（261—303 年），字士衡，吴郡吴县（今江苏苏州）人 。西晋著名文学家、文论家、书法家。出身吴郡陆氏，为孙吴丞相陆逊之孙、大司马陆抗第四子。与其弟陆云合称“二陆”。其《文赋》是历史上最有影响的文论著作。然而人们总是关注他思考和总结的文论内容，而忽略或绕过他写《文赋》采用的文体形式——赋。

从先秦至魏晋，赋作为文体走过约 600 年的历程，从骚体，到大赋，再到抒情小赋，因大赋最贴合汉代的时代精神而成为有汉一代之重要文体。魏晋时代，除了时代对赋风的影响，如遣言贵妍、会意尚巧等，在将赋古赋化和历史化的基础上，文人有了更多模拟之作，也有了对赋做高下批评和对赋的理论原则加以探讨的需要。在此基础上，研究赋的专论出现也就在情理之中了。陆机以自己非凡的才气不仅在赋体实践上耕耘，也创新性地以赋体反思时代，理性思考文体形式和发展方向，把包括赋在内的主要古典文体规律的研究提升到了新高度。

从赋理上说，往昔有扬雄“诗赋小道，壮夫不为”说，有曹丕“辞赋欲丽”说，有司马相如所谓“赋迹”说，他们的说法像珠串一样被历史串联起来，或言功用地位，或言手法风格，或言内容追求。而赋尚对偶，讲音韵则是赋类文语言上的标志性特征，这已成为历史与文人达成的共识。其中有精辟别致之论，如“合綦组以成文，列锦绣而为质，一经一纬，一宫一商”，不仅笔涉语言，更笔涉思维与文化，显示着赋论的深入与对民族语言与思维鲜明特色的彰显。

《文赋》作为对以往创作实践与理论的反思与总结，上承曹丕的《典论·

论文》，下启刘勰的《文心雕龙》，用论文赋的形式展开书写，首先是西晋太康、元康年间文化趣尚的一个典型反映。其创作鲜明地体现了以华丽和纤巧为突出特色的西晋文风。其论文赋一经发端于魏晋，便绵延于后世。而以陆机的《文赋》篇幅为最长，且最具代表性。

《文赋》

余每观才士之所作，窃有以得其用心。夫放言遣辞，良多变矣。妍蚩好恶，可得而言。每自属文，尤见其情。恒患意不称物，文不逮意。盖非知之难，能之难也。故作《文赋》，以述先士之盛藻，因论作文之利害所由，它日殆可谓曲尽其妙。至于操斧伐柯，虽取则不远，若夫随手之变，良难以辞逮。盖所能言者，具于此云尔。

伫中区以玄览，颐情志于典坟。遵四时以叹逝，瞻万物而思纷。悲落叶于劲秋，喜柔条于芳春。心懔懔以怀霜，志眇眇而临云。詠世德之骏烈，诵先人之清芬。游文章之林府，嘉丽藻之彬彬。慨投篇而援笔，聊宣之乎斯文。

其始也，皆收视反听，耽思傍讯。精骛八极，心游万仞。其致也，情曈曨而弥鲜，物昭晰而互进。倾群言之沥液、漱六艺之芳润。浮天渊以安流，濯下泉而潜浸。于是沉辞怫悦，若游鱼衔钩，而出重渊之深；浮藻联翩，若翰鸟缨缴而坠曾云之峻。收百世之阙文，採千载之遗韻。谢朝华于已披，启夕秀于未振。观古今于须臾，抚四海于一瞬。

然后选义按部，考辞就班。抱景者咸叩，怀响者毕弹。或因枝以振叶，或沿波而讨源。或本隐以之显，或求易而得难。或虎变而兽扰，或龙见而鸟澜。或妥帖而易施，或岨峿而不安。罄澄心以凝思，眇众虑而为言。笼天地于形内，挫万物于笔端。始踯躅于燥吻，终流离于濡翰。理扶质以立干，文垂条而结繁。信情貌之不差，故每变而在颜。思涉乐其必笑，方言哀而已叹。或操觚以率尔，或含毫而邈然。

伊兹事之可乐，固圣贤之可钦。课虚无以责有，叩寂寞而求音。函绵邈于尺素，吐滂沛乎寸心。言恢之而弥广，思按之而逾深。播芳蕤之馥馥，发青条之森森。粲风飞而猋竖，郁云起乎翰林。

体有万殊，物无一量。纷纭挥霍，形难为状。辞程才以效伎，意司契而为匠。在有无而僶俛，当浅深而不让。虽离方而遯圆，期穷形而尽相。故夫夸目者尚奢，惬心者贵当。言穷者无隘，论达者唯旷。

诗缘情而绮靡，赋体物而浏亮。碑披文以相质，诔缠绵而悽怆。铭博约而温润，箴顿挫而清壮。颂优游以彬蔚，论精微而朗畅。奏平徹以闲雅，说炜晔而谲诳。虽区分之在兹，亦禁邪而制放。要辞达而理举，故无取乎冗长。

其为物也多姿，其为体也屡迁；其会意也尚巧，其遣言也贵妍。暨音声之迭代，若五色之相宣。虽逝止之无常，故崎锜而难便。苟达变而相次，犹开流以纳泉；如失机而后会，恒操末以续颠。谬玄黄之秩叙，故淟涊而不鲜。

或仰逼于先条，或俯侵于后章；或辞害而理比，或言顺而意妨。离之则双美，合之则两伤。考殿最于锱铢，定去留于毫芒；苟铨衡之所裁，固应绳其必当。

或文繁理富，而意不指适。极无两致，尽不可益。立片言而居要，乃一篇之警策；虽众辞之有条，必待兹而效绩。亮功多而累寡，故取足而不易。

或藻思绮合，清丽千眠。炳若缛绣，凄若繁弦。必所拟之不殊，乃暗合乎曩篇。虽杼轴于予怀，怵他人之我先。苟伤廉而愆义，亦虽爱而必捐。

或苕发颖竖，离众绝致；形不可逐，响难为系。块孤立而特峙，非常音之所纬。心牢落而无偶，意徘徊而不能揥。石韫玉而山辉，水怀珠而川媚。彼榛楛之勿剪，亦蒙荣于集翠。缀《下里》于《白雪》，吾亦济夫所伟。

或讬言于短韵，对穷迹而孤兴，俯寂寞而无友，仰寥廓而莫承；譬偏絃之独张，含清唱而靡应。

或寄辞于瘁音，徒靡言而弗华，混妍蚩而成体，累良质而为瑕；象下管之偏疾，故虽应而不和。

或遗理以存异，徒寻虚以逐微，言寡情而鲜爱，辞浮漂而不归；犹弦么而徽急，故虽和而不悲。

或奔放以谐和，务嘈囋而妖冶，徒悦目而偶俗，故高声而曲下；寤《防露》与桑间，又虽悲而不雅。

或清虚以婉约，每除烦而去滥，阙大羹之遗味，同朱弦之清氾。虽一唱而三叹，固既雅而不艳。

若夫丰约之裁，俯仰之形，因宜适变，曲有微情。或言拙而喻巧，或理朴而辞轻；或袭故而弥新，或沿浊而更清；或览之而必察，或研之而后精。譬犹舞者赴节以投袂，歌者应絃而遣声。是盖轮扁所不得言，故亦非华说之所能精。

普辞条与文律，良余膺之所服。练世情之常尤，识前脩之所淑。虽发于巧心，或受蚩于拙目。彼琼敷与玉藻，若中原之有菽。同橐籥之罔穷，与天地乎并育。虽纷蔼于此世，嗟不盈于予掬。患挈瓶之屡空，病昌言之难属。故踸踔于短韵，放庸音以足曲。恒遗恨以终篇，岂怀盈而自足。惧蒙尘于叩缶，顾取笑乎鸣玉。

若夫应感之会，通塞之纪，来不可遏，去不可止，藏若景灭，行犹响起。方天机之骏利，夫何纷而不理。思风发于胸臆，言泉流于唇齿；纷葳蕤以馺遝，唯豪素之所拟；文徽徽以溢目，音泠泠而盈耳。及其六情底滞，志往神留，兀若枯木，豁若涸流；揽营魂以探赜，顿精爽而自求；理翳翳而愈伏，思乙乙其若抽。是以或竭情而多悔，或率意而寡尤。虽兹物之在我，非余力之所戮。故时抚空怀而自惋，吾未识夫开塞之所由。

伊兹文之为用，固众理之所因。恢万里使无阂，通亿载而为津。俯殆则于来叶，仰观象乎古人。济文武于将坠，宣风声于不泯。涂无远而不弥，理无微而不纶。配沾润于云雨，象变化乎鬼神。被金石而德广，流管絃而日新①。

《文赋》从序言始，叙说写作《文赋》之用意，即在“述先士之圣盛藻，因论作文之利害所由”，文中赫然使用了“论”之一字。正文用以论文，则使用赋体，亦标赋名，文题本身既对前代理赋有所继承亦有所创意，也是赋体题材又有拓宽和纵横情理的结果。首先，我们无不直观到陆机结合自己文学实践的亲身体会来描述、分析文学创作的心理特征和过程规律等，如用“遵四时以叹逝，瞻万物而思纷。悲落叶于劲秋，喜柔条于芳春。”总结四时物候与人情人心间的关联，用“收视反听，耽思傍讯。精骛八极，心游万仞”来凝练写作构思之特点，不仅观点林立、议论纷纭，还采用了骈俪的语言进行表意与传达，其辞藻之鲜艳富丽与对偶之繁复多姿，使人的理性思维在美之殿堂中遨游。其次，《文赋》中锁定十种文类进行特征定位和分析，即“诗缘情而绮靡，赋体物而浏亮。碑披文以相质，诔缠绵而悽怆。铭博约而温润，箴顿挫而清壮。颂优游以彬蔚，论精微而朗畅。奏平徹以闲雅，说炜晔而谲诳。”我们尤其关注到陆机对诗与赋的论述。他是把诗与赋当作文学体裁了吗？还是十种文体没有属性比较？从曹丕《典论·论文》开始，已经开了明体和辨体的理论先河，也就是分类分特征论文的传统，所谓“诗赋欲丽”。在陆机这里，他指出“诗缘情而绮靡”，这既是对儒家诗教的悖逆与发展，也是

① 杨明《文赋诗品译注》，上海古籍出版社，2019 年版，第 1 – 25 页。

在分体论文中抓住了诗以情为特征的实质性认识。其中之“绮诽靡”并非贬义，指语言表达的细腻精致、幽婉精妙，如言《九歌》，言《九辩》也用“绮靡以作品”说。在语词上要追求“其会意也尚巧，其遣言也贵妍。暨音声之迭代，若五色之相宜”。语言追求音乐之美，这也是六朝文学创作非常讲究的方面之一。而这里，陆机将诗与赋并举并称，并未引曹丕分别标举为同调，以诗歌为缘情之文后，乃提出了赋为“体物”之体。此中之物的具体所指，陆机并未细言，然所谓“体有万殊，物无一量”，物并非只能指向与情感相连的自然环境中有特殊性的物象。物本身是纷繁复杂的。

《文赋》除了提出了诗赋分体的特征外，其总体上的撰作显示了儒道两家思想影响，是儒道结合的文论。在揭示文学作用，阐述文学内容与形式之关系等方面，都是对儒家传统诗论的继承。在创作思想和文艺美学等方面，则主要借鉴了道家思想。这使得作者的文论内容显示了特殊的张力，拥有了弹性的空间，更加强调创作的个性和灵动性的重要，展开创意的想象，去完成自己有系统的文论学说。当然，《文赋》以赋论文，在讨论为文基本理论问题的同时，除了能表现文采，还能在理性思维的同时，借助赋体辩证发散和铺张夸饰的特点，对为文过程中的特殊现象予以特征性的说明或形象性的解释。虽然其特点是显而易见的，但以文学语言描摹创作构思、讨论创作问题也带来了相应的问题，即有时不是那么准确和容易理解。比如，其中论及作品艺术美的五个标准：应、和、悲、雅、艳，是用比喻解说的，“应”指音乐上相同的声音和曲调上互相的呼应；“和”指音乐上不同的声音，却因配合而变成和谐的乐音；“悲”指音乐上沉重而引人悲伤的声音；“雅”本指由《诗经》而来的雅乐即庙堂高雅音乐，是与郑卫新声相对立的正声；“艳”则指作品整体形式呈现的华丽风采美。用音乐比喻文学创作，横向类似推导，意义十分明显。再如说文体与结构，“或因枝以振叶，或沿波而讨源。或本隐以之显，或求易而得难；或虎变而兽扰，或龙见而鸟澜”。前面的句子是有思路理解的，比喻结构上的枝叶，也即主干与枝节的关系，文体上的源与流的关系，等等。而后面比喻中虎与兽的关系，龙与鸟的互动，意思就不能确指，而让人对其意义颇多费解了。所以祝尧《古赋辨体》说：“陆机的文赋：赋也。叙作文之变态以为赋也。”“变态”即是因新创而出现新体。其新态的特色是什么？许结在针对“论赋赋”的批评形态进行梳理分析时，提出了“论赋赋”的三种特色，并特别关注到“赋体艺术的描绘性与文学理论形态的彰显性的契合”，指出“在拓宽赋论领域的同时显示出赋学专题化的特征”。（参见许结《中国辞赋理论通史》）此种看法比较鲜明地阐发了赋体文的容纳能力及中国式文论在兼顾创新精神中显示的民族特色。赋体没有不能，只有不为。一经有为，便江河不尽滚滚来。它真的掀起了后代无尽的以赋论文的浪潮。

最后，同是针对赋的研究专论，陆机的《文赋》与刘勰的《诠赋》有所不同。《诠赋》乃对赋体进行诠解，赋为诠的对象，虽然刘勰论赋不只在《诠赋》一篇中，还散布在《文心雕龙》的其他篇章，且刘勰之《诠赋》是多用韵语的普通论体，而陆机的《文赋》则是以赋的形式发论，是理赋的鸿篇巨制。虽然其论中不拒绝使用描绘性阐述，但此也正是理赋特点的显现。

第四节　说明性理赋

一、铭物赋

魏晋是器物赋发展与兴盛的巅峰时期。汉魏六朝赋中器物赋共 114 篇，数量上远超过汉代。从题材角度而言，有了珍宝赋和西域物产赋等，这满足了魏晋人在惨淡的时代与短暂的人生中的好奇好货之心。当然，其中入写的题材可情可理，而以箴铭为容易入理之作。铭文与赋文容易发生文体关系，这首先由于荀子的《箴赋》是最早的范式。在汉代，文人一方面尽情书写着骋辞大赋；另一方面，也开始受“辞赋小道，壮夫不为”说的影响，不嗜丽辞文学，注重人生实务，故而有了赋体与其他文体的互动影响和互渗为文。

铭文出现较早，早期铭文多刻于钟鼎和盘鉴等上，既用于记事，也用于赞颂或劝勉警戒。两者互连互动互相影响由来已久。汉代文人众体兼作，如班固曾以散体赋为序，以骚体赋为铭，作《封燕然山铭》；崔骃有《刀剑铭》，类似赋之咏物，其内极尽赞美之词；扬雄有仿虞箴体制所作的《十二州箴》，其赋文也有直名为“铭”者。当代如梁复明、费振刚等学者不仅认为其《酒箴》即为“酒赋”，还指出：“即在文章体系内进行文体分类的具体操作事件中，先有单篇文章的创作，后有多篇文章因其自身形态或功能的相似性而得以合并归类。”① 以颂赞箴铭与汉赋具有同构性，互相混用，或相同题材混相写作为结论。从作品实际看，的确如此。而有箴铭属性的赋文一般因体

① 梁复明、费振刚：《论汉代颂赞铭箴与汉赋的同体异用》，《学术论坛》，2008 年第 7 期，第 83 页。

制短小，不容易将议论发挥展开，道理只求点到为止，语言也精警而有深意，因而是为供记忆和警示之用，属于说明性的理赋。

徐干的《冠赋》即是有箴铭属性的理赋。

《冠赋》：（选自《初学记》二十六）

纤丽细缨，轻配蝉翼。尊曰元饰，贵为首服。君子敬慎，自强不忒。

刘勰在《文心雕龙·诠赋》中把徐干和王粲二人作为“魏晋之赋首”而标举。徐干创作了大量的赋作，较著名的有《齐都赋》《哀别赋》《玄猿赋》。尤其是《齐都赋》，是“邺中七子”中仿照汉人大赋的优秀之作。徐干更多的赋作是抒情小赋，直击普通人物的生活实际，冲淡了汉人赋的贵族气，反映了比较深刻的社会问题。此篇小赋则别具一格。古代君子平时要戴冠出行，获罪则须免冠。作者以此自戒自勉，表达了君子要恭谨自强的人生追求。

再看陆机的《漏刻赋》，则属于器物赋中说明性的理赋。

《漏刻赋》

伟圣人之制器，妙万物而为基。形罔隆而弗包，理何远而不之？寸管俯而阴阳效其绳，尺表仰而日月与之期。玄鸟悬而八风以情应，玉衡立而天地不能欺。既穷神以尽化，又设漏以考时。尔乃挈金壶以南罗，藏幽水而北戢。拟洪杀于编钟，顺卑高而为级。激悬泉以远射，跨飞涂而遥集。伏阴虫以承波，吞缅流其如挹。是故来象神造，去犹鬼幻。因势相引，乘灵自荐。口纳胸吐，水无滞咽。形微独茧之绪，逝若垂天之电。偕四时以合最，指昏明乎无殿。笼八极于千分，度昼夜乎一箭。抱百刻以骏浮，仰胡人而利见。夫其立体也简，而效绩也诚。其假物也粗，而致用也精。积水不过一钟，道流不过一筵。而周天者因其敏，分地者赖其平。微听者假其察，贞观者借其明。考斗历之潜虑，测日月之幽精。信探赜之妙术，虽无神其若灵。寤蟾蜍之棲月，识金水之相缘①。

赋文第一层由开端到设漏以考时。说圣人造物的作为神妙，惊奇无比，不仅有寸管（毛笔），尺表（测日影），还有玄鸟（知季风）、玉衡（测天仪），刻漏也是其中之一，是穷神尽化的杰作。第二层写漏刻的装置功能与制造原理。用金壶，藏幽水，声似编钟，形类阶梯；集悬泉，跨飞涂，来去有如神鬼的幻造。写漏刻制造的原理：“因势相引，乘灵自荐”，偕四时以合最，

① 严可均，辑：《全上古三代秦汉三国六朝全晋文》，卷九十七。

指昏明乎无殿。笼八极于千分，度昼夜乎一箭。第三层从“周天者”开始写其作用。对周天者，分地者，微听者，贞观者等都有功用：妙万物、包众理、分阴阳、测日月。那作用真是无神若灵。摹写器用穷形尽貌，但不为抒情写意，或寄托情志怀抱，而为呈现器物之形之状，解释其功其用，是为说明性理赋作品。

二、音乐赋

从汉朝始，音乐赋成为赋体文一道亮丽的风景线。萧统《文选》将音乐赋作为赋的重要种类。其中不仅选有王褒的《洞箫赋》，还有马融的《长笛赋》、傅毅的《舞赋》。这些赋作都极尽铺陈之能，赋写音乐对人的教化宣导作用，认同诗乐舞乃因情感表达的需要而产生。由于其中理性的部分尚在描写之后，分量明显不重，故而只是音乐赋而已。魏晋时代，赋文书写环境变化，主体人格凸显，为文自觉与创新自觉日盛，嵇康创作的音乐赋虽整体格局延续汉朝音乐赋的写法，但已经有了新的思考与突破。嵇康《琴赋》是魏晋时期音乐赋的重要代表。

《琴赋》（并序）

余少好音声，长而翫之。以为物有盛衰，而此无变；滋味有厌，而此不倦。可以导养神气，宣和情志，处穷独而不闷者，莫近于音声也。是故复之而不足，则吟咏以肆志；吟咏之不足，则寄言以广意。然八音之器，歌舞之象，历世才士，并为之赋颂。其体制风流，莫不相袭。称其材干，则以危苦为上；赋其声音，则以悲哀为主；美其感化，则以垂涕为贵。丽则丽矣，然未尽其理也。推其所由，似元不解音声；览其旨趣，亦未达礼乐之情也。众器之中，琴德最优，故缀叙所怀，以为之赋。其辞曰：

惟椅梧之所生兮，托峻岳之崇冈。披重壤以诞载兮，参辰极而高骧。含天地之醇和兮，吸日月之休光。郁纷纭以独茂兮。飞英蕤于昊苍。夕纳景于虞渊兮，旦晞干于九阳。经千载以待价兮，寂神跱而永康。

且其山川形势，则盘纡隐深，磪嵬岑岩。互岭巉岩，岞崿岖崯。丹崖崄巇，青壁万寻。若乃重巘增起，偃蹇云覆。邈隆崇以极壮，崛巍巍而特秀，蒸灵液以播云，据神渊而吐溜。尔乃颠波奔突，狂赴争流。触岩觝隈，郁怒彪休。汹涌腾薄，奋沫扬涛。瀄汩澎湃，蚩蟺相纠。放肆大川，济乎中州。安回徐迈，寂尔长浮。澹乎洋洋，萦抱山丘。详观其区土之所产毓，奥宇之所宝殖，珍怪琅玕，瑶瑾翕赩，丛集累积，奂衍于其侧。若乃春兰被其东，沙棠殖其西，涓子宅其阳，玉醴涌其前，玄云荫其上，翔鸾集其巅，清露润其肤，惠风流其间。竦肃肃以静谧，密微微其清闲。夫所以经营其左右者，固以自然神丽，而足思愿爱乐矣。

于是遁世之士，荣期、绮季之畴，乃相与登飞梁，越幽壑，援琼枝，陟峻崿，以游乎其下。周旋永望，邈若凌飞。邪睨昆仑，俯阚海湄。指苍梧之迢递，临回江之威夷。悟时俗之多累，仰箕山之余辉。羡斯岳之弘敞，心慷慨以忘归。情舒放而远览，接轩辕之遗音，慕老童于騩隅，钦泰容之高吟。顾兹梧而兴虑，思假物以托心。乃斫孙枝，准量所任。至人摅思，制为雅琴。

乃使离子督墨，匠石奋斤，夔、襄荐法，般、倕骋神。锼会裛厕，朗密调均。华绘雕琢，布藻垂文。错以犀象，籍以翠绿。弦以园客之丝，徽以钟山之玉。爰有龙凤之象，古人之形。伯牙挥手，钟期听声。华容灼爚，发彩扬明，何其丽也。伶伦比律，田连操张。进御君子，新声憀亮，何其伟也。

及其初调，则角羽俱起，宫徵相证。参发并趣，上下累应，踸踔磥硌。美声将兴，固以和昶而足耽矣。尔乃理正声，奏妙曲，扬《白雪》，发《清角》。纷淋浪以流离，奂淫衍而优渥。粲奕奕而高逝，驰岌岌以相属。沛腾遌而竞趣，翕韡晔而繁缛。状若崇山，又象流波。浩兮汤汤，郁兮峨峨。怫愲烦冤，纡余婆娑，陵纵播逸，霍濩纷葩。检容授节，应变合度。兢名擅业，安轨徐步。洋洋习习，声烈遐布。含显媚以送终，飘余响乎泰素。若乃高轩飞观，广夏闲房，冬夜肃清，朗月垂光，新衣翠粲，缨徽流芳。于是器泠弦调，心闲手敏。触攙如志，唯意所拟。初涉《渌水》，中奏清徵，雅昶《唐尧》，终咏《微子》。宽明弘润，优游躇跱。拊弦安歌，新声代起。歌曰："凌扶摇兮憩瀛洲，要列子兮为好仇。餐沆瀣兮带朝霞，眇翩翩兮薄天游。齐万物兮超自得，委性命兮任去留。"激清响以赴会，何弦歌之绸缪。

于是曲引向阑，众音将歇，改韵易调，奇弄乃发。扬和颜，攘皓腕，飞纤指以驰骛，纷㗳譶以流漫。或徘徊顾慕，拥郁抑按，盘桓毓养，从容秘翫。闼尔奋逸，风骇云乱，牢落凌厉，布濩半散，丰融披离，斐韡奂烂。英声发越，采采粲粲。或间声错糅，状若诡赴，双美并进，骈驰翼驱。初若将乖，后卒同趣。或曲而不屈，直而不倨。或相凌而不乱，或相离而不殊。时劫掎以慷慨，或怨𡟬而踌躇。忽飘飖以轻迈，乍留联而扶疏。或参谭繁促，复叠攒仄，纵横骆驿，奔遁相逼。拊嗟累赞，间不容息。瑰艳奇伟，殚不可识。

若乃闲舒都雅，洪纤有宜。清和条昶，案衍陆离。穆温柔以怡怿，婉顺叙而委蛇。或乘险投会，邀隟趣危。譻若离鹍鸣清池，翼若游鸿翔曾崖。纷文斐尾，慊縿离纚，微风余音，靡靡猗猗。或搂𢱢栎捋，缥缭潎洌。轻行浮弹，明嫿睽慧。疾而不速，留而不滞。翩绵飘邈，微音迅逝。远而听之，若鸾凤和鸣戏云中；迫而察之，若众葩敷荣曜春风。既丰赡以多姿，又善始而令终。嗟姣妙以弘丽，何变态之无穷！

若夫三春之初，丽服以时。乃携友生，以遨以嬉。涉兰圃，登重基，背长林，翳华芝，临清流，赋新诗。嘉鱼龙之逸豫，乐百卉之荣滋，理重华之遗操，慨远慕而长思。

若乃华堂曲宴，密友近宾，兰肴兼御，旨酒清醇。进《南荆》，发《西秦》，绍《陵阳》，度《巴人》。变用杂而并起，竦众听而骇神。料殊功而比操，岂笙籥之能伦。

若次其曲引所宜，则《广陵止息》，《东武》《太山》，《飞龙》《鹿鸣》，《鹍鸡》《游弦》。更唱迭奏，声若自然。流楚窈窕，惩躁雪烦。下逮谣俗，蔡氏五曲，《王昭》《楚妃》，《千里别鹤》。犹有一切，承间簉乏，亦有可观者焉。然非夫旷远者不能与之嬉游，非夫渊静者不能与之闲止，非夫放达者不能与之无吝，非夫至精者不能与之析理也。

若论其体势，详其风声，器和故响逸，张急故声清，间辽故音痺，弦长故徽鸣。性洁静以端理，含至德之和平。诚可以感荡心志，而发泄幽情矣。是故怀戚者闻之，莫不憯懔惨凄，愀怆伤心，含哀懊咿，不能自禁。其康乐者闻之，则欨愉欢释，抃舞踊溢，留连烂漫，嗢噱终日。若和平者听之，则怡养悦愉，淑穆玄真，恬虚乐古，弃事遗身。是以伯夷以之廉，颜回以之仁，比干以之忠，尾生以之信，惠施以之辩给，万石以之讷慎。其余触类而长，所致非一。同归殊途，或文或质。总中和以统物，咸日用而不失。其感人动物，盖亦弘矣。

于时也，金石寝声，匏竹屏气，王豹辍讴，狄牙丧味。天吴踊跃于重渊，王乔披云而下坠。舞鸑鷟于庭阶，游女飘焉而来萃。感天地以致和，况蚑行之众类。嘉斯器之懿茂，咏兹文以自慰。永服御而不厌，信古今之所贵。

乱曰：愔愔琴德，不可测兮。体清心远，邈难极兮。良质美手，遇今世兮。纷纶翕响，冠众艺兮。识音者希，孰能珍兮。能尽雅琴，唯至人兮！[①]

---

① 赵逵夫：《历代赋鉴赏辞典》，上海辞书出版社，2017 年版，第 282－285 页。

《琴赋》写于嵇康年轻时。此文是文化信息、思想信息和音乐专业信息强于情感信息的理赋作品，或曰，此赋是一篇富有诗意的琴论著作。

在《琴赋·序》中，嵇康就以明朗的用心直接指陈音乐的功用："可以导养神气，宣和情志，处穷独而不闷者，莫近于音声也。"认为音乐的功用在于使神气上达、饱满，使情志宣泄和谐，并能在窘迫的环境中让自己更显自由的精神去与自然无限的美做自由的交流；追求宜情适性的自然的声音，与自己苦闷的心声产生共鸣来保持内心的怡然平静，使精神得以快乐和不朽。由此，陆机表达了个性化的、有别于儒家正统"正风教，考得失"的音乐观。《琴赋·序》还针对时尚的音乐惯走"以危若为上""以悲哀为主""以垂涕为贵"的路线提出了自己截然不同的看法。这些看法都是通过作者之视角直接说明和议论的，并未寄寓于形象和个性的感性经验之上。难怪金圣叹一再感叹说嵇康的这篇赋"赋特是琴，序乃不止是琴。不止是琴而又特赋琴，此始为深于琴理者也。细看其涉笔浅深，悉具狂简之态"。这篇序一开始，就有了深入探理的姿态，它既涉琴理，又涉文理甚或养生之理。

在进入《琴赋》正文之后，作者用精湛宏富而才气横溢的语言讲琴材，讲制琴，讲弹奏，讲琴人，其间贯穿一个理性精神，那便是把琴之抒情与琴之道理和谐结合。

赋的开篇先写制琴之材。嵇康极尽大赋铺陈排比细腻描摹的手法，不厌其烦地铺写做琴材的梧桐生长的自然环境，用以突出梧桐木生长的不平凡的所处，这是本赋中最具有文学性的文笔，因为它通过想象的文字极写梧桐之集天地醇和之气，采日月精灵之光，如此铺陈而有意味的描写不仅使人感受到琴材之非凡高妙，与琴声之匹配和谐，也让人有对人的品格的联想，那纯洁高妙的人格仿佛高人逸士，"受崇冈之风，承灵云之露，吮清泉接翔鸾"，它出类拔萃而又甘心寂寞，这样的品格，也正是嵇康自我品格的一个写照。

再写琴作为中介的可资交流。美好的材质才有美好的功能。这样材质的琴真的可作为"托心"之物，可以让人"悟时俗之多累，仰箕山之余辉，羡斯岳之弘敞，心慷慨以忘归。情舒放而远览，接轩辕之遗音，慕老童于騩隅，钦泰容之高吟……"以琴作为美好中介的不只是嵇康，还有那些也有美好德行和懂得琴德琴趣的高人逸士。在琴声中不仅能够常常与大自然交流，还能够常常与先贤惠德交流，一任情感在自由中游历翱翔，真是最高级的享受。

再写琴的制作。琴的制作也非比寻常，一般匠人无所能为，必须是庄子所谓“至人”，即德高技美、任顺自然的人才有慧思也有慧能去完成制作，所谓“至人摅思，制为雅琴”。其制琴之功在于“匠石奋斤”，技术之高超，达到天人合一，天琴一体之境。

再写琴的声响。从材质到制作，琴完美地集自然之精华与人之圣灵于一身，终于成为非凡之器，它的声响真是不负众望，美妙绝伦，它像高山，像流水，像人居之高厦，像高人之衣裳：“状若崇山，又象流波。浩兮汤汤，郁兮峨峨。”“若乃高轩飞观，广厦闲房，冬夜肃清，朗月垂光，新衣翠粲，缨徽流芳。”作者还对音乐运动的错综形式，也即音乐旋律和速度变化等有精细描写和分析：“或曲而不屈，直而不倨。或相凌而不乱，或相离而不殊”，不仅指出琴音是“双美并进”的二元形式，而且点明二者“后卒同趣”，具有美感的整体效应。

再写琴人的享受。美妙的琴音使琴人能够产生丰富的联想，精神有了超越之势能，不仅与自然和谐遨游，也与先贤精神自在相会，在人琴合一的状态下，不再受俗世的烦扰，琴人获得了逍遥般的自在，成就了超越功利的大我。所谓“凌扶摇”“憩瀛洲”“要列子”“餐沆瀣”“带朝霞”“薄天游”“齐万物”。

再写奏琴人的德操。音乐传达的美妙之音，不是空洞无物的，也不是惶然无我的，它更不是单纯的技艺，而是与奏琴的人的德操息息相关的。弹琴者必须境界高逸，是那种“旷远者”“渊静者”“放达者”“至精者”，因为“非夫旷远者不能与之嬉游，非夫渊静者不能与之闲止，非夫放达者不能与之无吝，非夫至精者不能与之析理也”。只有这种博大高超之人，才能在弹琴的过程中“总中和以统物”，最终让琴声吞吐万物，感动听者。

赋文末尾，突出强调了琴德的难得与知音的难觅，并视庄子所述的“至人”人格作为音乐人格的理想目标。同时，他的音乐观也结合了他的自然观和社会观，认为“元气陶铄，众生禀焉”（《明胆论》），天道自然无为，天地间的元气产生万物，人则要“越名教而任自然”（《释私论》），表达了只有超越名教，废除礼法，才能恢复人的自然情性的哲学和音乐思想。

要之，从思想上，作品表达了对儒家中庸、和雅的音乐哲学的追求，对德音、雅正的音乐目标的追求，对道家清微淡远的音乐意境的追求，对清和恬逸的音乐演奏效果与音乐风格的追求。从内容上，此赋具有丽藻与情理兼善的特色。汉朝王褒《洞箫赋》和马融《长笛赋》等都极尽赋体铺陈之能事，嵇康对此不满，因为它们“丽则丽矣。然未尽其理也”。所以，嵇康自己则既张力于赋的华丽富美的语言，又有对音乐情与理的理性阐发，将赋体的铺陈形式与玄学思辨做了有机结合。这与作者自觉的延展赋体容量、进行文体革新似乎关系不大，主要得益于嵇康个人的才情禀赋，喷薄必发的琴学思想与魏晋思辨学风的影响，使此赋的语言铺陈与玄理思辨水乳相溶。赋文对古琴演奏和表现作用等做了生动描述和说明，这是《琴赋》的重点。这些对音乐内容的阐说都是他长期音乐实践和思想的总结，具有很高的价值。嵇康为赋写琴，绝不会只停留在对琴的感性认识或书写个体经验性的阶段，或借琴吟咏性情的简单层面。他精通乐理琴理，对古代儒道的音乐理论有非同一般的精深研究，琴和诗是他借以协道逍遥和解忧消愁的工具，弹琴和咏诗也是他自觉追求的理想人生和诗化人生的象征。尤其是关于琴理和琴艺的钻研，使他的理论和技艺水准远远超越了普通人，进入到至高无上的境界，而对于这些前无古人的琴理琴艺的思考与探究，短制言不尽意，长篇才能解渴；铺陈和抒情委婉尽意，说明和议论才能直接透彻地表达。作者写这篇文章的目的，就是要正确传达音乐的作用，以琴来代表古典音乐的整体，通过特殊表现一般。《琴赋》和他的《声无哀乐论》一起，成为承载他音乐思想和音乐理想的特殊工具。从语言形式上看，此赋是中国赋体文形式美的极致作品之一。清人何焯《文选评》曰：“音乐诸赋虽微妙古奥不一，而精当完密、神解入微，当以叔夜此作为冠。”给予《琴赋》极高的评价。《琴赋》是嵇康琴学思想的集中体现，也是他对音乐所做的哲学思辨，嵇康凭借理赋使琴学理论得到完美的表达，《琴赋》是把音乐美学思想推向高峰的代表性作品。

三、书法赋

魏晋书法赋蔚为大观，赋作层出不穷。究其原因：

首先，赋从产生开始，就是一个内容相当宽泛的文化形态，从荀卿赋到宋玉赋，再发展到汉代的大赋、小赋，其内核特质、体量和体性等都在变化和发展。无论怎样，大方向是两个，一个是荀卿和诸子借助韵律和形象的阐理方向，一个是屈原和宋玉自觉张扬的主体形象与主体抒情的文学方向。魏晋时期越来越多的文人喜欢使用赋体著述撰作，旨意不在于抒情，而在于学术文化和传统艺术的阐发和说明。

其次，在汉文化的土壤里，大赋作为与时代精神最吻合与协畅的文体，焕发出它最耀眼的光彩。赋成就了汉朝，汉朝也成就了大赋。当大赋的辉光渐次退去，博厚的土壤渐次消失，必然孕育新的文体转向。

再次，从语言角度看，从汉人开始，语言文字的运用从相对简单慢慢走向丰赡富美，也走向技巧化和成熟化。而汉语技巧化的极致便是汉赋的出现和表现。赋体文，作为最具中国风的文，将文字的精巧、细腻、华丽、铺张到极致的程度，这不仅仅是技巧本身的成熟，也是题材的扩大、文人心理能量的增强与其思维包孕能力增强的结果。文字语汇从不整齐到整齐，从不规则到规则等，都表明文人对语言的审美能力和审美要求在渐次提升。无论书写什么性质的文章，文人都希望通过最美的形式去表达。

最后，书法赋产生的最直接的原因是中国书法艺术承汉之余绪，发展到魏晋时期名家辈出，极具创造之活力，既规隋唐之法，又开两宋之意，再启元明之态，终促清民（国）之朴，是书法史上奠定发展方向和形成影响的重要时代。文人用理赋的形式去阐扬中国书法艺术的规律，正是时代召唤的结果，也是历史赋予的使命。

卫恒正是这个使命的重要担当者。卫恒（？—291 年），字巨山，河东安邑（今山西省夏县）人。出身于书法世家，祖卫觊、父卫瓘、侄女卫铄都以书法著称于世。作为从书法家庭成长起来的书法大家，他对书法文化有着渊深的理解和体悟，经由特殊的书法实践，形成了自己高深的书法造诣。他结合对汉字的研究心得，把中国的书法理论写成著作。其中不仅记载了前代书法名家的资料，保存了名家的理论贡献，对他们书法的得失长短进行评说，还探讨了汉字的构成及汉字形体的演变历史，进而对各种书体的历史进行了梳理。由于时人用赋体书写表达已然蔚为风气，故而他的书法理论著作虽不标“赋”为名，实仍属于赋类作品，且与前代书法作品共同构成书势赋系列，当然也是理赋作品。生活在西晋统治者内部矛盾不断激化时期的卫恒，在统治阶级互相残杀的“八王之乱”中死去。“八王之乱”后，他有幸得到了平反，被赐谥号为“兰陵贞世子”。他的书法赋《四体书势》，既是对西晋以前书法历史做了总结，是我国书法理论的重要文献。

《四体书势》

黄帝之史，沮诵、仓颉，眺彼鸟迹，始作书契。纪纲万事，垂法立制，帝典用宣，质文著世。爰暨暴秦，滔天作戾，大道既泯，古文亦灭。魏文好古，世传丘坟，历代莫发，真伪靡分。大晋开元，弘道敷训，天垂其象，地耀其文。其文乃耀，粲矣其章，因声会意，类物有方：日处君而盈其度，月执臣而亏其旁；云委蛇而上布，星离离以舒光；禾卉苯蕁以垂颖，山岳峨嵯而连冈；虫跂跂其若动，鸟似飞而未扬。观其错笔缀墨，用心精专；势和体均，发止无间。或守正循检，矩折规旋；或方员靡则，因事制权。其曲如弓，其直如弦。矫然特出，若龙腾于川；森尔下颓，若雨坠于天。或引笔奋力，若鸿雁高飞，邈邈翩翩；或纵肆阿那，若流苏悬羽，靡靡绵绵。是故远而望之，若翔风厉水，清波漪涟；就而察之，有若自然。信黄唐之遗迹，为六艺之范先，籀篆盖其子孙，隶草乃其曾玄。睹物象以致思，非言辞之可宣①。

《四体书势》记录的前代书赋节选：

蔡邕《篆势》

鸟遗迹，皇颉循。圣作则，制斯文。体有六，篆为真。形要妙，巧入神。或龟文针列，栉比龙鳞；纾体效尾，长短复身。颓若黍稷之垂颖，蕴若虫蛇之棼缊；扬波振撆，鹰跱鸟震；延颈协翼，势似陵云。或轻笔内投，微本浓末，若绝若连；似水露绿丝，凝垂下端；从者如悬，衡者如编；杳杪邪趣，不方不员；若行若飞，跂跂翾翾。远而望之，象鸿鹄群游，骆驿迁延；迫而视之，端际不可得见，指㧑不可胜原。研桑不能数其诘屈，离娄不能睹其隙间，般倕揖让而辞巧，籀诵拱手而韬翰。处篇籍之首目，粲斌斌其可观。摛华艳于纨素，为学艺之范先。喜文德之弘懿，愠作者之莫刊。思字体之頫仰，举大略而论旃②。

佚名《隶势》

鸟迹之变，乃惟佐隶。蠲彼繁文，崇此简易。厥用既弘，体象有度。焕若星陈，郁若云布。其大径寻。细不容发，随事从宜，靡有常制。或穹窿恢廓，或栉比针列，或砥平绳直，或砥蜒膠戾，或长邪角趣，或规旋矩折。修短相副，异体同势。奋笔轻举，离而不绝。纤波浓点，错落其间。若钟虡设张，庭燎飞烟。崭岩巇嵯，高下属连。似崇台重宇，增云冠山。远而望之，若飞龙在天；近而察之，心乱目眩。奇姿谲诡，不可胜原。研桑所不能计，宰赐所不能言。何草篆之足算，而斯文之未宣。岂体大之难睹，将秘奥之不传？聊俯仰而详观，举大较而论旃③。

---

① 房玄龄，等撰：《晋书·卫恒列传》，中华书局，1974 年版，第 1062 页。
② 房玄龄，等撰：《晋书·卫恒列传》，中华书局，1974 年版，第 1063－1064 页。
③ 房玄龄，等撰：《晋书·卫恒列传》，中华出局，1974 年版，第 1065 页。

崔瑗《草书势》

书契之兴，始自颉皇。写彼鸟迹，以定文章。爰暨末叶，典籍弥繁。时之多僻，政之多权。官事荒芜，剿其墨翰。惟作佐隶，旧字是删。草书之法，盖又简略。应时谕指，用于卒迫。兼功并用，爱日省力。纯俭之变，岂必古式。观其法象，俯仰有仪。方不中矩，员不副规；抑左扬右，望之若崎。竦企鸟跱，志在飞移；狡兽暴骇，将奔未驰。或黝黜点黵，状似连珠，绝而不离；畜怒怫郁，放逸生奇。或凌邃惴慄，若据槁临危；旁点邪附，似蜩螗挶枝。绝笔收势，馀綖纠结，若杜伯揵毒缘巇，螣蛇赴穴，头没尾垂。是故远而望之，摧焉若沮岑崩涯；就而察之，一画不可移。机微要妙，临时从宜。略举大较，髣髴若斯[①]。

由以上所引可看到，卫恒的《四体书势》在述及文字的起源和汉字的构字方面，延续了沮诵、仓颉造字的说法，还完全认同许慎的“六义”之说，并举例说明汉字是通过象形、指事、形声、会意、转注、假借等六种方式构成的。他进一步指出，汉字字体由古文、篆书、隶书直到楷书、行书、草书的发展过程中，经历了字形由繁到简、由难到易的过程，不断简化是其发展规律，并分析了这种发展变化的社会原因。在《四体书势》中，作者还对篆、隶、行、草等不同时期的各位书法家的书法作品和风格进行了比较和评点，并从形神入手概括书法作品的精髓之处，真正把书法提高到了艺术的高度，而不只是文字书写表达的手段和方式。

值得强调的是，在《四体书势》中，卫恒引用了魏晋以来一些书法家对各种字体笔法的理论阐述，如崔瑗的《草势》、佚名的《隶势》、蔡邕的《篆势》等，而《四体书势》之四体，正是（古文）字、隶、篆、草四种“势”的总称。“势”者，笔法势态也。卫恒所处的西晋时期，篆、隶、真、草等字体均已经形成，擅长各种字体的书法家也纷然涌出，书法艺术已经积累了相当的经验，取得了巨大的成就，达到了相当的境界。所以，卫恒说：“籀篆益其子孙，隶草乃其会玄。睹物象以致思，非言辞之可宜。”赞赏其发展，总结其规律。

在《四体书势》中，卫恒所用的文体与表达是特殊且有特征的。有的学者认为是书赋（日本中田勇次郎教授认为是书势论），其实是书势

① 房玄龄，等撰：《晋书·卫恒列传》，中华书局，1974年版，第1066页。

赋——理赋作品。其一，多种字势均采用汉赋的格式书写。势只是一个系列，并不具备文体的内涵，但当众多以“势”命篇的文章叠加起来，构成了一种文章样式规模的时候，一篇文章带起了一类文章，一种文体的历史感和流动感结合起来，范形态便油然而出。其二，这类书势文普遍四言为主，兼五六言，多用排比，是赋的表达特征。其三，全文以叙述和说明为表达方式或体性特征，叙述是具体的说明，说明是抽象的叙述，属于说明性的理赋。

魏晋时期言及书法造诣与书法理论，还有一个更有声名的大家巨匠，即王羲之。他也留下了理赋性质的书法理论作品《用笔赋》。

王羲之（321—379 年），字逸少，山东临沂人。出身名门，官至右军将军，世称“王右军”。《兰亭集序》（今存唐人摹本）是王羲之的代表作。序文记叙了东晋时期高士名流们的一次大集会，在谈玄成风的东晋时代，作者既借眼前景事书写雅集快乐，挥毫抒发情感，又在执着追求“立言”不朽的同时思考人生意义，尤其提出“一死生为虚诞，齐彭殇为妄作”和“死生亦大矣”来立足当下，阐发老庄玄理。作为东晋伟大的书法家，王羲之有渊厚的家学渊源，早年从得钟繇笔法的卫夫人学楷书，行草则植根于汉魏以来的隶书，又发展为章草，又把介乎楷、草之间的行书与草书并用，不仅创楷、行和草之典范，更将楷书和行草诸体推向新高度。正是王羲之一变汉魏朴质书风为劲健美妍之体，唐太宗说他“详察古今，研精篆隶，尽善尽美”。他的书法理论与赋体文结合的代表著作即《用笔赋》。

《用笔赋》

秦、汉、魏至今，隶书其惟钟繇，草有黄绮、张芝，至于用笔神妙，不可得而详悉也。夫赋以布诸怀抱，拟形于翰墨也。辞曰：

何异人之挺发，精博善而含章。驰凤门而兽据，浮碧水而龙骧。滴秋露而垂玉，摇春条而不长。飘飘远逝，浴天池而颉颃；翱翔弄翮，凌轻霄而接行。详其真体正作，高强劲实。方员穷金石之丽，纤粗尽凝脂之密。藏骨抱筋，含文包质。没没汩汩，若濛汜之落银钩；耀耀晞晞，状扶桑之挂朝日。或有飘飖骋巧，其若自然；包罗羽客，总括神仙。李氏韬光，类隐龙而怡情；王乔脱屣，歘飞凫而上征。或改变驻笔，破真成草，养德俨如，威而不猛。游丝断而还续，龙鸾群而不诤；发指冠而皆裂，据纯钩而耿耿。忽瓜割兮互裂，复交结而成族。若长天之阵云，如倒松之卧谷。时滔滔而东注，乍纽山兮暂塞。射雀目以施巧，拔长蛇兮尽力。草草眇眇，或连或绝，如花乱飞，遥空舞雪。时行时止，或卧或蹷。透嵩华兮不高，逾悬壑兮非越。信能经天纬地，毗助王猷，耽之玩之，功积山丘。吁嗟秀逸，万代嘉休。显允哲人，于今鲜俦。共六合而俱永，与两曜而同流。郁高峰兮偃盖，如万岁兮千秋①。

全篇章弘辞丽，使用赋体，少则四言，多则七言，骈散之间用比喻说明书法艺术的用笔要义。先把书法与人体相比，再拿手法的形态与一系列想象中的事物、动物与植物相类比，然后说到书法之美和书法的书写状态等，是古代书法理论的精品。王羲之有如此高深的书法造诣，源自他对书法艺术的理论思考。《用笔赋》既是前代书赋精神与书写传统的继承与发展，一定程度上反映了魏晋南北朝时期书法理论在积累和总结基础上的提高，同时也显示了作者书法和文学两方面的造诣。此文以赋说明正确的书法用笔之规律，是有很高文学色彩的说明性理赋。其中不仅有比喻，还有类比，并以铺陈和排比营造气势。用赋体美轮美奂的语言技巧说明书法的艺术规律与高远境界，显得两相贴合，相得益彰。

---

① 严可均，辑：《全上古三代秦汉三国六朝文》卷二十二。

第四章　冲刺高峰时期：唐宋理赋

第一节　唐赋的题材特征与内容大旨

一、关于唐以后无赋或唐以后赋盛的争议

唐朝作为汉朝以后又一个辉光百代的伟大王朝，正处在封建社会的鼎盛期。不仅社会经济全面恢复并不断发展，而且文化上以开拓进取和兼容并包的气概构建着新王朝的巍峨与豪迈。

唐朝文学成就以诗为最，唐诗成了中国古典时期文学创作的顶级回忆。在文方面，开始时以骈文最盛。六朝以来，文坛盛行骈体文。骈体文实际是赋走向形式极致的产物，它不仅讲究声韵、对偶和辞藻华美，而且讲究用典，以四字句和六字句为主，是最能考验文人戴着镣铐跳舞技能的。随着唐朝科举制度的流行，骈赋与律赋更加盛行。但这种文体显得有点僵化老套，且更需要特定用途和目的的配合，内容题材上开拓的空间有限，加之文人都更喜欢以最新的诗歌形式如古体与近体来写怀抒情，或者开始更有思想、追慕更自由和更古朴的表达方式，故而从天宝年间开始，重倡先秦两汉的为文传统，古文运动开始兴起。古文运动在形式上是要恢复先秦两汉的散文传统，实际上更是思想运动与社会运动，也就是要倡导“文以载道”，使文章更有内容，要把散文引向更有实质内容的政教之用。唐代的古文运动在韩、柳去世后就逐渐衰退，唐末骈文又再度兴起。在这个全民写诗，诗歌成为最简约最时尚最富创意的新文体工具时代，赋的光彩仿佛暗淡了。由是明代李梦阳首倡“唐无赋”说（《潜虬山人记》），清代学者程廷祚则进一步跟进谓“唐以后无赋”（《骚赋论》），以至于乾嘉时经学家和考据家皆否定了唐赋。清嘉庆年间进士、常州词派开山鼻祖张惠言编《七十家赋抄》所选的赋也止于六朝，清末章太炎继续称“小学亡而赋不作”。这种文学观点，直到马积高的《赋史》及对《历代赋汇》的相关研究出现才得以转变。

在马先生看来：“有时体现于某一时代文学特点中的东西，并不一定就是

好东西，而在当时不占主导地位的东西，倒很可能是那个时期的精华。”① 他提醒人们勿以大赋等同于汉赋，勿以偏概全。他认为，“赋是盛于汉，但汉赋不是赋作成就的最高峰”，而“唐赋是赋的发展高峰”②。《赋史》不仅打破了“一代有一代之文学”的观念，还对“唐以后无赋”的说法做了辨析，认为“人们之所以忽视唐赋，一个很重要的原因是不能用发展的观点来考察赋”，近代以后仍有这样的看法，“主要是人们对它缺乏了解，只看到唐赋以律赋为多，而律赋又多为科举功令的产物，就轻易地把它否定了”。“其实唐赋不仅数量之多超过前此任何一代（现存一千余篇），即就思想性和艺术性来说，也超过前此任何一代”③。在此后的《历代辞赋研究史料概述》中，马先生也从赋体文学的因革着眼，论证了唐赋的历史地位。《赋史》还把唐五代赋的发展分为四个阶段：第一阶段，唐初到玄宗即位；第二阶段，从玄宗即位起到代宗大历止；第三阶段，自德宗即位起至穆宗长庆止；第四阶段，自唐文宗起至五代。另外，书中还专门论述了唐代的律赋和俗赋。

霍松林先生的《论唐人小赋》④ 则认为真正能体现唐赋特色的是各种各样的小赋，文章从唐赋的诗化、主体意识的高扬、体裁的多样与创新三个方面论述了唐代小赋的成就。这与马先生基本同调，只是所取角度和论述重点不同。

许结先生对上述观点则持异议。其《〈赋史〉异议》认为，“唐赋高峰”论难以确立。他认为《赋史》陈述的关于唐赋高峰说的理由“仍属‘审体’范畴，对‘赋艺’本身如何发展到唐代而臻极致并无明确显示”。还指出：“事实上，中国辞赋的发展有着承继嬗变的全过程，如由楚骚而大赋再到魏晋六朝骈赋，以及唐宋文赋等，很难说谁是‘高峰’。如果从‘审体’角度考虑，唐赋兼备多体，或可谓‘高峰’；如果从赋艺‘体国经野、义尚光大’，‘宏衍博丽、敷典离文’的特征考虑，汉赋又极一时之盛，或可谓‘高峰’；如果从用词精美，造句华丽方面考虑，六朝骈赋又可谓‘高峰’。假如仅从作品的内容考察，我觉得也是代有平泛之作，代有刻挚之篇，‘高峰’论难以确立。”

---

① 马积高：《赋史》，上海古籍出版社，1987 年版，第 57 页。
② 马积高：《赋史》，上海古籍出版社，1987 年版，第 10－11 页。
③ 马积高：《赋史》，上海古籍出版社，1987 年版，第 252 页。
④ 霍松林：《论唐人小赋》，《文学遗产》，1997 年第 1 期。

学者间的争议各有道理，各有角度。无论争议如何，唐赋为前人不甚关注的状况至今已经大有改观，人们已经不再漠视唐赋的价值，以及其在中国赋史发展中的地位与贡献。清人王芑孙《读赋卮言》的这一评述是值得重视的："诗莫盛于唐，赋亦莫盛于唐。总魏、晋、宋、齐、梁、周、陈、隋八朝之众轨，启宋、元、明三代之支流，踵武姬汉，蔚然翔跃，百体争开，曷其盈矣。"千余篇蔚然大观的唐赋，佳作时时可见，更何况唐赋确实如王芑孙所言乃前代赋体文学的继承与发展，其中也确有值得从多方面、多角度加以总结评说之处。前人对于赋的主旨作意是颇为重视的，明代吴讷《文章辨体序说》引祝氏之言曰："扬子云云：'诗人之赋丽以则，辞人之赋丽以淫。'夫骚人之赋与诗人之赋虽异，然犹有古诗之义辞，虽丽而义可则；辞人之赋则辞极丽而过于淫荡矣。盖诗人之赋，以其吟咏性情也；骚人之赋有古诗之义者，亦其发于情也。其情不自知，而形于辞，其辞不自知，而合于理。情形于辞，故丽而可观；辞合于理，故则而可法。如或失于情，尚辞而不尚意，则无兴起之妙而于则也。"

要之，"唐无赋"论主要是针对唐无典范意义上的赋而言的，唐朝有后人不承认的典范意义上的赋，有体用意义继续分离意义上的赋，也就是有发展意义上的赋。唐赋虽然在流传程度和影响方面不及汉大赋，但是在题材上形成重要的特点，在形式上众体兼备，在分体上也有新的突破。唐赋在赋学研究领域有着极其重要的地位，尤其针对赋在分体的维度中理赋如何继续发展和渐至高峰进行的研究中，唐赋更是一个绕不开的环节。

二、唐赋的题材

1. 唐赋的题材分类

从先秦不成熟的赋，到汉代体制相对稳定且内容与形式都形成时代特色的赋，再到此后开始不断在继承与创新中增益发展的赋，赋作为中华古典文化中最可宝贵、历史也最悠久的文体，直到唐代，已然走过了千年的时光。这个事实真令我们心生敬畏。我们几乎可以说，赋属于中国古典时期最有跨越能力、最具发展潜力的特色文体了。

唐代赋的题材较之以往，又不知有了多少开拓与创新。

赋体分类，从《汉书·艺文志》开始，形成了古代赋体分类的传统。其中有"杂赋"的类别，属于古典视野下的非文学类，中间越过百年，发展到南北朝萧统《文选》时代，赋已然被分为十五类之多。《文选》作为保存完整的中国古代诗文总集，收录文体三十九类，而以赋体为最多，共收录三十一人、五十六篇赋，几乎占了《文选》所选作品的三分之一。《文选》延续了《汉书·艺文志》有“杂赋”分类的传统，又结合由汉而晋时期发展了的创作题材与时代主题，显示出成熟的赋体分类观与与时俱进和实事求是的学术眼光。《文选》所选赋体皆以“赋”为名，此乃《文选》选赋特点之一。

在所选赋体的二次辑类中，《文选》很有开创性地开辟了十五类题材的二次分类，即京都、郊祀、耕藉、田猎、纪行、游览、宫殿、江海、物色、鸟兽、志、哀伤、论文、音乐、情。其中不仅有情的单独分类，还有哀伤的特殊分类，更有“志”及“论文”之类，这被后世研究者一贯认为此二次分类不合理并存有问题。关于《文选》二次分类的研究很多，只是大家基本绕过“志”与“论文”的分类，更多关注京都和纪行等传统题材及物色、田猎和音乐等较新体裁的分类，并从中窥见《文选》的赋学思想。今天看来，《文选》的编辑者很有眼光和远见，尤其是赋中“论文”类的设立，既继承了《汉书·艺文志》“杂赋”设类的思想，也并不为汉魏以来的成说成见所囿，有所创新地创设新类，因为在汉魏时期，已然出现了大量理赋作品。

考察唐赋，既需要与前朝赋作实践与理论思考对比，也需要通过后代选集来梳理唐赋系统与系列作品。其中，对唐赋最有发言权的是宋朝的文选集。文选集的产生，许结先生认为主要原因有四：其一同经学的兴发有关；其二为当时文学观念自觉程度提高；其三乃“因史传文”传统的衰落；其四则是文学辨体意识的出现与观念的加强①。而成书于宋太宗雍熙三年（公元986年），由宋代李昉总编纂的《文苑英华》，也正是在这样的编辑思想下边继承边发展的选集作品。全书上起萧梁，下迄唐五代。由于它是《文选》后的重要总集，是最靠近唐代的，也是宋代收录唐赋最多的一个文选作品集，故而成为研究唐赋的重要文献依据。

对照《文苑英华》收录的唐赋情况，仅从题材上看，由于大唐从长期分裂归于一统，国力达到了空前的强盛，封建经济和文化获得了充分的发展，尤其在文化方面采取了较为开放的政策，思想观念呈现多元化局面。唐朝进一步确立了以诗赋取士的科举制度，打破了魏晋以来门阀贵族对仕途的垄断，使大批有才华的寒门子弟能够好风凭借力，在文化阵地上脱颖而出，创造了

① 许结：《赋学讲录》，北京大学出版社，2009年版，第68－70页。

唐代赋体文的空前繁荣。唐赋不仅数量蔚为大观，而且题材上也有新突破。

《文苑英华》共六卷，编纂体例依《文选》，其中第一卷即是赋。在第一卷中选赋近一千五百余篇，其中唐赋占比达百分之八十。在二次辑类中，依然按作品题材内容再分为四十二大类，即：天象、岁时、地类、水、帝德、京都、邑居、宫室、园囿、朝会、礼祀、行幸、讽喻、儒学、军旅、治道、耕籍、乐、钟鼓、杂技、饮食、符瑞、人事、志、射、博弈、工艺、器用、服章、图画、宝、丝帛、舟车、薪火、亩渔、道释、纪行、游览、哀伤、鸟兽、鱼虫及草木。

对比《文选》的十五类，《文苑英华》中类别增加了近两倍。“京都、郊祀、耕藉、田猎、纪行、游览、宫殿”，这是属于大汉王朝开拓的题材，虽然多也被保留，但它们的位置及相应的重要性已然降低。随着魏晋六朝赋对题材新的开拓，不仅是帝王生活及相关的环境和事物成为焦点题材，更重要的是人生行历（纪行、军旅、游览等）、自然事物（岁时、水、鸟兽等）、新奇事物（射、博弈、工艺）、与人生志趣相关的各种事物（乐、图画、宝等）等也成为文人写赋时的最爱。其中治道和思想（帝德、讽喻、儒学等）越来越被文人所重视，并借赋表达。

四十二类中排在前四位的是天象（20 篇）、水（9 篇）、乐（9 篇）和器用（9 篇）。这真是一个与时俱进的选文。因为，若从汉朝的题材而言，此几种不在重要之列；若从魏晋六朝赋题材发展的视角看，它们被越写越多，且数量与影响越来越突出。其中，如果细致地辨析其再分类下的赋文，还会发现：天象类也是个传统题材，然在被选的 20 篇天象赋中，与“天”有关的共 10 篇，即“天赋”（2 篇）、“碧落赋”、“天行健赋”、“乾坤为天地赋”、“披雾见青天赋”、“炼石补天赋”、“管中窥青天赋”（2 篇）和“三无私赋”（其他是与“日”等有关的赋 10 篇）。

如果披文入内，会发现这些赋中也有理赋。比如，唐代阙名的“天行健赋”，全文共 395 字（不算标点），开篇即写“大哉乾元，神不可测。其内也刚，其外也直。直所以保合太和，刚所以运行不息。故王者奉之而垂化，君子体之而进德者也……”[①] 全然不为物色而抒情，而为借天以说理。再观察其标题，除了“碧落赋”“披雾见青天赋”“炼石补天赋”有着文学的气质与神

① 许结：《历代赋汇》（校订本）卷一，凤凰出版社，2018 年版，第 5 页。

采，其他均是自觉彰显思想与理性精神的赋。

2. 唐赋的内容大旨

唐赋以丰厚的题材视野作为开垦意旨的疆域，以更深厚的文化底蕴和个性品格，通过个人际遇与时代精神的撞击，熔铸其新风貌、新水准。

（1）回望过往的咏史寄寓赋。

历史是一个民族的特殊记忆，没有文人不善于借助历史而有所思考、有所寄托的。随着李唐王朝从兴盛走向没落，唐赋和诗歌一样，染上了浓厚的哀伤色彩。哀伤伴随着回望，感叹之余，文人只能将理想寄托于古人古事与古物古时，在昔盛今衰的叹惋中重拾理想的美好与遥远，哀悼现世的落寞与败亡，抒发无尽的历史之思与悲凉之感。

此类赋一般以叙事为主要表现手法。叙事是人类社会习得的一种自然本领或能力。叙事作为人的一种书写行为和表现手段，是一切文学作品所必须借重的，它是一种时间思维层面针对过程的因果关系的线性而具体的陈述，它绝非仅仅体现于史诗、史著及小说等的创作中，而是一定自然或较多地渗透在其他各种文类之中。赋体也是如此。中国文学从《诗经》开始就有着丰厚悠久的叙事传统，先秦诸子的哲学散文中，更是充溢着叙事的内容和智慧。

有唐一代，通过对传统赋叙事要素的经验总结，通过深度梳理和整合其中的典型手法，如主客问答的结构、纪实性叙述、想象性叙述，或曰对历史人事的叙述、对现实人事的叙述、记言与叙事的交融、抒情与叙事的互生以及实写或虚构、假托或假设等，使唐赋在不断深度反映客观现实的层面上优秀之作频见，同时深刻影响了中国古典叙事文学的发展。

文赋如此，律赋也重视此类题材并用来取试，如有徐寅的《首阳山怀古赋》《五王宅赋》《过骊山赋》《勾践进西施赋》《樊哙入鸿门赋》，黄滔的《明皇回驾经马嵬》《汉宫人咏洞箫赋》《馆娃宫赋》等。

（2）反思现实的咏物抒怀赋。

如果说叙述主要依据时间维度对人事过程展开具体属性的说明，那么描写则是依据空间维度对人事对象展开具体属性的说明。描写一般不是孤立进行的，它要依附叙述而进行。要以叙述主体为中心进行方位连接与拓展，完成对事物的空间摹写，如在前后左右、上下高低、远近内外的关系中完成描写。而描写的主要对象一般则是以特殊方式进入作者视野、与作者产生特殊关系、作者情怀可以寄寓的物。作者借此物去进行现实世界的联想和想象，由物及人、因物寄情，曲折地表达某种对生命或现实人生的感慨。

唐代的文人更是关注现实的精英群类。在经历了开元盛世、安史之乱及唐朝后期的动荡之后，时代给每个人以不同的铭心刻骨的经历和生死伤痛的故事，他们不仅不时地抒发身世之慨，探索现实，叩问人生，更以焦灼与勇敢混杂的心态直面所承受的各式各样的压力、屈辱和郁结，或表露于诗歌，或寄情于赋文。这类作品有杜甫的《雕赋》、高适的《鹘赋》、杨炯的《幽兰赋》《庭菊赋》、宋璟的《梅花赋》、卢照邻的《穷鱼赋》、骆宾王的《萤火赋》等。此类赋文或发愤著书，将自己的身世感慨寄于作品，或写物寄意，从对象世界找到文化的精神与一己内心深刻的共鸣点，或铺张蹈厉，从一点生发开去，进行文化的联想，抒发自己与现实勾连的特殊情怀。

古人愿意从诗人与辞人的角度划分赋作内容，认为在辞情华丽的前提下，可以分为诗人之赋与辞人之赋。所谓“诗人之赋丽以则，辞人之赋丽以淫”。诗人更注重抒发理性的情感，其情较少是个人儿女之私情（宋词才是），更多是文人心中之共情——一个贤人君子心中之情志怀抱，故而有所准则，以发情止义，不失讽喻精神为美，虽“丽”而有度，“即《自序》所谓‘法度所存，贤人君子诗赋之正也’，故其丽也以则”①。而“辞人之赋丽以淫”者，谓以形容过度为美，驰骋辞藻，彰显才情，从而失去了本义。“即《自序》云‘必推类而言，闳侈钜衍，使人不能加也’，故其丽也以淫。”② 在开元天宝盛世年间，由于国力强盛，天下太平，讽喻性质的赋文比较少，至安史之乱后，民情怨怼，世风日下，国力渐衰，士心煎熬，讽喻进言的赋文不断增加。这类题材的赋文有魏徵的《道观内柏树赋》、孙樵的《大明宫赋》、张九龄的《白羽扇赋》和罗隐的《秋虫赋》等。还有一些寓言赋和俗赋等均有作品流传。

感时咏怀之作展现了唐代士人立足当下、感受现实的丰富多彩的内心世界，与彼时时代脉搏起伏同步，是唐赋各体中尤有价值的部分。

（3）直面现实的抒情议理赋。

纪游、身世、伤悼和行旅等赋是最直面现实、感怀人生的赋作。赋文作者用最基本的叙述和铺陈手法，最深刻最具体地表达一己与现实的关联及其

---

① 汪荣宝：《法言义疏》，中华书局，1996年版，第121页。
② 汪荣宝：《法言义疏》，中华书局，1996年版，第121页。

存在的悲喜心态。当被现实压迫到一定程度后，士人即会转而使用议论的手法直接针对现实而发声。理赋是作者的理性觉醒，他们不希望用曲折的方式干预现实，而是用议论的方式直白地参与现实政治。

必须强调，唐朝是政治开明的朝代，文人士子最大的愿望是参与政治，“致君尧舜上，再使风俗纯”，而唐赋属于雅文学的范畴，且与唐代政治制度紧密关联，尤其是唐朝的科举制度在开始考赋之后，律赋的政治地位不断提高，成为维护现实政治秩序的文化力量之一，在本质上也成为一种利用政治舞台表达政治权力的话语体裁。因此律赋虽在形式上被限韵制约，但内容上多是议论治理的“治道”及“颂圣”。此种现实给予其他赋类以很大的影响。一方面，文体赋逐渐与唐代科举政治制度相偏离，继续保持私人属性并以此为傲，成为宣泄个人情感的载体；另一方面，深受律赋的影响，士人即便不在特殊的政治平台创作，也时刻心系家国，参与政治思考，赋体创作从或叙事或描写，或几种写法相互融合，发展到以叙述描写为辅助，以议论明理为主旨的情形，赋的客观感性主体被主观理性主体所丰富，各种表达相互推挽，相互摩荡，赋的自由能动性增强，就此开拓出唐赋内容和形式的新天地。

应当看到，唐赋继往开来的一面最引人注目，并直接成为宋赋创新的先导。唐代，经由前代文人的不断探索和尝试，在一些唐赋作品中，文学系统中的“象”越来越抽象，导致了文辞盛于情辞，或以文辞为情辞的情形又有新的延续和发展。在今天的文学认知中，一般以文人用文字创造出的事件、人物、情感、人生经历和人类生存环境等的虚拟性和想象性为文学之“象”的特征，这些虚拟的创造物才是文学真正的成分，是构成文学的“表象”，是用以传达文学意义的表层和固定成分。朗格认为艺术符号（包括文学符号）所表达的不是某个东西，而是感情。而观察唐赋的一些经典作品，其实在文辞的华丽和铺展外，依然脱离了虚拟性和想象性为特征的文学之象，走进历史性和抽象性思考的行列。这样的赋以杜牧的《阿房宫赋》为代表。

当然，唐赋的变革也有它的文化原因，即是唐代诗风文运的自觉运动与转变的直接反映。人们虽然把注意力投注到诗歌方面较多，但赋不仅有历史题材的承传，也有所谓“近体”的发展。而理赋的继续成长在此间也没有停滞。

（4）超脱现实的幻梦远游赋。

在人的时间视野里，从回望过往到反思当下，还有一个重要的精神面向，就是想象未来。没有一个伟大的诗人不是对未来充满想象力的。每一个诗人都依据自己的人生经历与文化坚守去迈开自己对未来的想象之旅。

此类题材被《历代赋汇》列入正集“仙释”目，唐人作品中以律赋为最多，从“穆天子瑶池”写到“列子御风”，其中也有白居易的《求玄珠赋》等，特殊意义不大。而面对此类题材，还是文体赋的作者更能自然自在并深度地进行表达，且作品更有成就。沈亚之的《梦游仙赋》、王延玲的《梦游仙庭赋》、独孤及的《梦远游赋》、黄滔的《白日上升赋》、李白的《大鹏赋》《悲清秋赋》及柳宗元的《梦归赋》等是其中的代表。其中有的写梦游一方的快乐而曲折反映现实，如《梦游仙赋》；有的是以梦境表达下意识的情感，如思念家乡，《悲清秋赋》即是；有的是以特殊的想象来自我骋志或自我安慰，如《大鹏赋》；有的是用特殊想象直接书写不存在的理想幻境等，不一而足。这些作品主要受老庄道家思想影响，在不满足于现实世界圈囿的前提下，在梦境的世界里做超越现实的努力。李白的《大鹏赋》为其中有特色者。

《大鹏赋》

余昔于江陵见天台司马子微，谓余有仙风道骨，可与神游八极之表，因著《大鹏遇希有鸟赋》以自广。此赋已传于世，往往人间见之。悔其少作，未穷宏达之旨，中年弃之。及读《晋书》，睹阮宣子《大鹏赞》，鄙心陋之。遂更记忆，多将旧本不同。今复存手集，岂敢传诸作者，庶可示之子弟而已。其辞曰：

南华老仙，发天机于漆园，吐峥嵘之高论，开浩荡之奇言。征至怪于《齐谐》，谈北溟之有鱼。吾不知其几千里，其名曰鲲。化成大鹏，质凝胚浑。脱鬐鬣于海岛，张羽毛于天门。刷渤澥之春流，晞扶桑之朝暾。燀赫乎宇宙，凭陵乎昆仑。一鼓一舞，烟朦沙昏。五岳为之震荡，百川为之崩奔。

尔乃蹶厚地，揭太清，亘层霄，突重溟。激三千以崛起，向九万而迅征。背業太山之崔嵬，翼举长云之纵横。左回右旋，倏阴忽明。历汗漫以夭矫，羾阊阖之峥嵘。簸鸿蒙，扇雷霆，斗转而天动，山摇而海倾。怒无所搏，雄无所争。固可想像其势，髣髴其形。

若乃足萦虹蜺，目耀日月，连轩沓拖，挥霍翕忽。喷气则六合生云，洒毛则千里飞雪。邈彼北荒，将穷南图。运逸翰以傍击，鼓奔飙而长驱。烛龙衔光以照物，列缺施鞭而启途。块视三山，杯观五湖。其动也神应，其行也道俱。任公见之而罢钓，有穷不敢以弯弧。莫不投竿失镞，仰之长吁。

尔其雄姿壮观，块轧河汉。上摩苍苍，下覆漫漫。盘古开天而直视，羲和倚日以旁叹。缤纷乎八荒之间，掩映乎四海之半。当胸臆之掩昼，若混茫之未判。忽腾覆以回转，则霞廓而雾散。

然后六月一息，至于海湄。欻翳景以横翥，逆高天而下垂。憩乎泱漭之野，入乎汪湟之池。猛势所射，馀风所吹，溟涨沸渭，岩峦纷披。天吴为之怵栗，海若为之躨跜。巨鳌冠山而却走，长鲸腾海而下驰。缩壳挫鬣，莫之敢窥。吾亦不测其神怪之若此，盖乃造化之所为。

岂比夫蓬莱之黄鹄，夸金衣与菊裳。耻苍梧之玄凤，耀彩质与锦章。既服御于灵仙，久驯扰于池隍。精卫殷勤于衔木，鶢鶋悲愁乎荐觞。天鸡警晓于蟠桃，踆乌晳耀于太阳。不旷荡而纵适，何拘挛而守常。未若兹鹏之逍遥，无厥类乎比方。不矜大而暴猛，每顺时而行藏。参玄根以比寿，饮元气以充肠。戏旸谷而徘徊，冯炎洲而抑扬。

俄而希有鸟见谓之曰："伟哉鹏乎，此之乐也。吾右翼掩乎西极，左翼蔽乎东荒。跨蹑地络，周旋天纲。以恍惚为巢，以虚无为场。我呼尔游，尔同我翔。"于是乎大鹏许之，欣然相随。此二禽已登于寥廓，而斥鷃之辈空见笑于藩篱①。

作品中，李白借庄子的大鹏鸟做了一番新的宇宙神游。他不是在借大鹏鸟来表达一种美学的或人生观的态度或理念，也不是在表达对大鹏的膜拜和礼赞，他仿佛在神游中进入庄子意象的特殊世界，有足够的仙味和超历史、超能力和超世界的宇宙味。在恍惚的想象中，他真的看到了北冥天池中的巨鲲，眼见它随着大海的狂流，迎着初升的太阳升飞翱翔，跃动变化，宇宙万物都为之震荡、改变。它一会儿飞向北荒，一会儿又折向南极。巨物变微小了，大人变卑微了，海神、水伯、巨鳌和长鲸之类，面对它更是逃之夭夭，不敢直视……

庄子写大鹏的目的，主旨是在析说"小大之辨"中小的斥鷃与大的鲲鹏并无高下之分，只有到了至人神人圣人境界，才能真正脱离凡俗世界的认知与水平，到达无己无名无功的高度，所谓"至人无己，神人无功，圣人无名"。而"至人神人圣人"虽名目上有区分，但内核上并无区别，都是一种无所依赖、无所依傍的逍遥游的存在。在庄子的笔下，大鹏虽然豪迈壮硕，拥

① 王琦，注：《李太白全集》，中华书局，2011 年版，第 1－9 页。

有神雄巨志，却非正面存在，而为庄周自喻；李白的《大鹏赋》则不然，此中大鹏即是李白的幻化，它左冲右突，上下翻越，是有无比巨伟的力与雄浑的气的一种精神存在物。配以庄、屈浪漫主义的手法及扬、马、班、张铺陈排比的文风，李白终于成就了别人眼中有“仙风道骨”的自己。通过被文字燃起的这个内心之梦，他用语言的翅膀，在精神的无尽天空里做了淋漓尽致的幻游，并将超越一切的奇伟人格与越来越强烈的难以被现实压抑的豪情逸致完美而有力地对象化了。

此类赋作虽纵向来看不在多数，但在《历代赋汇》的目录中，唐人所占比例较各朝为多，而与其他类相比，此类赋为数较少。可见伟大的时代造就了时代中大写的人，唐朝文人可谓是历史上最立足当下、立足现实的文人群族。

第二节　唐朝的理赋精品

一、以赋为名却溢出传统的理赋

唐代是诗歌大放异彩的时代，从赋的角度说，是律赋和骈赋最为时尚，找到了最适合土壤的时代。在剥除了“唐无赋”说的成见之后，我们看到作为赋体文学发展的新的时间节点，唐赋数量繁多，优秀之作频出，且在古赋典范意义上和六朝赋的发展意义继续发展，具有众体皆备和另类出新的特征。理赋的存在也是一种证明。而最先显示出唐朝赋家非同一般的为文境界的则是他们因博学与才高而在传统赋固有规范前的大胆思维和有感而发的能力。就此，他们的创作往往溢出传统，向理赋或更多的方向前进，前进，再前进。

《历代赋汇》在卷一“天象”目下录唐代赋文，其中有刘允济的《天赋》、阕名的《天赋》《管中窥天赋》，张仲素的《管中窥天赋》。。在卷二“天象”目下，录唐代赋文，其中有林琨的《象赋》、甘子布的《光赋》、张文的《气赋》、阙名的《气赋》《空赋》及郭遹的《空赋》等，均属于理赋的属性。在此仅以唐代阙名的《天赋》为例：

《天赋》

彼苍者天，成形物先。初鸿蒙以质判，渐轻清而体圆。生五材以亭毒，运六气以陶甄。故使晦明相继，寒暑递迁。远眺其原兮，亦极之无极；近详其理兮，固玄之又玄。谅神功之罕测，实灵造之自然。

徒观其潜化不言，惟德是辅。列九野而为号，峙八山而为柱。其为道也，或比之以张弓；其入梦也，或方之于漱乳。悯邹衍则严霜夏降，应陈寔则繁星夜聚。孔阶远而难登，乐雾披而已睹，虽覆伞之可媲，岂炼石之能补？

美夫有功不伐，无远不盖，德冠三才，名参四大。日朝上而疑璧，河夜横而如带。破镜飞乎其所，长剑倚乎其外，违之则风雨差错，顺之则阴阳交泰。

况乎观文察变，害（或当作“亏”）盈尚默。则大著美于唐君，虑崩见讥于杞国。徒瞻荡荡之体，孰辨苍苍之色？在玉衡以齐政，任铜史以司刻。名既入于四知，光镇临于八极。顾惟仰叹，载之无力。思斡运之莫原，惟远近之难识。倘闻鸣皋之响，愿奋垂云之翼。嗟天道之大哉，非管窥之可测①。

全文形与神皆有追随老庄文之气象，在音韵铿锵和浩渺散漫的用典与铺排中体认以“天”为代表的万物的规律与哲理。从前而后，颂说天之成、天之德、天之功和天之政等，突出强调了老子论天的精神，所谓“道大，天大，地大，王大”，所谓“人法地，地法天，天法道，道法自然”者。所谓“天道为大”，管中难窥，用以指含德政之大之美的要义。

《历代赋汇》在卷第四十一“治道”目下，又有阙名《垂衣治天下赋》《君臣同德赋》，谢观《以贤为宝赋》，等等。

文赋始于唐，典型作品是《阿房宫赋》。

一直以来，《阿房宫赋》是中国赋体文的传世名篇，然而，此文实在是以“赋”名篇中文辞盛于情辞的特殊类型，全然溢出了传统赋体的系统。

以宫廷建筑作为书写对象的赋，古已有之。《历代赋汇》正集有“宫殿”六卷一百零四篇，其中有汉代刘歆的《甘泉宫赋》、魏晋时期杨修的《许昌宫赋》和北齐邢邵零的《新宫赋》等。这些赋作皆篇幅不长，字数不超过300字。唐赋中以宫殿为题材的赋共收录5篇，且3篇是律赋作品。

且看其中两篇。

《甘泉宫赋》

轶陵阴之地室，过阳谷之秋城。回天门而凤举，蹑黄帝之明庭。冠高山而为居，乘昆仑而为宫。按轩辕之旧处，居北辰之闳中。背共工之幽都，向炎帝之祝融。封峦为之东序，缘石阙之天梯。桂木杂而成行，芳肸蠁之依依。

① 《历代赋汇》卷一，《钦定四库全书荟要》，卷一万七千二百二十。

翡翠孔雀，飞而翱翔，凤凰止而集栖。甘醴涌於中庭兮，激清流之瀰瀰；黄龙游而蜿蟺兮，神龟沉于玉泥。离宫特观，接比相连。云起波骇，星布弥山。高峦峻阻，临眺旷衍。深林蒲苇，涌水清泉。芙蓉菡萏，菱荇蘋蘩。豫章杂木，梗松柞棫。女贞乌勃，桃李枣檍①。

历史上的汉代甘泉宫，在陕西境内淳化县凉武帝村，是汉代最大的离宫，也是中国古代有名的皇家园林。汉武帝时常在此避暑涵养，很多重要历史事件也发生在这里，如戾太子案，还有与钩弋夫人相关的历史故事等。

刘歆作为西汉著名经学家、目录学家、文学家，写作了《甘泉赋》。全赋有骚体的痕迹，但主体仍是文体赋。通篇围绕甘泉宫进行铺陈式描写。首两句总写其建筑状貌与地理态势，简直是超过长安城的建筑。后八句具体写其巍峨高举与南北所处及丰厚的人文内涵：它拔空而起，依山而造，不仅是轩辕黄帝的旧处，还背对共工的幽都，面向着炎帝祝融。接着写宫殿的近景：静的有满目的桂木芳草，动的有翱翔的孔雀凤凰，还有甘泉清流，黄龙神龟。再往下转为四言铺写远景："离宫特观，解比相连"，宫殿与山势、星云和远方相融汇的壮观。最后再回到眼前，特别强调了宫殿的生态景观：满目葱翠，花草茂盛，名木杂生，桃李丰盈。

此文属于典型的情赋中的描写赋，用富美的语言展开铺陈式描写，并助以人文想象的物象与画面，为我们勾勒出甘泉宫凭借自然山水之势建立的宫殿群和宫殿以山水为主、林甸为助的整体壮美画卷。

大抵宫殿赋的思路和风格皆如此，从客观摹写入手，辅之以虚拟和想象。

而杜牧的《阿房宫赋》则既写出了传统赋的特征，也写出了唐朝赋的新意与不同。

《阿房宫赋》

六王毕，四海一。蜀山兀，阿房出。覆压三百余里，隔离天日。骊山北构而西折，直走咸阳。二川溶溶，流入宫墙。五步一楼，十步一阁；廊腰缦回，檐牙高啄；各抱地势，钩心斗角。盘盘焉，囷囷焉，蜂房水涡，矗不知其几千万落。长桥卧波，未云何龙？复道行空，不霁何虹？高低冥迷，不知西东。歌台暖响，春光融融；舞殿冷袖，风雨凄凄。一日之内，一宫之间，而气候不齐。

① 《历代赋汇》卷七十二，《钦定四库全书荟要》，卷一万七千二百九十一。

妃嫔媵嫱，王子皇孙，辞楼下殿，辇来于秦，朝歌夜弦，为秦宫人。明星荧荧，开妆镜也；绿云扰扰，梳晓鬟也；渭流涨腻，弃脂水也；烟斜雾横，焚椒兰也。雷霆乍惊，宫车过也；辘辘远听，杳不知其所之也。一肌一容，尽态极妍。缦立远视，而望幸焉，有不得见者。三十六年。

燕赵之收藏，韩魏之经营，齐楚之精英，几世几年，剽掠其人，倚叠如山。一旦不能有，输来其间。鼎铛玉石，金块珠砾，弃掷逦迤。秦人视之，亦不甚惜。

嗟乎！一人之心，千万人之心也。秦爱纷奢，人亦念其家。奈何取之尽锱铢，用之如泥沙？使负栋之柱，多于南亩之农夫；架梁之椽，多于机上之工女；钉头磷磷，多于在庾之粟粒；瓦缝参差，多于周身之帛缕；直栏横槛，多于九土之城郭；管弦呕哑，多于市人之言语。使天下之人，不敢言而敢怒。独夫之心，日益骄固。戍卒叫，函谷举。楚人一炬，可怜焦土！

呜呼！灭六国者，六国也，非秦也；族秦者，秦也，非天下也。嗟夫！使六国各爱其人，则足以拒秦；秦复爱六国之人，则递三世可至万世而为君，谁得而族灭也？秦人不暇自哀，而后人哀之；后人哀之而不鉴之，亦使后人而复哀后人也①。

阿房宫应属于华夏文明长链中较早时期的辉煌记忆，也属于世界性的建筑奇迹。曾被誉为“天下第一宫”，是秦始皇统一天下，称帝后在陕西西郊15公里处修建的新朝宫，意在使其成为秦朝的政治中心。此宫始建于秦始皇三十五年（公元前212年），动工不到两年，始皇帝驾崩后停工，秦二世胡亥继续修建，于二世元年（公元前209年）四月重新开工，仍未修建完成，即于公元前206年被西楚霸王项羽付炬烧毁。阿房宫与万里长城、秦始皇陵和秦直道并称为“秦始皇的四大工程”，阿房宫作为中国古典时代的标志性建筑和华夏民族开始形成的实物标识，其意义是非同小可的。

晚唐文人杜牧，是密切关注时事政治的作家，在《上李中丞书》中曾表示自己特别注意研究历代“治乱兴亡之迹，财赋兵甲之事”“地形之险易得失”“古人之长短得失”。公元825年，唐敬宗即位后，大兴土木，广造宫殿，杜牧写《上知己文章启》，说“保历大起宫室，广声色，故作《阿房宫赋》”。可见，作者写作此赋非类刘歆的《甘泉宫赋》，书写宫殿之美即想象中的宫殿

① 赵逵夫：《历代赋鉴赏辞典》，上海辞书出版社，2017年版，第637－638页。

盛景，以暗中点燃围绕宫殿的文人想象与人文情怀，此赋乃是从理性认识出发，针对现实表达对大兴土木、不恤民情的批评与讽谏。阿房宫不过是杜牧借以议论的靶子，作者将这个魅力无边的秦朝标志物，视为封建独裁者的象征物和秦朝皇帝骄奢淫逸的见证物，更是用以浇己之块垒的古物。虽然这个古物早已在历史的纷扰中灰飞烟灭，但在作者的再造性想象中，凝聚了一个核心的事实，那就是它是最壮丽奢华的顶级制造。

第一层使用韵散相间的语言极写阿房宫的兴造历史及融山汇水的壮丽：建筑群参差错落，绵延数百里；建筑物建造艺技高超，精巧至极；宫殿内部富丽堂皇，充满着豪奢气象；整个宫殿纵横绵延，拥有着扩大无边的规模。

第二层主要使用四字句铺写，中间夹杂散句。由宫殿的铺写转而描写宫人与宝藏。写宫人的来源，宫内生活，饮食起居，梳洗打扮，歌舞妆容，往来匆匆，写焚椒、驾车、远视和望幸等。再进而写宫中珍藏。六国的珠宝尽数囊括在秦朝宫宝中，但在秦宫中却被视若土石。在摹写的最后彰显了爱憎与思考的态度。

如果赋文至此结束，乃是与《甘泉宫赋》一样的以宫殿为题材的赋体散文，其经过艺术想象与艺术夸张的语言之美绝，令人叹为观止。时而泼墨如云，铺张蹈厉，时而惜墨如金，点到为止的写作技巧，也是堪称奇绝。然而，作者并未就此止步，而是使用几近相等的篇幅，即两个议论层进入议论言理部分。历史的回顾源于现实的用心，作者不是为写宫殿之美而写宫殿，而是以宫殿为思考对象，宫殿越是写得壮美奢华，后文的言理出论就越显得落实有根。如铺写不够充分，则论理不够有力。两者的对立形成了文章的张力，而形象思维的文字渐次被逻辑思维的文字所吸收，所归拢，蜕变成为逻辑思维的辅助物。

处于中晚唐的杜牧，深受古文运动的影响，其赋的创作理念与汉赋表达的艰涩、六朝赋崇尚的浮华大相径庭。其掷地有声的议论部分显示出思想的华光。在议论层，不只是一个形象部分的简单收结，而是将议论生发开去，既收结观点，又发展出个性化的认识，真正显示了程廷祚所谓“唐无赋”的理由，即“唐以后无赋，其所谓赋者，非赋也。君子于赋，祖楚而宗汉，尽变于东京，沿流于魏晋，六朝以下无讥焉”。今人观之，虽是偏见，但却是发现可观变化的“偏见”。

在全面转入议论之前，作者已然在虚拟的陈述和想象的描摹中渐次代入鲜明的批判态度，如“几世几年，剽掠其人，倚叠如山”，“鼎铛玉石，金块珠砾，秦人视之，亦不甚惜”，为其后的议论做了准备。而在议论言理层，作品从两个方面展开说理。以往赏鉴其文者，多仔细分析其文学手法和铺陈部分，而对其议论部分简单代过，其实，议论部分才是该赋的焦点所在。

其一，杜牧含蓄点出人心问题，而不只是批判秦朝穷奢极欲。孔子曾言，“己欲立而立人，己欲达而达人”。能够推己及人是实行仁政的开始。孟子曾言，“民之为道也，有恒产者有恒心，无恒产者无恒心”。意即英明的统治者首先应该实行仁政，设法保护老百姓的利益，使其安居乐业，才能赢得民众爱戴，进而才能上下一心，众志成城，无人能敌。今天看过往，始皇帝“一人之心，千万人之心也”。他一个人的想法和千万人的想法是一样的，即都想拥有美好的生活和舒心的日子。皇帝喜好“纷奢”，却让老百姓替他买单。在巧取豪夺中一分一厘也不放过，在自己挥霍时却像泥沙一样毫不珍惜。这就导致秦朝失去了民心，这就使始皇帝的“独夫之心”成为官逼民反的理由。“戍卒叫，函谷举，楚人一炬，可怜焦土。”全文表面上斥责统治者豪奢，实际上警醒统治者失去民心，会危及江山社稷，从而规劝唐敬宗李湛不能只图私利不顾民心，如果横征暴敛，挥霍无度，只能重蹈秦朝之覆辙。

其二，杜牧进一步阐发对历史思考的新见识，即“灭六国者，六国也，非秦也。族秦者，秦也，非天下也”。这令我们想起《红楼梦》中探春的话：“可知这样大族人家，若从外头杀来，一时是杀不死的，这是古人曾说的‘百足之虫，死而不僵’，必须先从家里自杀自灭起来，才能一败涂地！”杜牧这里交错着使用两个肯定判断和两个否定判断，表达出坚定而鲜明的观点，六国与秦朝的最终败亡，都因各自不爱自己的老百姓，不能实行仁政。杜牧又从反面使用两组假设句，递进地指出如果六国各爱其民，六国就不会灭亡；如果秦朝统一后能对人民实行仁政，秦朝就能够传递“三世乃至万世而为君”，避免走上自取灭亡的道路。

其三，作者从当下引发思考，说秦朝毁灭得太迅速了，自己都无暇自哀，后人却在反思它的灭亡并给予它无尽的惋惜，提出全文主旨：后人要哀之而鉴之，方不复被再后的人所哀悼。

全文的构思是借古讽今，是议论时政，与《过秦论》《六国论》有异曲同工之妙之思。贾谊的《过秦论》、杜牧的《阿房宫赋》和后来苏洵的《六国论》，这三篇文章都在试图回答一个问题，秦为什么在那么短的时间内完成了对六国的统一，而又为什么在那么短的时间内走向灭亡。秦朝的勃兴与灭亡，始终是一个历史学和政治学关注的热点话题。杜牧使用文体赋触及历史和政治的思考，这是唐代文人“以赋用世”思想的闪光。赋文主旨在“灭六国者，六国也，非秦也。族秦者，秦也，非六国也”。与贾谊《过秦论》的核心思想“仁义不施，攻守之势异也”类似，二者都是儒家仁政思想的立场与立论。《六国论》则从宋朝割地求和的事实论六国事秦导致加速败亡之过，则因更加具体而有新意。《过秦论》以叙为主，《六国论》以议为主，《阿房宫赋》则是描写与议论相结合。《文心雕龙·诠赋》说：“赋者，铺也；铺采摛文，体物写志也。”体物写志，指赋的内容；铺采摛文，指赋的形貌。赋的特点首先在于“体物”，即摹写事物。三篇文章虽都是名垂千古之作，然而《阿房宫赋》更负盛名，流传更广，因其以赋的形式表达。此赋情辞理辞合而互力，情辞盛而理辞壮，不以小我抒情为意，不以体物写志止步，而以借古喻今为事，其“志”拥有了更扩大的指向，从“情感意愿”到达了“政治抱负与志向思想”。其实，语言比思想更独到，更出彩。《阿房宫赋》是唐朝散体赋有新意和新追求的典型作品。

这篇文体赋的经典作品被收录于《文苑英华》赋卷四十七“宫室”类，而在《历代赋汇》等总集中却不被选入。可见，随着理性认识的增益，作品品类的积累，在古代选文者那里，《阿房宫赋》已然不是典型的宫殿赋了。但在讽喻赋的归类中，也不见它的踪迹，可见它有各方面溢出传统规格之处。

对照《历代赋汇》外集中有“讽喻”一卷二十二篇，所选作品为宋玉的《讽赋》《大言赋》《小言赋》《登徒子好色赋》等；补遗中又有讽喻七篇，它们是荀卿的《讽赋》和王世贞的《老妇赋》等。反思讽喻赋的为文实质，是将赋文注入理思，这只是理赋的开始或起步。当理性影响了全局而非局部，其赋体的体性和面貌将发生自觉的质性的变化。

“讽喻”一词最早见于班固《两都赋·序》，其言曰“或以抒下情而通讽喻，或以宣上德而尽忠孝”。班固以传统儒家的观点谈为文要义，的确是陈腐得很。但在他看来，讽喻是以或比喻，或类比，或象征等方法对某种现实问题，传达作者有用于世的初衷和讽刺劝导意义的一种写作手法。它的前身应是先秦寓言。寓言中所讲的故事目的不在故事本身，而在故事背后的寓意。在文体赋中，也需要具有一定情节的故事或陈述类似的事件，这便是构成讽喻的基础或立足点。再者，讽喻文应有喻体和本意的结构关系，这便是讽喻文的形式实质；最后此类文字在表述上以叙议结合为特点，属于今之所谓杂文者。

而《阿房宫赋》作为赋，并非以“先秦”为喻体，前段与后段之间不是喻体与本义的关系，而是一个古今关系，即历史与现实的实在关系。作者对古代历史的陈述虽有虚拟，但已经脱离了一个有情节的故事或类似事例，而是既铺张蹈厉，又有所概括或是形象地历数。作者的本义是从论历史出发以推论现实，让现实有所警戒或以为镜鉴。所以，此类文字不作为讽喻文是合理的。而《阿房宫赋》也正是唐朝文人发展讽喻赋，走出讽喻赋，走向理赋的代表作品。

二、题目非标“赋”名，实为赋的理赋

韩愈和柳宗元都属于中唐时期的文坛领袖，在中国古代文学史上都居于千古宗仰的地位。宋人虽对韩、柳颇为钦佩，但在《文苑英华》中，选入二人的赋的数量却非常少，一共选取了柳宗元的三篇赋，如《迎长日赋》《数里鼓赋》《披沙拣金赋》，而其他如《惩咎赋》《闵生赋》等名篇皆未选入。韩愈的赋入选数量更是少之又少，只入选《明水赋》一篇，而《感二鸟赋》《闵己赋》《颂风伯》《送穷文》均未入选。

这些作品体制均不大，但体裁却很齐全，有骚体，有律赋，有文体，具有不同的特点，且以构思新颖和语言精练见长 ，并形成了自己独特的艺术风格。总体而言，韩愈的赋不似他的散文影响巨大，大致倾向于反映封建社会在用人方面的失误和不公等为主要内容，《进学解》为其中代表性作品，并有不标赋名和“以文为赋”的特征。

《进学解》

国子先生晨入太学，招诸生立馆下，诲之曰：“业精于勤，荒于嬉；行成于思，毁于随。方今圣贤相逢，治具毕张。拔去凶邪，登崇俊良。占小善者率以录，名一艺者无不庸。爬罗剔抉，刮垢磨光。盖有幸而获选，孰云多而不扬。诸生业患不能精，无患有司之不明；行患不能成，无患有司之不公。”

言未既，有笑于列者曰：“先生欺余哉！弟子事先生于兹有时矣。先生口不绝吟于六艺之文，手不停披于百家之编；纪事者必提其要，纂言者必钩其玄；贪多务得，细大不捐。焚膏油以继晷，恒兀兀以穷年，先生之业可谓勤矣。觝排异端，攘斥佛、老；补苴罅漏，张皇幽眇。寻坠绪之茫茫，独旁搜而远绍。障百川而东之，回狂澜于既倒。先生之于儒，可谓有劳矣。沉浸醲

郁，含英咀华，作为文章，其书满家。上规姚、姒，浑浑无涯；周《诰》、殷《盘》，佶屈聱牙；《春秋》谨严，《左氏》浮夸；《易》奇而法，《诗》正而葩；下逮《庄》《骚》，太史所录，子云、相如，同工异曲。先生之于文，可谓闳其中而肆其外矣。少始知学，勇于敢为；长通于方，左右具宜；先生之于为人，可谓成矣。然而公不见信于人，私不见助于友，跋前踬后，动辄得咎。暂为御史，遂窜南夷；三年博士，冗不见治；命与仇谋，取败几时；冬暖而儿号寒，年登而妻啼饥；头童齿豁，竟死何裨？不知虑此，而反以教人为？”

先生曰：“吁，子来前！夫大木为㝠，细木为桷，欂栌侏儒，椳闑店楔，各得其宜，以成室屋者，匠氏之功也。玉札丹砂，赤箭青芝，牛溲马勃，败鼓之皮，俱收并蓄，待用无遗者，医师之良也。登明选公，杂进巧拙，纡馀为妍，卓荦为杰，校短量长，惟器是适者，宰相之方也。昔者孟轲好辩，孔道以明，辙环天下，卒老于行。荀卿守正，大论以兴，逃谗于楚，废死兰陵。是二儒者，吐辞为经，举足为法，绝类离伦，优入圣域，其遇于世何如也？今先生学虽勤而不繇其统，言虽多而不要其中，文虽奇而不济于用，行虽修而不显于众。犹且月费俸钱，岁靡廪粟；子不知耕，妇不知织，乘马从徒，安坐而食；踵常途之役役，窥陈篇以盗窃。然而圣主不加诛，宰臣不见斥，兹非其幸欤？动而得谤，名亦随之；投闲置散，乃分之宜。若夫商财贿之有亡，计班资之崇庳，忘己量之所称，指前人之瑕疵，是所谓诘匠氏之不以杙为楹，而訾医师以昌阳引年，欲进其豨苓也。”①

历史上早就出现过大量不标“赋”名的文体赋作品，其写法与赋毫无二致。汉代枚乘的《七发》，也是不标“赋”名却成为赋之“七体”的开创性文本。其先有宋玉之《招魂》，其后有扬雄之《解嘲》，潘岳之《哀永逝文》，陆机之《吊魏武帝文》，孔稚珪之《北山移文》等，均如此。明代祝尧《古赋辨体》也说：“盖于其同而求其异，则赋中之文诚非赋也；于其异而求其同，则文中之赋独非赋乎？必也。……赋者，其可泥于体格之严，而不知曲畅旁通之义乎？”

唐代，有李华的《吊古战场文》和岑参的《招北客文》，后有宋王安石的《寄蔡氏女》和黄庭坚的《毁璧》等，也均为不标“赋”名的赋作。只是

① 选自［唐］韩愈撰，［宋］魏仲举集注，郝润华，王东峰整理：《五百家注韩昌黎集》第2册，中华书局，2019年版，第713－715页。

并非不标“赋”名的赋作均为理赋，如《哀永逝文》《吊古战场文》《寄蔡氏女》即不属理赋。但类似《进学解》，则完全有理由将它视为理赋。

也就是说，赋在发展的过程中，其概念内核越来越宽，外延也越来越广。不仅可以向诗或文学习与借鉴，也可以有所超越和突破，故而在文体交叉与融汇中形成了赋体的多元面貌，这是横向的方面。而在体性格局上，赋也越来越有明晰的跨越感——从情赋到情理赋再到理赋。这条文体属性的变化发展之路，一直没有停息。而押韵与对仗则成为文体赋最重要的特征。

作为中唐古文运动的领袖，韩愈被列为“唐宋八大家”之首，后世又将他与杜甫并提，有“杜诗韩文”之称。

韩愈的散文和诗歌创作非常丰富，这是他实现自己为文理论的实践体现。其赋与其诗、论、说、传、记、颂、赞、书、序、哀辞、祭文、碑志、状、表和杂文等各种体裁的作品，均有卓越的成就。而赋的成就不及古文为高。

其中《进学解》有相对突出的超越感和创新意向，虽然走得还不太远，但已经属于不可多得的作品。全文目的不在描摹，不在形象，不在抒情，也不在美丑，而在表达意见。

作者假托国子先生向学生训话、学生有所质疑，后先生解疑作为全文框架。故此，全文三大部分中，第一部分国子先生解释进学的要义，所谓“业精于勤，荒于嬉；行成于思，毁于随”即是核心。第二部分学生质疑辩解，通过罗列现实情形，尽量推翻先生所讲“进学”的正面意义。第三部分先生实际上是以谦逊自慰的口气借题发挥，既自我解嘲，又针对社会现实发泄牢骚，倾吐不平。

之所以以《进学解》为赋，乃是因为《进学解》以问答形式抒写士大夫读书与为官的现实窘境与不遇之怀。此种写法古已有之。西汉东方朔作《答客难》，扬雄仿之而作《解嘲》，类似问难与解嘲题材，后继仿作者甚多。《进学解》给人的新意乃在于其间先生之态度庄重，谆谆教诲，生徒之嬉笑不屑和质疑以对，颇具滑稽意味，表现了封建时代有才华、有抱负的君子式知识分子的内心苦闷，批判了不理想和不合理的社会现象，是具有典型意义的内容。这还是深层阅读的果实，而在文字义理之表层，最直接吸引人的则是作者借“生徒”与“国子先生”两个维度表达的文史思想，即古文理论与文学好尚。先是铺陈先生现实之能事与现实之落寞，实是铺陈对文业理性规律的反思，后是铺陈对大道求索绝非坦途的理解及对人生信念的坚守，即先论文，后论道。在论文时其所举取法对象既有儒家经典，也有诸子之书《庄子》，还有《史记》《楚辞》，更有司马相如和扬雄的赋和杂文等。其中不仅将文与笔和谐统一起来，呈现的仍然是泛“文”的古典为文观念，也表达了作者的文学好尚，即与古文运动前期某些论者片面地将“道”与文学的审美特性对立起来，以至鄙视屈原和宋玉等作家十分不同。

同时，取法对象的列举时代止于汉代，也鲜明表达了韩愈的文学时代意识与尊仰经典、尊仰有浩然正气的作家的观念。他曾称屈原、孟轲、司马迁、司马相如和扬雄为“古之豪杰之士”（《答崔立之书》），而不重魏晋及其以后的文学。在论道时则从举物（木与药）到举人，意在说明（实际是证明），最后，在国子先生对生存境遇与自身文化品格的坚守中，其列举的例子更是“拔地倚天，句句欲活”。

总体而言，《进学解》除了对话的框架沿袭古人，语言的操持则在坚守和创新之间。全文用语整齐端丽，生动形象，如以“口不绝吟”“手不停披”状先生之勤学，以“踵常途之促促，窥陈篇以盗窃”摹先生之无为，以“爬罗剔抉，刮垢磨光”写先生之爱才等，并在韵散的有机结合中大量使用排比句式，这些都是后人以之为赋体的理由，而如果将属于传统中对话的框架虚化，我们读到的则是他对自己为道与为文信念的坚持。清代曾国藩评此文：“仿东方朔《客难》、扬雄《解嘲》，气味之渊懿不及，而论道论文二段精实处过之。‘《春秋》谨严，《左氏》浮夸，《易》奇而法，《诗》正而葩，下逮《庄》《骚》，太史所录，子云、相如，同工异曲。’韩公于文用力绝勤，故言之切当有味如此。”（《曾文正公全集·求阙斋读书录》卷八）

同扬雄的《解嘲》一样，因有了《解嘲》等后续之作，形成了一类“解”性文字，故而后世把“解”与“说”“辩”“原”等一样看作论性文章的细类，“解”则专门用来解释疑难问题。

此文的言外之意和言外用心也很明显，令我们想起今天如“正话反说”“旁敲侧击”等汉语词汇。其所表达的是学子的学业精进与朝廷人才选拔的大问题。希望朝廷选拔人才不出现令人担忧的那些典型问题，人才如果遇到挫折和不公，也不要气馁、不必灰心，要有信念有坚守。此即全文的核心意思。其中一论“文”，一论“道”，正是此文之精华处，不能不说是理赋的品格。

总体而言，韩愈赋更注重形式的继承和内容的创新，理赋的理性特色突出，理性的结构意识不足。此是中国传统思维习惯使然。中国古人的理性文章均有叙事结构的痕迹，不类于西方较早使用逻辑推理来说理辩论。

问与答，或问与对，是人类在语言交际出现之后就存在的社会现象。然而以此作为一种文体结构，以通篇假设人物设问作答的方式来表述思想，阐明观点，既是社会现实内容的直接反映，更是文人学士有意识的作为。孔子《论语》是问答体，《孟子》也多是问答体，但这些是真实的问答，是生活语言与教学场景的摹状与记录。而真正比较自觉的以假设问答的形式为文，则出现在战国晚期。明代徐师曾则说其成体是在汉代："问对者，文人假设之词也……古者君臣朋友口相问对，其词详见于《左传》《史》《汉》诸书，后人仿之，乃设词见志，于是有问对之文。"说假设问对起始于《庄子》与史书，其实还有宋玉的作品，可见问答或问对之体源远流长，直到在《文选》中设有"对问类"，已然有之久矣。有人说问答体为赋的叙事模式，实不尽然。从历史的发展过程往回看，问对体主要从诸子与宋玉赋而来，两相结合，诚为"设词以见志"，终于发展为后世理赋的形式，实在是情理中之事。《文选》将宋玉《风赋》归为物色，将《登徒子好色赋》归为情赋，而将东方朔《答客难》、扬雄《解嘲》等归为设论，后世看来多有悖谬，今天看来大抵中肯。

问对格式与赋体文的确是不可分割、紧密相连的关系。而将其归为情赋类或归为理赋类，所采用的标准是相对的，主要还取决于内容与写法，但在形式上是将问对时间序列与问对中的人物作成焦点，还是将人物的思想表述作为焦点，这应是区分的要件。

作为中唐古文运动另一领袖的柳宗元，一生也是创作颇丰，在他的相对不多却多样宏肆的赋文创作中，就有一部分系列问对之文。如《答问》《晋对》《愚溪对》《天对》等。统观柳宗元此类文，多为理赋而非情赋，以《晋问》、《答问》和《天对》为代表。

《晋问》作为柳宗元作品中为数不多的文体大赋之一，体制宏丽、思想深刻，既不体物浏亮，也不意在抒情，而是仿拟汉初赋家枚乘《七发》而作。全文在对"七体"形式的继承与发展中，旨在阐明其"物为人用，民先君后"的政治思想与安邦理念，故而后世亦将之归入政论文。

《晋问》

公晋人，实以尧之故都为重，故设武陵之问，而悉以晋之名物对。一曰晋之山河，表里而险固；二曰晋之金铁，甲坚而刃利；三曰晋之名马，其强可恃；四曰晋之北山，其材可取；五曰晋之河鱼，可为伟观；六曰晋之盐宝，可以利民；七又先言文公霸业之盛，而后以尧之遗风终焉，其为文可谓工矣。晁无咎尝取此文附续《楚词》，其系有曰：枚乘《七发》，盖以微讽吴王濞毋反；《晋问》亦七，盖效《七发》以讽时君薄事役而隆道实云。

吴子问于柳先生曰："先生晋人也，晋之故宜知之。"曰："然。""然则吾愿闻之，可乎？"曰："可。晋之故封，太行掎之，首阳起之，黄河迤之，大陆靡之。或巍而高，或呀而渊。景霍、汾、浍，以经其壖。若化若迁，钩婴蝉联，然后融为平川，而侯之都居，大夫之邑建焉。其高壮，则腾突撑拒，聱岈郁怒，若熊罴之咆、虎豹之嗥，终古而不去；攫秦搏齐，当者失据，燕狄惴怯，若卵就压，振振业业，觑关蹀户，惕若仆妾。其按衍则平盈旋缘，纡徐夷延，若飞鸢之翔舞，洄水之容与；以稼则硕，以植则茂，以牧则蕃，以畜则庶，而人用是富，而邦以之阜。其河则源昆仑，入于天渊，出乎无门，行乎无垠，自匈奴而南，以界西鄙，冲奔太华，运肘东指；混溃后土，浊糜沸，鼋鼍诡怪，于于汩汩，腾倒轶越，委泊涯涘，呀呷喝纳，摧杂失坠。其所荡激，则连山参差，广野坏裂，轰雷努风，撼鴘干巘；崩石之所转跃，大木之所擢拔，澥泙洞踏者，弥数千里，若万夫之斩伐。而其轴轳之所负，橦樯之所御，鳞川林壑，隮云遁雨，瞬目而下者，榛榛沄沄，百舍一赴，若是何如？"

吴子曰："先生之言丰厚险固，诚晋之美矣。然晋人之言表里山河者，备败而已，非以为荣观显大也。吴起所谓'在德不在险'，此晋人之借也。愿闻其他。"

先生曰："大卤之金，棠溪之工，火化水淬，器备以充。为棘为矛，为铩为钩，为镝为鏃，为□为鍭，出太白，征蓐收，召招摇，伏蚩尤。肃肃褷褷，合众灵而成之。博者狭者，曲者直者，歧者劲者，长者短者，攒之如星，奋之如霆，运之如萦。浩浩弈弈，淋淋涤涤，荧荧的的，若雪山冰谷之积，观者胆掉，目出寒液。当空发耀，英精互绕，晃荡洞射，天气尽白，日规为小，铄云破霄。跕坠飞鸟，弓人之弓，函人之甲，胶角百选，犀兕七属。乃使跟超掖夹之伦，服而持之，南瞰诸华，北詟群夷，技击节制，闻于天下，是为善师。延目而望之，固以拳拘喘汗，免胄肉袒，进不敢降，退不敢窜。若是何如？"

吴子曰："夫兵之用，由德则吉，由暴则凶，是又不可为美观也。先轸曰：'师直为壮，曲为老。'况徒以坚甲利刃之为上哉！"

先生曰："晋国多马，屈焉是产。土寒气劲，崖坼谷裂，草木短缩，鸟兽坚匿，而马蕃焉。师师牪牪，溶溶纭纭，轀轀辚辚，或赤或黄，或玄或苍，或醇或駹，黪然而阴，炳然而阳，若旌旃旗帜之煌煌。乍进乍止，乍伏乍起，乍奔乍踬，若江、汉之水，疾风驱涛，击山荡壑，云沸而不止。群饮源槁，回食野赭，浴川蹙浪，喷震播洒。溃溃焉，若海神驾雪而来下。观其四散惝怳，开合万状，喜者鹊厉，怒者人搏，决然坌跃，千里相角，风駿雾鬣，斸山抉壑，耳摇层云，腹捎众木，寂寥远游，不夕而复。攫地跳梁，坚骨兰筋，交颈互啮，斗目相驯，聚溲更嘘，昂首张龂。其小者则连牵缴绕，仰乳俯龁，蚁杂螽集，啾啾濮濮，旅走丛立。其材之可者，收敛攻教，掉手飞麾，指毛命物，百步就羁。牵以荀息，御以王良，超以范鞅，轩以栾针。以佃以戎，兽获敌摧。若是何如？"

吴子曰："'恃险与马'者，子不闻乎？故曰：'冀之北土，马之所生'，'是不一姓'。请置此而新其说。"

先生曰："晋之北山有异材，梓匠工师之为宫室求大木者，天下皆归焉。仲冬既至，寒气凝成，外凋内贞，沈液不行。乃坚乃良。万工举斧以入，必求诸岩崖之欹倾，磵壑之纡萦，凌巑岏之杪颠，漱泉源之淦滢。根绞怪石，不土而植，千寻百围，与石同色。罗列而伐者，头抗河汉，刃披虹霓，声振连峦，秭填层溪。丁丁登登，硠硠稜稜，若兵车之乘凌。其响之所应，则溃溃湒湒，汹汹薨薨，若骞若崩，若螭龙之斗，风霆相腾。其殊而下者，札嵃捎杀，摧崒坱圠，霞披电裂，又似共工触不周而天柱折。鹍鹳鹜鸧号鸣飞翔。貙豻虎兕，奔触砻栗，伏无所入，遁无所脱。然后断度收罗，捎危颠，芟繁柯，乘水潦之波，以入于河而流焉。荡突硉兀，转腾冒没，类秦神驱石以梁大海。抵曲鳞蹙，汇流雷解，前者汩越，后者迫隘，乃下龙门之悬水。摺拉颓踏，捽首轩尾。澒入重渊，不知其几百里也。涛波之旋，滔山触天，既渟既平，弥望悠焉。良久乃始昂屹涌溢，挺拔而出，林立峰卒，穿云蔽日，涣然自挠，复就行列。浑浑而去，以至其所。唯良工之指顾，丛台、阿房，长乐、未央、建章、昭阳之隆丽诡特，皆是之自出。若是何如？"

吴子曰："吾闻君子患无德，不患无土；患无土，不患无人；患无人，不患无宫室；患无宫室，不患材之不己有。先生之所陈，四累之下也。且虒祁既成，诸侯叛之。"

先生曰："河鱼之大，上迎涛波，罗缠津涯，千里雷驰，重马轻车，遂以君命，矢而纵观焉。大罟断流，修网亘山。罩、罶、罜、罷，织纴其间。巨舟轩昂，仡仡回环，水师更呼，声裂商颜。于是鼓噪沓集而从之，扼龙吭，拔鲸鳍，戮白鼋，逐毒螭，叱冯夷，立水湄。搜搅流离，掬缩推移，梁会网蹙，腾天弥围，掉躃拥踊，以登夫历山之垂。如川之归，如山之摧，如云之披。其有乘化会神，振拔涟沦，摛奇文，出怪鳞，腾飞涛而上逸，生电雷于龙门者，犹仰绐飞缴，顿踣而取之。莫不脱角裂翼，呀吓匍匐，复就脔切。莫保龙籍，具糅五味，布列雕俎，风云失势，沮散远去。若夫鲂、鲙鲔、鲤、鰋、鳢、鲂、鱮之琐屑蔑裂者，夫固不足悉数，漏脱纮目，养之水府，而三河之人，则已填溢餍饫，腥膏舄卤，闻炙之美，则掩鼻蹙頞，贱甚粪土而莫愿者也。若是何如？”

吴子曰：“一时之观，不足以夸后世；口舌之味，不足以利百姓。姑欲闻其上者。”

先生曰：“猗氏之盐，晋宝之大也。人之赖之与谷同。化若神造，非人力之功也。但至其所，则见沟塍畦畹之交错。轮囷若稼若圃，敞兮匀匀，焕兮鳞鳞。邐弥纷属，不知其垠。俄然决源酾流，交灌互澍。若枝若股，委屈延布。脉写膏浸，潗湿滑汩。弥高掩庳，漫垅冒块。决决没没，远近混会。抵值堤防，瀴瀛沛濊。偃然成渊，漭然成川。观之者徒见浩浩之水而莫知其以。及神液阴漉，甘卤密起，孕灵富媪，不爱其美。无声无形，熛结迅诡，回眸一瞬，积雪百里。皛皛幕幕，奋偾离析。锻圭椎璧，眩转的皪。乍似殒星及地，明灭相射，冰裂雹碎，巃嵸增益。大者印累，小者珠剖。涌者如坻，坳者如缶。日晶熠煜，荧骇电走。亘步盈车，方尺数斗。于是裒敛合集，举而堆之。皓皓乎，悬圃之巍巍；皦乎溔乎，狂山太白之淋漓。骇化变之神奇，卒不可推也。然后驴骡牛马之运，西出陇，南过樊、邓，北极燕代，东逾周宋，家获作碱之利，人被六气之用。和钧兵食，以征以贡。其赉天下也，与海分功，可谓有济矣。若是何如？”

吴子曰：“魏绛之言曰：‘近宝则宫室乃贫’，凯谓是耶？虽然，此可以利民矣，而未为民利也。”

先生曰：“愿闻民利。”

吴子曰：“安其常而得所欲，服其教而便于己。百货通行而不知所自来，老幼亲戚相保而无德之者。不苦兵刑，不疾赋力。所谓民利，民自利者是也。”

先生曰："文公之霸也，援秦破楚，囊括齐宋。曹、卫解裂，鲁郑震恐。定周于温，奉册受赐。夹辅纠逖，以为侯伯。齐盟践土，低昂玉帛。天子恃焉，以有诸侯；诸侯恃焉，以有其国；百姓恃焉，以有其妻子而食其力。叛者力取，附者仁抚。推德义，立信让，示必行，明所向，达禁止，一好尚。《春秋》之事，公侯、大夫策文马，驰轩车，出入环连，贯于国都。则有五筵之堂，九几之室。大小定位，左右有秩。禽牢饩馈，交错文质。飨有嘉乐，宴有庭寔。登降好赋，牺象毕出。犒劳赠贿，率礼无失。六卿理兵，大戎小戎；钟鼓丁宁，以讨不恭。车埒万乘，卒半天下。鼓之则震，旆之则畏。其号令之动，若水之源，若轮之旋，莫不如志。当此之时，咸能欢娱以奉其上，故其民至于今好义而任力。此以民为自固，假仁义而用天下。其遗风尚有存者，若是可以为民利也乎?"

吴子曰："近之矣，然犹未也。彼霸者之为心也，引大利以自向，而搂他人之力以自为固，而民乃后焉。非不知而化，不令而一，异乎吾向之陈者。故曰：近之矣，犹未也。"

先生曰："三河，古帝王之更都焉。而平阳，尧之所理也。有茅茨采椽、土型之度，故其人至于今俭啬。有温恭克让之德，故其人至于今善让。有师锡、佥曰、畴咨之道，故其人至于今好谋。而涂有百兽率。舞、凤凰来仪、于变时雍之美，故其人至于今和而不怒。有昌言儆戒之训，故其人至于今忧思而畏祸。有无为不言垂衣裳之化，故其人至于今恬以愉。此尧之遗风，愿以闻于子，何如?"

吴子离席而立，拱而言曰："美矣！善矣！其蔑有加矣！此固吾之所欲闻也。凡夫俭则人用足而不淫；让则遵分而进善，其道不斗；谋则通于远而周于事；和则仁之质，戒则义之实；恬以愉则安而久。于其道也至乎哉！今主上方致太平，动以尧为准。先生之言，道之奥者。若果有贡于上，则吾知其易易焉也。举晋国之风，一诸天下，如斯而已矣。敢再拜受赐。"①

《晋问》是柳宗元一系列问对赋中与众不同的佳作。作为政治领袖人物之一，柳宗元因参加王叔文集团的改革活动而被贬为永州刺史，而且一贬就是十年。也恰在这十年里，他迎来了创作的高峰期。所谓"愤怒出诗人"，所谓"国家不幸诗家幸"，诗人不幸文章幸，说的不仅是屈原、司马

---

① 《柳河东集》，卷十五，《四库全书》集部。

迁，说的也是柳宗元。韩愈在《柳子厚墓志铭》中写道：“居闲，益自刻苦，务记览，为词章，泛滥停蓄，为深博无涯涘，而自肆于山水间。”这就是柳宗元发愤写作的写照，除了写出脍炙人口的“永州八记”外，《晋问》等也是他的名篇。

《晋问》作于元和三年（808 年）。晋者，山西也。柳宗元祖籍山西，然而他一生并未去过山西。大历八年（773 年），他出生于长安西郊，但对家乡的山川地理、历史因革和人文掌故无不博览而牢记于心。发问者为吴子，即吴武陵。吴武陵为唐信州人，是柳宗元的好友，元和二年（807 年）进士。元和三年至元和七年（808—812 年），他因得罪权贵李吉甫，也被流放于永州。柳宗元与他志气相投，一见如故，曾赞他“才气壮健，可以兴西汉之文章”。在《晋问》中通篇为“吴子”与“柳子”的对话，而以他打听晋地掌故为线索，铺写出此恢宏长文。

之所以认为《晋问》为理赋，其特点有二：

首先是极尽空间、时间思维与言语铺陈之能事。

《晋问》共分七部分，第一部分写晋之山河，表里险固。先写晋山，言其高壮以“腾突撑拒，聱岈郁怒”，言其巍峨以“熊罴之咆，虎豹之嗥”。再写其河，言其起源以“则平盈旋缘，纡徐夷延，若飞鸾之翔舞，洄水之容与”，言其壮丽以“其河则源昆仑，入于天渊，出乎无门，行乎无垠……”第二部分写晋之物产。先写其冶金与兵器，分别从产地、工艺、产品形状等方面进行铺陈，其用语如“大卤之金，棠溪之工，火化水淬，器备以充……”又如“博者狭者，曲者直者，歧者劲者，长者短者，攒之如星，夺之如霆……”第三部分写晋之名马，可佃可戎；并仔细介绍马之产地、生长环境、动作形态等。其用“土寒气劲，崖坼谷裂……”写晋马之环境；用“乍进乍止，乍伏乍起，乍奔乍蹶”写晋马之动作；用“耳摇层云，腹捎众木，寂寥远游，不夕而复”写晋马之奔驰，这四字叠加的阵势、排比的气势，真是无以复加，作者堪称才气横溢而博学劲力。第四部分写晋地的木材，仍先写其产地、产季、材质、颜色与生长环境，再写其作为木材定要遭遇斧斤之祸，写刀斧之光如“刃披虹霓”，砍伐之音如“丁丁登登，破破稜稜”，回声之响如“溃溃濈濈，汹汹薨薨”。第五部分写晋河之鱼，写其既大又多，引来无数舟船争相捕捞：“大罟断流，修网亘山。罩、罶、罜、罷，织纴其间”，“巨舟轩昂，仡仡回环”；写渔人捕鱼收网：“腾天弥围，掉蹦拥踊，以登夫历山之垂。如川之归，如山之摧……”“顿踏而取之。莫不脱角裂翼，呀吓匍匐”，甚至还写到了烹鱼之法以及漏网之鱼的命运，文思真是细密而涌泉，文笔真是出神而入化。第六部分写晋盐，仍然先从盐的产地写起，进而写产盐的过程，写盐的形态与结晶之快、之美。如“迥眸一瞬，积雪百里，皛皛幕幕，奋偾离析。锻圭椎璧，眩转的皪。乍似陨星及地……”此类语言充盈着作者文学的想象力，使文章愈加带着浓郁的赋文学的气质。

其次是表达了鲜明的政治理想。

柳子在介绍完晋地的地理形势和民业物产之后，用吴子的反问“岂谓是耶？虽然，此可以利民矣，而未为民利也”，把前番宏肆之铺陈从意义上向“为民有利”上加以收束，从而引出赋文最后一部分：吴子认为晋地拥有文公霸业和尧之遗风，更拥有优良的自然物产资源，而这些条件却“未为民利”，没有给老百姓带来真正的实惠，没有恰当地使用它们达到满意理想的状态。最后总结“民利”的观点和理想的现实说：“安其常而得所欲，服其教而便于己，百货通行而不知所自来，老幼亲戚相保而无德之者，不苦兵刑，不疾赋力。所谓民利，民自利者是也。”提出“民利”的实质是“物为人用”，“民利”的根本是“民自利”，凸显了作者先进的儒家政治观点：物为人用，民先君后。由此，作者在前文中极力渲染的晋地之山川风物和兵马鱼盐诸种物质与资源皆成了孕育思想的对比物和映衬物，老百姓面对自己的祖辈乡土，身处无比富饶的山河大地，却仿佛一无所享，一无所用：山不可以游，水不可以戏，手中无兵器自卫，胯下无骏马驰骋，无良木栖居，无鲜鱼品尝，无食盐调味；言外之意，现实生活如此残酷，这是朝廷的作为吗？这是美好的世道吗？其说理的内容层层铺展，与全文的旨归有机地结合，是不可多得的理赋佳作。

要言之，早期理赋有更类似于今之杂文的类别，不是单纯的论文，但绝不类似于今之所谓文学文。韩柳的文赋多类于此，且批判性较强，锋芒毕露，理性品格浓郁，故而只有少量被选入《文苑英华》。

三、题目为“赋”，实为论文的专门性理赋

通过赋体形式写作专业论文，已经在魏晋时期出现。魏晋之赋，题材丰富。如李曰刚所言：“抒情、说理、咏物、叙事，各体具备，登临、凭吊、悼亡、游仙、招隐、山水，无一而非赋之题材。其尤甚者，草木虫鱼之辨，风

云月露之思，充斥各集，触目皆是。”① 而其中所言之说理，是否顾及陆机的《文赋》，或以《文赋》为说理赋之一类，这是我们思考的重点。前文论及，陆机《文赋》是对论性赋体的一大创意，也是一个大跨越、大飞跃。历史上多以其内容作为研究对象，近年才有许结教授等从赋学与赋体形式的角度研究《文赋》。

陆机的《文赋》开创了自觉以赋体写专论的先河，后世陆续有人创撰拟制作品，以赋论文，如《拟陆机文赋》等，而在六百年之后的唐代，我们又迎来了一个重要作家来以赋论赋，继续自觉发展与拓宽了赋体的论理性品格。他就是中唐时期的大文学家白居易。

白居易此赋，原题《赋赋——以“赋者古诗之流”为韵》（以下简称《赋赋》），实是一篇在唐代流行的律赋作品。唐代科举之进士考试，规定考察诗赋，试赋初用俳赋，自开元二年改考律赋。白居易《赋赋》，正标题说明这是一篇论赋之赋，副标题点明此赋所用韵脚。虽然本书不主要以律赋为例，但像白居易这样有影响的大文学家自觉使用赋体为论，实在是一件可以大书特书的事。有人说此赋既是学术著作，又是文学作品，其实它就是中国传统的理赋作品。有些赋是单纯性的理赋，纯为论理，有些则成为最具中国古典特色的交叉性作品：语言绮丽且论理详密。而白氏此赋，纯以赋体论文学之理也。

《赋赋》

赋者，古诗之流也。始草创于荀、宋，渐恢张于贾、马。冰生乎水，初变本于《典》《坟》；青出于蓝，复增华于《风》《雅》。而后谐四声，祛八病，信斯文之美者。

我国家恐文道寖衰，颂声凌迟，乃举多士，命有司，酌遗风于三代，明变雅于一时。全取其名，则号之为赋；杂用其体，亦不出乎《诗》。四始尽在，六艺无遗。是谓艺文之儆策，述作之元龟。观夫义类错综，词采舒布。文谐宫律，言中章句。华而不艳，美而有度。雅音浏亮，必先体物以成章；逸思飘飖，不独登高而能赋。其工者，究笔精，穷旨趣，何惭《两京》于班固？其妙者，抽秘思，骋妍词，岂谢《三都》于左思？掩黄绢之丽藻，吐白凤之奇姿，振金声于寰海，增纸价于京师。则《长杨》《羽猎》之徒胡为比

① 李曰刚：《中国辞赋流变史》，台北编译馆，1997年版，第256页。

也！《景福》《灵光》之作，未足多之。所谓立意为先，能文为主。炳如缋素，铿若钟鼓。郁郁哉，溢目之黼黻；洋洋乎，盈耳之韶頀。信可以凌砾《风》《骚》，超轶今古者也！

今吾君网罗六艺，淘汰九流。微才无忽，片善是求。况赋者，《雅》之列，《颂》之俦，可以润色鸿业，可以发挥皇猷。客有自谓握灵蛇之珠者，岂可弃之而不收？①

白居易此文不是鸿篇巨制，却将赋体文的历史渊源、发展脉络、体制特征、历史名家、传播效果和创作方法等悉数钩沉阐释。最后则说明赋文之地位、意义、价值和作用。虽然对赋体阐发的认知新意不多，却基本上延续了班固之理念，发扬并强调了律赋承接诗歌的精神，有概括性，也有提升性。且赋文驰骋着作者的才思与语言能力，堪称达到极致之境。从荀卿、宋玉，到贾谊、司马相如，从四声八病到六艺四始乃至三坟五典、韶武九流，这些历史的人事与文学的典故都被囊括在此文的析理与述论中。

以下再引许结教授在《中国辞赋理论通史》中的一段资料，我们更加深信不疑的事实是，以赋论赋系统的存在与理赋在发展中自成体脉：

《赋海大观》"文学类"中"赋类"辑录作品63篇，其目如次：

赋赋（唐代白居易）、拟白香山赋赋（施补华）、拟白居易赋赋（钱寀）、赋赋（杨际春）、同题（金长福）、同题（杨曾华）、同题（章耒）、同题（吴庆同），下略②。

可见，此类理赋的存在数量已经不是一两篇，而是只要有文学领袖开拓，后辈便有紧紧跟随着的书写者，终于形成一个系列，蔚为大观了。

此类专门性或专业性的论性赋不止于论说文学，还论说各个专业领域的内容。

如果说以上理赋属于文理赋，那么白行简的《天地阴阳交欢大乐赋》则属于性理赋。

白行简，字知退，约776—826年。作为中国唐代文学家，他有三个出人意料的响当当的声誉。其一，他是中唐时期"诗魔"白居易的弟弟，元和二年（807年）进士，著有《白郎中集》二十卷。世人皆以他从师其兄，攻读文史，研习写作，久之其文有其兄之风格：文辞简易、文采高妙。其

---

① 赵逵夫：《历代赋鉴赏辞典》，上海辞书出版社，2017年版，第620－621页。

② 许结：《中国辞赋理论通史》（上），凤凰出版社，2016年版，第128页。

二，在唐朝雅文学风起云涌的时期，通俗文学也开始了它如春泉般奔涌的脚步。唐传奇作为唐代通俗文学的主要样式，是唐代文言短篇小说的通称，因内容多述奇闻逸事而以“传奇”称。其实，“传奇”此名在元稹《莺莺传》中已经开始使用，晚唐时期裴铏也将自己的短篇小说集以“传奇”命名，后世遂成仿效。唐传奇是在六朝志怪小说的基础上发展起来的文人通俗小说，多取材于现实社会下层文人的生活。白行简擅长诗赋，尤善传奇。他的传奇代表作是堪与《莺莺传》相媲美的《李娃传》，以文士与妓女的故事为内容，很能吸引眼球。而这第三样令人吃惊的成果就是我们所论的《天地阴阳交欢大乐赋》（以下简称《大乐赋》）。有人质疑作者的真伪，我们姑且不论。

此赋出自甘肃省敦煌县鸣沙山石窟，被称作古今第一大奇文。此文的书写织体也成为文字微宏之间一个令人震惊的文化大观图，有称“生民以来，所未有也”。之所以称之为奇，并以之为理赋，主要理由有三：

其一，作者所写的内容属于古代养生学或曰性学的范畴。

中国有悠久丰富的性文化历史，从《易经》开始，就有了乾坤卦象的具体图形与性交姿势的具体说明。其后的史籍、宗教典籍和医药典籍以及文学典籍中都有关于性与相关文化的讨论研究。文明伊始，人类对自己最看中的问题之一——性问题，采取郑重而私密的态度，但对两性关系的研究，古人并不遮遮掩掩，遮遮掩掩始于宋元理学占据官学位置后，此后从理念上对性与欲的问题进行了全面打压。所以，从不同层面考察，性的文化与观念一直处在与不同历史时代相关联的或闭塞或开放，或禁欲或纵欲的两极流变中。处在唐朝这一个拥有高度文明和多元文化的宽广时空中，唐朝文人成了最享有文化财富和文化自由的群体。用淋漓酣畅的语言去认识和摹写人类最自然、最本真的事情，这只有唐朝的文人能有如此胸襟和能力，所以唐朝能出现如此奇葩的作品，确也是在情理之中。

人类生存与生活不可缺少的房中养生知识，在古代相当长的历史时期都是属于禁区，文人一般慎重面对并避免书写。而白氏此赋全文第一段写少男少女的发育规律与成长，怀春，直至成熟结婚；第二段写作者所处时代贵族士大夫的新婚之夜及结婚礼俗；第三段写夫妻婚后如何进行男女间的性生活。这些丰富多彩的房中景观、养生知识与两性活动，过去皆分散在各个学派的著作中，在唐代终于聚焦在文人笔下。白行简不仅去研究它和写它，还从整体到细节，细致到极致地写它，确实令人无比惊讶。这些属于文学的细腻，哲学的细腻，人性的细腻，民俗的细腻的内容，充分闪烁着古代东方人的性文化智慧与性文化哲学的光芒。

正如“民以食为天”一样，“食、色，性也”，“饮食男女，人之大欲存焉”，这是中华民族的至理名言。在“男女授受不亲”的封建时代，幸亏有老祖宗这样的思想作为对立面，才有后世对性文化的不断反思与研究。古代养生学的专家和文人学士们，当然还有那些为皇帝的私事操心绸缪的佞臣们，都可以利用这样的理论依据，去冲破禁锢，对生命进行不懈探索，总结出不同系统的成套理论。这些属于古代房中养生秘籍的经验与理论，不仅对古代人的养生保健活动，起过积极作用，就是对今天性科学和性医学（包括计划生育、优生优育、防病疗疾、抵抗衰老等），也有一定的意义。

其二，作者用赋的形式，以叙描为辅助，以说明代议论为主要的写作方式，完成了这篇人文秘笈。

用赋体写作的好处，是能将整体俗化的内容充分雅化，提高房中养生和房中术的文化档次。以赋文体格来写人类欲说还羞的隐私秘事，在避免写作风格狎邪与绮靡的前提下，更不至于沦为俚俗和低级；虽然赋文里也充分运用俗言俗语去加以传达，那是在几个不同层面的做功：一个是从整体氛围风格上，一个是从内容真实度上，一个是从传达和交流上。而传达交流上的俗化是为了顺应白居易“老妪能解”的文学传播理念的结果。

学者多以《大乐赋》为文学作品，其实，它是唐朝的理赋巨制。作为文体之赋，它的确是一篇特别善于从时间与空间的角度进行深细思维、深度解剖和全方位铺陈的文字。此文的作者不是为了给大众讲一个养生的故事或传奇，或者进行主观性的抒情，它不类于短诗那样写景状物，抒发感受，也不似传奇和小说那样描写一个人或无数个人，或一件事和无数件事，而是抽绎了个性与特殊性，以客观且普遍性的维度进行展览式书写。在这样的视角和维度中，所有叙述性的文字，即便华美，即便铺陈，也都暗中有了叙述转说明的功能变化，以细说代宏论的形式，旨在告诉人们，生命中两性的进程是如此这般的，婚姻习俗是如此这般的，结婚心理是如此这般的，男女间的性爱活动是如此这般的，从而达到展示和教育的目的，进而思考性的形而上意义，在叙与描、说与论兼有的推进中，呈现着古人的生命思想。再者，就是充分发挥文体赋铺陈蹈厉的特征，将生命阴阳（两性）的互动关系及行为方式在想象的助力下，用语言形象进行极致呈现，比如，有酣畅淋漓描绘和渲染两性交欢这人间极乐的场景。

赋文写男女的性生理发育过程：

夫怀抱之时，总角之始；蛹带朱囊，花含玉蕊。忽皮开而头露，俄肉俹而突起，时迁岁改，生戢戢之乌毛；日往月来，流涓涓之红水。既而男已羁冠，女当笄年，温润之容似玉，娇羞之貌如仙。英威灿烂，绮态婵娟；素手雪净，粉颈花团。观昂藏之才，已知挺秀；见窈窕之质，渐觉呈妍。

赋文写男婚女嫁礼俗：

然乃求吉士，问良媒。初六礼以盈止，复百两而爰来。既纳征于两姓，聘交礼于同杯。于是青春之夜，红炜之下，冠缨之除，花鬓将卸。思心静默，有殊鹦鹉之言；柔情暗通，是念凤凰之卦①。

以上均是以描写代替说明的写法。

当赋文写至性交的知识时，不仅提出概念还具体解释概念，如准备中“十候”的概念、性交的体位如“九法”的概念，其他如“四至”“五征”等概念，每个概念提出后便一一具体摹写和解释，则是用叙述代替说明的写法。此类文字，均属于说明性文字，用来呈现有唐一代对性的认识和性文化所达到的水准。有专家说这是中国的“爱经”，比之于西方性文化，其先进程度近一两千年。

作者还用大量笔墨书写夫妻日常的性活动，性高潮时的男女反应，鳏夫思偶的心理，这些也主要是知识性与说明性的。而涉及其他比较典型的与性有关的社会现象，如男女私通和龙阳之癖等时，则是简要勾叙，以引发对此类社会问题的思考。在对帝王纵欲后宫的内容叙写时，则间接起到了暴露与讽谏的作用。

其三，卓然以“性”为天地至乐，提供唯物和健康的性观念。

文学作品中的情赋不直接提供观念的认识，只提供个性化的时间或空间物象、图景，用以抒情写怀。直接提供理念的作品是理赋。理念的内容多种多样，有治理、物理、文理、事理、乐理、技理，也有命理和性理等。自古以来，对人和人性问题的研究一直是哲学和伦理学研究的焦点问题，而对“人欲”观念的探索也从未止息。不同学派针对性问题的看法

---

① 刘达临：《中国情色文化史》，人民日报出版社，2004 年版，第 12 页。

主要是通过对人欲的探索而展开的，并形成了不同的理论队列。概略言之，其理论源头不外老庄主张的“无欲论”、儒家主张的“节欲论”和《列子·杨朱篇》主张的“纵欲论”。白氏此赋则另有新的维度和视野，对文化也另有继承和发展，尤其是阐扬了新的性观念，令历史和文化之耳目为之一新。

此赋开篇有一段总序性的文字。从儒家正统道德的角度阐明了研究男女之性的可取处和必要性。说自己的赋作旨在叙人伦，睦夫妇，和家庭，明保健，致长寿，并阐明健康的性生活是人间至乐之事。今天看来，中国古代性学是在独特的哲学思想指导下，研究人类生命规律，探讨如何增进人体健康，对抗衰老，延年益寿的科学。它的基本任务是，正确揭示人类生命规律和宇宙自然规律，揭示自然与人的关系，在几千年的发生、发展的漫长历史过程中，它为中华民族的自然繁衍、生长壮大做出了巨大的贡献。它的理论与方法，不仅在中国得到继承和发扬，同时也为世界上许多国家所重视和利用。世界上其他古代文明，如古印度、古希腊和古埃及等，对于性的探索与研究也留下了大量珍贵的文献资料，如印度的《卡玛箴言》、阿拉伯的《芳香园》和古罗马奥维德的《爱的艺术》等。这些文献与一切文化遗产一样，是古人面对生命实践，思考与总结的智慧结晶。当然，必须指出，由于社会制度和科学水平所限，古人的认识能力与思想境界的高度有限，在构文达意的过程中不可避免地会带有局限性，科学与迷信共存、精华与糟粕同在，如存在“采战御女”、“采阴补阳”、“补精还脑”和“丹方术势”等思想。但集中把两性性事以“乐”聚焦，说“具人之所乐，莫乐如此，故名大乐赋”。这不啻是白行简的养生哲学与人生哲学。今人要能够用历史唯物主义和辩证唯物主义的观点，以扬弃的态度对待古代文化遗产。

唐代赋的创作以丰富的实践和理论思想，在继承与出新的矛盾中经历了初兴、中盛和晚变三个阶段，又相对集中地受到唐文化中经学思想、史学意识和科举文化的制约和推动，使得赋的创作呈现多样发展乃至于顶峰的高度。除了理赋作品，尚有科技性的技理赋（如李光朝的《新浑仪赋》）、艺术性的艺理赋（如《百戏赋》）和法律性的法理赋产生。一些新的器用赋和音乐赋等也在创写实践中发展着。这些赋作旨在超脱个体悲喜的具体感受，用认知的方式面对现实。这类艺术赋和科技赋已经引起学者的注意和重视。

第三节　宋代新文赋的变体自觉

一、新文赋的产生

从先秦至于唐宋，中国文学最具民族特色的独有文体——赋（文体赋或曰散赋）已然发展和进化了千年之久，唐朝成为它从创体到高峰的关键期，有宋一代则成为理赋从创体到变体的加速时期，主位的情赋在文学，辅位的理赋在泛“文”，并逐渐变体至于另一领域的主位。此种渐变与发展使赋体终于从“壮夫不为”的小道走向“经世致用”的文人担当和文体归宿。

陈寅恪先生说：“华夏民族之文化，历数千载之演进，造极于赵宋之世。”① 宋代赋的发展演进之迅疾及创新意识之强烈，真属于前所未有。宋人继承了韩愈和柳宗元等人的理论主张与创作实绩。韩、柳作为唐朝文人领袖，鉴于六朝文风的绮丽没落，奋力发起了唐代文坛的文体改造运动——古文运动。古文运动并非简单的文学改良运动，而是一场关于文化乃至社会的深刻的改革运动。其中提出了一系列符合文学发展和时代要求的前所未有的理论主张。韩、柳两位先师更以其引领性的写作实践和出色的创作成就给文坛带来新的变化，推动唐朝的文风走向成熟和兴盛。

宋代古文运动是在宋代社会新的历史条件下，伴随着宋代社会的政治改革与思想解放潮涌，接续唐朝的古文运动而展开的。与唐朝古文运动相比，宋代古文运动领导者更有力，参与者更给力，从理论到实践更有广泛性，尤其表现出前所未有的变古革古、出新开新的创新精神。在宋代古文运动的兴起、发展与不断深化的过程中，欧阳修、“三苏”、王安石等人引领文坛不断更新旧的审美和文风、文体观念，建立新的价值标准，极大地拓宽了古文的表现领域与表现手法，并根据理念与自身特色不断地改造旧文体，使之体现新的思想内容与表现形式，创造出新的范式和新的文风。王安石在《上人书》中说：“所谓文者，务为有补于世而已矣。所谓辞者，犹器之有刻镂绘画也。诚使巧且华，不必适用；诚使适用，亦不必巧且华。要之以适用为本，以刻镂绘画为容而已。不适用，非所以为器也。不为之容，其亦若是乎？否也。然容亦未可已也，勿先之，其可也。”② 其创文观即是观念革新的新标准。在

① 胡建升：《宋赋研究》，上海交通大学出版社，2017 年版，第 1 页。

② 王安石：《临川先生文集》，中华书局，1959 年版，第 811 页。

这之前后，文人们则皆在文道关系、写情言理、尚俪尚俗等方面有所思考并以实践体现自己的新追求、新文风。这种健朗劲力的文化氛围使得赋在古典散文文体革新潮涌的长列里成为文体革新实践中的弄潮儿，最终独标格调，出尽了风头。

二、新文赋的基本特征

新文赋是北宋诗文革新运动中形成的一种赋体。它既是诗歌领域追求“以文为诗”新审美趣味波及的连锁反应，更是对以往古赋中以说明和议论入赋，以理性和思想统赋和赋体散文化的新传统的自觉延续与发展。它究竟是否是理赋中的新成员？笔者以为尚不是。且看它作为新文赋的基本特征。

“以文为赋”是宋代新文赋的第一个特征。什么叫“以文为赋”？这个概念是元代祝尧在总结古代赋学特征时提出的。他在研究扬雄《长杨赋》时说：

问答体赋如《子虚》《上林》，首尾同是文而其中犹是赋。至子云此赋，则自首至尾纯是文赋之体，鲜矣。厥后唐末宋时诸公以文为赋，岂非滥觞于此？盖赋之为体固尚辞，然其于辞也，必本之于情，而达之于理。文之为体每尚理，然其于理也，多略乎其辞而昧乎其情。故以赋为赋，则自然有情有辞而有理。以文为赋，则有理矣而未必有辞，有辞矣而未必有情，此等之作，虽名曰赋，乃是有韵之文，并与赋之本义失之①。

此段话传达出三层意思：其一，“以文为赋”古已有之；其二“以文为赋”与“以赋为赋”相对，即从首至于尾都是整体的韵语，这是以赋为赋，而首与尾是散句，间或中间也有散句，是以文为赋；其三是唐宋诸公是“以文为赋”的。他在文中述及赋中关于“情辞理”之关系时有主观的一面，但对于以文为赋的历史现象却言之在理。的确，“以文为赋”古已有之，书写现象从中唐时期韩愈开始趋于显露和自觉，至于晚唐时期的杜牧，则显示了鲜明的实绩。但由于五代时期和宋朝初年骈赋又继续热手，导致新的赋作倾向的丧失，旧的传统与旧的赋风的回潮，“以文为赋”的趣尚也随之削弱。北宋新古文运动的兴起与发展，重新激起了文人士子在文山赋海中做新探求、新实践的热情。宋代几位散文大师引领着多层化的书写之路，他们既创作传统之赋，也无不大胆创新，去走前人未曾走过的路。“以文为赋”最鲜明的表现就是赋文整体从结构到语言的散文化。但根据相关统计，两宋时期存世的文

① 祝尧：《古赋辨体》（卷四），上海古籍出版社，1993年版，第88页。

赋不足百篇，元明清三代文赋创作者更少，因为多数赋家并不认可这种赋体。从此现象也可以看出，一方面宋代散文先辈创新勇气背后的阻力与压力，一方面在为数不多的篇幅积累中，竟然有那么多影响巨大且深入人心的优秀的古典散文作品传世。这说明他们的学识水平与创作境界是多么高超，他们在增厚着中国传统文化的层深与品级。

新文赋的另一个重要特征就是用韵和辞藻上的松散化和抒情化。传统古赋在这两个方面的“枷锁”可谓根深蒂固，不可移易，甚至成为赋的本质品格。新文赋则正好在这里进行了“破体”行动。这不是一蹴而就式的心血来潮，而是中唐以来辞赋和骈体文的散文化趋向，宋代理念上追求“破体为文”之风的结果。新文赋在形式上大胆突破骈赋、律赋和古赋的格式束缚，向着相对自由化和质朴化的方向发展：押韵更趋自由；在语词上则保留了赋体铺排对偶的基本特质，进而多用散文句法，句式参差不齐，形成一种散文诗般的参差错落之美。以欧阳修为领袖的文人则进一步摒弃了韩愈之文艰涩怪奇的一面，发展了其“文从字顺”的一面，从素朴近人处入手，从入情入理的具体事物出发，追求自然流畅和委曲婉转的抒情风格，于平易淡雅中富于曲折变化，在看似散漫不经的安排中，寄寓难以言传的高远境界，使人感到新奇动人而富有韵致，与形式框架上大的“破体”一起，形成了为文的特色与魅力。

新文赋的最后一个重要特征是内容表达上的理思化、议论化。这与宋代儒学的复兴、科举考试律赋的议论化风气以及由重诗赋到重策论的转变等文化环境密切相关。以才学为赋，以议论为赋，将一己对社会人生、对宇宙自然的体认融汇入赋，以理性的自觉介入，带来赋文的文化深度。没有人品才学做基础，是无法驾驭这样的新内容与新形式的。但值得注意与反思的是，新文赋并非理赋作品，原因之一是其从整体结构上强调个性化、真在化的自我主体；二是时间线索十分明确，非为表达哲思哲理抽象而出；三是篇后的议论建立在前文叙事和描写之上，属于情理相生相得、有机融汇的关系，是所谓为文之理趣，是借以抒发主体文人情怀的抒情内容，而非为表达一种观念和思想，是强化抒情而以议论手段点染的结果。散文抒情化功能在深度而非广度上的加强，不是借叙事和描写功能而加强的，正是借议论功能而加强的。

北宋中叶兴起的古文运动，确立了古文在散文领域的正宗地位，而且影响到诗歌等其他文种的创作，作诗为文都讲究“气格”，都追求“理趣”，形成一个时代诗文革新运动的重要内容，使宋文和宋诗能够自具面目，独树一帜。在这场宏伟巨丽的文化与诗文革新运动中，欧阳修作为文坛盟主，热情推崇梅尧臣、苏舜钦，褒掖王安石、曾巩，提携“三苏”等，组成了实力派的作家集团军，他们引领着宋朝文坛，有力推动了两宋文学的发展。新文赋的书写是其中最动人的篇章。而新文赋的理趣尚属于文学的哲理性范畴，或曰其理性思致并未溢出文学情赋的框架，但其与理赋在阵营上虽不同行，但在背景上却属同列。

第四节　宋代理赋的新实践

一、传统型理赋

从《历代赋汇》总目录看，各类赋文中，唐朝作家的赋占据了绝对多数，宋朝赋的数量则十分有限。在《正集》中，赋共被分为38大类，排在第一位的题材是“天象”，共有9卷。卷一“天象”目下，唐赋13篇，宋赋3篇；卷二“天象”目下，唐赋32篇，宋赋1篇，卷三“天象”目下也仅收录苏轼的一篇《秋阳赋》。《历代赋汇》充分吸收和继承了宋代《文苑英华》的选择特色，体现了对唐赋的认同态度。由于《文苑英华》有编纂者自己相对保守的文学观念，又深受当时科举制度的影响，出于特殊的目的，而对古人的作品分类编辑，主要目的在为文人士子提供考试作文和办公应酬的方便，故而对名家名赋重视不够，韩、柳之赋收录的数量非常之少，很多名篇未及入选，律赋的入选数量很多，且对有批判锋芒、有深刻寄寓的作品也是较少收录。杜牧的《阿房宫赋》未被收录，吕蒙正的《破窑赋》也未被收录，《永乐大典》和《四库全书》中也同样不收。故而此赋常被认为是后人附会之作。可是，这些都不能湮灭它在民间因广泛流传而获得的盛名，《破窑赋》这一理赋精品被后世称为“千年奇文”。

此文被人称奇，其一是在作者与其内容。

据《宋史·吕蒙正传》：“吕蒙正，字圣功，河南人。……太平兴国二年擢进士第一。……五年，亲拜左补阙、知制诰。……擢左谏议大夫、参知政事。……蒙正初入朝堂，有朝士指之曰：‘此子亦参政耶?’蒙正阳为不闻而过之。同列不能平，诘其姓名。蒙正遽止之曰：‘若一知其姓名，则终身不能忘，不若毋知之为愈也。’时皆服其量。

李昉罢相，蒙正拜中书侍郎兼户部尚书、平章事，监修国史。蒙正质厚宽简，有众望，以正道自持。遇事敢言。每论时政，有未允者，必固称不可。……

先是，卢多逊为相，其子雍起家即授水部员外郎，后遂以为常。至是，蒙正奏曰：‘臣忝甲科及第，释褐止授九品京官，况天下才能，老于岩穴，不沾寸禄者多矣。今臣男始离襁褓，膺此宠命，恐罹阴谴。乞以臣释褐时官补之。’自是宰相子止授九品京官，遂为定制。

朝士有藏古镜者，自言能照二百里，欲献之蒙正以求知。蒙正笑曰：‘吾面不过楪子大，安用照二百里哉？’闻者叹服。……

尝灯夕设宴，蒙正侍，上语之曰：‘五代之际，生灵凋丧，周太祖自邺南归，士庶皆罹剽掠，下则火灾，上则彗孛，观者恐惧，当时谓无复太平之日矣。朕躬览庶政，万事粗理，每念上天之贶，致此繁盛，乃知理乱在人。’蒙正避席曰：‘乘舆所在，士庶走集，故繁盛如此。臣尝见都城外不数里，饥寒而死者甚众，不必尽然。愿陛下视近以及远，苍生之幸也。’上变色不言。蒙正侃然复位，同列多其直谅。”①

吕蒙正的文名虽远不及“三苏”、苏门弟子和欧阳修等，他却是比范仲淹和赵普更有名的参知政事。吕蒙正布衣出身，一生经历坎坷，三次出任北宋宰相，两度遭贬。在宰相任上，他廉洁奉公，正直无私；被贬职外任，他乐观有为，尽心尽责，是一生心系苍生、为民造福的名相之一。因为他的成长经历和人格精神，他的故事被作为题材，先被写入南宋的说话艺术，又被写入了中国戏曲，并在民间广泛传播。《辍耕录·院本名目》所载为《抛绣球》，此剧描写了吕蒙正与一个富家千金刘月娥通过抛绣球结婚并相爱的浪漫故事，后人又据此改编有《彩楼记》《状元媒》等各种地方戏曲。宋朝是封建王朝里最富有人文气息的朝代，是商人们认为最富裕、最公平的时代，也是读书人认为最开明、最有希望的朝代。吕蒙正这样一个平民宰相，正是这个时代孕育出的最典型的布衣英雄。他的故事对广大出身微贱的文人士子而言，很有砺志作用。

吕蒙正的许多文章都已亡佚，并不见载于典籍。《破窑赋》被看作是吕蒙

① 脱脱，等撰：《宋史·吕蒙正传》，中华书局，1985年版，第9146－9147页。

正的经典之作。相传是当初为教化太子（后来的宋真宗）而写。作者以自己从贫苦卑贱到位极人臣的人生经历，并列举历史上诸多名人命运跌宕起落却成就功业的事实，阐明了既洒脱又进取的人生智慧。

其二是其传播的特殊性。

在历史的绵延演进中，这篇文字拥有了五个不同的题目，还衍生出了两个不同的版本。五个题目分别是：《破窑赋》、《寒窑赋》、《命运赋》、《时运赋》和《劝世章》。

两个不同版本的内容分别是：

版本一

天有不测风云，人有旦夕祸福。蜈蚣百足，行不及蛇；雄鸡两翼，飞不过鸦。马有千里之程，无骑不能自往；人有冲天之志，非运不能自通。

盖闻：人生在世，富贵不能淫，贫贱不能移。文章盖世，孔子厄于陈蔡；武略超群，太公钓于渭水。颜渊命短，殊非凶恶之徒；盗跖年长，岂是善良之辈。尧帝明圣，却生不肖之儿；瞽叟愚顽，反生大孝之子。张良原是布衣，萧何称谓县吏。晏子身无五尺，封作齐国宰相；孔明卧居草庐，能作蜀汉军师。楚霸虽雄，败于乌江自刎；汉王虽弱，竟有万里江山。李广有射虎之威，到老无封；冯唐有乘龙之才，一生不遇。韩信未遇之时，无一日三餐，及至遇行，腰悬三齐玉印，一旦时衰，死于阴人之手。

有先贫而后富，有老壮而少衰。满腹文章，白发竟然不中；才疏学浅，少年及第登科。深院宫娥，运退反为妓妾；风流妓女，时来配作夫人。青春美女，却招愚蠢之夫；俊秀郎君，反配粗丑之妇。蛟龙未遇，潜水于鱼鳖之间；君子失时，拱手于小人之下。衣服虽破，常存仪礼之容；面带忧愁，每抱怀安之量。时遭不遇，只宜安贫守份；心若不欺，必然扬眉吐气。初贫君子，天然骨骼生成；乍富小人，不脱贫寒肌体。

天不得时，日月无光；地不得时，草木不生；水不得时，风浪不平；人不得时，利运不通。注福注禄，命里已安排定，富贵谁不欲？人若不依根基八字，岂能为卿为相？

吾昔寓居洛阳，朝求僧餐，暮宿破窖，思衣不可遮其体，思食不可济其饥，上人憎，下人厌，人道我贱，非我不弃也。今居朝堂，官至极品，位置三公，身虽鞠躬于一人之下，而列职于千万人之上。有挞百僚之杖，有斩鄙吝之剑。思衣而有罗锦千箱，思食而有珍馐百味。出则壮士执鞭，入则佳人捧觞，上人宠，下人拥。人道我贵，非我之能也，此乃时也、运也、命也。

嗟呼！人生在世，富贵不可尽用，贫贱不可自欺，听由天地循环，周而复始焉。

版本二

天地有常用，日月有常明，四时有常序，鬼神有常灵。天有宝，日月星辰。地有宝，五谷金银。家有宝，孝子贤孙。国有宝，正直忠良。合天道，则天府鉴临。合地道，则地府消愆。合人道，则民用和睦。三道既合，祸去福来。天地和，则万物生。地道和，则万物兴。父子和，而家有济。夫妇和，而义不分。

时势不可尽倚，贫穷不可尽欺，世事翻来覆去，须当周而复始。

余者，居洛阳之时，朝投僧寺，夜宿破窑。布衣不能遮其体，饘粥不能充其饥。上人嫌，下人憎，皆言余之贱也。余曰：非贱也，乃时也，运也，命也。余后登高及第，入中书，官至极品，位列三公，思衣则有绮罗千箱，思食则有百味珍馐，有挞百僚之杖，有斩佞臣之剑。出则壮士执鞭，入则佳人扶袂。廪有余粟，库有余财，人皆言余之贵也。余曰：非贵也，乃时也，运也，命也。

蛟龙未遇，暂居云雾之间。君子失时，屈守小人之下。命运未通，被愚人之轻弃。时运未到，被小人之欺凌。初贫君子，自怨骨格风流。乍富小人，不脱俗人体态。生平结交惟结心，莫论富贵贫贱。深得千金，而不为贵，得人一语，而胜千金。吾皆悼追无恨人，富贵须当长保守。

苏秦未遇，归家时，父母憎，兄弟恶，嫂不下机，妻不愿炊，然衣锦归故里，马壮人强，萤光彩布，兄弟含笑出户迎，妻嫂下阶倾己顾。苏秦本是旧苏秦，昔日何陈今何亲？自家骨肉尚如此，何况区区陌路人，抑犹未也。

文章冠世，孔子尚厄于陈蔡。武略超群，太公曾钓于渭水。颜回命短，岂是凶暴之徒。盗跖年长，自非贤良之辈。帝尧天圣，却养不肖之男。瞽叟顽嚚，反生大孝之子。甘罗十二为宰相，买臣五十作公卿。晏婴身长五尺，封为齐国宰相。韩信力无缚鸡，立为汉朝贤臣。未遇之时，口无一日餂飧，及至兴通，身受齐王将印，吓燕取赵，统百万雄兵；一旦时休，卒于阴人之毒手。李广有射虎之威，到老无封。冯唐有安邦之志，一世无遇。

上古圣贤，不掌阴阳之数。今日儒士，岂离否泰之中。腰金衣紫，都生贫贱之家。草履毛鞋，都是富豪之裔。有贫贱，而后有富贵。有小壮，而后有老衰。人能学积善，家有余庆。青春美女，反招愚独之夫。俊秀才郎，竟配丑貌之妇。五男二女，老来一身全无。万贯千金，死后离乡别井。才疏学浅，少年及第登科。满腹文章，到老终身不第。或富贵，或贫贱，皆由命理注定。

若天不得时，则日月无光。地不得时，则草木不生。水不得时，则波浪不静。人不得时，则命运不通。若无根本八字，岂能为卿为相。一生皆由命，半点不由人。

蜈蚣多足，不及蛇灵。雄鸡有翼，飞不及鸦。马有千里之驰，非人不能自往。人有千般巧计，无运不能自达。吾敬为此劝世文也。

两个版本的文字虽然不同，构段前后也有差别，但基本思想和精神是一致的。赋文主要列举了自古以来诸多名人都经历了诸多磨难，遭遇了特殊困厄，以此来说明没有人的生命轨迹是一帆风顺的。人生总要在起起落落的各种命运中找到自己的心理支撑，完成自己的一贯坚守。在摆事实讲道理的过程中，作者把自己从穷愁潦倒到富贵至极的亲身经历作为最切近的材料，只是一版放在前，一版放在后。本文对人的生存与发展虽然强调了三点："曰时，曰运，曰命"，仿佛透露出人生命运和天地自然变化循环的思想，但对照他列举的人物和事例，从苏秦到孔子，从晏婴到韩信，没有一个不是"古今成大事者"。作者在乎的人物材料，都是从布衣起步的圣人或英雄，而非文王、吕不韦或屈原等至贵一族。所以此文是发展了的司马迁的"愤怒出诗人"说，且融入了佛道思想，或者说观念虽然相对退守，却更加辩证朴素，并不一味强调主观，强调人定胜天的能动性，而更多强调了客观世界的制约和人生的无奈。人生命运的轨迹正是由世间万物无数方向的力共同作用完成的，虽然人自身的能力一定起着基础和基本的作用。"马有千里之程，无骑不能自往；人有凌云之志，非运不能腾达。"每个人都有发展提升的内心要求，可注定有的人虽然"满腹经纶"，却总是"白发不第"，而另一些人虽然"才疏学浅"，却能"少年登科"。人生从始至终的长途，总是在得时与失时，有运与无运，命好与命舛的过程中完成的，只有经历过大起大落的人才能最深刻地体悟天道无常，只有品尝过无尽苦难的人才能最切实地体会到人心不坚。它告诫人们，要在挑战现实的同时善于应对天地时空的变化，即要勇于承受现实不公和压力去等待未来。

其三是在其用了理赋文体形式。

无论《破窑赋》是附会的伪作，还是真正出于吕蒙正之手，在历史的流传中，这些都不重要了。重要的是，此赋为大众所接受，成为民间性和文人性智慧的凝聚，而且是以传统赋体形式的凝聚。

古赋发展至汉朝进入文学主位的成熟期，不过或是歌功颂德、润色鸿业，或是讽喻社会、讽谏政治。其中以大赋和抒情小赋作为“情赋”的典型，最具古今连体的文学气质，也最为美艳与精彩。而以“七体”为代表的讽喻赋和治理赋等则剑走偏锋，暗自接续了荀卿赋寄寓道理的传统，将扬雄所谓“赋者，壮夫不为”的意见向致世有用的方向引领。随着社会历史的迅猛发展，各种新事物蓬勃出现，科技水平也不断提高，用赋体形式介入社会现实、理解社会现实和向大众传播的责任也落在了赋体文作者的肩上。说明性质的科技赋、法律赋和民俗赋等应运而生。在情赋作为主位的格局中，理赋自有其特殊的位置，而且从未断绝。

作为以“赋”标名的赋文，《破窑赋》脱离了长久以来以“七体”为成熟的主客对话结构，进入“说是非”和“论价值”的理性世界。其在逻辑上虽然尚不能像西方推理文或今日之议论文一样层次清晰、严谨，但中国古典说理文的特色，如语言富于哲理，用典故、形象、假设以及用历史事实说理等也日渐成熟。《破窑斌》在说理中还穿插了自己的故事作为重要依据，所谓现身说法，理中入情，成为赋文最打动人、说服人的内容。但在整体结构层面，它却是枝节性而非主体性的。如果是结构性的，将自我的经历贯穿全篇，则一定会进入到叙述抒情性的情赋作品系列了。这类言理及情之作，在古典文赋中很多，类似今之杂文或演讲稿，但《破窑赋》的理性品格已达到相当高的水准，基本上成为结构性的理性文章了。它在押韵上稍微松散，但语言上坚持赋体的整齐和铺排特征，虽然总体表述朴中见拙，未有华丽劲健之姿，却也应和了作者作为一介布衣的特殊经历和为后人指点“时运命”的身份。最为重要的是，如果《破窑赋》是后世附会所作，此赋已然写作成相对透彻的议论说理赋，说明赋在千百年的创作与传播中，文人已然接受了赋不只可以为散体大赋和抒情小赋，或骚体或骈体或律体，也可以为理赋这一事实。

二、有新意的理赋

1. 作为政治认同的理赋

有宋一代，文人士子已经习惯于把参与科举考试作为最重要的人生追求与政治认同方式。宋初科举制度延续唐制并在不断调整中得到进一步发展，加上统治者的推崇，官学和私学体制的建立与完善，学与考之间构建了良性联动，最终形成了“较艺之详，推恩之广，近代所未有也”（《宋史·选举志一》）的局面。

科举考试作为朝廷选拔人才的重要路径，朝廷的要求与主考官的思路至关重要。先是欧阳修权知贡举，实行了科举新政。从改革前的酝酿，到欧阳修等人起草，颁布贡举新制，再到统治者颁布的诏书，文人士子心之所系，立为圭臬。欧阳修之后，又有王安石的科举改革。王安石的科举改革并未沿着欧阳修的思想与思路进行延续，而是改革的力度更大，甚至偏离了预期的轨道。最重要的就是诗赋不再是读书人的考试文章，策论一跃而成为科举取士的关键考试环节。科举取士先是要求士人阶层有出类拔萃的文化和辞章修养，现在更进一步要求他们要有社会治理思想及面对现实，解决问题的能力。从今日之角度反思，这种观念上的进步，毋宁说是一个超越了文化古典性的政治层面的进步，显现了卓越的现代求实意识，因而是意义重大的。显而易见，科举考试制度给当时文人士子的为文内容与风格都带来了不可估量的影响。

其实这种影响从有唐一代已然开始。翻开《历代赋汇》，在检索赋类时，第四十一卷有“治道”目，其中所选的赋基本是唐宋时期的赋。唐赋从王起的《辟四门赋》始，满目赫然是律赋，且通篇议论王道政治，比如，唐代黄滔之《人文化成天下赋》、宋代范仲淹之《政在顺民心赋》和苏轼之《通其变使民不倦赋》等，但却有文体赋间或在其中，仍以理性内容为题。如唐代阙名的《君臣同德赋》、宋代陈普的《惟则定国赋》、王禹称的《圣人无名赋》、吕大钧的《天下为一家赋》；第四十二卷，则有宋代舒亶的《舜琴歌南风赋》、沈初的《周以宗强赋》；第四十四卷，则有宋代黄庭坚的《春秋元气正天端赋》、范仲淹的《大礼与天地同节赋》，第四十六卷有苏轼的《复改科赋》。除了《历代赋汇》中的选赋，其他选集中也有同类，如《赋海大观》“文学类”中“赋类”辑录了作品 63 篇，大要以赋体论文学，而以白居易的《赋赋》为始，中间有宋代王微的《咏赋》。

下以苏轼《复改科赋》为例加以说明：

新天子兮，继体承乾。老相国兮，更张孰先？悯科场之积弊，复诗赋以求贤。探经义之渊源，是非纷若；考辞章之声律，去取昭然。

原夫诗之作也，始于虞舜之朝；赋之兴也，本自两京之世。迤逦陈、齐之代，绵邈隋、唐之裔。故道人徇路，为察治之本；历代用之，取为士之制。追古不易，高风未替。祖宗百年而用此，号曰得人；朝廷一旦而革之，不胜其弊。谓专门足以造圣域，谓变古足以为大儒。事吟哦者为童子，为雕篆者非壮夫。殊不知采摭英华也，簇之如锦绣；较量轻重也，等之如锱铢。韵韵合璧，联联贯珠。稽诸古其来尚矣，考诸旧不亦宜乎？

特令可畏之后生，心潜六义；伫见大成之君子，名振三都。莫不吟咏五字之章，铺陈八韵之旨。字应周天之日兮，运而无积；苟合一岁之月兮，终而复始。过之者成疣赘之患，不及者贻缺折之毁。曲尽古人之意，乃全天下之美。遭逢日月，忻欢者诸子百家；抖擞历图，快活者九经三史。议夫赋曷可已，义何足非。

彼文辞泛滥也，无所统纪；此声律切当也，有所指归。巧拙由一字之可见，美恶混千人而莫违。正方圆者必借于绳墨，定隐括者必在于枢机。所以不用孔门，惜扬雄之未达；其逢汉帝，嘉司马之知微。噫，昔元丰之《新经》未颁，临川之《字说》不作。止戈为武兮，曾试于京国；通天为王兮，必舒于禁龠。孰不能成始成终，谁不道或详或略。秋闱较艺，终期李广之双雕；紫殿唱名，果中祢衡之一鹗。

大凡法既久而必弊，士贻患而益深。谓罢于开封，则远方之隘者空自韫玉；取诸太学，则不肖之富者私于怀金。虽负凌云之志，未酬题柱之心。三舍既舆，贿赂公行于庠序；一年为限，孤寒半老于山林。自是愤愧者莫不颦眉，公正者为之切齿。思罢者而未免，欲改之而未止。羽翼成商山之父，讴歌归吾君之子。谏必行言必听焉，此道飘飘而复起①。

元祐之后，苏轼再度入朝为官，为翰林学士、知制诰，兼作侍读，属于皇帝近臣。此段时间，他积极有为，参与政治，写了《明君可以为忠言赋》《通其变使民不倦赋》《复改科赋》等五篇赋文。这些赋文多是律赋，且与当时社会政治、文化与道德需求紧相联系，既是在为君计谋，也是在承担文官“超我”的社会责任。这些赋作不类因事或因物有所感发，在体物或言事中洞见主体自我性情的文赋（久负盛名的文赋作品《前赤壁赋》和《后赤壁赋》），而是依社会与政治的需要而创作，是应时应责之赋。前者为情赋，后者则为理赋。

① 苏轼：《苏轼文集》，孔凡礼，点校，中华书局，1986年版，第29－30页。

苏轼此赋，以元祐二年（1087年）恢复诗赋取士事件为题，主要述及科举考试的是非曲直。作为政治上保守，文化上也有浓郁崇古情怀的文人，苏轼以此赋从理论上阐发支持复改科举考目的主张，认同以诗赋求贤举士的隋唐古则。赋中首先肯定了老宰相司马光在科举问题上改弦更张、追踪古法的作为，所谓"悯科场之积弊，复诗赋以求贤"。然后正面叙及诗赋的渊源，文采的璀璨，统纪的一贯，与六义、君子及九经三史的关系，数点律赋的规格，并从历史事实出发，称赞秋闱较艺的英明。最后，以言说法久必弊之害与应如何避免其害的思考作结。

全文自是为反对新法，认同旧制而作。赋中对王安石在变法中废"诗赋"一科提出了猛烈的批评，认为辞赋乃"祖宗百年"之用，与苏轼在历次奏议中表达的政治立场及观点保持一致。该赋从头至尾，皆是在骋才与铺陈恣肆的语词与和谐的声韵中，以赋体语言的特征阐理说论，只是中间零星夹杂骚体"兮"字和散体的感叹词与句式，如"噫，昔元丰之《新经》未颁，临川之《字说》不作"。骚体以抒情性强为特征，律赋以议论道统为能事，此赋以赋体形式述科举之理，实在骚体与律赋之间，同时赋中还有比较明显的骈赋特色，语句琳琅，多用典故。可见，此赋显示出苏轼为文探索的多重趣味，且自觉摆脱对话体，将其视为理赋属性的文体赋应当不为违拗。

当然在此类赋里，也有非理赋的文体赋，比如，田锡的《泰山父老望登封赋》等，是为不论。

除了"治道"类，尚有"性道"类，且卷数及卷目繁多，第六十六卷至第六十九卷中皆是，且唐宋赋占大多数。题目多有出自儒道学统与道统的名言哲语，比如，唐代的有郑俞的《性相近习相远赋》，白居易的《性习相近远赋》；宋代的有文彦博的《一生二赋》、王曾的《有物混成赋》、欧阳修的《大匠诲人以规矩赋》和范仲淹的《天道益谦赋》等。其中多为律赋，也有不标韵脚的文体赋，比如，白居易的《动静交相养赋》、范仲淹的《自诚而明谓之性赋》、陈普的《三才赋》《天秩有礼赋》、王回的《驷不及舌赋》，等等。这一现象足以说明，阐发道统和议论政治的理赋在唐宋时期开始有超强的存在感，及至宋代则达到了高峰。这为元明清时期理学为官学后，以儒家思想为官方意识形态和主流价值观，以程朱理学为解释圭臬的科举表达，进而以古赋而股赋的形态选择和赋的辨体与变体奠定了深厚的内容与形态基础。

2. 作为知识论说的理赋

万事万物，表层是象，深层是理，从人而观，则可情观也可以理观。以理观物，有阐释论道性的，也有解释知道性的。进入宋朝以后，文人普遍以议论为能，唯才学是逞，又处在创新意识浓重的文化氛围中，赋体内容的横放迭出是在必然和必须。同时，历史之车轮进入宋朝之后，物质层面的进化发展，精神层面的演进深入，更以惊人的速度呈现，新生事物、新生思想和新旧观念杂陈，基于现实激发的对事物的重新认识，成为新时代的当务之急与新文明的必须之学。

新知识、新认识的核心在对儒学的解释、理解和发明。儒学知识是宋代知识分子的主流价值观，也是最强有力的文化资本。文人士子运用赋体作为表述形式与高雅媒介，“来进行儒学知识的话语生产，这既是政治权利的文化意愿，也是士人文化权利的群体认同。”[①] 清代李调元著有《赋话》，其中以宋范仲淹的《金在镕赋》为例，说范仲淹文既有“正意”，即儒学知识，又有“求试之意”，即以之求现实的存在感。在阐释儒学知识的同时，“以我驾题，不为题缚”[②]，其赋文创作既是在阐释儒学知识，又是在“借题抒写”，表达自己的理解和因理解而产生的存在感与价值感。

除了解释儒学知识，历史知识也是重要的需要被解释的内容。王禹偁的《射宫选士赋》，则是具体解释《礼记·射义》中的所记，曰：“诸侯岁献贡士于天子，天子试之于射宫。”古代天子行大射礼之处，亦为考试贡士之所。赋文通过铺排性的语汇，具体说明了这样的古代礼俗，该赋是知识性理赋。

其他比如各种文理、律法、音乐、科技和园艺等的内容，宋代赋中也是应有尽有，只是此方面成就不为显著，故而略说。

---

① 胡建升：《宋赋研究》，上海交通大学出版社，2017 年版，第 19 页。
② 李调元：《赋话》，中华书局，1985 年版，第 39 页。

第五章　变体再造时期：元明清理赋

第一节　元明清赋的发展与成就

从元朝开始，中国文坛的面貌开始急剧翻转。随着草原民族入主中原，政治一统之后，文化观念的动荡变化，文化结构的多层深化，城市市民阶层的产生，古典市场经济的发展，科技意识的扬起，印刷出版业的繁盛等，通俗文学的土壤环境日益完善。在作者群体适时诞生与读者群体多重需要的互动之下，民间文艺以最鲜活跃动的内容成为最吸引人们眼球的文化对象物和媒介传播物。小说、戏剧等通俗文艺以最强劲的势头成长壮大起来。终于，通俗文学成功占据文坛新盟主的地位。而在俗文学的对面，以赋为典型代表的雅文学，历经两千年的发展，其沧桑与成就并举、厚重与滞重并存。该是在更高层面对之予以反思与综合总结的时刻了。由于政治与文化更紧密地互动，赋体内部有了两个走向的发展：一个是传统古赋逐渐走向衰微，一个是时文变体的股赋逐渐走向兴盛。文体内部细胞的变异与生成是个长久的潜在发展过程。没有古赋的绚丽发展作基础，就没有后来股赋的登峰造极式的地位。古体赋总体呈衰微态势，但在新的文化环境下，它通过成功综合与变体，以股赋面貌一跃而成为文学与政治的最完美的结合物，也即成为庙堂文化的终极标配品。

一、传统赋的创作局面

自战国晚期开始，两千多年来，从文学名家到普通文人士子都热衷于赋体的写作。在漫长的赋史发展过程中，在赋体与时代政治、思想和文化等的紧密关联中，赋的题材从楚骚的贤人悲志，到两汉的都邑田猎，再到魏晋时期抒情、叙述和述理无所不能，赋一直是以文学为主位的韵文或泛“文”的体裁。梁代萧统编《文选》，开篇第一卷便是赋。就赋体而言，从骚体赋、文体赋、诗体赋，再而骈赋、律赋和新文赋等，赋经历了形制的变化和创新性发展。就内容与风格而言，赋从“体物绚美”到“体国经野”“义尚光大”，再而“务为有用”等，这些追求也在不断发展。不论时光如何流淌，国朝怎样更替，赋在历朝历代都是文人士子为文时最重要的表达工具，没有名家不曾用赋体进行过才华横溢的书写，它被人们广泛运用的程度是不可估量的。后人所谓“唐以后无赋”，是传统封闭观念下反思赋体历史的结果。检索翻读历朝历代的文山赋海，或总集典籍，那些元明清朝优秀的赋体作品和灿若星辰的作者，都被人永远敬仰着，从数量到质量，都堪可与前朝相比，毫不逊色，只是影响渐弱，因为其脱离了士子的政治聚焦点，也脱离了市民的审美兴趣点。

《元赋青云梯》三卷，全书收有元人赋作110篇。其中，元代的杨维桢作为泰定三年（1326年）进士，还自有两个赋作专集，一个是《丽则遗音》32篇，一个是《铁崖赋稿》48篇。李修生教授主持编纂的《全元文》共收录元赋700余篇，后北京师范大学韩格平教授等主持编纂了《全元赋校注》，共10卷，在不收录与赋体相近的辞、颂、操、连珠和七体等的前提下，收录现存元赋约790篇[①]。清代陈元龙《历代赋汇》所收录明代赋作家369人，作品735篇，其中像刘基、李东阳、祝允明、李梦阳、何景明、杨慎、王世贞、汤显祖、陈子龙、夏完淳等这样的大作家均有重要赋作，而仅周履靖一人就作赋206篇。与《历代赋汇》相前后的《赋海大观》成书于清末光绪年间。全书虽仅有32卷，却囊括了《历代赋汇》（184卷）的全部作品——从先秦至明代赋4 000余篇。不仅如此，还有大量增益，尤其增补了大量有清一代赋作，实际增补的清代赋数量应是8 300篇[②]。其收赋总数达12 000篇。比较《文选》收赋的情况而言，《文选》列“赋”为众文之首，共分15类，收录赋文56篇。而宋金时期以前则只有5 000余篇，元明清时期则有15 000篇左右，约占总数的四分之三[③]。这个数字的差异真是巨大。当然这种远古少近古多的情况，有其复杂的现实历史原因，除了时代越向后发展，人们对文化遗产与保存意识越自觉，主要原因是时代的内容越来越丰富，文人的创作越来越有借鉴和积累，还有就是对拥有悠久历史的赋体尊崇不移，直接带来创作的繁盛。

虽然元明清赋的创作成就完全可以与往前各朝代媲美，但其实际的文坛

① 周少川：《古籍整理的学术规范和学者自律——以〈全元赋校注〉为例》，《商丘师范学院学报》，2018年第11期。

② 踪凡：《〈赋海大观〉价值初探——兼与〈历代赋汇〉比较》，见踪凡：《参赋学文献论稿》，商务印书馆，2017年版。

③ 叶幼明：《元明清辞赋的历史地位》，《中国文学研究》，1993年第2期，第31页。

地位是呈衰微态的。最直接的事实就是，再没有哪一个作家能创作出像司马相如、扬雄、欧阳修和苏轼那样的赋文的顶级作品。

二、发展分期概述

在六百余年中，元明清赋体文的创作继续着它的自然生长，其发展可分为四个时期。

第一，元至明前期。辞赋发展仍沿袭着宋赋的风格。但在元末，由于各种社会矛盾空前激化，不仅在诗歌、杂文创作中涌现了一批批判现实的作家，辞赋创作也产生了一批深刻揭露现实的作品，吴莱、朱德润、杨维桢、刘基等人的作品就是其杰出代表。

第二，明后期至清初。明代后期和明清之际，由于社会矛盾日趋尖锐，资本主义因素发展，加以左派王学对腐朽的程朱理学和复古派对统治文坛的韩欧文统的冲击，学术领域出现了繁荣局面。首先，是反映社会矛盾的作品增加，特别是讽刺小赋在几乎沉寂了百余年后又复苏了。其次，随着程朱理学被批判，“天理即人欲”被宣传，再次，出现了自唐宋以来沉寂了数百年的闲情赋。它本身成就虽不高，但对程朱理学有某种破坏作用。最后，在艺术风格上也改变了充斥文坛的雅淡和平的风气，而代之以慷慨不平之音；在体制上，宋元以来盛行的文赋日趋衰落，而隋唐以前的散体赋、骚赋与骈赋又得到复兴。这个时期的辞赋创作，数量和质量都达到了较高的水准。

第三，清乾嘉时期。这一时期，清统治者在政治上采用怀柔与高压兼施的政策，窒息了士人的思想自由，造成了不良后果，但也笼络了一大批汉族士大夫，形成了比较稳定的政治局面，学术因此得到较大发展，出现了以考据为特征的乾嘉学派，诗文创作也很繁荣。这一时期辞赋创作一个突出特点就是律赋再度兴盛，涌现出一批律赋大家，如吴锡麟、鲍桂、顾元熙、陈沆等，散体赋、骚赋、骈赋也很兴盛，成为赋体的复古时期。胡天游、袁枚、汪中、彭兆荪、张惠言等都是著名的辞赋作家。

第四，咸同以后。由于内忧外患，清王朝正在崩溃，封建制度也敲响了丧钟。这时，辞赋创作不如此前之盛，但也涌现了一批反映新的社会矛盾的好作品，龚自珍、金应麟、王闿运、章炳麟的创作即其代表①。

① 叶幼明：《元明清辞赋的历史地位》，《中国文学研究》，1993年第2期，第31页。

第二节　题材新意与理赋作品

元明清赋的成就表现在多个方面，而从题材内容角度梳理，概括起来主要有：

一、对传统题材的延续与拓深

传统赋题材多样而繁复，元明清时期文人在唐宋文人之丰厚的创作基础上进行新的书写。而与过往不同的是，在经常进行的复古与反复古的争斗中，在当时文化大环境的影响下，赋已越来越不是人人聚焦性的书写工具。从《历代赋汇》正集考察，其所收录作品基本聚焦在以下一些类目，如地理、治道、典礼、文学、性道、宫殿、室宇、书画、仙释、览古、草木、花果、鸟兽和鳞虫等，约略可见元明清文人的精神境界有着两个极致的探索和寻求。一个是更注重理学与道统的追求与探索，一个是更趋于闲适化、私人化的个性生活与审美趣味的追求。比如，“治道”目下共155篇，收录三朝文人15篇；“性道”目下共93篇，收录三朝文人11篇，“花果”目下共151篇，收录三朝文人40篇；“鳞虫”目下共115篇，收录三朝文人23篇。再从一些具体的例子看，比如，元代《全元赋校注》中有陈普的赋12篇，其中有7篇属于性道赋，其他5篇分别是音乐赋、送别赋、览游赋、咏物赋和即景抒情赋①。

再从作品性质看，三朝赋的内容在文人与现实、文人与传统的深度关联中被不断深化。以传统“讽喻赋”为例，虽然《历代赋汇》将之编入“外集”类目，但赋从先秦时期一经产生就与讽喻的目的相互关联。这在传统时期已然成为最为优良的文学传统之一。从开始的或设人、设事以寄意，或寓言以藏旨，讽喻赋皆以严肃的态度对封建社会的败乱现象、朝廷政治的黑暗腐朽进行着善意与温婉的指摘。至汉末产生了有批评力度的讽喻赋，唐中后期，又出现了柳宗元、李商隐和陆龟蒙等人的讽喻小赋。元明清三代，文人再一次焕发出指摘时政的热情和力量，将讽喻赋的内容发挥到极致。如杨维桢的《骂虱赋》是从李商隐的《虱赋》和陆龟蒙的《后虱赋》中得到启发，写夜梦中有人着“玄衮绛服”而来，对作者一一供认自己的罪过。但其又认

① 韩格平：《全元赋校注》（卷二），吉林文史出版社，2016年版。

为自己之罪不过是小毒小臭，世间尚有大毒大臭者，其为虐为害更甚。在奇妙的想象和构思中揭露与批评时世政治，表现出对当朝贪官污吏祸国殃民的强烈不满。明代后期一些文学大家纷纷参与其中，讽喻赋迎来书写的小高峰。王廷陈有《左赋》，铺陈列举了社会上种种美丑不分、是非颠倒、正直被嘲讽、奸佞被推崇的现象。在鲜明的对比中抛出了对这种不合理现象的质问，激烈抨击了社会现实，表现出作者强烈的愤世嫉俗之情绪。汪婉的《丑女赋》也是内容尖刻的讽喻赋。女主不仅容颜丑陋难看，日常行为也十分不端甚至充满丑恶。其他如杨慎的《蚊赋》、李梦阳的《钝赋》、黄省曾的《钱赋》、徐祯卿的《丑女赋》、王世贞的《老妇赋》、顾大韶的《又后虱赋》及叶宪祖的《捶钱赋》、王衍梅的《短人赋》、袁枚的《笑赋》等，讽刺的对象不一而足，或世情世相，或政客俗人，都十分深刻生动。

还有一类，即是反映农民疾苦和表达对社会贫富对立现象不满和批评的赋文，也就是触及封建社会地主阶级压迫农民阶级这一基本矛盾的赋。元明清时期此类赋文已然超越了讽喻的属性，发展到直接批评的形式。其书写深度和批评力度绝不比诗文逊色，甚至比诗文描写得更细致，场面更恢宏，格局更宏大，表达更深刻。比如，元代刘因有《苦寒赋》，细致描写了底层百姓的困苦生活，并表达了同杜甫一样期盼“广厦万间”，庇护天下百姓的浓厚的人道主义精神。明代陆琛有《瑞麦赋》，作者并不取祥瑞之象，而是反向思维，揭露了天灾给人民带来的苦难，污吏更使得人民生活雪上加霜的残酷现实。

再以传统室宇赋为例，唐代以前，室宇赋主要书写居室的幽陋狭窄，如潘岳的《狭室赋》，写居室简陋非常，既不能遮风避雨，也不能挡暑驱寒。作者在贫寒的处境中矢志于孔儒之“君子固穷”，慨叹于生民之生存艰难。元明清三代，大量作家书写此类赋文，内容出现了翻新变化和多样性的发展。比如，宋末元初戴表元的《喜友堂赋》和《耕宽堂赋》，前者写自己于陋室得陶潜之趣味，有与友生对饮之乐，后者写自己以躬耕自资为乐。赵麟则尽意书写自己的玉山草堂得山河之势，快意于云雾绿野和奇华秀草深处，人格与环境互衬一体而有高洁俊逸之美。明人李东阳、何景明和归有光等，也或以东山，或以明山，或以冰崖等为名，书写各自的草堂赋，从中寄寓人格理想。其后，他们又迈出了一己方寸之家园，走至户外，书写非属于自己的室宇却是属于天下的室宇——亭台楼阁。如元代马祖常的《草亭赋》、明代屠隆的

《明月榭赋》和王守仁的《思归轩赋》，表达了三代士人眼界的开拓、境界的提升与情志的高迈阔达。值得一提的是，清代桐城派古文是最有影响的古文流派，影响文坛200余年。而桐城派古文家多不擅长作赋，比如方苞、刘大櫆和姚鼐等，其后的曾国藩和吴汝沦等也很少作赋。只有阳湖派领袖张惠言等在传统题材上写出了有新意和新境界的作品如《黄山赋》等，并被章炳麟的《国故论衡》赞为"庶几李杜之伦"。

二、对半新题材的驾驭与探究

一些题材古已有之，但把不同题材结合起来或以特殊视角表现的情况在元明清三朝文人那里层出不穷。比如，将地理赋与都邑赋或行旅赋相结合，将一方区域与山水名胜和地方风物关联的写法，写出了新意。明代黄佐有《粤会赋》，对广东地理位置、发展历史以及山川风物、乡土民俗及百姓生活都做了详细的铺写，尤其记录了当地的民俗节庆活动，具有别开生面的内容与意义。清代英和有《卜魁城赋》，由于文官被贬谪边疆，作者在行旅及以后的官居过程中亲自调查，广泛征询，对东北当地独特的边地风情与历史进行了深入了解。赋文之优点，首先是继承了汉大赋的创作传统，以颂圣扬君的笔调，张扬了清代统治者开疆拓土的奇功伟业；其次是以细腻的赋笔对康熙帝钦命建筑的卜魁城，即齐齐哈尔的地理位置、城站建筑、官署设置、四方要塞以及气候物产等进行了描写；最后记载了清政府为保卫与巩固北部边疆，组织抵御沙俄对黑龙江流域进行侵扰的情况："既蒙古之别派，异全源而枝分。乐彼游牧，以安其群。乃有戛黠斯之丑类，入精奇哩而潜军。纵豕突，呈狼奔。侵轶我塞地，窥伺我边门。皇赫斯怒，我武是奋。"这些新奇而具有时事感的内容不仅为我们保留了关于清代东北边疆的一手资料，具有一定的方志价值，也堪称关于齐齐哈尔建城早期经济地理与政治地理作品。类似赋作还有徐松的《新疆赋》、和宁的《西藏赋》、刘凤浩的《蒙古塞宴赋》和娄奎的《朔方风俗赋》等。这些赋作皆聚焦边地，或关注地理位置、政治官制，或关注少数民族地区气候物产和宗教情况等，作者的主观视角减弱，而以客观描绘为主，且具有事实性、常识性、知识性、史料性，不类于传统的都邑审美大赋，故而文献价值高于审美价值。

再看其他题材。传统有玉帛题材，写丝帛，写刺绣，写文锦，写冰蚕，写奇布，主要写其形其质的巧夺天工。"寻造物之巧妙，因饬化于百工。若夫观缔缀，与其依放，龟龙为文，神仙成像。总五色而极思，借罗执而发想，具万物之有状，尽众化之为形”（张率《绣赋》）。我国至清代始确立了中国四大名绣：苏绣、湘绣、粤绣和蜀绣的地位，旋即有无名氏的《顾绣赋》，以赋表现苏绣之奇巧。赋文将刺绣与地理、民俗、工艺、服饰综合写之，总括苏州之地理、人文之韵奥、构思之巧妙、绣工之精美、针法之活泼和图案之清雅等，成为研究苏绣的重要资料。其他还有无名氏的《戏馆赋》等，属于将巧艺与歌舞、室宇等的综合，以当时苏州的戏曲演出为内容，具体描摹了戏馆演出与环境，以及外场内场各类观众看戏的情形，成为很有价值的早期戏曲演出史料。

三、对全新题材的发掘与表现

1. 聚焦时事政治，表达爱国情怀

元明清作为封建社会最后的三个朝代，是政治矛盾、社会矛盾和民族矛盾最为激化的时期。作为古典雅文学的代表，赋也被文人敏锐地操持，使它能即时捕捉军事和政治的实时脉搏，表达对内忧外患的社会与国家的深沉思考。明代廖道南有《南征赋》、米万钟有《招宝山阅兵观海赋》等。王世贞的《土木赋》，则聚焦明正统朝最严重的边患，赞美于谦在抵御瓦剌入侵战役中力挽狂澜的功绩，对明穆宗与鞑靼可汗以互市为议和条件而放松边备表达了忧虑，就此总结了明英宗在土木堡失败被俘的深刻教训。沈炼有《筹边赋》，不仅对当时的边防策略提出批评，还提供了多种筹边建议，使此类赋文的理性程度大大加深，是将赋与策论加以融汇的写法。吴应箕的《悯乱赋》则是针对崇祯朝内忧外患的社会现实进行的实时摹写，表达了作者深厚的忠君爱国之情。明末夏完淳有《大哀赋》，聚焦南明败亡的史实，慷慨抒发了内心强烈的复国抱负，也总结了大明帝国倾覆的历史教训。清无名氏有《鸦片烟赋》，反映了1840年后资本主义列强对我国的疯狂入侵，中国人民面临的更深更大的苦难和鸦片烟对人身心的极大戕害。这些从不同侧面书写历史时事的赋文连起来看，有着史诗般的内容，是三朝政治、军事和历史的鲜明图卷，表达了文人内心深沉的家国情怀。

2. 展示新科技、新经济状况

赋作为古典雅文学的代表，在咏物传统上有最突出的表现。物的品类繁多，从小到大，从地上而天上，造物主让它无处不见。随着传统咏物赋的发展，从咏山水之花鸟到咏私人之团扇、古剑、竹杖，基本都是寄物以情或移情见性类的。社会越来越发展，到了封建社会后期，有越来越多的奇器奇物和百工技艺出现。文人书写这些科技和人文发明物，已然脱离了古旧的咏物传统，铺陈描写、罗列说明等传统表达方式，已被物之样态、性质及功能等解释性和呈现性内容所替代，文字越来越有普及新知识、增长新见识、了解社会经济状况的属性。晚明徐献忠著《布赋》，记录了我国当时先进织布技术的情况。由于技术的进步，纺织产品越来越细腻精致，在流通过程中则出现遭遇高利贷者盘剥的情况，这从一个侧面反映了商品经济时代新的社会现象。明代樊雕写《轻车强弩赋》，记载了当时两种用于军事的机械化武器的制作工艺及其作用。清末屠寄又写《火轮船赋》，火轮船作为清末由泰西传入中国的先进科学技术，被当时人视为奇物。赋文简要记载了它的来历和发展，描述了这种新运输工具之客舱、设施和服务项目，进而详细说明了火轮船的制作技术和工作原理以及载客和运货等各种功能，展现了当时的科技对对外贸易产生的影响，今天看来有相当价值。

3. 书写儒家经义，输出儒家话语

元明清三朝，最大的连续性政治事件莫过于以程朱理学为官学，以经义考试为枢机国策。科举制度从隋朝至唐宋，走过了数百年，赋一度成为考察士子的得力文类。由宋代转至元代，上层意识形态领域的新变化，主流价值观的重新聚焦，经历了长久文明洗礼的文人学子有了更深厚的时代思想和为文理论及创作实践的积累，更有能力去综合与整合前代的文化遗产。在这个时期，赋体文的创作出现了前所未有的新局面。主要体现在赋体文学的努力振起与另辟蹊径上。这是赋体新走向和新发展的特殊时期。赋体文的新特色表现在以下几个方面：首先，接续与发展宋元时期的传统进行书写；其次，由于程朱理学成为官方意识形态，新一轮的罢黜“百家”“儒术”独尊，使文人学子在认同新的王权政治的同时，更多举笔投文，聚焦儒家经典，而不类于唐宋文人，诸子百家任我取舍。再次，科举制度又有了“变律为古”的新标准，文人则以“祖骚宗汉”观念来纠偏唐宋律赋极致性的形式追求导致的内容空疏和新文赋带来的形式变异。一时间，以古赋诠释新意识形态，解释儒家经义的作品和表达颂赞功能、载道内容的赋文又迎来书写热潮。由宋及元的陈普，承续唐宋人以赋表达儒理性道的传统，平生主要赋作 12 篇（见于《全元赋校注》），有 5 篇是书写儒家义理或治理思想的，即《太极赋》、《三才赋》、《道不远人赋》、《天秩有礼赋》和《惟则定国赋》。其中《道不远人赋》以《中庸》第十三章“子曰：道不远人，人之为道而远人，不可以为道”中的语句为题，全文表达自己对这个思想的理解。作者以为道于人皆不远，是率本性为之，依常理而行之的结果，人在此道也在此，人人与道没有分别，进而具体说明什么是道。从根本说，道是“本太极体，为天地公”；从伦理说，即是“父慈子孝”“兄友弟恭”……所谓“道即性，又何远”，最后得出“教求道者，但用心于内”的思想。还有陈樵和胡炳文的《太极赋》、方逢振的《王道以德义生民赋》、汪克宽的《夫子之墙赋》、姬志真的《性赋》和朱晞颜的《用中赋》等，均属此类，但写法不一，比如汪克宽的《夫子之墙赋》，以想象中的叙述和画面展开内容，风格十分活泼，其他均以理性思辨为主。明清两朝因有了时文八股，以古赋表达儒学性道内容渐次减少。艾可久有《静赋》、薛瑄有《自修赋》《思本赋》等。此类赋的内容已与三朝，尤其是明代始发明的八股制艺文产生了最紧密的联系，是八股制艺文的发明基础之一，也是古赋变体的文化与体裁积淀之一。

4. 定位专门类目，释述专业学问

元明清三代是通俗文学打天下的时代。通俗市民文学以其宽广的社会生活内容、生动鲜活的写法及风格面貌、各种适合市民趣味的品类和丰富的审美情味及传播方式，在文坛上驰骋叱咤，从底层文士到传统士大夫，都渐次参与到这个文化巨流之中。文体赋在篇幅和手法上较之其他传统文学样式虽然有优势，但在汹涌的通俗文艺面前，也只能发挥自己所剩的优势，在和平雅正中来彰显文才和文采，传播知识和学理。

文理方面，从陆机的《文赋》开始，到唐代白居易的《赋赋》，古典文人已然用赋的形式阐发文学理论。时至三朝，尤其是有清一代，论赋赋蔚为大观。《赋海大观》“文学类”中“赋类”辑录63篇以赋论文学的作品，其中3篇出自唐宋人，其余皆为清人创作。如施补华的《拟白香山赋赋》、杨际春的《赋赋》。其他如金长福、杨曾华、章耒和吴庆同等人均写作过同题赋。另有以赋典故、赋本事、赋源和赋体等为专论的赋作，“在拓宽赋论领域的同时，也显示出赋学专题化的特征”①。许结教授在论及此类内容时非常深细，且具体阐述了论赋赋的批评形态与特色，并强调由于科举考试的影响，论赋赋多以围绕科举考律而展开，故此类创作多以骈赋和律赋为

① 许结：《中国辞赋理论通史》，凤凰出版社，2016年版，第129页。

主。诚哉斯言。

其他专业门类方面，以赋为作的还有如以专门角度研究相术的《人伦大统赋》，作者是金代尚书张行简，元代薛延年注释。全书形制宏大，分八章，从总括而额相，而眉相，而眼相等，提出"修德为豪杰"的思想，并有两则附录：一为《三才图会》，即古代面相图例，一为相术辞典。本书作为古代人体五行学说的精髓，是集众家之长的相术典籍，也是古人洞悉人之身心，认识人之德性与选拔人才的重要文献。全文用赋写就，简单叶韵，语句或散或整，是《四库全书》收录的四部相书之一。

在医药学术方面，还有一长赋著作较有影响，即未著撰写人的《药性赋》。据考证，该作品约出自金元时期，属于古代中医中药学的启蒙著作。中国古代中医中药学源远流长，从著作看，近有李时珍《本草纲目》，远有《黄帝内经》。从医药家而言，明代有张景岳，清代有徐灵胎，再溯源而上，有孙思邈、张仲景，有传说人物岐伯与黄帝。《药性赋》又名《素问抄》《脉诀抄》《药性抄》，在充分总结前人经验与理论的基础上，全书分为寒热温平四大版块，每大版块列有五六十种药，一共列有常规中药两三百种。全文以整齐韵语出之，十分活泼，且易于诵咏和记忆。试节录寒药的版块一段，以资认识：

犀角解乎心热；羚羊清乎肺肝。泽泻利水通淋而补阴不足；海藻散瘿破气而治疝何难。闻之菊花能明目而清头风，射干疗咽闭而消痈毒，薏苡理脚气而除风湿，藕节消瘀血而止吐衄。瓜蒌子下气润肺喘兮，又且宽中；车前子止泻利小便兮，尤能明目。是以黄柏疮用，兜铃嗽医。地骨皮有退热除蒸之效，薄荷叶宜消风清肿之施。宽中下气，枳壳缓而枳实速也；疗肌解表，干葛先而柴胡次之。百部治肺热，咳嗽可止；栀子凉心肾，鼻衄最宜。玄参治结热毒痈，清利咽膈；升麻清风热肿毒，发散疮痍。尝闻腻粉抑肺而敛肛门，金箔镇心而安魂魄。茵陈主黄疸而利水，瞿麦治热淋之有血。朴硝通大肠，破血而止痰癖；石膏治头痛，解肌而消烦渴。前胡除内外之痰实，滑石利六腑之涩结。天门冬止嗽，补血涸而润肝心；麦门冬清心，解烦渴而除肺热。又闻治虚烦、除秽呕，须用竹茹；通秘结、导瘀血，必资大黄。宣黄连治冷热之痢，又厚肠胃而止泻；淫羊藿疗风寒之痹，且补阴虚而助阳。茅根止血与吐衄，石苇通淋与小肠。熟地黄补血且疗虚损；生地黄宣血更医眼疮。赤芍药破血而疗腹痛，烦热亦解；白芍药补虚而生新血，退热尤良①。

其中以简约的韵语方式陈说了31味寒药的药性功能。全文文风质朴，内容浅近易懂，以“赋”名篇，是为药理赋作品。

第三节　考赋的命运与变体转型

一、赋考的历史轨迹

1. 隋唐时期

中国文官制度中以文取士和分科考试的建制从隋朝开始。隋文帝即位后，完善北周以来的取士制度，着乎选官改革与分科考试。炀帝大业二年（606年）始设进士科，大业五年（609年）又诏令诸郡以“学业该通，才艺优洽”“膂力骄壮，超绝等伦”“在官勤慎，堪理政事”“立性正直，不避强御”等四科举人。随着科举制度的延续，考试科目已经增加到十科，有秀才、明经等科。秀才考试的内容是政论文章的写作，后又增加了杂文。由于内容比较广博，题目五花八门，录取标准也比较高，所以通过考试的人数极少。明经科则主要测试考生对经书的记忆和对经文大意的理解，也叫经义。此科通过考试的人数较多，考试合格者即能录用为官。而进士科考试的内容主要是政论文章的写作，即所谓“试策”，这为以后的科举制度奠定了基础。

唐朝科举沿袭隋制，经高祖、太宗、高宗至武后各朝，科举制度日趋完善。唐朝举业分制科和常科两大类别。制科属于特殊人才的选拔，由皇帝特殊召试。制科主要测试对策，科目繁多，有贤良方正、博学宏词、才堪经邦和武足安边等科。常科考试属于科举常态下的统一考试。考试分科进行，其科目比隋朝有所增加，不仅有秀才科、明经科，还有进士、明法、明书和明算等科目。对10岁以下的孩童也有特殊考试。此外，唐玄宗时还一度设置道举试士，专门以《道德经》《庄子》等道家经典为考试内容。武则天执政时期还创立了武举。明经科主要试帖经，与隋朝同，属于背诵记忆类基本能力的考试，通过率较高，地位不如进士科。进士科最初是试策，考试的内容为经义或时务，至玄宗朝，两种考试的科目有了变化，即唐朝科举的基本精神和聚焦重点脱颖而出，即进士科以诗赋取士，并作为录取的主要标准。写诗

① 张大明、余晓珂：《药性赋（白话解口袋书）》，中原农民出版社，2016年版。

赋需要具有较高的文学才能，故而进士科及第很难，考试分上、中、下三等，考入下等即落第，考得中等以上为进士及第。在每年少则八九百人，多则一二千人的应考者中，能及第者不过十余人以至三十人左右。所以当时流传有“三十老明经，五十少进士”的说法。玄宗在位期间，曾八次在长安和洛阳宫殿亲自面试科举应试者，录取了很多很有才学的人。开元年间，任用高官主持考试，提高了科举考试的地位，以后成为定制。

其他如明法科试律令，明算科试《九章》《夏侯阳》《周髀》等数学著作，明书科试《说文》《字林》等字书，这三科是选拔专门人才的考试，录取后只在和专业有关的机构任职。整体看来，唐代的考试内容多样，科目全面而周至，常规考试和特殊考试结合进行，武则天时期还增设了武举考试，由兵部进行，所试科目有马射、步射、平射和筒射等，还有马枪、翘关、负重和身材等方面的特殊要求等。

唐朝多科考试而以常科的明经和进士两科最为重要，明经科与进士科相比则进士科又更重要，故而诗赋考试为顶级重要的考试科目。一方面诗赋发展至唐代，是最高雅的古典文学语言及其所凝聚的文化人格的最经典的表达方式，顺应了人们的文化需求；另一方面，唐玄宗引领的开元盛世也需要这些文学体裁和能诗善赋的文学队伍继续润色鸿业，构建与发展政治经济与文化事业。而其中的赋考体裁是律赋。

律赋作为唐代新盛的赋体，更作为科考用文，是专门为唐代进士考试而设计的。从诗体赋到文体赋，到骈赋，进而律赋，是韵文技术不断升级进化的结果。用于科考的律赋在以下两个方面凸显了其特征：其一是内容上的颂圣端雅，议及国事，而限意则从经、史、子、集出题。以往的赋体，或咏物状志，或叙事抒情，无所不写。作为科举律赋，因与人才的特殊品质相关，尤其要心系苍生，怀抱治才，故而在政治人格、思想境界及意识形态领域上要有特殊追求，在文治武功上要有所见地，尤其要注重文治思想与王权话语的表达。书写个体一己之私情者在文为具体而容易动人，在用在取则不尽然。所以公情视角下对大一统帝国的文化建设有意义的内容则为律赋中最为重要者，这使律赋在制度的视阈中带上了政治的属性和政教的色彩，故而常常为后世所诟病。其二是形式上的特殊讲究。什么是律赋？明代吴讷的《文章辨体序》云：“律赋起于六朝，而盛于唐宋。凡取士以之命题，每篇限以八韵而成，要在音律谐协、对偶精切为工。”邝健行的《律赋论体》则强调：“律赋特点有四点：（一）讲究对偶；（二）重视声音谐协，避免病犯；（三）限韵，以八韵为原则；（四）句式以四六为主。”并强调四点之中，第二点是焦点。其实，偶俪也是律赋最主要的特征，也就是说，律赋是对骈体赋的进一步规范，限韵则是其中的硬道理。初唐律赋并没有严格的分韵限制，唐玄宗天宝年间，进士试赋需要限韵，一般以四言二句八字为韵立意，为八韵中要求依次四平四仄，十分讲究。作法也开始讲究规范，即开端要破题，在首四句中先将题目的字面意思破解出来，等等。律赋名家有中唐时期的白居易兄弟、王起，晚唐的黄滔等。这种赋体，实质是元明清三代八股制艺的前驱。

2. 宋、辽、金时期

宋朝初年沿袭唐制，有贡举、制举、武举和童子举等。贡举也设明经和进士诸科。宋代科举制在或保守或激进的政治家的引领下，有着跌宕起落的变化和发展。新的改革拥有新的理念和伴随新理念的顶层设计，它对古典中国而言是建设性的，并取得了泽被后世的巨大成绩，为当时朝廷选拔人才也起过积极的作用。许多杰出的政治家、经学家、文学家和科学家等由此途选拔而出，在客观上推动了古代政治、文化与教育的发展。其中考赋其命运则随着宋朝科举制度的改革而跌入谷底，渐被淘汰出局。

宋朝科举，在以下三方面呈现出重要性和特殊性。

其一是实行分级考试并强化分级管理制度。分级考试即分解试、省试和殿试三级考试制。解试是由地方官府举行的考试，考中的士子为举人，举人才有资格进入下一级的考试。解试又包括州试（乡试）、转运司试（漕试）和国子监试（太学试）等几种方式，朝廷于科场年间的八月十五日举行考试，一般连考三日，合格者按录取名额由报考的不同部门解送礼部，参加高一级的省试。省试在春季会考各地举人，由礼部负责，分不同科目连试三日，合格者由礼部上报朝廷，参加最后的殿试。自开宝六年（973年）开始，由皇帝亲自出题进行殿试考试，并重定最后的科考名次。殿试合格才算真正“登科”，也就是科举真正获得了成功。参加科举考试的各科士人，通称“举人”。举人科场登科便不再称举人，并可获禄授官，应试不合格者则可以反复参考应举。考中的举人可以享有免除本人丁役和身丁钱米的特权，但没有特殊出身授予。曾赴省试的举人，可以赎免杖以下的私罪和徒以下的公罪。举人参加殿试，夺得前三名者依次为状元、榜眼和探花。所有殿试合格者均按五甲授予本科及第、出身或同出身等身份，并有殿赐绿袍、笏和靴等。大多数举人出身于一般地主，还有部分工商子弟，世代官宦的子弟居于少数。而每次殿试录取的举人总数，比唐代礼部试多十倍左右，中举人数大大增加。

有宋一代除解试、省试、殿试三级考试外，也开设了一些特殊考试，如南宋时期，为照顾远离临安的四川举人，曾举办与省试相当的类省试等。从整体来看，宋代的分级考试体系日趋简便、合理和完善。

其二是细化考试管理。省试时，朝廷委派官吏权知贡举一人和权同知贡举二至三人，前者主持此次考试，后者协助主持和管理考试事宜。朝廷还选派贡监管人员出入等院监门官员数人，专门负责巡察院门；另有编排试卷官负责编排试卷字号，封弥卷首官负责密封卷头及考官所定等第，誊录官负责誊写，对读官负责核对考卷副本；每五百名举人又设点检试卷官一员，并按经义、诗、赋、论和策的不同课题分房考校试卷，批定分数，初定等第；参详官负责复查点检试卷官所定等第和批分。最后殿试时，朝廷又增派详定官数人，专门负责详审初考和复考官所定试卷等第。

在考试过程中，针对举人入考和考官批分也各有规定，各种有关考试的环节都有明确要求，并责任到人，层层负责。考场外贴有座位榜，考场内，举人按座位榜对号入座，座位上一一标写着举人的姓名；考官将刻印着试题及注解的考卷分发给举人后，有巡视官禁止举人在试场之内夹带文字，或互相暗传经义等作弊行为。举人纳卷答题完毕，封弥院负责密封试卷卷头，即将举人的姓名和乡贯等字样糊住，或截去卷头，改编成考试字号，使考官判阅匿名考卷；誊录院负责誊写出试卷副本，并要有所对读校勘，使所誊副本准确无误，使考官不能根据特殊字迹有所辨认或偏袒相识者，只根据副本阅卷批分等，最后再送复考官及知举官复审，并最后决定考试名次。

还有其他积极举措专门防止各级考试的考官作弊。朝廷规定有关官员的子弟、亲戚和门客应试时必须回避，若有参加考试者，则另派考官专设场屋特殊监考，称“别头试”。各级考试的考试环节也逐步细化。如在省试开考前，主考官全部同时进入贡院，开始封闭式考试准备工作，在考试期间既不能私自外出，更不能会见家人亲友，此规定称作“锁院”。在考试完毕之后，朝廷还禁止及第举人与知举官员结成“座主”、“师门”或“门生”等特殊的师生关系，防止考官与举人结党营私，胡作非为。朝廷还禁止台阁重臣在知举官入贡院前，以一己位高权重的身份“嘱请”或暗示知举官录取对象或“公荐”自己所熟悉的士人及喜爱的门生。以上措施都是针对科场作弊而具体制订的，它使宋代的考试制度更加完善，能更充分地体现科举制度选拔人才、公平竞争的原则。但是制度是人制订的，它可以被建设，也会遭到扭曲和破坏。所以，考官营私和考生舞弊的情形依然存在，这是由当时社会政治环境的不洁造成的。

其三，也是最重要的，是考试科目的减少与考试重点内容的更新，即废诗赋而考经义。

唐人科举考试，尤其在中后期，形成了独重进士科的局面。进士科考试内容虽分别为帖经、诗赋和策论，但唐人往往根据诗赋优劣决定取舍。宋初承袭唐制，进士科惟重诗赋的现象愈发突出，直到宋太宗端拱元年（988年），殿试还是或仅有诗赋题，或增加政论题。从太宗到仁宗，科举考试内容与为官之治理才能的关系问题日益引起朝廷关注，并开始有相关争议，进士科考试中才渐次形成了诗赋与策论并重的局面，但还未将进士科考试的重心转移到策论上来。

王安石的熙宁变法，科举改革是其重点之一。前期已有重臣纷纷表达了独重策论的主张。庆历初，富弼的《上仁宗乞革科举之法令牧守监司举士》提出："欲今后科场考试，以策论为先。"范仲淹等也提出"先策论而后诗赋"的主张。熙宁二年（1069年），朝廷下达了关于"贡举法"改革讨论的诏令，王安石的《乞改科条制札子》提出："宜先除去声病对偶之文，使学者得以专意经义。"韩维和司马光等大臣表示赞同，新党和旧党领袖意见一致，皆以为科举用诗赋取士华而不实，弊病百出。虽然苏轼的《议学校贡举状》，见解与众不同，认为士人为官品质和治理能力与诗赋和策论都没有关系，而且策论为文"无规矩准绳"，故"学之易成"，"考之难精"，虽有其理，但不能改变王安石变革的决心。熙宁三年（1070年），王安石任同中书门下平章事，同宰相之位，在全国范围内开始了大规模的推行新法的改革与落实运动。熙宁四年（1071年），罢废明经诸科，改应进士科，又新设明法科。后为加强考试的公平公正性，又进一步罢废了制科。于是并多科为进士一科的举措开始实施。进士科考试重心终于绕过了传统诗赋，转移至策论之文，即今之政论文，针对社会之军事外交、财政经济、道德教化、农业生产和天灾人祸等现实问题，考察士人的思考、对策与行政能力等。由于衡文标准不一，且考生拼凑和抄袭之病频出，又改考试经义。经义即经书内经文之意义、意思。经义考试即考查考生对经书内经文意义的理解和阐释。宋朝的考生可选择的经书有《论语》《孟子》《易》《诗》《书》等。王安石特撰《三经新义》，即《诗》《书》《周礼》“三经”，并汇评语，熙宁八年（1075 年）颁布于学校，成为法定教材，作为考试的标准。

辽、金两朝是北方少数民族建立的政权。为巩固统治，收拢人心，两朝皆效法和综合唐、宋两朝之制，逐渐将科举试士制度化，致使宋朝中后期被罢废的诗赋考试重新回到科举考场。辽代将科举考试分为乡试、府试和省试三级。乡试也称州县试，考中者称乡荐；府试考中者称府解；省试即礼部试，曾用宋代殿试之制。考试科目转以词赋为主。金朝在不到十二年的时间里迅速灭掉了辽和北宋两个王朝，旋即入主中原。在灭辽之前，金朝已采取科举形式选用汉人知识分子，但没有形成一定之规。金太宗天会六年（1128 年）始定“南选北选”两科考试制。即辽朝旧土儒士考词赋，此为北选；北宋旧土儒士考经义，此为南选。后将三年一考定为常制。金代考试也效法唐宋旧制，初分为乡试、府试和会试（礼部试）三级。至海陵王时，又增设殿试，并将南、北两选合二为一，经义科考试一度被罢废。取士科目除正科外，另设制举、宏词科、杂科（经童、律科、策试）及武举等考试。至世宗时又新增女真进士科，以本民族文字考试，考试科目则是策论和诗等，与汉人科举定制相同，也是三年一试，时称“策论进士”。这是一个在科举考试内容与形式上不断纠结、整合和探索的漫长时期，这个过程一直延续到元初。

3. 元明清时代

1206 年，成吉思汗建立了蒙古汗国。其子元太宗窝阔台汗占领中原之后，听取中书令耶律楚材以“儒术选士”的建议，开科取士，蒙古人和汉人均可参加考试。在恢复部分区域科考的同时，将经义和词赋一并恢复成为考试内容，曾有四千余人通过此次考试。后来科举搁置。1260 年，忽必烈统一中国之后，某些汉族官员又建议恢复科举，设科考试，但朝廷始终议而未决。直至元仁宗皇庆二年（1313 年），朝廷才正式宣布恢复科举制度，并正式规定科举考试的章程，次年即举行考试。其中改律赋为古赋是重大举措之一，由此，律赋便从科举领域快快退出，数百年科举考试中诗赋与经义之争画上了句号。此后，除至元年间（元惠宗，1335—1340 年）因故曾停科两次外，每三年一考成为定制。

作为少数民族政权，元代与辽和金一样在政治和文化教育上实行民族歧视政策。元朝统治者把其统辖的人民分为四个等级：第一等是蒙古人；第二等是色目人；第三等是汉人（包括契丹、女真及原金朝统辖下的汉人）；第四等是南人，包括长江以南的汉族人和西南地区的少数民族。在科举考试中，由于蒙古人和色目人必须以汉文应试，元代的统治者即规定蒙古人和色目人只需经过两场较容易的考试就可以中进士第，而汉人和南人要经过三场难度很大的考试才能中进士第。科考完毕公布成绩时，分左右两榜，蒙古人和色目人在一榜，称为“右榜”；汉人和南人作另一榜，称为“左榜”。

科举考试仍沿袭前代，分乡试、会试、御试三级。乡试即行省考试，会试即礼部考试，御试即殿试。全国乡试科场遍布在京城、中书省直属行政区以及各行省的省治所在地。会试在乡试次年举行，殿试则在次月举行。乡试、会试和殿试的录取名额中也有等级定额，但没有对第一等级的名额倚重。比如，乡试总共录取三百人，其中蒙古人、色目人、汉人和南人各占七十五名。定额一百人，蒙古人、色目人、汉人和南人各占二十五名。殿试考试也各分三甲，并授以官职。同时分右、左榜各一人赐进士及第、进士出身及同进士出身。殿试放榜后，元朝皇帝将在翰林国史院赐宴招待新科进士。

元代的科举考试内容与前朝不同，从承袭旧制开始向注重实用调整，分前后三个阶段。前期耶律楚材时设经义、词赋和策论三科，赋考赫然在列。延祐二年（1315 年），元仁宗下令恢复科举制度，最重要的改革内容是考试经义，并将儒家学说中的程朱理学定为考试的主要内容。从此，程朱理学成为元朝官学，也是其后明清两朝的官方思想。程朱理学作为解释儒家经典的标准，成为科举考试内容的圭臬，正是元代始开先河的。而配合为文的八股制艺也是在此后在历史的积淀中渐次形成的。从 1271 年忽必烈建立元朝至此，整整 44 年的时间。元朝仁宗延祐年间成为中国科举考试新时期的起点。至正元年（1341 年）科举又短暂停废后再次恢复，分三场，第二场专考古赋。科举从律赋而古赋，是元朝科举制度的重大改变，其用意所谓“初场在通经而明理，次场在通古而善辞，末场在通今而知务”（元吴澄《吴文正集》）。此种考试的设计思路是多么明达条畅。而经义文和古赋在擢才中孰轻孰重的问题成为焦点。从实际考试情况看，有前期重古赋，后期重经义的变化。而正是此一举措，对古赋在元朝的振起有着重大的导引作用。《青云梯》为元人选录的本朝文人赋作的赋集，从题目便知是专为配合元代科举考赋制度而作的，旨在指导试子为赋作文之法，颇有务为程式的意义，也为后世经义程式化提供了镜鉴。《青云梯》共收录元人赋家 102 人的 111 篇古赋作品，此书“是从元代举子的习作赋及会试赋中精选的汇集”①，集中体现了元人对骚体、汉大赋和宋代文赋的有意继承，而有抒情与结构上宗骚，手法和气势上宗汉，议论说理和散文化上宗宋的特征，为考赋变律为古的转向和科举为文的实践提供了重要的历史、文献与文学经验。

明清两朝是罢废古赋独宠八股制艺的朝代，也是八股制艺定型并疯魔的时代。明代初年，由于新王朝处于百废待兴之际，朱元璋提出了“唯才是举”“老少参用”的政治和文化方针，不仅保留了前代科举文武两科取士的制度来招录人才，还以岁贡（学校推举）和荐举二途补充，但相对还是更偏重科举选士。明洪武三年（1370 年），朱元璋正式下诏设科举，但因选才不合上意，三年后停废，改行荐举。在左右复议和利弊权衡中，明洪武十七年（1384年）再次决定重新恢复科举试士，并命礼部颁布科举之式，其后成为定制。

明朝科举每隔三年举行一次，分四级考试，即童试、乡试、会试和廷试。童试之童非专指儿童，在此意指初级。考生不论年龄长幼皆称为“童生”或“儒童”。童试意即预备性考试。童生先要参加由州和县长官主持的地方州、县级考试，通过后可称为“生员”，也叫“庠生”“秀才”。乡试是省一级的考试，在京城和各省省城举行，南、北直隶由京府主持，各省由布政使司主持。每三年举行一次，时称“大比”之年，并有正科和恩科（有皇恩时的考试）。考试日期定在农历八月，因此乡试也称秋闱或秋试。乡试通过者通称为举人，第一名则又称“解元”，即把第一送往京城参加会试之意。第二名称“亚元”，第三、四、五名称“经魁”，第六名称“亚魁”，其他举人则称“文魁”。会试由礼部主持，于乡试次年春在京师举行，故会试也称春闱、春试或礼试，通过者被称为贡士或贡生，第一名又称作会元。会试录取名额初无定数，成化十一年（1475 年）后，定为三百名。会试主考官二人，初由礼部在开科考试之时奏准皇帝委派，于翰林内择选钦命，后以二辅臣典试，成为惯例。廷试即殿试，由皇帝亲于廷殿主持考试而得名。廷试在会试后举行。开始定为三月初一，后改定为三月十五日。会试考试通过者均可应考，殿试考中者统称为进士，而以一、二、三甲为名次。一甲只有三名，状元、榜眼和探花，称为进士及第，状元授翰林院修撰，榜眼和探花授翰林院编修。二甲若干名，赐进士出身。三甲若干名，赐同进士出身（进士入翰林，进士为

---

① 康金声、李丹：《金元辞赋论略》，学苑出版社，2004 年版，第 83 页。

庶吉士皆自此始）。由当朝翰林及朝臣文学名优者共阅试卷，拟定名次，由皇帝亲自宣布进士名次。在乡试、会试和殿试中皆得第一名，称为“连中三元”，是当时士子得到的最高荣誉。这些场景和故事在古典小说和戏曲中比比皆是，科举的影响可谓深入人心。

明朝乡试和会试的考试内容自是愈发注重实际，以考察经国济民的实际能力为要务，律赋和古赋均被看轻。考试分三场，初场试“四书”义和经义，各三道和四道；第二场试论一道、判五道，另有诏、诰、表和内科一道；第三场试经史时务策，五道。廷试只有一场，只试策问。初试命题必须出自“四书五经”，必须以古人语气为之，必须体用排偶，而且一般为四个对偶的段落，流俗谓之八股，实是制艺，明初或成化年间形成，当时通称为制义。由此，明代科举制度走向成熟，并形成自己的体系。尤其是制艺文作为科举考试文体，登上古代明清考试的舞台，占据重要的文化地位，成为万千士子学习揣摩的对象和毕生钻研训练的事业。

清王朝于顺治二年（1645 年）开始科举取士。经过明朝的发展，到清朝初年，在承袭旧制和改进旧制的基础上建立定制，科举体制又有所发展，更加完备和成熟。

清代乡试名额与明代差别不大，且依时增减，称谓也没有改变。只是正榜之外另设副榜，中副榜者还可以在以后的乡试中考入正榜，从而取得举人资格，此制无疑使士子中举的途径有所扩大。会试依然由礼部主持，称为礼闱。作为全国性的考试，只有经过资格审查合格，才能参加。会试的场次和考试内容等都与乡试略同。会试的考试日期，清初设于二月，乾隆十年（1745 年）改为三月，此后成为定例。会试上设主考官，下有同考官，均由皇帝选派；选定宣布后，立即进入贡院，并严格实行人际隔离，不与外界往来，防止营私舞弊。其职责等亦与乡试略同。清代会试中没有定额限制，少则 100 名，多则 400 名不等。通过会试考试者被称作贡士，第一名称为会元。殿试作为清代科举考试的最高级别，清初定于会试之后的四月里举行，乾隆二十六年（1761 年）重新定于四月二十一日，从此成为定制。殿试的内容是经史时务策一道，每策包括三至五题，均是以皇帝的名义发问，出题时严加保密。评阅试卷的官员评阅完毕，以前十卷进呈皇帝，由皇帝最后亲定名次，并亲自于太和殿举行规模盛大的传胪典礼，隆重宣布殿试结果。一甲三名，二甲若干名，三甲若干名，分别赐进士及第、进士出身和同进士出身。按清代规定，一甲三名在殿试名次揭晓后立即授职，状元授翰林院修撰，榜眼和探花授翰林院编修；其他进士再通过其他考试所得等第，分别授以庶吉士、主事、中书、知州和知县等官职，由此成功登上清代政治舞台。

清代文科考试内容沿袭明代制度，也以制艺文即流俗所称的“八股文”作为考试文体，并专取“四书”“五经”内容命题为文。行文中严格规定作者必须代圣人立言，不仅要依据“四书”“五经”等儒家经典进行说明和论证，而且要严格遵守官方对“四书”“五经”的理解。“四书”要依朱熹集注；《易》则依据程颐传、朱熹的本义；《书》主蔡沈传；《诗》依朱熹的集传；《春秋》依胡安国传；《礼记》用陈澔《集说》。在形式方面，考试文章一般要由破题、承题、起讲、入手、起股、中股、后股、束股、落下或收结等部分组成。在入股的四个部分，一般各有两股互相对应的文字。全篇的字数也有规定。顺治二年（1645 年）时规定每篇限五百五十字；康熙二十年（1662 年）增为六百五十字；到乾隆四十三年（1778 年），每篇又增至七百字，违者不录取。清代还另设武科、制科和后来增加的博学宏词科、经济特科和翻译科等目。虽然科目繁多，但八股制艺文已然是常科中重中之重的为文和录取文体，虽然围绕它也存在是非论辩，但其基础地位始终未曾撼动。

清光绪二十七年（1901 年）八月，清朝政府在新的世界政治和科技形势下，在自明末至清末批判封建科举制度的激进派呼声的压力下，下诏改革科举：乡试和会试头场均改试中国政治史事论五篇，第二场改试各国政治艺学策五道，第三场才试中国传统典籍“四书”义二篇，“五经”义一篇，且明确规定“凡‘四书’‘五经’义，均不准用八股程式”。又过四年，即清光绪三十一年（1905 年）9 月，慈禧太后根据刘坤一和张之洞等人兴新学校、废旧科举的建议，下谕“自丙午科为始，所有乡、会试一律停止”。即此，从 606 年隋炀帝大业二年设进士科开始，在中国延续了 1 300 年的科举制度终于寿终正寝，宣告正式退出历史舞台。

二、考赋的变体再造

1. 政令下的文体转型

《元史·选举志》载：“仁宗延祐间始斟酌旧制而行之。”至仁宗皇庆二年（1313 年）十一月“乃下诏书”曰：“若稽三代以来，取士各有科目，要其本末，举人宜以德行为首，试艺则以经术为先，词章次之，浮华过实，朕所不取”，“并用朱熹《章句》《集注》”。意思是隋唐宋三代都以科举取士，我们元朝重新这样做，也有考试的基本原则，用经术考核士子的德性是本，辞藻问题是末。这一诏令并非年轻的仁宗皇帝心血来潮的产物，其背后有着文人巨儒和皇族官吏的经久运筹。

元朝开国之际，科举入仕不是选拔官员的主要途径，除了蒙古人和色目人的荫袭，由刀笔吏得官者多。由于唐宋科举主考诗赋与经义，连大儒许衡都认为科举务在虚诞，不主张元世祖实行之。但元世祖非常重视儒学，更重视汉制汉法，中国统一后，他便将程朱理学置于官学地位，但未恢复科举取士。经世祖、成宗、武宗朝，科举在欲兴欲止的纠结中盘桓多年。元仁宗即位后，情势开始有变。据《元史·选举制》载，皇庆元年（1312 年）元仁宗命令色目贵族贯云石与李孟、程钜夫等人详细议定了科举考试的目的、内容、方式及录取人数等。贯云石的身份是元仁宗的翰林侍读学士，他的老师却是汉儒姚遂。由此可见，这些汉人精英与色目精英的思想和主张对元仁宗的决策产生了重要影响，科举制最终得到了元仁宗的支持。他初登帝位即宣布："朕所愿者，安百姓以图至治，然匪用儒士，何以致此。设科取士，庶几得真儒之用，而治道可兴。"①

此一诏书透露出的政治信息十分明了，即用儒士安抚百姓以图至治，文化信息则相对简约而慎重。当时的中书省官员对科举以文取士进行了全面反思："夫取士之法，经学实修己治人之道，词赋乃摛章绘句之学。自隋、唐以来，取人专尚词赋，故士习浮华。今臣等所拟将律赋省题诗小义皆不用，专立德行明经科，以此取士，庶可得人。"确定了经义和词章是老大老二的关系，选择了一种崇尚质朴少文的科考文体方向。元顺帝时期被长期边缘化的赋考开始重新抬头，由复科前的沿袭宋金律赋，到后期转考古赋，形式又翻转了过来，科举文体又回到崇尚质朴少文的局面。

明朝在科举文体上的要求趋向完善。《明史·选举志》云："其试之法，专取四子书及《易》《书》《诗》《春秋》《礼记》五经命题试士……其文略仿宋经义，然代古人语气为之，体用排偶，谓之八股……"可见八股是从"体用排偶"的艺术手法而得到的称呼，是宋代经义向艺术化方向的延伸与发展，也即宋代经义与古赋兼容而渐成的变体。

明末清初大学者顾炎武进一步解释道："经义之文，流俗谓之八股，盖始

① 宋濂，等撰：《元史》，中华书局，1976 年版，第 1558 页。

于成化以后。股者，对偶之名也。天顺以前，经义之文，不过敷衍传注，或对或散，初无定式；其单句题亦甚少。”（《日知录·试文格式》）成化是明朝宪宗皇帝的年号。这既表明八股最初没有定格，“股”系与对偶之意有关，也明确八股文形成定制和称谓是从明朝成化年间开始的。但“股”并非对偶本意，此处顾炎武是泛指与对偶有关的名目，且为流俗所称。因为“股”字不是雅字，《说文》解作“髀”，大腿的意思。腿均是双数，故流俗用以戏称对偶中的一个语义单位。若“股”为对偶之意，则八股实为十六个讲究对偶的段落了。所以，“八股文”不过是对考试文体的一种俗称，非官方正式称谓，是明朝人从八比文俗化而来的。至于八比文应称为“四比文”才严谨，这又是另一个问题。因为“比”是对偶之意。古人对古代文名的称谓比较随意，不甚讲究，这真是很典型的例子了。

要之，朝廷在废律赋而古赋而制艺（特殊体用的股赋）的过程，相对比较漫长。作为后期官方特定的科举文体制艺——八股文，其名称与其产生历史都不是十分明确的，人们想象中有非常固定僵死格式的八股程式也未在文献上被明清朝廷明确使用过，只是以其“程文”为写作之范本。所以，从元代延祐元年至明代成弘年间，科举文体在变律为古，又变古为“股”的过程中逐渐形成，即使是在成弘年以后，朝廷对八股的规定也不见得像前人所说“纯为八比之格”，文中必须对偶的部分有的可以省略，有的也可以变通。也就是说，作为一个文论概念，一定要具备“八股”的八股文在实践中只是一个变量。而其中一个重要的常量即“排偶”，另一个重要的常量是律赋和古赋在历史演进中理赋类型的积淀。

这是一颗把宋代经义与古赋、律赋中的理赋细类结而合之的果实，渐次孕育，一经定型，便一气呵成，一脉贯通地被科举考试使用了700年。

2. 对赋的辨体与理性思考

元朝从1271年至1368年，只传五世11个皇帝，享祚较短。其一统天下后，在科举制上停停走走，探索之路异常艰辛。恢复闱场科举后，文人因政治文，文坛因政兴文，围绕变律为古，变古为股，文人开始理性梳理为文规律与各体赋文作为科举用文的优劣利弊。

有针对经义进行理性总结的。顺帝元统元年（1333年），进士王充耘写出了《书义矜式》，“始选八比一法……遂为八股滥觞。”（邓之诚《中华两千年史·制义文》），可见对考试文字在写法上进行理性研究总结的最初成果是将其典型写法概括为“八比”，也即对借用古赋之法的总结。

有针对律赋进行批评的。刘因是由宋转元时期的著名理学家、诗人。他一生著作甚丰，主要有《四书精要》《易系辞说》等。他对科举以律赋为考试形式保持坚决的反对态度，曾说：“学诗当以六义为本，三百篇，其至者也。三百篇之流，降而为辞赋，《离骚》楚词，其至者也。……至于作文，‘六经’之文尚矣，不可企及也。先秦古文可学矣，《左氏》《国语》之顿挫典丽，《战国策》之清刻华峭，庄周之雄辩，《谷梁》之简婉，楚词之幽博，太史公之疏峻。……下此而无学矣。学者……以为有用之文，则可以经纬天地、辉光日月也。”① 这表达了他对律赋等蹈袭偷窃、无所建树的批评，而以先秦古诗古文为取法圭臬。

也有针对古赋的批评。元末古赋创作大家杨维桢则针对古赋取士说：“皇朝设科取赋，以古为名，故求今科文于古者，盖无出于赋矣。然赋之古者岂易言哉！扬子云曰：‘诗人之赋丽以则，词人之赋丽以淫。’子云知古赋矣，至其所自为赋，又蹈词人之淫而乖风雅之则，何也？岂非赋之古者，自景差、唐勒、宋玉、枚乘、司马相如以来，违则为已远，矧其下者乎。”② 其对战国乃至于汉朝诸赋大家的赋体创作，尤其是丽淫之风与违拗风雅之作加以微刺。从延祐年至顺帝朝，科举制度历经曲折，从元人尚武轻文到渐次儒化而重文，到中后期以文取士成为国策，以何种文取士最为文人所关心。杨维桢其意在于，以古赋崇古，“祖骚宗汉”亦不可一概而论，其思考甚为精深，应也属于曲折支持经义八股取士的文化先声之一。

而在辨体研究中，则有祝尧系列著作作为各体文尤其是赋体辨体理论的先导。祝尧，字君泽，上饶人。延祐五年（1318 年）进士，所著有《大易演义》《四书明辨》《策学提纲》《古赋辨体》等。其中《古赋辨体》八卷，《外集》二卷，既是对前代律赋和文赋弊端的反驳，也是配合元代科举制度为试子取法的理论著作。作者将辨体批评作为主线一直贯穿终始，并以反思的方式总结、梳理了赋体的历史演进，发展变化和正变源流。他正式发出古赋“祖骚宗汉”的号召，主张以“六义”为法，即所谓“当讽刺则讽刺而取诸风，当援引则援引而取诸比，当假托则假托而取诸兴，当正言则正言而取诸

① 刘因：《静修续集》卷 3《叙学》，《文渊阁四库全书》，台湾商务印书馆，1983 年版，第 1198 册，第 687 页。

② 转引自许杰：《中国辞赋理论通史》，凤凰出版社，2016 年版，第 443 页。

雅，当歌咏则歌咏而取诸颂，则诗人之赋，吾又兼之”。他提出以“真情”为尊的主张，不仅先进地把赋归类于文学，也保守地指摘以往理赋非赋，但其重要功绩在于开启了纵贯元明清三代以复古为主流的尊体和辨体思潮。他的辨体批评思想丰富深细，内容摇曳多姿，对后世文体学尤其是赋论产生了深远影响。然依祝尧之见，赋作为“以情为本”之文学文，不能专务实用，引发了后世学人对长期以理入赋的否定，故而作为科举用文，其位置也当次于八股制艺文。由于祝尧乃元后期时人，八股程式尚在路上，对以化股入经义的理赋（八股制艺）应还没有反思和综合认识之能力。

第四节　科举股赋作为古典理赋的终结

一、制艺与赋体的同根同源

1. 语言文化之源

关于文体发展演变的观念，一般从两个维度言说，一是文变时序说，一是文体通变观，就是要考量文体发展演变的内因和外因。具体而论，还有三个角度：一是语言学的角度，二是心理学的角度，三是阐释学和接受美学的角度。其中语言和社会文化背景的角度最具体而重要。制艺是中国特有的考试文体，论其产生和渊源也决不能脱离开它与汉民族语言文化特性千丝万缕的联系。由于制艺的语言特性主要表现在对偶上，故而从对偶论其渊源应是最佳路径，不能仅从宋元时期的文体雏形说起。因为对偶是制艺最重要的文体特性，也是文学审美观里一个普遍的现象，虽然它绝非中国文化所独有，比如，希腊和拉丁古典作品中就不乏这样的例子，但在中国它被使用得更深更广，这确是不争的事实。刘勰就曾暗示“对偶”的中心地位说：“造化赋形，支体必双；神理为用，事不孤立。夫心生文辞，运裁百虑，高下相许。自然成对……若夫事或孤立，莫与相偶，是夔之一足，踔踔而行也。”（《文心雕龙·丽辞》）若进一步从理性的角度分析这是为什么？主要是中国语言文字的特点使然。拿汉字与其他民族的文字相比，汉字无疑具有视觉、听觉和意义单位三位一体，寓独立于统一的特点。也就是说，就汉字在特定的语言环境中的交际功能而言，一个汉字既是一个独立的构形单位（方块形体）和语音单位（音节），又是一个独立的意义单位。不同汉字在具体交际场合只有单一的同时又是独立的意义，这便构成了其内容的均衡统一。与字义相对，字形与字音则是汉字意义内容的传载形式，而这形式的两个方面在具体交际环境中也总是均衡统一的：不同汉字尽管有笔画繁简的不同，其所占面积也基本相同，真是可利用它作为积木式的“游戏”。而不同汉字的语音单位则毫无例外都是单一音节，而且有所谓四声，也有所谓平仄。因为单音的缘故，所以骈体组成的语句视觉整齐，语音和谐，语义上也容易引起联想和产生美感，同时还适于记诵，易于记忆，难于增改。可见，汉字个体的各个要素之间都具有统一均衡的特点，特别是单音的要求，自然容易引致文学形式的工整对称趋势。也就是说，骈偶是上天赋予中国文学的特点。如果不利用这个特点去表现中国语言的美，就古典泛“文”与文学形式而言，它又将怎样表现其传统智慧和民族性？所以，在中国，凡是古来的名言佳句，一定是以骈偶的居多。制艺的高度排偶形式当然也是我国优秀传统艺术结出的果实，显然这不是明清统治阶级的主观臆造。

除了语言方面的原因，还可以补充两个文化方面的原因。一是对偶是汉字文化塑造对偶思维习惯的结果。汉字是我们民族语言的基本元素，由于文学或泛“文学”与语言联系的密切，所以很容易启动汉字在文学领域中的文化塑造功能。文化塑造的内容可谓林林总总，有虚有实，我们所要关注的是汉字构形对比偶的影响。汉字的造字法是所谓的“六书”，而构形造字的一个结构原则就是讲究平衡对称。合体字是如此，独体字也不例外。二是在文化的起源时期，先民就自觉或不自觉地形成了这种经验或超验的审美意识，在汉字体系加入社会交际领域以后，这种审美意识不能不积淀成华夏子孙的集体无意识而在许多具体文化现象中施以影响，文学门类首当其冲。当然这种影响不是简单的因果关系，但却是最初的，故而也是极其重要的。还有一点必须予以强调，就是中国传统的对称思维或叫二元思维方式（思维与语言的关系是里与表的关系，虽然从线性系列的角度而言其因果顺序难以逻辑化，但两者之间的渗透与互动一定是存在的），有利于对偶美学观念的形成。这种因果关系由于来自汉民族的深层哲学理念，其原型（比如，阴阳互补等）对文学领域的渗透力更强，故而中国古典泛“文学”最明显的特色之一是迟早要表现出对偶结构的趋势。从韵文到韵文之外的“泛文”，追求对偶乃至排偶的脚步从来就没有停止过。

在这种自然追求积累到一定程度的时候，人们必然会将其中之规律加以梳理和总结，进而有意识地运用直到走向自觉。从《楚辞》发展到汉赋，再从汉赋发展到骈文，这是中国文学追求形式美的一个非常狂热的时期。骈文使中国散文的形式美走到了尽头。顾名思义，“骈”本指两马并驾，而“骈文”之“骈”则指其两两相对的对偶句法特征，而“四六”则是其偶句之中单句句法常规的总结，其语言表现形式之均衡统一已成格局。从此，骈文便在中国文坛上一直占据重要位置，其中相当长一段时间是处于统治地位的，即使是在坎坎坷坷和风雨飘摇之中，也依然没有销声匿迹。这种寓传统于时尚的对形式美的追求，一经齐梁时期的“声律”说予以理论化之后，便随着时代的推移和审美倾向，以及文学本身从发展、成熟进而走向衰败的自然规律，而不断地以一种极致的文学形式的面貌出现，在诗歌领域表现为唐宋格律诗词及对联等艺术形式，在散文（广义）领域则是散行文字中长联式的整段对偶和所谓八股文的产生。试看以下两段文字：

吾观天文，其中有程，日明则月晦，日晦则月明。明晦交养，昼夜乃成。吾观岁功，其中有信，阳进则阴退，阳退则阴进。进退交养，寒暑乃顺。且躁者本于静也，斯则躁为民，静为君。以民养君，教化之根，则动养静之道斯存。且有者生于无也，斯则无为母，有为子。以母养子，生成之理，则静养动之理明矣。（《白居易集·动静交相养赋》）

予性好高，好高则倨傲而不能下。然所不能下者，不能下彼一等倚势仗富之人耳。否则稍有片长寸善，虽隶卒人奴，无不拜也。予性好洁，好洁则狷隘而不能容。然所不能容者，不能容彼一等趋势谄富之人耳。否则果有片善寸长，纵身为大人王公，无不宾也。能下人，故心虚；其心虚，故所取广；所取广，故其人愈高。然则言天下之能下人者，固言天下之极好高人者也。

予之好高，不亦宜乎！能取人，必无遗人；无遗人，则无人不容；无人不容，则无不洁之行矣。然则言天下之能容者，固言天下之极好洁人者也。予之好洁，不亦宜乎！（《焚书·高洁说》）

由以上两段文字可以看出，原本精巧形态的对偶因为所要表达的内容的展开和复杂而不断趋于巨丽化，使排偶成为对偶形式的自然结果。前者是唐代白居易于贞元十六年（800 年）应进士科考试时所写的律赋，后者是明代领过乡荐也即受过制艺训练的李贽的散文。他们都是自觉而有意识地进行大段排偶，这种局部的排偶形式与制艺的排偶所差甚微。如果把一些骈体文与后来的制艺相比较，也能得出其“所差甚微”的结论，只是骈文大致一句以四六字为普遍，制艺每句字数不拘；骈文多用实字作对句，杂用助词，制艺则可自由运用各种品词。可见，制艺与前代民族形式的语言艺术有着割不断的血脉与联系，而骈文和律赋就语言形式方面，则为制艺的产生做了先期的直接的准备。就此，制艺成为民族语言与文体在历史整合中，按内在规律生成和发展的必然果实。

2. 文体体裁之源

八股制艺文不是一蹴而就的文体，它是在历史的积累与各体韵文的发展、交叉与互渗中，在科举新发明的曲折探索中逐渐形成的，它本身也属于华夏民族为选拔人才，文化精英与上至于朝廷，下至于士人百姓的集体创造，是在思维、民族语言、民族性文体与民族文化经典上取诸特色，用于一方的熔铸式发明。就其文体体裁而言，它的形成也能找到多种远近根源。历史上主要有以下诸说。

（1）源于唐代墨义说。

清代学人编纂的《学海堂集》卷八中收录了梁杰和周以清的两篇《四书文源流考》。梁杰认为，明清考试文“其源盖出于唐之帖经墨义”。周以清也说：“制艺亦称帖括，即唐帖经，亦称经义，即唐墨义。”

唐循隋制，设置明经和进士二科考试。唐代的明经考试分为“帖经”与“墨义”。前者就是针对经义所做的所谓背诵填空，后者是对经文的字句做简单问答的笔试。主要考查学子对经典的熟悉程度，是通过记忆来理解的死知识，完全没有给考生留有自我发挥的空间，考生只要熟读经传和注释就可中试。马端临《文献通考·选举三》所举的“墨义之式”即是如此。

（2）源于宋代经义说。

清代郑灏若也写有《四书文源流考》。他认为“四书之文原于经义，创自荆公”。道光年间进士刘熙载在《艺概·经义概》中称：“经义试士，自宋神宗始行之……今之四书文，学者或并称经义。”又说：“经义试士，自宋神宗始行之。神宗用王安石及中书门下之言定科举法，使士各专治《易》《诗》《书》《周礼》《礼记》一经，兼《论语》《孟子》，初试本经，次兼经大义，而经义遂为定制。”

经义是王安石变法以后宋代科举考试的主要文体。以经书中文句为题，应试者依题作文，阐明其义理，故称。主要是可以自发己意，不要求代圣贤立言，在写作形式上也比较自由，没有严格的对偶要求，虽有一定范文，却未形成特定的程式，所以宋代的经义仍属于古文文体。明清考试文体最直接的渊源是宋代的经义，这是学术界比较普遍接受的看法。

（3）源于传或注疏说。

清人刘熙载《艺概·经义概》又说："制艺推明经意，近于传体。传莫先于《易》之《十翼》。"他的意思是说，明清考试文体是阐明经义的文章，与古代的传注和解释文特别相近。比如，《十翼》就是解释《周易》的文字。传或注疏是我国古代特殊的解释文体，主要是传统中为了准确而具体地阐释儒家经典而作，如"春秋三传"、朱熹《四书集注》等即是。当然，古代的传注文体只要将原意阐述清楚或具体化就达到目的了，明清时期的考试文体则是要求在不脱离经典原意的前提下做主观的理解和发挥。

（4）源于骈文说。

清代阮元在《书梁昭明太子文选序后》中说："四书文之体，皆以比偶成文，不比不行。是明人终日在偶中而不自觉也。"又说："四书排偶之文，真乃上接唐、宋四六为一脉，为文之正统也。"（《揅经堂三集》卷二）。他不仅认为明清考试文体的基本特征是排偶，而且认为骈体四六文已开明清时期的考试文体的先路，并以讲究对偶声韵为文章之正脉。

近代学者钱锺书在《谈艺录》第四则附说四"八股条"中也持此种说法，都是看到了明清时期的考试文体在排偶和声律上追踪古代骈文而呈现出来的本质特点。

（5）源于诸文艺说。

历史上还有很多专家认为，明清时期的考试文体源于诗赋、戏曲、平话或小说。源于诗赋说主要是说明清时期的考试文体在结构上源于试贴诗或律赋，都有某种起承转合的程式；说源于戏曲、平话或小说的主要理由是明清时期的考试文体在口吻上有代圣贤立言的要求和特点。而我国古代戏曲、平话或小说等形式都是第三人称代言体的艺术，在此一点上，的确有相似之处，但关于代言体的文章，其实我国古代早已有之，并不仅是戏曲或小说的专利。

由以上诸说可以看到，关于八股时文渊源的说法真是各呈异彩，都抓住的是明清时期的考试文体在不同角度呈现出的一些内容或形式特点，但起源于戏曲小说等显然已不属于文体渊源的探索了。启功先生的意见比较具体而切近，他说："八股文的远源，一般地常追溯到北宋的王安石、苏辙诸家的'经义'，南宋陈傅良诸家的'奥论'内容也即是'经义'。还有从破题等技术方面，又追溯到'律赋'等文体，还有从明代篇后用'大结'，借发挥经义引到陈述、评论政治问题，又牵涉到‘策问’等。总之，可以追溯比附，却又都不全像。”[①] 说的极是，我们或可更细化地将文体体裁之源归纳为以下几种：

其一，古赋中的理赋。从荀卿赋到后来各个朝代，理赋一直都在发展并有重要作品的积累。除了理赋的议论说理属性，主要还从排偶和协韵，代圣人立言（即古赋中的对话和设问体）等特殊构造与技巧上影响八股制艺。

其二，隋唐开始的策论。策论主要从内容上的关于时事政治与手法上的议论说理方面影响八股制艺。

其三，唐朝律赋。律赋主要从叶韵、对偶、议论和作法程式的角度影响八股制艺。

其四，宋代新文赋。新文赋主要从内容上的议论述理和语言上的散文化倾向上影响八股制艺。

其五，宋代经义。宋代经义主要从内容上聚焦儒家经典而影响八股制艺。

统而观之，赋体是八股制艺最重要的文体体裁之源，是其为体之本，而策论和经义是其为用之能。

3. 制艺与赋形式上的显隐相似关系

制艺与赋有形式上的显隐相似关系，这种相似与衔接可以分四层说。

第一层即语言形式。制艺之“艺”最重要的特征体现在其相对稳态要求使用“偶对”语言上，这种要求应是向古赋语言看齐的结果。长久以来，古人和今人均已具备了从语言区分赋体的认知，尤其是刘勰早有专论，探究赋体艺术的要义为“造化赋形，支体必双”。许结亦从论：“语言是分辨赋体的要则，而修辞则是赋体艺术的本根。”制艺被俗称八股文，正是基于其文主体部分的语言是标准的中国特色式语言，即四个或四个左右（因考试时有篇幅限制）可长可短的对偶句。这成为一个“硬”标准，只有使用上这样的修辞，且使用得巧妙得法，才使此类文章保有了某种民族性和艺术性的承传，并与其他非必如此的实用文有所区别。

第二层即对话体制的延续和模仿。制艺要求为文中要以“代圣贤立言”之法展开内容，学人多以是出自揣摩圣贤、内心接近圣贤等需要，或借用诗词和戏剧的代言体等来对其加以分析，其实，制艺的代圣贤立言最接近的应是赋体。《文心雕龙·诠赋》以为赋的体制特色是“客主以首引”，即开头要

① 启功：《说八股》，《北京师范大学学报（社会科学）》，1991 年第 3 期，第 55 页。

引入客主对话，赋文在“客主以首引”的创作实践中展示的体制情形略有不同，不仅有客主均出于历史上真实人物的情况，也有主实客虚（设）、客主皆虚（设）和假托人物等情况（杨波《中国典籍与文化》）。这种对话式或虚设人物说话的体式可以使主体视野宽阔而有变化感，可以有双向的交流感，可使作品因而比较具体并且为文活泼、文势跌宕。这种揣摩着、假设着展开内容的方式，尤其是借前代人物说话的格局，直接被制艺发明者借鉴并发展成“代圣贤立言”的特殊方式，用“夫子若曰”等戴了顶圣贤的大帽子，来代替赋体在段落的开头常用的“于是乎”“尔乃”“若夫”等标志性的词语，显示出它的散文化和引出人物或建立角度的特点，并以此对王权话语进行特殊强调。这既是当时科举制度改革的核心内容，起到“载道”的功效，也表达了古人浓郁的复古心态和崇古心理。

第三层是制艺与赋都可诵。“不歌而诵谓之赋”，这是汉赋命名的一个重要来源。赋从诞生之日起就把赋与诗歌区分开来。《汉书·艺文志》在讲到赋时说：“传曰：‘不歌而诵谓之赋，登高能赋，可以为大夫。’”所谓不歌而诵，就是指在传播形式上与诗歌的和乐性不同，虽然这种朗读方式的具体情况已难以确考，但比较肯定的是，它与歌唱是不同的，属于不配乐歌唱的口头诵读形式。另外，其可诵性也是因为赋在韵散相间中使用语言上的修辞特征，尤其特别讲究句子整齐，音韵和谐。赋为诵读，可有抑扬高下之声调美，非常能表现出士大夫横溢杰出的文才，所谓“登高能赋，可以为大夫”。制艺的可诵性除了主要出自语言的骈俪偶对，声韵和谐的音乐特征外，还可从其教育特征处有所呈现。士子写作制艺，首先的功夫就是要熟记大量古书，如“四书”“五经”，为了达到良好记忆的目的，传统习惯即是利用汉语的声节特征高声或低声诵读，而且读得很有节奏和腔调。而这也是源于“四书”“五经”都是汉语至高无上的思想与语言合一的经典，是在诵读中有“弦歌之音”的基础。在此影响中写作行文，则特别强调要有滋有味地沉浸，有“代圣贤立言”的揣摩，有行文流畅地表意的高要求等。难怪当年周作人在《论八股文》中说，八股文“是永久的中国文学”，是“比骈文还要圆熟的散文诗”。

第四层是制艺（八股文）程式最直接取法的不是小说和戏曲之法，而是律赋之法。律赋是唐代新生的赋体样式，人们多以律赋之源是唐代律诗与六朝骈赋的结合，其实，它是六朝骈赋与唐代科举两重力量推动下形成进而兴盛的。在体式上，日本学者铃木虎雄以为“律赋本骈赋之狭义者”（《赋史大要》)。它继承并发展了六朝骈赋的特征，具有句式偶对、音韵谐畅、用典繁复和辞藻华丽等特点，因与科举相关联，唐人讲律赋作法的著作层出不穷。其中有代表性的如《赋谱》，内容包括审题、用事、段落和对偶等，其中称“律赋之法有五：一辨源，二立格，三叶韵，四遣辞，五归宿。其品有四：曰清真雅正。其用工有九：曰起接，曰转折，曰烘衬，曰铺叙，曰琢炼，曰连缀，曰脱卸，曰交互，曰收束。”（清代朱一飞《赋谱》）在律赋的标准体式上下足研究工夫。当代赋学名家马积高先生也认为：“盖律赋本从骈赋变出，其区别主要在于：骈赋不限韵，律赋则限韵；骈赋虽多偶句，一般只求大体整齐，律赋则基本上全是俳偶句，只可稍有变化；骈赋起结较自由，律赋则开头一般必须破题，承结亦多有恒式；骈赋长短不齐，律赋一般限四百字左右。”（《历代辞赋研究史料概述》）他们在对律赋体式的研究中都提到破题、起接、对偶和收束等概念，而这些最终都化入相对发展和变化了的制艺体式之中，也即成为“八股程式”的核心特征。由于律赋在声律和对偶方面有更严苛和精切的要求，导致批评之词不绝。司马光《起请科场札》曰：“至于以赋诗论策试进士，及其末流，专用律赋格诗，取舍过落，擿其落韵、失平侧、偏枯、不对、蜂腰、鹤膝，以进退天下士，不问其贤不肖。”后被元人替以古赋，终被替以四比制艺。当然，制艺必须偶俪，不仅是要整合赋体的文才，补充王安石经义之不文，还有整合古代言与文之意义。清人阮元在《文言说》中专门强调孔子的言文思想：“孔子于乾坤之言，自名曰文，此千古文章之祖也。为文章者，不务协音以成韵，修词以达远，使人易诵易记，而惟以单行之语，纵横恣肆，动辄千言万字，不知此乃古人所谓直言之言，论难之语，非言之有文者也。”赋有从体物绚美到“体国经野”“义尚光大”（刘勰语）的追求，制艺更是要有深厚的人生毓养方能化学为文，要有衡德量才之意义，两者在“言文合一”的“雅”的精神上形成了深厚的统一。

二、八股制艺的为文造型与体用特征

1. 为文造型

（1）八股制艺常格。

由于制艺是科举考试专用文体，其用途的严肃使得它在内容和形式上都要有一些硬性的标准作为衡量文的高下的依据。除了从命题为文的角度对文章内容做了严格的规定外，制艺文在形式上的规定主要体现在篇章结构上，即所谓制艺的写作程式。制艺也是在这个意义上被流俗命名为“八股文”的，实际是不标“赋”名之理赋。

通常所谓“八股文”，其格式结构在实践中还是很有通融特性的。随着历史的发展，考试规范的需要，其基本常量的规定还是十分明确的。清末陶福履著有《常谈》一书，他在其中的《四书文》中说：“四书文，经义也，宋熙宁中王安石所创。《宋史》：熙宁四年二月丁巳朔，罢诗赋明经诸科，以经义论策试士，命中书省撰大义式颁行，试义者须有文采，乃为中格。元仁宗皇庆初，复科举，仍用经义，体式小变，其文有破题、接题、小讲，谓之冒子；冒子后入官题，题下有原题、大讲、余意，亦曰从讲，又有原经，亦曰考经，有结尾。后又小变。然冒题、原题、讲题、结题，一定不易。明初小变，然文后尚有大结，犹其遗法。成、宏（弘）以后纯为八比之格矣。”这段话意思是说，考试之初只是特别在意辞藻，并积累了一些写作理路上的经验。后来到明代成宏（弘）年间才有了大略稳定的体式。崔学古在《少学》里作如是说：“起股、虚股、中股、后股，每项二股，故云‘八股’。两两相比，明必如是而后尽也。”（《檀几丛书录要·少学》）他也明确认为制艺的结构格式是明以后才走向定型化的。当然，这是逐渐定型的一个过程。

从宏观上说，制艺文为文的基本格局被规定为：破题、承题、起讲、入题、分股和收结六大部分。具体而言，入题之后的“四比”即为“八股”。程式如下：

题目

破题

承题

起讲

入题

起二比

（出题）

中二比

（过接）

后二比

束二比

收结

破题。起首通常以两句或三句散体文先点破和说明题目要义，称为破题。破题文字虽只有两三句，但因为在文章开端，如果写得提纲挈领，精辟警醒，就可以建立文章的态势和品位，并引起考官注意，留下印象。清初戏剧家李渔曾说：“场中作文，有倒骗有司入彀之法。开卷之初，当有奇句夺目，使之见之一惊，不敢弃之。”（《闲情偶记》）可见破题对文章成败至关重要。破题的方法很多，有明破、暗破、顺破、反破，等等。如制艺有《诗三百》一题，此题出自《论语》：“《诗》三百，一言以蔽之，曰：‘思无邪’。”《诗三百》文题本身没有任何意义，是下截题。明代归有光对《诗三百》一题的破题是：“圣人约《诗》之为教，不外乎使心得其正而已。”“不外使心得其正”，是暗点了“思无邪”的意思，这就是暗破。再如制艺《学而时习之，不亦说乎》一题，也出自《论语》，是所谓单句题。清代同治进士陈康祺做的破题为：“为学而惮其苦，故圣人以‘时习’诱之焉。”题目为“乐”，却以“苦”说之，这是反破，凡此种种。

承题。承就是承继、承接。承题一般是用三到四句散体文，承接上文破题的意思而加以补充说明或进一步说明题意，使破题的意思更明白更晓畅。承题与破题关系密切，可以与破题同归入文章的开端部分，只是层次上延展或递进了。如陈康祺的《学而时习之》一文，破题为“为学而惮其苦，故圣人以‘时习’诱之焉”，承题为“夫以学为苦，非学中人也，子故有望于‘时习’者耳。”承题先否定以学为苦，说明以学为苦非学人的态度，后将“苦”以“时习”引到乐，说只要坚持了“时习”，学习才能快乐，就此归反为正，是为尊题。古人研究破题承题之法，有正破则反承，反破则正承等，并比喻为“双龙抱珠”，十分恰切地说明了二者正反相承的辅助和一体关系。

起讲。起讲也称小讲或原起，一般开头多是以“若曰”或“且夫”等双音词领起，也有用“而”或“旦”领起的，可排偶，可散体，少则三五句，多则十句左右。起讲的用意是承题之后，进一步说明题目，并有概说全文，引领议论的意义。再者，由起讲开始，就要进入以古人口吻为文了，也叫“入口气”。如陈康祺《学而时习之》的起讲模拟孔子的口吻写道：“若曰，今人后古人而生，乃不啻先古人而没，斯非善效古人者矣。盖与古人争千古，在争百年，与古人争百年，在争一日。志士多苦心，故志士惜日短尔。”从前文之“时习”进一步向时间引申，说今人与古人在时间上的态度，以今人的在惜日短来对待千古、百年和一日的时间，阐明了只有只争朝夕地温习，才是为学有乐的态度和结果。清人李光地在《榕村语录》中说：“作时文要讲口气，口气不差，道理亦不差也。解经便是如此，若口气错，道理都错矣。”其中简短的散句不仅口吻耐人寻味，也寄寓着起承转合之理路技法：“若曰”三句是起承，“盖与”四句是“转”，“志士多苦心”两句是“合”，不仅文字字面上又回到了破题之“苦”，（虽不再是惮苦之“苦”），“惜日短”的内容也回落在承题之“时习”上，解释了“时习”的缘由和应如何“时习”，就此使文章破题和承题的意思进一步深化了。

入题。入题又称入手、提笔、领题或领上，是开始正式进入议论部分的说明。与承题和起讲相对比，如果承题和起讲都是承上的属性，或者说是对题旨的进一步解释和说明，是在解释题意上作文章，那么，入题部分则是“启下”的属性。要用一两句或三四句作为过渡，把文章引入正式的议论部分。同时，要点明本文题所论内容的界限。当文题有上文时，要领上文入题；当文题有下文时，要领下文入题。

起比。起比又称题比、起股，或前股、提股。这部分开始要用排偶的文字具体展开议论，表现主旨。每股少则四五句，多则八九句，一般要找到正反虚实等一个角度留有余地地议论。分股是文章主体部分的开始，也是排偶之势的开始。

出题。顾名思义，就是点出题目的意思。起股之后，若继续排偶，则文章形式上会比较板滞，此时用一句或几句散句从字面上再回点题目，既使排偶之势有所跌宕，也使议论的思路不偏离主线。这显然是一种经验性的程式要求，也是引领主体议论内容得以深入的线索句。如陈康祺《学而时习之》文的出题文字是：“学非可以艰苦辞也，而在课之以习；习非可以勤苦间也，而在策之以时。”“学而时习”四字在各句中分别点出，使题目之意再一次被强调起来。

中比。中比又叫中股，句子可长可短，继续以排偶的句式承接上文，展开议论，而且要把题目中的议论内容淋漓尽致地发挥。故而此处内容往往是全文的重点。

过接。在中比后比之间，或在各股之间，有时还有一些散行文句，叫“过接”，主要是起粘连作用或具备承上启下意义的句子。

后比。后比又叫后股，通常每股十几句到二十几句，常以虚词开头，并继续以排偶句式，展开后面的议论，主要是对中比的议论内容进行扩展和补充，写其未尽之意，使议论内容更趋丰满。

束比。束比又叫束股，一般较短，通常只有两三句左右，所以又有“束小二股”之称，是以排偶句式，做最后议论的段子，并提醒全篇准备收束。虽然它在议论主体部分的最末，却不能因为它短小而轻视它，如何把上文议论内容的未尽之意表达完美，并向最后的总结引领，这也是制艺的功夫所在。

大结。大结也叫收结。以散体文的形式对论述加以总结，口气又一次回到作者本人，也叫“出口气”，这一部分纵览全局，是全文的结束语，也是文章由“起”而“合”的部分。因为从制艺各部分的内在关系看，“破题”为“起”，是解释题意的，由此引出以下“入题”的文字，“承题”、“起讲”和“入题”都是制艺文的“承”。开始体用排偶的部分是制艺的主体，也是内容的高潮，是具体阐述发挥题意的部分，就是“转”的部分。最后收束全文内容，就是“合”。

姑可从以下例文看八股制艺之常格与股赋之面貌：

《不以规矩》（按：此题出自《孟子·离娄上》）

正文（括号内为结构简释）：

规矩而不以也，惟恃此明与巧矣。（破题）

夫规也、矩也，不可不以者也；不可不以而不以焉，殆深恃此明与巧乎？（承题）

尝闻古之君子，周旋则中规，折旋则中矩，此固不必实有此规矩也。顾不必有者，规矩之寓于虚；而不可无者，规矩之形于实。奈之何，以审曲面势之人，而漫曰舍旃舍旃也？（起讲）

有如离娄之明，公输子之巧，诚哉明且巧矣。（入题）

夫有其明，而明必有所丽，非可曰睨而视之已也，则所丽者何物也？夫有其巧，巧必有所凭，非可曰仰而思之已也，则所凭者何器也？（起二股）

亦曰规矩而已矣。（过接）

大而言之，则天道为规，地道为矩，虽两仪不能离规矩而成形。

小而言之，则袂必应规，夹必如矩，虽一衣不能舍规矩而从事。（中二股）

孰谓规矩而不可以哉？（出题）

而或谓规矩非为离娄设也，彼目中明明有一规焉，明明有一矩焉。则有目中无定之规矩，何取乎手中有定之规矩？而或谓规矩非为公输子设也，彼

意中隐隐有一规焉，隐隐有一矩焉。则有意中无形之规矩，何取乎手中有形之规矩？（后二股）

诚如是也，则必无事于规而后可，则必无事于矩而后可。夫吾不规其规，何必以规？吾不矩其矩，何必以矩？而不然者，虽明与巧有存乎规矩之外，如欲规而无规何？如欲矩而无矩何？

诚如是也，则必有以代规而后可，则必有以代矩而后可。夫吾有不规而规者，何必以规？吾有不矩而矩者，何必以矩？而不然者，虽明与巧有出乎规矩之上，如规而不规何？如矩而不矩何？（束二股）

夫人之于离娄，不称其规矩，称其明也。人之于公输，不称其规矩，称其巧也。则规矩诚为后起之端。然离娄之于人，止能以规矩示之，不能以明示之也。公输之于人，止能以规矩与之，不能以巧与之也。则规矩实为当循之准。不以规矩，何以成方圆哉！（大结）

此文选自《曲园课孙草》，作者俞樾（1821—1907 年），字荫甫，号曲园，浙江德清人，晚清著名文学家、教育家、书法家，同时也是俞平伯的曾祖，国学大师章太炎的老师。全文是标准的八股制艺文，你感觉到它是“妖孽”，是懒婆娘的脚又臭又长吗？你感受到的只是作者的渊博有才，对儒家经典理解的深入而有思想。在体格上因自如驾驭八股程式，或散句，或偶丽，叶韵相对自由，具有端正典雅的特点。作者善用正反思维，究索儒家“规矩”之内涵，提出规矩要“以而巧”的观点，即依凭规矩而用至于巧，很有深意。全文思路清晰，构段谨严，层次分明，思想内容境界高，比之金元时期义理性理赋的语用更简洁晓畅，条理更规范清晰，亦是似在诗与文之间矣。

明清制艺文存世篇目颇多。最典型的有乾隆元年（1736 年）方苞总编纂的《钦定四书文》一书，共收录八股制艺文 783 篇，颁行天下，作为典范。程式即规范，规范即程式，规范寓于典范之中。

（2）八股制艺变格。

作为科举考试文体，不同于普通古赋，可以内容多样，形式富于变化，没有内容和形式的制约，如此文章的考核就难以有标准，是以立规矩而用之。但概念中的规矩并非铁板一块，僵硬至死。在规范的框架中仍然存有灵活性。

首先，破题和起讲可骈可散。

其次，主体程式有可变空间。俗众所谓“八股文”，其程式是僵硬不变的，主要是针对制艺的重点部分，即必须对偶部分的说法。其实，从全文看其中的骈散关系，就能看到制艺并非要求必须八股。制艺功令要求只是入股部分必须排偶，其他部分则“或偶或散”，也即八股之外，还可能增加二股、四股。而就全文来说，这样的文章就既不是八股，也不是八比之文了。

见以下程式：

题目

破题（两句，或偶或散）

承题（三、四散句）

起讲（七、八句至十余句，或偶或散）

入题（一、二句至三、四散句）

起二股（前后对偶）

中二股（前后对偶）

后二股（前后对偶）

束二股（前后对偶）

收结（结语或落下）

以上程式中的破题和起讲都是可骈可散的，这是制艺文的灵活性之一。如果其中作者多用排偶，即是说文段的散句部分减少，而骈语排偶的部分增多，是为愈发呈现着古典理赋的特征。

再次，主体入股部分亦可多可少。

明清文人对“八股文并非八股”的事实是有所认识的。顾炎武在《日知录》中曾说：“亦有联属二句四句为对，排比十数对成篇，而不止于八股者。其两扇立格，谓题本两对，文亦两大对，则每扇之中，各有四股，其次第之法亦复如之。故今人相传，谓之八股。若长题则不拘此。”（《日知录·试文格式》）《南吴旧话录》所引《八股程式》也说：“中比居中，在人则为腹，固无所不包也。题之虚者，委折以得其情，题之实者，精核以明其意，以两股为准。三股、五股、以至七股、九股、流水股各出者，则题之长短不一。”（转引自邓云乡《清代八股文·八》）。启功先生在《说八股》中也提道：“相题作文，题中两项论点即作两大扇；题中三项论点的，即作三大扇，也被允许，并非从来未见的。”“更有只有六股的童生考卷，作不出八股的只作六股也可以。”（《说八股·引言》）这都是讲八股的规定不是机械而一成不变的，是依据股数多少而灵活变化的。“股”即是其核心形式，也是其核心特征，而这就是骈赋或古赋的特征：排偶铺陈。

（3）内容上的依而有己。

制艺股赋最被后人唾弃的部分是内容上的被程朱理学束缚和以剽窃为能事。以程朱理学为官学，实际上是封建时期一统思想的需要，朝廷要选拔的是符合自己需要的人才。此中有局限性，只能从历史和未来的视角去批评。而就作赋为文的角度，有真才实学的人则主要在理解内容和驾驭要求上呈现自己的学养与见地，让全篇思想在形式的合模中跳舞，在枷锁与链条的缝隙中翻飞。跳得蹩脚的在多数，跳出高度的在少数。明清两朝，这样正面的例子不胜枚举。先以李贽为例。李贽作为晚明早期启蒙思潮的思想旗帜和一代文化先师，被赋予了“百世以俟圣人而不惑之人”和“哲学的烈士”的称号。李贽平生著作甚丰，而《说书》两卷属于珍贵的八股文献，也是其八股文的代表作，它们在八股文的发展史上起过重要作用。其八股文合乎儒家传统但不迷信圣人之言，始终表达与坚持对真理的追求。他还将八股文与文学作品同等看待，主张作八股文也必须保持纯洁的心灵，并拥有澎湃的激情。再看看明清名家之八股制艺文的思想与表达艺术，是不是印证了李贽的说法。在今天传统文化热和普及人文经典的时刻，这样的文字是同样令我们叹为观止的。

岁寒　一章

金声

物亦有受知之时，无为惜晚也。（破题）

夫后凋之节，松柏岂应俟岁寒后知哉？不岁寒后知，不成松柏耳。（承题）

今夫世人何知，落穆者有搔首问天耳。人之所赏，天之所摧也，百卉争妍，人共艳焉，有其时叹造物之不仁，而恨彼苍之好杀哉。（起讲）

有松柏者，负性赋质，同白天植，而不随贞元之运转，乍荣乍枯，力能使大造无惧。

摧残剥落，成何景象！而犹余硕果之不食，超群独竖，尚堪为乾坤壮色。（一比）

为操鉴者计，知松柏不当于岁寒矣。落落漠漠，过而不问。松柏直寄焉，以为不知己者诟厉也，此不知者之罪也。

为松柏计，知松柏不得不于岁寒矣，劲节未著，谁其先觉，松柏自当寄焉，以待知己者未晚也。此松柏之常也。（二比）

虽其与草木共处不凋之时，而百无足与草木斗奇者，此正不与草木同凋之具也，此真松柏也，不此之知而知亦浅矣。

顾其与草木同处不凋之时，而能种种受斡鉴者，必区区与草木斗奇者也，必非松柏也。过此以往，或之知而知乃真矣。（三比）

好为异者，众必嫉之。松柏异早凋者，非松柏异也，凋者自异松柏也。草木有知，我知其弗恨也。

骤见奇者，群必讶之。见后凋者回视未寒以前，觉目中无此松柏也，今者何弗相蒙也，松柏有知，我知其哑然笑也。（四比）

岁寒以前，已有岁寒当其过而不知，岁寒以后，复有岁寒当其未寒而复不知，即令岁无寒时，草木无凋零日，终松柏之身无复知其后凋者，松柏亦如是已矣。夫松柏岂斤斤焉，欲邀人世眼目一顾盼者哉。（大结）（选自《小题五集精诣》）

此文作者金声（1598—1645年），字正希，一字子骏，明末休宁（今属安徽）人。崇祯元年（1628年）二甲七名进士。曾在安徽家乡绩溪指挥抗清，兵败被俘，被押赴南京后坚贞不屈，英勇就义，死后谥“文毅”。金声不仅是明末制艺大家，也是著名爱国将领、抗清志士。著有《尚志堂集》《金正希手稿》等。此文文题出自《论语·子罕》，是全章题。这是孔子的一句格言，意思是：到天气寒冷的时候，才知道松柏是最后凋落的树。说“后凋”其实是说不凋。朱熹在《四书章句集注》中对此章的解释说：“范氏曰：‘小人之在治世，或与君子无异，惟临利害，遇事变，然后君子之所守可见也。’谢氏曰：‘士穷见节义，世乱识忠臣。欲学者必周于德’。”是引用他之前两位学者的解释来表达一己之解。主旨在于突出治世之时小人与君子同，乱世或危险之中君子和小人的品格与境界就显出了不同。忠臣就是在这样的时刻透显出品德的本质的。金声此文，即依此意，从不同角度表现松柏临寒不凋、傲岸挺立的气节，实是托物言志，借松抒怀。最后结语总结松柏的品质：松柏无论处于什么季节，什么环境，都超逸拔俗，坚定不移，尤其岁寒之时，更是独显秉性，操持不改，即便是没有寒冷的时节，草木也没有凋零的日子里，没有与它形成对照的事物，它依然如故，那是本性所在！最后用反问总结说，松柏难道是那种心胸狭小，只想赢得世间的人们注目观赏的植物吗？

通观全篇，金声的高洁人格与忠贞品质借助着对松柏精神的分析，得到了完美细腻的阐扬，而且文中铺陈描写精致有情，使此篇制艺恰似精美的古赋作品，故得以流芳于后世。

再看一篇：

孔子登东山而小鲁　一章

李光地

圣道大而有本，学者必以渐而至也。（破题）

甚矣，圣人之道之大，盖非无本而然矣。苟无成章之学，而欲一蹴而至于道，岂不难哉！此孟子学圣人有得，而以教天下也。（承题）

意谓，望道而至，必得其所归；向道而行，必知其所自。今天下学术纷纷也，不有圣人之道，安所统一哉？昔者孔子尝登东山而小鲁矣，尝登泰山而小天下矣。所处益高，视下益小。举是类之，彼观于海者，岂复有水？游于圣人之门者，岂复有言乎哉！盖所见既大，则其小者不足观也。（起讲）

虽然，观圣人之道，又无取乎？徒观于其大而已。（入题）

今夫水之无源者无澜，其动而为澜者，有源之水也。

光之无本者有不照，其无所不照者，有本之光也。（一比）

圣人之道，夫亦有所谓澜焉，混混乎其不穷；夫亦有所谓照焉，昭昭乎其常新。安得君子与之其观圣人之道而至之乎？（过接）

吾观流水之为物也，非原泉之积，至于盈科，如是而行之，吾知断港绝潢之不能至于海矣。

况乎君子之至于道也，无实功之积，至于成章，如是而志之，吾知荣华小成之不能达于上矣。（二比）

盖其大者，如岱岳东溟之极乎山海之崇深，不可几而及也。

而其有本，如江河日月之根于水火之精气，可以渐而积也。（三比）

颜子之贤，未达一间，而邹鲁之士，莫不斐然成章焉。或源也，或委也，学者可以有志于本矣。（大结）（选自《钦定四书文》）

此文作者李光地（1642—1718 年），字晋卿，号厚庵，又号榕村，福建安溪湖头人。康熙九年（1670 年）进士，选庶吉士，授编修，曾任直隶巡抚、兵部侍郎、吏部尚书。1705 年，他官拜文渊阁大学士，在任为国家多有建树，是康熙盛世的中流砥柱之一。李光地曾奉命主编《性理精义》《朱子全书》等，又有《周易折中》《榕树全集》等传世。康熙皇帝对李光地评价极高，称其“学问渊博，研究经籍，讲求象数，虚心请益。知之最真，无有如朕者，知朕亦无过于光地者”。李光地卒谥“文贞”。《孔子登东山而小鲁》

乃其状元制艺，不是八股文，而是三比六股文，但过接句也使用了排偶句式。排偶的使用增强了文章论说的艺术性。

此文题出自《孟子·尽心上》。此章讲孟子对孔子学说的认识和君子如何学道体道。最精彩的地方是用比喻和类比的方式表现了孔子学说的高深和伟大。朱熹《四书章句集注》对此章大意解释说："此章言圣人之道大而有本，学之者必以其渐乃能至也。"意思是说圣人建立的伟大而广博的儒家学说是有它产生的本源的，求学的人要循序渐进，不断深入，才能达到学说最深广的境界。李光地此文遵循朱熹注，以朱熹之言作为开端破题文字，并由此扩展分析和论说。文中把儒家学说比作崇高的泰山、浩渺的大海和光辉的日月，但都有所根源。求学的人，既要从头学起，又要循序渐进。全文议论既形象生动又深刻有理，表现了对儒家思想的崇敬和弘扬。

全文见己而闪光的地方在类比与举证阐述，先就孔子当年登山之事，类比见大而观小的道理。说孔子当年登上东山山顶，便觉得鲁国是那么微小；登上泰山之巅，就觉得天下也变小了，这是因为所站的位置越高，他所看到的其他事物就越小。观海也是一样。看过大海的人，他眼里还能有小河小湖吗？接着连类而及地分析说，由圣人思想之高大广博来看天下其他的学术观点，那些学术观点哪里还能成立？在大结部分，作者不仅以颜渊，还以"邹鲁之士"举例，说他们都是学习圣人之道取得特殊成就的人。他们之所以取得成就，无不是由于他们"或源也，或委也"，有的是着重开创源头的工作，有的仿佛是处在汇成水流的过程里。作者最后指出，"学者可以有志于本矣"，也就是说，要想学习圣人之道并达到崇高的境界，必须像他们一样，从基础做起，循序渐进，终至成功。全文写来波澜壮阔，气象浑厚，充分显示了作者在形象中建立理论思维系统和对经典理解深入透辟的高超能力，展现了制艺是制和艺的完美统一；从内容和体裁的结合而言，此文当是出色的理赋精品。

从《钦定四书文》和其他八股文选中的典范篇目看，名家名文皆是以德以才，纵横文史，据注发挥，卓有见地的典范，且笔下少至二股、六股，多至十股和十四股的范文均有，内容上阐述儒家义理，是文体古赋中理赋的面貌。

2. 体用特征

制艺是清代学者、散文名家方苞对八股文的指称，"八股文"不过是流俗所称，后被朝廷借用。方苞以为“制艺之兴七百余年，所以久而不废者，盖以诸经之精蕴，汇涵于四子之书，俾学童而习之，日以义理浸灌其心，庶几学识可以渐开而心术归于正也。”（《钦定四书文》序言）方苞本人是清代大散文家，谙熟中国文体发展的历史脉络，懂得个中道理。从今天的文体研究体味方苞之论的精妙，则在于他触及了八股制艺文的重要类局，即其作为理赋链条上的特殊一链——股赋，是一种源于传统又发展传统，用于选才的考试文体。其体用特征如下：

（1）在为用上突出制性。

制艺作为明清考试文体，有别于历史上其他文体，它的突出特征之一就是在应用中的制性，也就是内容要服从朝廷对考生的功令要求。具体说表现在以下几方面：在文题上，制艺主要依据“四书”和“五经”，从中取词、句或段、章出题，对士子而言是所谓“赋得的文体”，也即今天的命题作文。乡试和会试多用大题，题意比较完整。童试多用小题，题意多不完整。经历几百年考试使用后，为避免重题，题目的类型越来越多，因此也无法顾及严谨。如有截搭题，即将上下两章和两节互不相关的文句合为一题，或各取半句凑成一题。这是一种割裂文意的生造命题，虽然初衷不坏，但后果可想而知。在内容上，要求依程朱学派的思想去解释和发挥。也就是说，遵经守注，这是科举考试重要的内容标准，实质是告诉士子对儒家思想不能有超越官方思想的违逆或另类的解释，因为经义的内容历代解释既丰富又繁杂，为统一思想，端庄学风，科举考试要求“四书”依朱熹的集注，“五经”之《诗经》依朱熹《诗集传》，《尚书》依朱熹学生蔡沈传，《礼记》依陈澔集传，《周易》依程传朱学本义，《春秋》依胡安国传，而以《左传》为本事。考生行文命意，必须就题阐释，依注作解，既是依靠着过桥，也是戴着镣铐跳舞，在有限的空间中思考和发挥。另外在口吻方面，也就是论述的角度和字数等上面也均有要求。

（2）在为体上显示了艺性与论体的结合。

先说其艺性。隋唐以降，随着诗赋考试的取消，在经义考试中开始揉进文学元素，并渐成定势。制艺之艺主要从以下几方面呈现：一是语体。考试文体的语体是一种似骈非骈，似散非散，有骈有散，骈散杂交的综合语体，总体而言，呈现持重中兼雅丽，端庄中现活泼的特点，这是唐宋古文影响的结果。明清时期开头还要求用“夫”“而”“盖”，末字用“耳”“焉”“矣”

等虚词，起讲开头也要用“且夫”“尝谓”“若曰”等，这使文本的语体更趋凝重和古雅，“浮华险怪艰涩之辞”和淫亵滥调是绝对不被允许的。二是对偶。对偶是制艺在艺术性上最鲜明的特征，也是制艺作为民族文体最突出的特点。从元代开始，科举考试文体就被要求“体用排偶”。它与四六骈体文的差异非常明确：既不是通常使用四六对句的方式排偶，也不尚藻采，不必须用典，甚至也不是严格意义上的对仗，而且还不避重复的字句，可以说是伸展、丰满和散文化了的非常特殊的排偶，用更通俗的话说就是大段的长对子。由于限定了对子的数量为四对八条，故俗称或谑称为“八股”文，这不是考试文体的正名。制艺的对偶长短皆宜，整饬恢宏，亦诗亦词亦骈文，显示了民族语言在对称思维与语言运用上的特殊优势。制艺要求是中段有四个大对句，但实际上严整中体现的灵活性和随意性也非常明显，《钦定四书文》中艾南英等人的文章都呈如此特点。制艺的对偶句还有人故意使用相同字眼。这些都体现了制艺趋于散文化的对偶特点。三是声韵。制艺与我国古代的赋和骈文一样，是讲究声韵调的文字。虽然不似近体律诗那样平仄要求笃严，但也需吟咏婉转，抑扬有味。清代王夫之在《姜斋诗话》中曾说：“程子与学者说《诗经》，止添数字，就本文吟咏再三，而精义自见。作经义者能尔，洵为最上一乘文字，自非与圣经贤传融液吻合，如自胸中流出者不能。”[①] 其意是说：要作好经义（制艺），必须对圣贤经传如程朱对《诗经》的解说那样，反复吟咏，解出其中深言精义，然后与其精神“融液吻合”。可见，对圣贤经传的吟咏必然重视声调，这是对制艺语言民族性技艺的追求，也是对内容给予礼赞的要求。难怪梁章钜言其“与诗赋代兴，由来尚矣”，并称“制艺之兴，其人心之不容已者乎？……即世运升降剥复之自然也”[②]。

（3）其论体兼及连带的常性。

以理解和阐述儒家经典中的思想为内容，这是说明或议论体，是为理而非情的作品。而其中以股数为有常者，是为显示论析之暗合规律，即其中因规律性而定型化的东西。常者，“知常通变”之常。程式中的股数规定既是其常性所在，也是其与论体结合才显示的常性所在。制艺在明清两朝五百多年的延续使用中，选拔出无数有为的朝廷命官和文人巨匠，这意味着制艺的为文要求与论性特质结合，合理且把握住了选拔人才的规律。概略而言，

① 王夫之：《姜斋诗话笺注》，戴鸿森，笺注：上海古籍出版社，2012 年版，第 204 页。
② 梁章钜：《制艺丛话 试律丛话》，陈居渊，校点：上海书店出版社，2001 年版，第 5 页。

一是符合对称思维对研究对象的召唤性思考潜势，也即符合对称思维的某些规律。对称性是客观世界的根本规律。所谓对称性思维，是指从对象的对称性方面着手去思考和寻找问题答案的思维方式，它可以是求同或求异性的，也可以是正向或逆向的，甚至也可以是因与果式的。制艺要求的正文主体大，对子式表达无不在形式上强调对对象进行关联性或辩证性的思考，鼓动主体的发散与联动意识。不能忘记的是，对偶表达一直是中国韵文文艺的精华所在，其中深层的道理应在思维上寻找。二是符合逻辑思维中议论或说明的某种规律。蔡元培在《我在教育界的经验》中早已肯定过这一点："八股文的作法，先作破题，止两句，把题目的大意说一说。破题作得合格了，乃试作承题，约四五句。承题作得合格了，乃作起讲，大约十余句。起讲作得合格了，乃作全篇。全篇的作法，是起讲后，先作领题，其后作八股（六股亦可）。每两股都是相对的。最后作一结论。"① 很显然，此中所讲的内容不带贬义，先讲制艺的议论说明性特质，再讲其中的写作程式可供教与学之用。其实，应进一步认识到的是制艺程式在内部思维上暗合规律性的特质。吴应天在《文章结构学》中阐明，文章（文学）形式包括语言、体裁和体性。语言和体裁是文章的外部形式，它们都带有较强的民族性和社会性，而体性是文章的内部形式，它决定于文章的结构，是思维形式的反映，即说明、议论、描写、叙述及其复合形式是古今中外共通的文章（文学）内部形式，因而是超民族和超社会性的②。制艺的体裁是散文和论文结合的科考实用性文体，体性则以议论为主，兼有说明性和复合性。启功先生也在《说八股》中进一步阐述："有人曾提出：为什么股必须'八'？回答是：是这种文章形式中常见用八条论点来讲明问题，或说用八条的比较多。"③ 此中的"论点"二字应理解为"论据"。其他学者如曹聚仁和张志公等均以制艺为议论文，并认同其程式是科学道理的凝练，其结构接近我国近八十年"引论、本论、结论"的议论文模式：破题和承题是引论，分股部分是本论，大结是结论。此中结构特点的一致性，恰是制艺有其"常"性的证明，即科学性的一面，只是其中的科学性是自然形成的。吴应天的《文章结构学》将议论体性文章的内部结构分为四种模式。其中"n"这个数字和第四种综合模式特别能够体现

① 蔡元培：《蔡元培选集》，中华书局，1959 年版，第 328 页。
② 吴应天：《文章结构学》，中国人民大学出版社，1989 年版，第 13 页。
③ 启功：《说八股》，《北京师范大学学报》（社会科学版），1991 年第 3 期。

这个系统的辩证、灵活和开放品格，于是终于从思维、语言和逻辑学的维度认识和揭示了其深层特征，显示了“文无定法，而以有法为常”的科学思想。以往人们对制艺形式主义的批判，主要是从“八股”僵硬的结构入手的。今天看来，虽然制艺的规矩格式属于死法，却是文之一法，且有暗合思维规律之处，这才是制艺在形式层面或说在股数上有要求而存在某种价值和意义的所在。要之，它是论说艺术化的极致样式，是为不标“赋”名之理赋作品。

三、科举股赋的横向影响与历史地位

1. 横向影响

（1）制艺与散文。

明清时期是中国古典文学的最后阶段。在金元散文衰微、作家大多沉寂的时刻，明清散文开始有了复兴的气象。这与明清知识分子普遍钻研制艺文不无关系。由于明清科举以制艺为规定考试文体，制艺成为学校教学和学子学习的重中之重，制艺写作的风行，促进了古文的兴盛，为桐城派古文的崛起提供了氛围和条件。对散文家而言，制艺对于古文的影响可能是不自觉的，因为其与古文有许多相通之处。比如，制艺与古文都注重文以载道，尤其传扬程朱义理；在艺术手法上，制艺讲究章法开阖，上下呼应，音韵顿挫，惟妙惟肖，在一定意义上应是对古文艺术手法深入借鉴的结果。虽然黄宗羲和顾炎武认为制艺严重影响和束缚了知识分子的头脑和创造才能，但可以看到的事实是，明清散文唐宋派诸家和桐城派都是制艺高手，他们善于将古文笔法融合到制艺写作之中，大大提高了制艺的文体品位。由于他们日夕沉浸于揣摩制艺，故而制艺的思维与技法也不自觉地影响着他们的古文写作（参见黄宗羲《明文案序上》和章太炎《国学讲演录·文学略说》）。反过来说，古文的态度、义理和方法也影响着他们的制艺写作。方苞《钦定四书文》凡例曾说：“欲理之明，必溯源六经而切究乎宋、元诸儒之说；欲辞之当，必贴合题义而取于三代、两汉之书；欲气之昌，必以义理洒濯其心而沉潜反覆于周、秦、盛汉、唐、宋大家之古文。”明清之际的作家们为了提升制艺文的创作水平，悉心钻研唐宋古文，积极探讨其创作法度，的确在言辞、法度和义理三个方面有“以古文为时文”的创作现象。唐顺之、茅坤和归有光等人都是公认的制艺大家，无论是他们“以古文为时文”的辩护，或是对“时文境界，间或阑入”的批评，都显示出唐宋派与科举及科举文风间正反作用的密切关系。唐宋派以唐宋古文为取法对象，对欧阳修和曾巩文章的偏爱，对“前七子”“文必秦汉”主张的反驳，也都可以看作主要是从指导制艺写作的角度立论的，是要重构举子的文章境界，重塑时代的科举文风。这些主张确实将一部分士人的目光从“高头讲章”“新科利器”中吸引到优秀的古文遗产中来，发扬了古文的优秀传统，造就了一种以源远流长的古文为根底的时文。朱自清在其名作《经典常谈》中言及桐城派与制艺的关系时也说道：“明、清两代的古文大家几乎没有一个不是八股文出身的，清代中叶，古文有桐城派，便是八股文的影响。”明清散文作家们不仅坚守十分严肃的写作态度，同时还追求制艺在言词和境界上的委婉曲折，妙趣横生。不仅在义理和法度间游刃往返，而且充分展示着自己在制艺写作中推陈出新、同中求异的创作行为，其谋篇布局，错落有法的思维能力被极大地激发出来。清代曾国藩在细说古文与制艺的关系时说：“自有明以来，制艺家之制古文，往往取左氏、司马迁、班固、韩愈之书，绳以举业之法，为之点，为之圆圈，以赏异之；为之乙，为之围尖以识别之；为之评注以显之。”① 可见，当时的人以古文为时文，制艺的品位自然是提高了。

（2）制艺与诗歌。

制艺对明清诗歌也产生了影响。明代“前七子”在文学上是从反对制艺和“台阁体”的角度主张“文必秦汉，诗必盛唐”的，但是他们抛弃了唐宋以来文学发展的既成传统，走上了盲目尊古的道路。他们的创作因为一味以模拟剽窃为能，真正成了没有灵魂的假古董。后来，他们在探讨中得出认识，认为模拟古人“法同则语不必同”。何景明批评李梦阳的诗说：“公为诗不推类极变，开其未发，泯其拟议之迹，以成神圣之功，徒叙其已陈，修饰成文，稍离旧本，便自杌臼，如小儿倚物能行，独趋颠仆，虽由此即曹刘，即阮陆，即李杜，且何以益于道也?”（《大复集·与李空同论诗书》）李梦阳也表示悔悟说：“余之诗非真也，王子（淑武）所谓文人学子韵言耳，出之情寡而工之词多者也。”（《李梦阳诗集·自序》）可见他们自己也不得不承认，这是一条错误的道路。“后七子”虽然宏观上重复着“前七子”的思路，但近体模拟盛唐，其代表人物谢榛曾认为“文随世变”，“有意于古，而终非古也”。这应当是在汲取了“前七子”的前车之鉴并肯定了制艺文的时代色彩的基础上

① 曾国藩：《谢子湘文集·序》，《曾国藩全集》，《诗文》，岳麓书社 1994 年版，第 219 页。

的一种理念进步。在理论上，他开始认识到不能以拟古为目的，而是要通过拟古来自成一家。他所推崇和取法的是李杜等盛唐十四家，并强调说：“当选其诸集中之最佳者，录成一帙，熟读之以夺神气，歌咏之以求声调，玩味之以裒精华。得此三要，则造乎浑沦，不必塑谪仙而画少陵也。”“若能出入十四家之间，俾人莫知所宗，则十四家又添一家矣”（《四溟诗话》）。此种态度可明显看出制艺文在神韵和声调上的研习要求对其的影响。谢榛不主张盲目地拟古，他近体诗模拟盛唐，并注意汲取盛唐诸家的创作经验来创造自己的诗，因而写出了一些可取的作品。制艺在声调格律上的要求本来就有取自近体的内在文脉传统。“后七子”是不自觉间吸取了制艺技巧上的经验。清代诗人则更小心谨慎地认识制艺与诗歌的关系。袁枚《随园诗话》论明诗时说：“程鱼门云：‘时文之学，有害于古文；词曲之学，有害于诗。’余谓：‘时文之学，不宜过深；深则兼害于诗。’”袁枚认同“诗用意要深，下语要平淡”的话，所以认为没有制艺精研义理的用意修养和起承转合的技法磨炼是写不好诗歌的，但不要学到僵硬和板滞的程度，终被“代圣贤立言”所束缚，因为诗歌写来要更追求沉入现实，反映现实的自然状态，唯此才会“下语平淡”。从创作实绩看，清代诗歌是比较繁荣的。在明清讲究经世致用思潮的感召下，清初诗歌总体上继承和发扬了传统言志和美刺精神，反映了传统的诗歌审美特征。同时，清代诗人在继承前人成就的基础上，时常能够独出心裁，力求开辟一条新的途径来，因此在风格流派上也能够不拘一格，各有千秋。在“神韵”说和“性灵”说等不同风格流派竞相绽放的时刻，既讲求诗法诗格等形式之美，又重视内容上合乎温柔敦厚诗教的沈德潜的“格调”说和要求外表空灵、内容质实的肌理说也风流各领，应看作是制艺在诗歌上留下的影响。

（3）制艺与小说（戏剧）。

制艺对明清小说的影响主要体现在给明清小说提供现实题材内容上。在明代，科举考试是众多文士极其重要的人生经历，因此有不少作家倾注心力和笔墨，创作了很多科举题材的作品。其中明末清初出现的大量才子佳人小说，可以说简直就是科举制的副产品。此类小说一般也是典型的情节模式化写作，佳人爱才子之才，但中间遇到阻碍，最终才子“金榜题名”，才子和佳人终成眷属。虽然其中佳人对才子所推崇的“才”主要是诗赋之才，而非科举制艺之才（当然除了才还要推崇文士的“情”），难免有反制艺的内涵，但科举制度能成就他们的梦想，才子之才最后还是要通过制艺来认可和落实。所以，才子佳人小说真实反映了读书人制艺和科举的矛盾心理。明清时期最伟大的剧作家汤显祖，小说家吴承恩、曹雪芹和吴敬梓等都曾参加过科举，在他们的创作中，虽然对科举制艺充满了个性化的态度和立场，但不能说他们在创作《牡丹亭》、《西游记》、《红楼梦》和《儒林外史》时，没有从久经浸淫的制艺文中得益。吴敬梓更在《儒林外史》第十一回中写道："八股文章若做的好，随你做甚么东西，要诗就诗，要赋就赋，都是一鞭一条痕，一掴一掌血。"可见，不仅题材受到制艺的影响，连匠心手法也从中得益。所谓"一鞭一条痕，一掴一掌血"，此种恳切的描述和说法如果不是有切身体会，是说不明道不出的。尤其是在戏剧方面，有很多理论是与制艺写作交叉影响的产物，比如，元代倪士毅的《作义要诀》，其中主脑的理论很有影响，后人也常用李渔"立主脑""密针线""减头绪"等理论来评点时文等。王骥德《曲律》"论曲禁第二十三"，徐渭《南词叙录》和沈德符的《顾曲杂言》中也有很多写作技法来源于对制艺写作理论的总结性论著。

（4）制艺与楹联。

制艺对后代楹联的发展和成熟，更是起了推波助澜的作用。相传五代孟昶的春联，仅是撷取五言近体诗中的一联。在漫长历史发展中，楹联作为一个独立的艺术样式起步和积累，直到明清时期制艺文出现之后才渐次走向成熟。由于制艺的基本文体特征是长对偶，且制艺的对偶部分长短不一、句格不一，有时甚至是两大段子的长对偶，由此开创了中国楹联长短不拘的体制。尤其是在清代，产生了不少名家佳作，像曾国藩和左宗棠等人和他们的楹联作品都是其中可观者。虽说他们政事和军务繁忙，却终生爱好楹联创制，每有灵感，便大试身手，总有佳作诞生。这使得楹联的创作舞台气象蓬勃，蔚为大观。所以，中国楹联的发展乃至成熟，尤其是长楹联的创作正得力于制艺写作的艺术性积累和成熟性的影响。

2. 历史地位

（1）科举制度的终结与科举股赋作为文体遗产。

反思我国科举制度由产生到废止的历程，我们看到，它渊源于汉代，始创于隋代，确立于唐代，完备于宋代，兴盛于明清两代，历时1300年，是中国古代最为成熟、系统而健全的文官选拔制度。孙中山先生曾在《五权宪法》等演讲中强调，中国的科举制度是世界各国中所用以拔取真才之最古最好的制度。胡适也曾说，中国文官制度影响之大，及其价值之被人看重，是我们中国对世界文化贡献的一件可以自夸的事。因为，不仅19世纪的西方文官考试制度，其创立与受中国科举的启发相关，周边越南和朝鲜等国也沿用科举制度选拔人才，这是汉文化影响力的体现。

能够延续1 300年的制度，其本身强大的生命力就显示着它的建构与存在的某种合理性。如果我们理性地分析其中的原因，不能不强调以下几点：第一，其对政治体制、教育和文化事业的意义。中国封建社会科举制度的确立，总体上改变了封建官吏主要由世家豪门把持的局面。中国古代独特的社会结构是血缘宗法制、家族家长统治和嫡长子继承制，自然派生的是裙带关系、任人唯亲和帮派活动。在重人情与关系的社会文化背景下，科举取士面向更广大的知识分子，不重门第，标准同一，完全取决于个人在考试过程中的自我发挥，有才学的人能够通过考试脱颖而出，进入各级政府任职，就此根本上改善了选官用人的制度，扩大了统治阶级的阵营。在科举制度下，古代中国的政治体制、教育事业、文化事业乃至社会风气和学术风气都受到影响并得到长足的发展。第二，考试制度的公开和公正。人才选拔的理想境界是“实质的公正”，或称“绝对的公平”，即将所有优秀的人才选拔到其最合适的岗位上。但这个境界，人类至今也难以全面企及，故而追求最大化的公平及“程序的公正”则是最现实的作为。科举制度在程序公正上一般包括三层含义：一是面向全国的制度化考选，兼顾各地的文化水准，权衡择优；二是以文章取士，标准统一，衡量相对客观；三是实行回避和封闭制度，即本省的官吏不能负责本省的考试，主考官在出题考试期间进入封闭环境，不与外界交接。

在清末内忧外患的时代背景中，在科举制度走投无路的情况下，废止科举是历史的必然。一些人认为清末废科举的原因，一为八股制艺文之反动，二为外患之刺激[①]。一些人把八股制艺文和科举制度理解成同一关系，由于已经形成思维定式，许多人对科举的认识遵行这样的逻辑：把科举制度的腐朽看成是八股制艺文的罪过，因为科举文体的腐败反动，所以要废除科举制度，因为科举制被废，所以科举制肯定很坏。这样的判断是失之简单的。

在封建社会的最后一个王朝，疮痍满目，社会腐朽。随着社会思想文化

---

① 邓嗣禹：《中国考试制度史》，台北学生书局，1967年版，第268页。

的近现代化发展，在西学渐入，民主和科技思想兴起，新式教育理念影响等诸多原因的共同作用下，废除科举制度已成大势。

光绪三十一年（1905 年），袁世凯和张之洞等上《立停科举以广学校并妥筹办法》折子，得到谕允后，清政府宣布废除科举制度。于是，有着七百年历史的“八股制艺文”也随着科举制度的被废终于了结了它一路的辉煌和风尘。制艺股赋是传统中国一个相当厚重的文体存在。从时间看，它延续近七百年；从空间看，全中国从东而西、从北而南的文人学子无不以其为圭臬；从群体层面说，其创作者从经底层布衣而高层贵族；从个体层面说，仅以明朝陈际泰为例，史载他一生写作科考制艺文达万余篇。制艺股赋的写作总量用“浩如烟海”来形容毫不为过，亦是中国封建社会最有深度和广度的理赋写作，因为科举御用的制性，没有其他体裁可以与之相比。从客观上说，中国封建的文人士子没有不聚焦儒家思想和程朱理学的，没有不认真学习“四书”“五经”的，没有不被发散与正反思维深刻影响的，没有不努力提高自己的民族语言并使它达到诗性的极致美丽的。诚如刘熙载在《赋概》中所言：“言志、讽谏，非雅丽何以善之?”只是人之于学业用功不同，禀赋和阅历不同，导致学问和能力各有所差，学养不够、理解不深而拼命以工具性需要而向着目标挤凑的当是多数，使得制艺文中也难免充斥平庸浮泛之作。

在我国漫长的封建社会，宋元两朝是在科举制度的改革上最具探索力、最欲有作为的朝代。在以文取士的过程中，到底依据什么文体来测试，到底需要测试人才的哪些德哪些才，无数政治家和文人都进行过深度的思考。律赋有幸成为唐朝的考试文体，这似乎是顺理成章、十分自然的事情，而宋王安石改诗赋为经义，以及元仁宗朝的“变律为古”的改革，则可说是中国科举制度中的大手笔和大举措了。从赋史的角度而言，中国有两种类型的赋曾作过考试用体，可真是中国科举制度的骄傲，其实也更是赋体文的骄傲。制艺作为一种综合性的考试文体，一种以股赋为形式、以理赋为内容体裁的赋体样式，是历史积淀中逐渐孕育而成的。在漫长的历史行走中，理赋以各式各样的面貌站在情赋的对面，辅助着作为主体和主流性的情赋的辉光与存在，治理赋、性理赋、道理赋、事理赋、文理赋、物理赋、乐理赋、药理赋……无所不能，无所不在，最终因其整合性和综合性而以典型的民族文体新样式用之于最重要的科举考试之中，这可说是中国人智慧的产物。应当说，中国人发明了考试，以考试作为保障社会公平和维护社会秩序的工具，又发明了以“理”为制以“股”为艺的制艺，以其综合性的文体特征和相对规范化的标准考核文人士子的政治与文化素养，这些发明虽然都不可避免地有弊端和局限性，但从主流来说，应是中国对世界文化的一份贡献。

（2）有关股赋的历史命题与文化价值。

我国古典文论有着卷帙浩繁的著述，其中不乏振聋发聩的惊世观点。王国维在《宋元戏曲史》中提出的“凡一代有一代之文学”则是大家公认的不刊之论。其实从赋体视角观之思之，更觉其准确。赋的兴起和发展，往往以时代为助推，从时代显特色：先秦骚体赋、汉代大赋、魏晋抒情小赋、六朝骈赋、唐律赋、宋新文赋，至明清股赋而终极至顶。今天总结起来，应是“一代有一代之赋体”。在我们惊讶于赋体跨代贯穿于中国封建社会全程的超强存在时，也感慨于理赋不在人们的关注之列，因为传统观念上“以理入赋”是遭到无数名家批评和抵触的，这应是令人遗憾的过往，也是因现代“文学”观念导致的认识误区。

我们再跟进王国维的“一代文学”论细看，发现他的文学代嬗观属于世代累积型命题，他只是“一代有一代之文学说”的集大成者。有论者研究认为，此论发轫于金元时期，钱锺书先生考证源出于金代刘祁才。元代罗宗信则有了更加具体的语言表述：“世之共称唐诗、宋词、大元乐府，诚哉!”（《中原音韵·序》）这是专以韵文为论的思路。后世又有如虞集等大家来丰富此论。

而其比较明显的理论来源则是明朝的思想文化巨子李贽。

李贽在《焚书·童心说》中有这样一段名言：“诗何必古选，文何必先秦，降而为六朝，变而为近体，又变而为传奇，变而为院本，为杂剧，为《西厢曲》，为《水浒传》，为今之举子业；大贤言圣人之道，皆古今至文，不可得而时势先后论也。”李贽的观点鲜明而独到，其意在说明，凡天下之文，只要为文之人“童心”常存，便可以“无时不文，无人不文，无一样创制体格文字而非文者”，不仅直接针对“前后七子”“文必秦汉，诗必盛唐”的恪守古代典范的复古主义观念，也针对当时御用“台阁”之作沉闷冗沓和雍容僵滞的官绅式文风，鲜明张扬起了在内容上追求“童心”，在文体上讲究独创的时代新精神，并以“至文”称美这样的文章。这里，我们观察到李贽的“文”的概念是从先秦散文开始直至明朝八股文的“泛文”范畴，其中的观念正是“一代有一代之至文”，不仅倾情颂美元明清时蓬勃兴起的杂剧与小说等通俗文艺作品，也把同样的颂美给了当时正光耀文坛，其后（清末和近代）却臭名昭著的“举子业”即八股文。李贽的思想是惊世骇俗的，作为一位为真理而献身的“哲学的烈士”，理性的灯塔般的人物，也作为一位被称为“中国人中罕见的典例”的有着崇高人格形象的思想家，李贽的阐述是经过深思熟虑、实事求是的，有划时代的意义。他不因为新兴的民间通俗文艺的草根气息而贬抑之，也不因八股文于朝廷庙堂之上堂而皇之的御用性而逆反毁之，他衡量一切文章的尺度以为文的“童心”，不以时论，不以人论，更不以体格论。这是真正与时俱进和会通适变的创新的文论观。以往论者却因受到时政与观念影响，也因不能深晓八股文的体格道理与文艺意义而不认同李贽将八股文归入“天下至文”的行列，遂将李贽这段名言的末尾（关于八股文为至文）的内容删除或附加批评，这不啻是对李贽这一深刻思想的文化性与文体学术性的双重误读。

对王国维有直接启发和影响的当是清代学者焦循的思想。焦循指出：“楚骚、汉赋、魏晋六朝五言、唐律、宋词、元曲、明人八股，都是一代之所胜。”（《易余籥录》）也就是说，当他反思历史变迁中具时代特征性文学的时候，没有忘记明清的制艺八股文。

我们可以借此来形成对文学代嬗观和理赋历史地位的认识。

首先，在古典的视阈中评文，既可从文学亦可从“泛文”。先秦散文、两汉散文和明清八股制艺文，皆非纯文学，但因使用民族审美性语言达到高度而有文学性。

其次，认同古典文体代嬗与融合观，所谓“时运交移，质文代变”，“文变染乎世情，兴废系乎时序”。一种文体的成长至于辉煌，有其环境和大势。章炳麟《文学说例》中说：“韵文完具而后有散文，史诗功善而后有戏曲。”凡一种文体的形成与创制，均与其他文体的成熟并行及催生有关。赋为中华韵文之重要文体，本来就是兼具诗与散文共同特征的文体。中华民族是善于戴着镣铐跳舞的民族，其语言与思维智慧尽在其中，且有亦情亦理的美妙编织。

再者，古典学者将八股制艺文列为天下至文，与诗词等并举，对今人而言是一种重要的思路启发。在人们的普遍印象里，文学文与科举文应是风马牛不相及的文体，现实中，人们对诗歌和古赋也曾作为科举文体这个向度的意义多愿意选择性遗忘，只记住它们是文学文体，也从不把制艺作为或划入古典概念中文或文学的行列，全力摒弃八股文还有艺性的特征与事实，而且极力去怀疑和删除像李贽这样的大思想家和文化巨匠对文体的高屋建瓴的思考。这大概除了受制于时代思潮和追跟时代成说的原因，就是固有的“文学”理念与学术视野局限的问题了。

最后，清人阮元在《文言说》中曾专门强调孔子的言文思想云：“孔子于乾坤之言，自名曰文，此千古文章之祖也。为文章者，不务协音以成韵，修词以达远，使人易诵易记。而惟以单行之语，纵横恣肆，动辄千言万字，不知此乃古人所谓直言之言，论难之语，非言之有文者也。”从赋与制艺均作为科举文体，反思孔子的文言思想，再重温李贽等的文体代嬗观，此中道理似呼之欲出。进而言之，从“体物绚美”到“义尚光大”，再从“义尚光大”到“体物绚美”，两者在“言文合一”的“雅”的精神上形成了深厚的统一。进而言之，古赋不仅早已从单一的颂美品质向更远的意境、更新的可能性发展，从赋的源头开始，也早已有了理赋的品格和流脉。最后的八股制艺文就是在赋体漫长变身行走的历史使命中完成了辩证整合，完成了属于古典赋体蜕变与代嬗的过程。在此还引用清代学者焦循的说法：“夫一代有一代之所胜，舍其所胜，以就其所不胜，皆寄人篱下者耳。余尝欲自楚骚以下，至明八股，撰为一集。汉则专取其赋，魏、晋、六朝至隋则专录其五言诗，唐则专录其律诗，宋专录其词，元专录其曲，明专录其八股。一代还其一代之所胜。”（《易余龠录》）八股制艺既是股赋，也是理赋，以它作为封建社会赋体文的发展终结，实事也哉！

参考文献

1. 古籍文献类（以朝代先后为序）

[1]［战国］荀子著，［清］王先谦集解：《荀子集解》，《诸子集成》第2册，北京：中华书局，1954年版。

[2]［战国］《周易正义》，［清］阮元校刻：《十三经注疏》，北京：中华书局，1980年影印本。

[3]［战国］屈原著，［汉］王逸章句，［宋］洪兴祖：《楚辞补注》，北京：中华书局，1983年版。

[4]［战国］庄子著，陈鼓应译：《庄子今注今译》，北京：中华书局，1983年版。

[5]［战国］佚名著，缪文远，缪伟，罗永莲译注：《战国策》，北京：中华书局，2012年版。

[6]［汉］司马迁：《史记》，北京：中华书局，1959年版。

[7]［汉］班固：《汉书》，北京：中华书局，1962年版。

[8]［汉］毛公著，［汉］郑玄注，［唐］孔颖达疏：《毛诗正义》，［清］阮元校刻：《十三经注疏》，北京：中华书局，1980年影印本。

[9]［汉］扬雄著，［清］汪荣宝撰，陈仲夫点校：《法言义疏》，北京：中华书局，1996年版。

[10]［汉］刘向撰，向宗鲁校证：《说苑校正》，北京：中华书局，1987年版。

[11]［三国魏］曹植著，赵幼文校注：《曹植集校注》，北京：人民文学出版社，1998年版。

[12]［三国魏］嵇康著，戴明扬校注：《嵇康集校注》，北京：人民文学出版社，1962年版。

[13]［晋］陆机著，金涛声点校：《陆机集》，北京：中华书局，1982年版。

[14]［晋］葛洪：《西京杂记》，北京：中华书局，1985年版。

［15］［南朝宋］范晔著，［唐］李贤等注：《后汉书》，北京：中华书局，1965 年版。

［16］［南朝梁］萧统编，［唐］李善注：《文选》，北京：中华书局，1984 年版。

［17］［南朝梁］刘勰著，范文澜注：《文心雕龙注》，北京：人民文学出版社，1958 年版。

［18］［南朝梁］刘勰著，王志彬译：《文心雕龙注》，北京：中华书局，2018 年版。

［19］［唐］欧阳询撰，汪绍楹校：《艺文类聚》，北京：中华书局，1965 年版。

［20］［唐］魏征等撰：《隋书经籍志》，北京：中华书局，1973 年版。

［21］［唐］房玄龄等撰：《晋书》，北京：中华书局，1974 年版。

［22］［唐］徐坚等著：《初学记》，北京：中华书局，1962 年版。

［23］［唐］白居易著，顾学颉校点：《白居易集》，北京：中华书局，1979 年版。

［24］［唐］李白著，［清］王琦注：《李太白全集》，北京：中华书局，2011 年版。

［25］［唐］柳宗元著，尹占华，韩文奇校注：《柳宗元集校注》，北京：中华书局，2013 年版。

［26］［唐］韩愈撰，［宋］魏仲举集注，郝润华，王东峰整理：《五百家注韩昌黎集》第 2 册，北京：中华书局，2019 年版。

［27］［宋］王安石：《临川先生文集》，北京，中华书局，1959 年版。

［28］［宋］朱熹：《四书章句集释》，北京：中华书局，1983 年版.

［29］［宋］苏轼著，孔凡礼校注：《苏轼文集》，北京：中华书局，1986 年版。

［30］［元］脱脱等撰：《宋史》，北京：中华书局，1985 年版。

［31］［元］祝尧：《古赋辨体》，上海：上海古籍出版社，1993 年版。

［32］［元］吴澄：《吴文正集》，影印文渊阁四库全书，第 1197 册，上海：上海古籍出版社，1987 年版。

［33］［元］刘因：《静修续集》，文渊阁四库全书本，台北：台湾商务印书馆，1983 年版。

［34］［明］陈第：《屈宋古音义》，吴平，回达强主编：《楚辞文献集成》第19册，扬州：广陵书社，2008年版。

［35］［明］李贽：《焚书 续焚书》，北京：中华书局，1975年版。

［36］［明］李梦阳著，郝润华校笺：《李梦阳集校笺》，北京：中华书局，2019年版。

［37］［明］谢榛：《四溟诗话》，丁福保辑：《历代诗话续编》，北京：中华书局，1983年版。

［38］［明］宋濂等撰：《元史》，北京：中华书局，1976年版。

［39］［明］吴讷：《文章辨体序说》，北京：人民文学出版社，1962年版。

［40］［明］宋濂：《文宪集》，文渊阁四库全书集部。

［41］［清］纪昀等撰：《摛藻堂四库全书荟要》，台北：台北故言博物院藏抄本。

［42］［清］严可均辑：《全上古三代秦汉三国六朝文》，北京：中华书局，1958年版。

［43］［清］章学诚著，王重民通解：《校雠通义通解》，上海：上海古籍出社，1987年版。

［44］［清］章学诚著，叶瑛校注：《文史通义校注》，北京：中华书局，1985年版。

［45］［清］刘熙载：《艺概 赋概》，上海：上海古籍出版社，1978年版。

［46］［清］阮元：《揅经室集》，北京：中华书局，1993年版。

［47］［清］焦循《易餘余命录》，《丛书集成续编》第29册，台北：新文丰出版公司，1989年版。

［48］［清］黄宗羲：《黄梨洲文集》，北京：中华书局，1959年版。

［49］［清］程延作著，来效水校点：《青溪集》，合肥：黄山书社，2004年版。

［50］［清］李调元：《赋话》，北京：中华书局，1985年版。

［51］［清］王芑孙：《读赋卮言》，《渊雅堂全集》之《外集》，清嘉庆刻本。

［52］［清］王夫之著，戴鸿森笺注：《姜斋诗话笺注》，上海：上海古籍出版社，2012年版。

[53] [清] 朱一飞:《律赋拣金录》,清乾隆五十年博古堂本。

[54] [清] 李光地著,陈祖武点校:《榕村语录》,北京:中华书局,1995 年版。

[55] [清] 方苞:《方苞集》,上海:上海古籍出版社,2008 年版。

[56] [清] 顾炎武著,黄汝成校释:《日知录集释全校本》,上海:上海古籍出版社,2006 年版。

[57] [清] 梁章钜著,陈居渊校点:《制艺丛话 试律丛话》,上海:上海书店出版社,2001 年版。

[58] [清] 袁枚,《随园诗话》,南京:江苏古籍出版社,2000 年版。

2. 近现代著述(以出版时间为序)

[1] 铃木虎雄著,殷石臞译: 《赋史大要》,上海:正中书局,1942 年版。

[2] 蔡元培:《蔡元培选集》,北京:中华书局,1959 年版。

[3] 邓嗣禹:《中国考试制度史》,台北:学生书局,1967 年版。

[4] 郭绍虞主编:《中国历代文论选》,上海:上海古籍出版社,1979 年版。

[5] 杨荫浏: 《中国古代音乐史稿》,北京:人民音乐出版社,1981 年版。

[6] 余嘉锡:《古书同例》,上海:上海古籍出版社,1985 年版。

[7] 马积高:《赋史》,上海:上海古籍出版社,1987 年版。

[8] 王彬主编:《古代散文鉴赏辞典》,北京:农村读物出版社,1987 年版。

[9] 吴应天:《文章结构学》,北京:中国人民大学出版社,1989 年版。

[10] 廖国栋:《魏晋咏物赋研究》,台北:台北文史出版社,1991 年版。

[11] 金开诚:《屈原辞研究》,江苏:江苏古籍出版社,1992 年版。

[12] 程章灿:《魏南北朝赋史》,南京:江苏古籍出取社,1992 年版。

[13] 费振刚,胡双宝,宗明华 辑校:《全汉赋》,北京:北京大学出版社,1993 年版。

[14] 吴功正:《六朝美学史》,南京:江苏美术出版社,1994 年版。

[15] 章太炎:《国学讲演录》,上海:华东师范大学出版社,1995 年版。

[16] 钱锺书:《谈艺录》北京:中华书局,1996 年版。

［17］韩愈著，顾易生编：《韩愈散文选集》上海：上海古籍出版社，1997年版。

［18］李刚：《中国辞赋流变史》，台北：台北编译馆，1997年版。

［19］刘师培：《中国中古文学史・论文杂记》，北京：人民文学出版社，1959年版。

［20］马积高：《历代辞赋研究史料概述》，北京：中华书局，2001年版。

［21］陈运良主编：《中国历代赋学曲学论著选》，南昌：百花洲文艺出版社，2002年版。

［22］康金声，李丹：《金元辞赋论略》，北京：学苑出版社，2004年版。

［23］刘临达：《中国情色文化史》，北京：人民日报出版社2004年版。

［24］费振刚，仇仲谦，刘南平校注：《全汉赋校注》，广州：广东教育出版社，2005年版。

［25］踪凡：《汉赋研究史论》，北京：北京大学出版社，2007年版。

［26］朱自清：《经典常谈》，北京：中华书局，2009年版。

［27］许结：《赋学讲录》，北京：北京大学出版社，2009年版。

［28］王国维：《王国维遗书》，上海：上海书店出版社，2011年版。

［29］廖名春：《荀子新探》，北京：中国人民大学出版社，2014年版。

［30］赵逵夫：《读赋献芹》，北京：中华书局，2014年版。

［31］王国维：《宋元戏曲史》，北京：中华书局，2016年版。

［32］许结：《中国辞赋理论通史》，南京：凤凰出版社，2016年版。

［33］韩格平主编：《全元赋校注》，长春：吉林文史出版社，2016年版。

［34］张大明，余晓珂：《药性赋》（白话解口袋书），郑州：中原农民出版社，2016年版。

［35］踪凡：《赋学文献论稿》，北京：商务印书馆，2017年版。

［36］胡建升：《宋赋研究》，上海：上海交通大学出版社，2017年版。

［37］赵逵夫主编：《历代赋鉴赏辞典》，上海：上海辞书出版社，2017年版。

［38］许结：《历代赋汇》（校订本），南京：凤凰出版社，2018年版。

3. 期刊论文（以刊发时间为序）

［1］叶幼明：《元明清辞赋的历史地位》，《中国文学研究》，1993年第2期。

[2] 启功：《说八股》，《北京师范大学学报》（社会科学版），1991 年第 3 期。

[3] 霍松林：《论唐人小赋》，《文学遗产》，1997 年第 1 期。

[4] 王伟萍：《中古墓碑文的文学化进程》，《辽宁师范大学学报》（社会科学版），2006 年第 9 期。

[5] 方利侠：《先秦俗赋探微》，《辽东学院学报》（社会科学版），2011 年第 5 期。

[6] 赵辉：《宋玉赋与倡优话语体系及赋的创始》，《中南民族大学学报》（人文社会科学版），2015 年第 1 期。

[7] 王相帅：《睡虎地秦简〈为吏之道〉用韵现象探析》，《殷都学刊》，2015 年第 5 期。

[8] 周少川：《古籍整理的学术规范和学者自律——以〈全元赋校注〉为例》，《商丘师范学院学报》，2018 年第 11 期。

后　记

理赋研究是一个相对宏观式的研究。十年前开始研究八股文，那是因为我有文章写作学的家学渊源。从文章的角度研究八股制艺文，得到了很多学术心得。尤其是我发现一些中国古典名家如李贽、焦循、王国维等，皆把制艺八股文当作中国明清时期属于一个时代特色的至文，近人周作人竟说八股文是叹为观止的美文，觉得十分好奇。这与长久以来我们接受的理念迥然不同。

我经过长期的八股制艺研究，有了阶段性的成果，即八股制艺是论说艺术化的极致样式，即古典论赋。借这个成果和契机反思了中国的传统赋体，主要聚焦文体赋，进而在文学系统的情赋对面，提出了古典"泛文"系统的"理赋"概念，并有了与八股研究衔接较细的内容阐述。这是一个回望式的探索过程。因为八股制艺作为一种长久强势的特殊文体存在于中国封建社会中末期，这不是历史的偶然或封建朝廷统治者的主观臆造，其文体的出现和成熟是历史的必然，是中华文体（赋文类）经过绵长的历史发展最终走向综合的特殊果实。而从理赋性股赋出发寻本溯源，反思和梳理文体赋的历史发展及其分体理赋的研究，是有特殊价值和意义的。

从价值方面说，首先，对目前前沿性的中国特色文体发展史研究有特殊认识价值。抓住"制艺"作为典型中国特色文体，对其文体形态、内部构造及功能实现等进行细化研究，有观念更新和学理建设价值。由于制艺研究在我国仍属小众性前沿研究，研究水准刚刚摆脱对象认知、形态展览、普泛分析、感性品赏和文献汇总阶段，在纳入中国特色古代文体史的系统之际，对调整理念，加强认识意义重大。其次，对目前前沿性的中国特色文体发展史研究有刷新理念价值。将制艺及其相关文体纳入中国古代文体史，有特殊质素带动整体出新的学术价值。由于学界对"制艺"的理念处于僵化、忽视和解冻时期，对西方纯"文学"体系理念仍在固守，对中国特色民族发明性韵文文体缺乏多方梳理和尚未建成合理系统，这与制艺文体在中国历史上 500 多年的使用及巨大影响力是不相匹配的。最后，以制艺作为典型民族文体研究，能对中国特色的文体学研究及文体演变轨迹研究提供新内容，带来新维度，催发新系统，对帮助构建纯文（学）与泛文（学）交互影响的民族文体新系统，有特殊价值。

从意义上说，首先，还原历史和文体史的本来面貌，是为中华民族源远流长的文学与文化事业负责。对全面提升古代文体学的理论水平，对建设有时代特点和学术高度的中国古代文体学有特殊意义。其次，建立体用相分的维度，重新梳理古代文赋的历史流脉，是文化发展的需要。从古代文体，尤其是过去不能进入古代文体史的制艺文出发，跳脱制艺在历史使用中的政治和人为因素这些传统视角，总结其与古代文体的融合与综合关系，即使其文归其类，座有其位，就此梳理中华古代文体的发展历程，这是总结民族遗产的必需工程。最后，中国古代文体学是以古代文体理论和文体实践为研究对象的学术体系，联系和结合本土文体实际的文体史研究，更能呈现中国本土化文体研究的成果，对古代文学研究回归本土化与本体性有积极促进意义。笔者正是出于这样的初衷与使命，试图以虔诚之心重新描述这个过程，意义不胜精致而在粗略，不胜文化阐述而在钩沉和建构框架，不胜思辨史料而在实证列举，且基本以文体赋来聚焦理赋的发展流脉，个中观点难免有所偏颇，文字材料难免有错漏之处，在此一并求教于大方之家。

本书以《历代赋汇》为主要文献依据，旁及其他理赋选集和制艺文献中的重要作品。古典赋文浩如烟海，举证例说也不免有挂一漏万、管中窥豹之嫌。但从作品实际出发，也不能绕过赋体（主要是文体赋，个别涉及骚体赋、律体赋）中相对典型的理赋作品，尤其是在中国古典文学中颇有影响的理赋作品，对其进行分析。笔者自认为是有所立意、有所心得并有所创意的。

难辞狂顾，运笔艰辛；日夜耕耘，伏案自暖。几度春秋在对信念的坚守中倏忽而过，万千文字在对学理的追索中集腋成裘。人之一生譬如一树梨花，随开随落中因有所坚持、有所怀念而自有花籽飘坠于茵草之上，深埋于泥土之中。贵贱虽复殊途，于学人而有何用？生死皆在瞬间，以文字而求永恒。诲我知我者，已在“青林黑塞”间矣！也仅以此书献给育我一生，以甘苦，以良善，以语文，以境界，三年中相继过世，我却对之一无所写的父母。女儿深涕以悲，深跪以拜！

最后谨向首都经济贸易大学文传学院对学术的支持和鼓励表示深深的敬意！对石刚、媛媛、彦明、小乐、同庆、薛捷等领导与好友一直的关心和帮助还以拥抱和鞠躬！对学兄文树、正英的指正及编辑陈锦剑等老师的精心核校致以敬礼！